王力全集　第二十四卷

王力译文集
（六）

王　力　译

中 华 书 局

目　　录

半上流社会

[法]小仲马　著

剧中人物

男

奥里维叶·夏澜,简称奥

赖孟·南查克,简称赖

伊波利特·李崇,简称伊

段纳琅侯爵,简称段

第一个仆人

第二个仆人 } 简称仆

第三个仆人

女

胥珊·安若——男爵夫人,简称胥

卫尼叶——子爵夫人,简称卫

华兰亭·山棣夫人,简称华

玛瑟儿·桑士诺——卫尼叶的内侄女,简称玛

梭榧——胥珊的女仆,简称梭

地　点

在巴黎——第一与第五幕在奥里维叶家;第二幕在子爵夫人家;第三与第四幕在胥珊家

译者的自白

我译法兰西国立戏院剧本汇编,已经到了第六种,在这期间内,我的译法很有些变迁。我很想把这变迁的原因,向读者们说一说。

我起初趋向于直译。虽则我不主张欧化的译法,虽则我始终不曾逐字译过,但是我永远守着一个规律,就是:"苟非万不得已,还是直译的好。"意思是说:平常该谨守着直译的规律;如果直译下来,中国人看不懂的时候,才用意译。我所译的第一部文学书乃是莫里哀的《无可奈何的医生》,就是用的这种译法。后来接着译的《幸福之年》《水土》《少女之梦》《沙弗》四部小说,也是守着这个规律。

本来直译与意译就没有严格的界线。绝对的直译是不可能的。欧美各国,文字同源,但是他们从甲国的文字移译到乙国的文字的时候,也不能逐字译出;何况中文的结构与西文相差这么远,还有逐字译出的可能吗?有时候,与其以辞害意,倒不如易"辞以达意"好些。

我反对欧化的译法。假如要主张文字革命,把中国文字欧化,那是另一问题。但是,在现代的中国,语言文字欧化的成分很少很少的时候,我们先在翻译界提倡欧化,倒反无益而有害。凡是懂得欧化的文字的人们,他们至少有些西文的根柢,大约都可以直接看西文,用不着看我们的译本。尤其是就戏剧而论,假使太欧化了,演出来人家就不懂。所以我所译的戏剧努力避免欧化,有时候不得已而掺用一两句欧化的话,也已经是中国用惯的了。我以为欧化译法有时候乃是译者躲懒的表现,因为逐字译去,用不着颠倒次序,容易多了。

我又反对省略或冗长的意译。省略的意译,差不多可以说是不懂西文的表现。因为不懂,所以故意省去。冗长的意译,乃是因为没法连接上下的文气,特地加上一两句作为承上起下的关键,这也是很笨的译法。

反对尽管反对,我本人也不敢说没有这些毛病。但是我既然认为这是毛病,我总想极力避免。

上面说过,我从前所守的规律是:“苟非万不得已,还是直译的好。”后来译到《大地主》的时候,我的方法已经渐渐变了,直到这一篇《半上流社会》里,我越发变得多了。现在我的规律乃是:“如果不失真相,字句不妨稍有异同。”因为我觉得戏剧是要表演的,所以字句以传神为妙。如果过于拘泥,把神气都失了,哪怕是只字不易,又有什么好处?但我并不追悔从前的规律,因为这是必经的阶段。在一年前的我,假使用我现在这方法,势必弄到更坏的成绩。

现在我在《半上流社会》里举出几个例子:

Alors, vous me permettez que l'affaire n'aura pas de suite?

直译该是:“那么,您允许我这件事将没有下文吗?”

我译的是:“那么,您答应我了? 事情是不会闹起来的了?”

又如:

Elle ne peut pas eu avoir.

直译该是:“她不能有这个的。”

我译的是:“事情要闹起来是不可能的。”因为“她”是指那件事,“这个”是指下文,而下文的意思是说闹起来,所以我引申其意,索性译为“事情要闹起来是不可能的”。试看上面这两个例子,假使我直译起来,我相信没有一个中国人懂得。

以上说的是怕直译下来人家不懂,所以用意译。然而有些地方直译下来,人家是懂得的;只比不上意译更流畅,更能传神,譬如:

C'est bieu plus simple.

直译该是:"这个简单多了。"

我译的是:"省了许多周折。"因为玛瑟儿要写一封信给胥珊转致侯爵,却想要回到自己家里写好之后才差人送来,胥珊叫玛瑟儿在她家里就写,不必回去才写,省了许多周折。

又如:

Il faut réfléchir plus longtemps que vous ne l'avez fait.

直译该是:"应该考虑更久,比之您所已做的。"这简直不成话!但是,这话实在没法子直译。意思是说您曾经做过考虑的功夫来,但是还不算考虑得周到,应该考虑更久些。所以

我译的是:"应该考虑很久,不像您这么快。"

又如:

Vous êtes plus adroit que je ne le peusais.

直译该是:"您很巧,比我以前所猜想的更巧。"

我译的是:"我想不到您的手段这样高。"

又如:

Vous doutez de ma parole?

直译该是:"您怀疑我的话吗?"或"您怀疑我的信用吗?"

我译的是:"您怕我失信吗?"

我最不愿意添加字句,但也有万不得已的时候。譬如法文里有一种条件式的动词,譬如说:"如果您不这样做,您就会变成那样了。"这以上两个字句,在法文里往往可以省去陪句(如果您不这样做),单写主句。在中文里就不行了,譬如:

Mon cher, vous pourriez plus mal tomber.

直译该是:"我的亲爱的,您可以跌得更不好的。"但说话的人

的意思乃是："如果您不同我的内侄女儿结婚,将来您所找到的妻子一定更不行。"所以

我译的是："我的亲爱的,您放着这高枝儿不攀,将来会跌到更坏的地方去的。"我以为不如此译出便不能达意。

在表面上看来,似乎译戏剧比译别的书容易,因为生字少些。其实戏剧也有难的地方。因为戏剧是会话的体裁,话是活的,不是专在字典里可以找出解释来的,尤其是中文的字典不可靠,譬如 indiscret 一字,字典上解作"不谨慎",其实只当"不知进退"解。tromper 一字,字典上解作"欺骗",但这字用于夫妇间却是指夫或妻有外遇而言。élégant 一字,字典上解作"雅的",而现在的法国人都把会打扮的人叫做 élégant 的人了。déception 一字,字典解作"欺诈",其实只当"失望"讲;"欺诈"与"失望"不知相差几千万里了。还有些最常见的字眼也要当心,譬如 Je crois,普通人译作"我相信",其实往往只该译作"我以为"。又如 sans doute 普通人译作"无疑",其实往往只该译作"大约"或"多半是"。试看下面的例子:

C'est bon, Je crois

这并不是说:"我相信这是好的",只是说:"我以为这是好的。"这事物实际上好不好,我不敢相信,我只心中以为是好罢了。试看下面的一段会话:

A. C'est bon.——甲说:这是好的。

B. Etes-vous sûr? ——乙说:您相信吗?

A. Je crois, mais je n'en suis pas sûr.——甲说:我以为是好的,但是我不敢断定。

又试看下面一个句子:

Je ne sias quand, mais ce sera demain sans doute

意思是说:"我不晓得是什么时候,大约是明天吧。"假使我们译为"我不晓得是什么时候,将是明天无疑",岂不成为笑话吗?

　　我的译品里有没有类似于这种的笑话,我自己不敢担保! 我以为真能够完全透彻地了解法语的只有法国人,中国人无论谁都不该夸口说能够懂得透彻。就说法国人吧,他们自己也已经不能透彻地了解十七八世纪的法语了! 例如莫里哀的戏剧中所谓galant 只是高雅的意思,现在的人所谓 galant 乃是会奉承女人的意思了。

　　虽然如此,如果我不停止地做翻译的工作,我想终有一天我的译品会更进步些。

　　　　　　　　　　　　　　　　　　　　　十八年五月三日

著者小传与本剧略评

小仲马（Alexandre Dumas fils），1824 年生于巴黎，1895 年逝世。他的剧本有：《茶花女》（La Dame aux Camélias，1852，中国有刘复先生的译本）；《半上流社会》（Le Demi-Monde，1855）；《金钱问题》（La Question d'Argent，1857）；《私生子》（Le Fils N turel，1858）；《妇人的男友》（l'Ami des Femmes，1864）；《奥白来夫人的思想》（Les Idées de Madame Aubray，1867）；《乔治公主》（La Princesse Georges，1871）；《克罗德的妻》（La Femme de Claude，1873）；《阿尔方斯先生》（Monsieur Alphonse，1874）；《异国之女》（l'Etrangére，1876）；《黛妮丝》（Denise，1885）；《佛兰西原》（Francillon，1887）等。

小仲马的戏剧可分为三类。他起初只想直接地观察社会的人物，很逼真地描画出来，像《茶花女》与《半上流社会》都是这一类。后来他想在戏剧上解决社会问题，遂写了些剧本，表示不满意于社会的成见与国家的法律，像《私生子》就是这一类。最后到了晚年，他想依象征，把自己的思想具体化、永远化，《异国之女》就是这一类的作品。

他的戏剧，在法兰西戏院里最常演的乃是《半上流社会》（最近一次是 1930 年 2 月 28 日），故先译出。

《半上流社会》乃是天堂地狱的交界，下流社会的妇人到了这社会，便好似出了地狱；上流社会的妇人到了这社会，便好似降自天堂。但是，小仲马所谓的半上流社会与现代的半上流社会又大不相同了。那时节的半上流社会的妇人只晓得欺世盗名，而现代的半上流社会的妇人却一味要钱。试看小仲马所描写的作恶的妇人，在现代却还不容易遇见哩！现代所谓上流社会，还比不上小仲马所谓的半上流社会！假使他生在现代，不晓得他又作何感想？

译者
十八年五月二日

第一幕

布景 奥里维叶·夏澜家里的客厅。

第一出

出场人：卫尼叶、奥里维叶。

卫 那么，您答应我了？事情是不会闹起来的了？……

奥 事情要闹起来是不可能的。

卫 我为着这个，想要来求您，虽则怕遇着些什么人，也顾不得了！

奥 依您的话，我这里招待的乃是下流社会的人了？

卫 人家是这样说的。

奥 他们误会了；到这里来的人，都是您的朋友们。

卫 我的朋友们却当不起这光荣呢。

奥 再者，您这一次的行动，有什么不可告诉人家的？您的两个熟客，一个是莫克鲁华先生，一个是赖图先生，他们在您家打牌，有了一个小小的误会，非大家解释一番不可。所以决定在我家解释。我是莫克鲁华先生的证人，您来求我和解了事，这是很自然的，有什么不可告诉人家的呢？

卫 当然啦；但是我也愿意人家不知道我来，因为我希望巴黎全城的人都不晓得人们在我家的客厅里赌钱。如果事情弄得不好，会打起官司来。一个规矩的妇人断不肯到法庭去出面，就算是证人也不好；而且报纸上要发表我的名字，越发不好了。

请您努力和解了事才好;万一和解不了,请您看我的情面,把决斗的原因变一个样儿,使我不至于有关系——连间接的关系都没有才好。我许人们在我家打牌,为的是叫他们取乐,并不是叫他们吵闹啊。

奥　话是这样说了。

卫　那么,既然山棣夫人不来,我就此告辞了。

奥　山棣夫人要来我家增光吗?

卫　当她晓得我来的时候,她说:"等一会儿我去接您;那高大汉子,我去见一见他也不妨。"但是她这人大意得很,大约她已经忘记了,我不能再等她,再会吧。有一件事要请您当心:您不向我问我的内侄女儿的好;她呢,她倒拜托我同您说许多话哩。

奥　好听的话吗?

卫　当然啦。

奥　她真可爱。

卫　当然可爱啦;她分明晓得您不会同她结婚的,她本来犯不着关心您啊。

奥　唉! 不会的,不会的!

卫　我的亲爱的,您放着这高枝儿不攀,将来会跌下更坏的地方去的。

奥　跌下去的时候,自然不会好的啦。

卫　总之,我们比您好。

奥　您相信吗?

卫　您是小小的贵族,又不是富家,不是吗?

奥　每年有三万法郎的入息。

卫　存款的利息吗?

奥　不,田地的入息。

卫　呃! 这还不坏;但是您有家庭吗?

奥　谁没有家庭呢? 不过,我的家庭减缩到只剩下我的母亲。她再嫁了;我到了成年的时候,为着要领有我父亲的财产,不得不同她的丈夫打官司。于是我同她很少见面,我想她也不十分爱我。唉!寡妇真不应该再嫁!一个寡妇把她前夫的名字抹杀了之后,对于他的儿女们,简直变了路人。我的亲爱的子爵夫人,您看,我因此在很年轻的时候就没人管束了,我放荡了不少的日子,负了不少的债,后来才还清了。现在我变成了一个谨慎的人,很不愿意与您的内侄女儿结合;虽则我觉得她很可爱,虽则就孤儿而论,我觉得她很有好处,虽则有时候我怕我终于同她结婚。

卫　您吗?

奥　是我!从前我已经变成了很爱她的一个人,假使我仍旧常到您家里去,像我这么一个忠厚的人,恐怕已经向您求她的婚了,那么,真是没有道理。

卫　因为她没有财产吗?

奥　我倒不在乎这一层,我不是同金钱结婚的人。只因有别的理由罢了。

卫　什么理由?

奥　我们上流社会的人,看来不见得怎样聪明,却也不很蠢。我们一结婚,就是想把平日在别人的妻子身上要求不到的事情在自己的妻子的身上找出来。我们越入世,越发主张我们所娶的女人是不认识生活的才好。至于有些小姐们,他们还不曾结婚,已经十足地出了名:有名的聪明,有名的自由,这种女子,娶了来真是可叹。您看那山棣夫人!

卫　但是,玛瑟儿却没有华兰亭的性情啊。

奥　性情虽则不同,但是,您看,山棣夫人离开了她的丈夫——她丈夫是谁,我们都不知道;她自己招是惹非,还替人家招惹是非,这种人,竟是您的内侄女儿桑士诺小姐的知己朋友。您看,山棣夫人可以做二十岁的一个少女的伴侣吗?

卫　您有什么法子呢？我没有钱，玛瑟儿没有许多的娱乐。山棣
　　夫人爱看戏，她有一辆车，玛瑟儿就占她的便宜。这孩子，不
　　让她消遣消遣怎么行呢？总之，她不会做坏事就是了。

奥　她不做坏事；但是她教人家猜她做坏事，将来她终于做坏事。

卫　我的亲爱的奥里维叶！

奥　您做错了事了；您晓得您本来应该怎么办吗？三年前，她从她
　　的膳宿学校出来的时候，段纳琅侯爵想要把她安置于他的女
　　儿身边，那时您就应该把她交托给他。那么，玛瑟儿可以在一
　　个有礼教的社会里生活，恐怕现在她已经结了婚，否则也有结
　　婚的把握了；而今我却很怀疑她能够有好的真的婚姻。

卫　那时候因为我太爱她，离不了她。

奥　这种利己的心理，将来您会后悔的，她也会有责备您的一天。

卫　不会的。如果她愿意的话，两个月之后她就可以结婚，而且可
　　以变成一个很可爱的妻子；妻子好不好都是丈夫弄成的。

奥　丈夫好不好，也是妻子弄成的啊！这种赔补是不够的，而且，
　　这一次您想把她嫁给谁呢？

卫　嫁给一个少年人。

奥　他爱桑士诺小姐吗？桑士诺小姐也爱他吗？

卫　不，但是不要紧。在婚姻上头，有了爱情的时候，习惯可以杀
　　爱情；没有爱情的时候，习惯可以生爱情。

奥　您说话很像赖洛虚夫戈①。——那少年人是哪里来的呢？

卫　是赖图先生介绍给我的。

奥　赖图先生介绍的乃是劣货：一半丝，一半棉。

卫　您听我说，正经人我是认得出来的。他就是一个正经人，我敢
　　断定。这恰是配得起玛瑟儿的一个丈夫。他的年纪很轻，至
　　多只有三十二岁，样子长得很非凡。他是一个受过勋章的军

――――――――――
①　赖洛虚夫戈（1613—1680）著有格言。

官，没有家庭，只有一个妹子，已经是一个寡妇，她隐居在圣日耳曼的乡村里。他每年大约有两万厘佛的入息，他很自由，要结婚明天就可以结婚；巴黎的人他只认识赖图先生、玛瑟儿与我。这是一个好机会，我永远不会找得到更好的了；您认识了他之后，您首先就要说我的话有理。

奥　我可以认识这位先生吗？

卫　今天就可以；这就是赖图先生的证人。

奥　是南查克先生吗？昨天他来递了一张名片，说今天三点钟来，就是他吗？

卫　就是他。现在请您做个好心人吧；您肯做就能够做的。南查克先生会同您情投意合起来，这是意中事。如果他同您谈起玛瑟儿，请您千万不要把刚才您说的一番废话告诉他。

仆　（传报）山棣夫人到。

第二出

出场人：卫尼叶、奥里维叶、华兰亭。

卫　好孩子，您来了！您从哪儿来？

华　请不要说起……我以为说半天还说不完呢……（向奥里维叶）您好吗？

奥　很好。

华　您看，我的裁缝来了，我不在家试穿衣服是不行的，明天您就见我有一件新衣穿去看赛马呢。后来，我又去订下了一辆车——用两匹马的，我叫人家领那车夫来给我看过了，他是一个英国人，很不错。后来，我又到我的房东家里去，因为我要搬家，您是知道的……您这儿的房租是多少？……

奥　三千法郎。

华　但是，您这儿是个新区域，很少人住的地方，人家可以在这里杀人，也不怕有人瞧见。要是我呢，早就不耐烦了。我在和平

　　路找着了一所漂亮房子,在二层楼,朝着街道的,七千五百法郎,将来装潢的纸料是房东的。客厅裱的是红色与金黄色,卧房裱的是黄绸,梳妆室裱的是中国蓝缎。我把我一切的器具都漆新了,将来一定很舒服。

奥　您拿什么钱来付这一笔账呢?

华　怎么? 什么钱? 我不是有我的奁钱吗?

奥　看您这般排场,您的奁钱该剩下的不多了,不是吗?

华　大约还有三万法郎。(向子爵夫人)喂! 我的亲爱的,如果您要钱用,我介绍我那经纪人米歇尔先生给您。杜来恩那边我的产业一时卖不了,我等不得那么久,所以我把契纸抵押给他,他马上借给我五千法郎,八厘的利息;还不算贵。等一会儿我出去的时候,还要去取我那余下的钱呢。

奥　米歇尔很瘦,有两撇胡子,穿的是绣花的衬衫,珐琅质的背心纽子,是不是?

华　他很像个上流人。

奥　这要看他是在什么地方。这是一个骗子,您晓得吗? 我是认识他的,我未成年的时候,他借过钱给我。您这三万法郎到了他的手里,就完得快了,完了之后,您又怎么办呢?

华　我没有我的丈夫吗? 将来他不得不供给我的膳费,否则,到了万不得已的时候,我仍旧回去依他。

奥　这一个丈夫将来要走红运了! 此刻他也许还不晓得他有这福气哩! 但是,万一他不赞成您的办法呢?

华　他不能够的。我们并不是经过法律手续的离婚。将来我喜欢的时候,我还有回家的权利。他非收留我不可。再者,他永远是爱我的,他巴不得我回去呢。

奥　我倒很想看一看将来怎样。

华　将来您看吧……要告个结束才好! 我还到什么地方去呢? 没有什么地方了。我从霜邪利邪经过,那里有许多人! 邦爽呀,白里雅德伯爵呀,嘉萨和先生呀,这一班先生我都遇着了! 我请他们明天到我家里去喝茶;您也去好不好?

奥　不,谢谢您。

华　我去租了一间包厢,预备今天晚上看戏,这包厢在楼下,靠近戏台……我又去付了我那做帽子的女人的账。我不要她了,她专替女伶们做帽子……这就是我一天所做的事情……(向子爵夫人)喂! 礼拜二,我们到嘉维若先生家里吃晚饭去。他请吃入宅喜酒。他的屋子漂亮得很。他请我代他邀请女客。您可以同玛瑟儿去,包您快乐。

奥　(怔怔地望她)可怜的妇人!

华　您怎么样了?

奥　没有怎么样,我可怜您。

华　为什么?

奥　因为您很可怜。如果您不懂,我也犯不着花许多时间解释给您听。

华　您说哩! 我恰好有些事情要问您。

奥　我说的话,她只当不曾听见! ……真没有心肝……您想要问我什么?

华　您有安若夫人的信息吗?

奥　为什么?

华　她在巴特的时候,没有写信给您吗?

奥　没有。

华　对我,您还说这话! 恰是我……(笑)

奥　恰是您?……

华　是我把信交到邮局去的。您放心,看我疯疯癫癫的样儿,却是个肯守秘密的人哩。她写给您的信多么有情趣啊! (笑)

奥　您为什么笑呢?

华　因为您想要在我跟前守秘密,而我知道的还比您多些呢!

奥　是的,但是两礼拜以来,我不曾接到过她的信。

华　对啊;却不是自从我走了之后。

奥　您也没有收到过她的信吗?

华　她干脆就没有写过信。(嘻嘻地笑,作嘲笑他的样子)

奥　(注视她的眼睛的白的部分)您这里有些什么东西?

华　哪里?

卫　他还想逗您生气哩。

奥　您的眼睛的周围黑得很。

华　您也像别人一样,想要说我画眼画眉。认识我的人,有一半以
　　为我画脸谱哩!

奥　还有其他的一半呢,他们不但以为而且相信。

华　您不疯了?

奥　您不搽白的东西吗?

华　我搽粉———一切的妇人们也是一样……

奥　胭脂呢,搽不搽?

华　决不!

奥　决不?

华　晚上搽一点儿,还不每天晚上都搽呢。

奥　您不画眉画眼吗?

华　怎么不画? 这是时样啊!

奥　无论如何,不是上流的妇人所应有的。

华　只要适合于我们的脸孔,有什么要紧呢? 人家分明晓得我是
　　上流的妇人啊!

奥　是与不是,人家看得出来的。

卫　您算是多嘴的人了! ……我们走吧!

华　(向子爵夫人)如果您愿意的话,我领您去看我的房子。

卫　我愿意极了,我恰没有事情做呢。

华　(向奥里维叶)您也跟我们来吧,您看墙壁该怎样装璜,指教

指教。

奥　我不能出去,我等一个人。

华　谁?

奥　一个朋友。

华　叫作什么名字?

奥　为什么您关心到这上头呢?

华　(冷冷地)您告诉了我? 我有话说。

奥　他的名字叫作伊波利特·李崇。十年以前,他旅行的地方真不少。他回巴黎来有一个礼拜了。他是马赛的一个富商的儿子,他的父亲是以油业终身的——您满意了吗? 您认识他吗?

华　(发抖)不认识。

卫　他结了婚吗?

奥　是的;您不必打他的主意了。

华　您认识他的妻子吗?

奥　连他的儿子我也认识。

华　(诧异)他有儿子?

奥　有五六岁了,您诧异什么? 既然您不认识他。

华　这位李崇先生住在?……

奥　他住在利禄路七号。您想要见他吗? 等一等,我就可以给您介绍。

华　不,不,我不想要见他。

奥　您怎么样了!

华　没有怎么样;再会!……

仆　(传报)伊波利特·李崇先生到。

奥　(向华兰亭)好不好?

华　不,用不着。(把面网放下,经过伊波利特之前,把头掉过去,与子爵夫人出)

第三出

出场人：伊波利特、奥里维叶。

奥　您好吗？

伊　很好，您呢？

奥　很好；您的妻子呢？

伊　都很好。刚才那妇人是谁？

奥　她叫山棣夫人。

伊　原来是华兰亭！

奥　您认识她吗？

伊　我个人不认识她；但是我同她的丈夫很熟。

奥　那么，她真的结过婚了？

伊　一点儿不差。

奥　呀！真的！依她说，她的丈夫很有许多过失哩。

伊　这倒是真话：首先他的过失就是不该娶她，因为她似乎已经把她的帽子抛向各磨坊的顶上去了①。

奥　这倒不尽然；但是，她是一个有礼貌的人，遇着磨坊，自然脱帽致敬啦。

伊　您同她很熟吗？

奥　熟倒很熟，却并不打她的主意！刚才您看见有一个妇人同她在一起，她就是找那妇人来的。再者，当我把您的名字告诉她的时候，她的脸色忽然变了，然而她却说不认得您。

伊　我们从来不曾谈过话，但是她该晓得她一生的事迹都瞒不过我。

奥　山棣先生此刻在什么地方呢？……

伊　她的丈夫并不叫做山棣。山棣是华兰亭的母家的姓，自从她

---

① 意思是说她的品行不端。

脱离了丈夫之后,她就改称山棣夫人,因为她丈夫不许她用他的名义了。

奥　他怪她哪一点不好呢?

伊　这少年很爱她,而她却没有良心,给他戴绿帽子。我应该承认她是一个可爱的女人;人家都叫她美丽的山棣小姐。说到财产呢,她一个铜子也没有。那少年很有钱,年纪很轻,很多情,却很胆小,不敢向她求婚。他原是一个朋友介绍他到她家去的,那朋友情愿替他求婚,他于是答应了。不久就订婚、结婚;那朋友便是两个证婚人里头的一个。

奥　另一个证婚人却是您吗? ……

伊　是的。结婚后六个月,那丈夫来找我,说他的证婚人恰是他妻子的情郎。于是他同那人决斗,杀了他,逃走了,留下了二十万法郎给他的妻子,承认这算是给她的衾钱,只不许她再用他的名义,甚至于不许她说她认识他。自此之后,他们不再见面,已经十年了。

奥　现在她的丈夫哪里去了呢?

伊　他在外国过活。两个月以前,我在德国遇见他。

奥　他不爱他的妻子了吗?

伊　我想他是不爱她的了。

奥　然而她却说他永远是爱她的,只要她肯回家依他,没有不行的。

伊　她错了。——那妇人,同她一块儿在你这里出去的,是什么人?

奥　这是一个贵族妇人队里的落伍者,她因为爱奢华,爱娱乐,渐渐地堕落到浪漫的社会里来。她丈夫的家产给她败了,他因此就自尽了,已经有十年或十二年之久。她的财源,第一是靠几个旧交;第二是人家照额面价格卖给她的证券,她拿去再卖,超过额面价格;第三是她那已经漂流将尽的产业的残余,有时候遇着顺风，还把它吹到她的现在之岸。她有一个很标致的内侄女儿，她预备靠着这少女的婚姻刷新她的金塔；只一层，丈夫还找不到。在这青黄不接的时候，她只好自己尽力地挣扎一下子。她常常开夜会，但是人们显然觉得她的抽屉里没有钱，到了第二天，不得不变卖或典当几件珠宝，好开支夜来的茶钱、冰钱、蜡烛钱。她所邀请的少年们，冰是吃的，茶是喝的，新年的时候还送糖果的年礼。他们未尝不结婚，却只同真的上流社会的女子结婚，至于他们对于那子爵夫人与她的内侄女儿呢，遇着的时候，大家只点点头，却不愿使她们同他们的母亲、妻子亲热。

伊　山棣夫人乃是这妇人的朋友吗？

奥　您想她能够看见什么别的社会呢？

伊　说得对！——现在，您写了一封信给我，说有事要我帮忙。我听您讲来。

奥　几点钟了？

伊　两点钟了。

奥　（按铃）那么，为我们很舒服地畅谈起见，请您让我结束了一件事再说。

伊　不要忙，我有的是时间。

　　仆人入。

奥　（把一封信交给仆人说）你把这一封信送给洛南伯爵。你认识他吗？……万一他不在家，你叫人家交给伯爵夫人。去吧。

　　仆人出。

伊　你会写两方通用的信吗？给那丈夫也可以，给那妻子也可以吗？

奥　不。我这信只能给那妻子看的，但是，我恐怕替她惹是非，所以送给她的丈夫。

伊　如果人家把这信交给她的丈夫呢？

奥　呆子！她的丈夫还在乡下呢。

伊　原来如此！这是一件妙计；您晓得吗？

奥　您要这妙计吗？要，我就租给您。只今天我不得已而用这计，这是第一次，也就是最后一次，而且为的是那妇人的利益。

伊　您相信吗？

奥　我把历史告诉您，这历史简单得很。我把人名都说了出来，给您一个证据，使您知道那丈夫不怕他的妻子怎么样，那妻子也不怕我怎么样！去年的秋天……呃，这是一个危险的时令，尤其是在乡间。在这时令，寂寥给人们幻想的自由，每一张落叶便是一首现成的悲诗。在这时令，人们觉得有变为肺痨病者的需要，因为在这黯淡而湮郁的自然里，不是肺痨便配不起它的格调啊。

伊　是的。米勒怀的《叶之凋零》①第一卷第 12 页。我只晓得这个，我已经害过肺病了。

奥　谁不是一样呢？自从 1830 年以来，肺病与国家骑士，乃是人人必经的两条路。——且说，去年秋天，人家把我介绍给洛南伯爵夫人，那时候是 10 月，她住在我的一个朋友的母亲家里。我那朋友叫做莫克鲁华，等一会儿我们恰要谈起他呢。那伯爵夫人有的是金黄的头发，很出色，很有诗意，很有情，却有三分神经病。她的丈夫旅行去了，您晓得普通的习惯吗？我奉承那妇人，自信爱上了她了。大家回到巴黎来之后，她介绍我给她的丈夫认识。

伊　是一个呆子吗？

奥　不，他是一个可爱的男子，大约有四十岁，他对我很有交情，我对他也很有好感；因此之故，两个礼拜之后，我便变成了那丈夫的知己朋友，再也不想及那妻子了，完全不想及了！于是，

①　米勒怀是法国 18 世纪之末的诗人，著有《叶之凋零》(Chutes des feuilles)，恰是咏肺病的。

您看,当初这妇人不给我一点儿希望,在我们二人中间不妨说,她不是私通的人,也不是……(思索)

伊　算了吧,下次您再找一个比方吧。

奥　这妇人,她的自尊心受了伤了,她以为我轻视她……简单地说了吧,她昨天写信给我,说她的丈夫出门了,要几天后才回来,她有些话要向我说明,所以她今天两点钟在家里等我。我已经把她的信烧了,这种无用的说明,难为情的说明,我不愿意要,所以刚才我写了一封信给她说出真情,说我愿意做她的朋友,但是我不十分爱她,或者可以说是太爱她了,不忍拉她走错了路。她一定有几分怪我,但是她却从此得救了。不是我夸口,这倒是救了一个妇人的名誉哩!……

伊　好,您做了这事情,真算忠厚!

奥　我做这事,并不是口是心非的,我可以同您赌咒! 也许因为我入世太深,也许因为我的确是一个忠厚人,我决定不再犯这些不名誉的事情,不肯以爱情为口实。去到一个男子家里,同他握手,叫他朋友,却要了他的妻子,这种事情,不是与我志同道合的人,他们做,随他们做去;至于我呢,我觉得这个太可耻了,太令人心中作恶了。

伊　您真是好到了极点!

奥　我这人原是这样的。

伊　这因为您对于另一方面有了爱情罢了。

奥　怀疑派……

伊　承认了吧。

奥　呃! 这个当然……

伊　我刚才在想:"一个风流男子装作圣人,其中必有缘故。"——那女的呢,我认识她吗?……

奥　不。您没有到巴黎以前,她已经到水边住去了。再者,我不肯说出她的名字,因为怕替她招是非。她是一个上流社会的妇人。

伊　算了吧!

奥　这是她说的。在这时候,她很自由,自称寡妇,已经不是二十岁的女子,打扮得很漂亮,又聪明,晓得妆饰外观;现在没有危险,将来没有烦恼。因为世上有一种女人,她们同人家结合的时候,预先料定将来有什么事情发生,然而她们却能够含笑地说她们的现成的话,把爱情送到驿站,直等到换了新马,再奔前程。她呢,便是这种女人里头的一个。我同她结合,好像一个清闲的旅客不高兴赶火车,却高兴骑驿马;因为骑马快活些,要停呢,即刻可以停。

伊　这事情是从什么时候起的?

奥　有半年了。

伊　还要延长下去吗?

奥　她要延长就延长。

伊　直到您结婚的时候为止吗?

奥　我永远不会结婚的。

伊　说是这样说的,但是,将来有一天……

仆　(入)先生!……

奥　什么事情?

仆　(低声)这乃是旅行去了的那一个妇人。

奥　(指旁边的一室)请她进那边去,我就来。

　　仆人出。

伊　是她吗?

奥　正是。

伊　我走了。

奥　我们什么时候再见呢?

伊　随您的便。

奥　喂?

伊　什么?

奥　您这样就走了吗？

伊　要我怎样才走呢？

奥　莫克鲁华呢？我们什么都谈了，却把他的事情除外。

伊　真的，我们忘记他了。我们真呆！

奥　请您不要说"我们"，不说复数人称，只说单数人称，好不好？

伊　好的。您真呆！

奥　先生，您倒会说俏皮话哩。

伊　有些时候。

奥　您听我说，事情的关系是这样的：刚才您看见的那一位卫尼叶子爵夫人，莫克鲁华先生在她家里同一位赖图先生打牌，吵了一场嘴。那赖图先生要在今天三点钟派一个证人来。看他只派一个证人，可见事情是可以和解的。但是，如果事情和解不了，又要决定一个新的约会，而且我们应该每一方面有两个证人。假使有新约会，大约是今天晚上，但是了结得越早越好。如果我用得着您，到哪里去找您呢？

伊　六点钟以前，我在家；六点钟以后，我在英吉利咖啡店吃晚饭。如果您肯来，我们一块儿吃。

奥　很好！那么，六点钟的时候，您来邀我吧，这是您所必须经过的路。

　　伊波利特出。

第四出

出场人：奥里维叶、胥珊。

奥　（走向旁边的门，门开；后方的门同时闭了）怎么！您来了吗？（向她伸手）

胥　（微笑握他的手）我来了。

奥　我以为您死了呢。

胥　我的身子很好。

奥　您什么时候从巴特回来的？

胥　有一个礼拜了。

奥　一个礼拜？

胥　是的！

奥　呃！呃！呃！但是我今天才看见您！该有新的事情发生了。

胥　也许吧。（半晌）您仍旧很聪明吗？

奥　我更聪明了。

胥　从什么时候起的？

奥　从您回来的时候起。

胥　这差不多是一句恭维话。

奥　差不多。

胥　好，那么很好。

奥　为什么？

胥　因为从巴特回来的人，总还喜欢谈话。

奥　你们在巴特不谈话吗？

胥　至多只说话，不谈话。

奥　呃，似乎您也不很想谈话，否则您回来一个礼拜了，为什么今
　　天才来看我呢？

胥　这一个礼拜我总是在乡下过日子，今天第一次到巴黎来；没有
　　一个知道我来呢。我再说，您是很聪明的了？

奥　是的，不错。

胥　等一会儿我看就晓得了。

奥　您想说什么呀？

胥　天啊！只一个问题：您愿意不愿意同我结婚？

奥　您吗？

胥　不要大惊小怪的，倒弄成没有礼貌了。

奥　这是什么意思呢？

胥　那么，您是不愿意的了？我们也不必再提了。喂，我的亲爱的

　　奥里维叶,我只剩有一句话告诉您:我们不会再见面了,我就要离开此地了。

奥　离开很久吗?

胥　是的,很久。

奥　哪里去呢?

胥　很远,很远。

奥　您使我担心起来了。

胥　有什么稀奇呢? 天天有许多人离开此地;人家发明些火车轮船,为的是这种人啊!

奥　说得对。好,那么,我呢?

胥　您吗?

奥　呃。

胥　您? ……我想您大约仍旧在巴黎吧。

奥　呀!

胥　除非是您也想要离开此地。

奥　同您一起吗?

胥　呀! 不行!

奥　那么,完了吗?

胥　什么?

奥　我们不相爱了吗?

胥　依您说,我们是相爱过来的了?

奥　我曾经相信过来。

胥　我呢,我曾经努力想要相信。

奥　真是!

胥　我一辈都讲恋爱;但是,直至现在,我已经不能够恋爱了。

奥　让我谢谢您。

胥　我并不只为您一人说话。

奥　那么,让"我们"谢谢您吧。

胥　但是,您该晓得:我到巴特去,并不很像一个清闲的妇人去水
　　边住,却像一个会思想的妇人到远的地方考虑去,因为相隔远
　　了,才容易看得见自己的真的情绪。也许您对于我的关系重
　　大,出于我意料之外。于是我离开了此地,试看我是否少不
　　了您。

奥　结果怎么样?

胥　呃,我竟过得去了!您不曾跟着我走;您写给我的信只是灵的
　　方面的。我走了两礼拜之后,完全觉得您是无可无不可的东
　　西了。

奥　您的言语里头很有值得赞赏的地方,这算是大放光明了。

胥　我回来之后,第一个念头竟是不想再来看您,只等候我们有偶
　　然相逢的一天,好同您说明此事。后来我仔细一想,我们两个
　　都是聪明人,与其遇事巧避,倒不如趁早办妥还合理些。现在
　　我来了,我要问您,您肯不肯把我们的爱情做成一种真友
　　谊……(奥里维叶笑)您笑什么?

奥　我笑,因为我心里在想:两个钟头以前,我恰巧说了这话——
　　写了这话,虽则字眼不同,意思却是一样的。

胥　写给一个妇人吗?

奥　是的。

胥　写给那美丽的夏尔洛德·洛南夫人吗?

奥　我不认识这女人。

胥　前次我住在巴黎的最后的日子里,您去看我,已经不像从前一
　　般地有恒。我很快地发现了在您不来以后的解释与不来以前
　　的托故里头显然隐藏着几分神秘。这种神秘,不是女人是什
　　么? 有一天,您从我的家里出来,说您要去会一个朋友,我悄
　　悄地跟着您一直到您所到的地方,我打赏了那门房二十个法
　　郎,他告诉我说那屋子里住的是洛南夫人,还说您天天去看望
　　她。您看,要晓得您的事情有什么难呢? 从那时候我就知道

　　　我并不爱您,因为我努力地想要妒忌,却妒忌不来!

奥　您怎么弄到此刻才同我说起洛南夫人呢?

胥　要同您说的时候,同时要叫您在二人里头挑选一个。那么,她是新的,我不得不牺牲,而我的自尊心因此要受痛苦,所以我不愿意。

奥　呃,您误会了;我真的到过洛南夫人家里,但是她只是我的朋友,永远只是朋友。

胥　这个不关我事。您要爱谁就爱谁,我只要求您的友谊,您肯给我吗?

奥　既然您要走了,还有什么用处呢?

胥　正因为这个哩。远的朋友,难得些,宝贵些。

奥　请您把一切的真情告诉了我吧。

胥　什么真情?

奥　您为什么要走?

胥　因为我要走。

奥　没有别的理由吗?

胥　没有别的。

奥　那么,不要走吧。

胥　不,我有不能停留的理由。

奥　这理由,您能告诉我吗?

胥　要人家的秘密作为友谊的交换,这不是给友谊,却是卖友谊了。

奥　您就是逻辑的本身了。——在未走以前,您?……

胥　我仍旧在乡下住。我晓得您讨厌乡下,所以我不敢请您到乡下去。

奥　很好。这是一种正式的绝交,至于友谊一层,我要尽责任是不难的。

胥　这是您意料不到的难事哩。"友谊"两个字,我不把它当作习惯上的很平庸的话头。普通情郎与情妇分别的时候,互相说保存友谊,只是相互间的冷淡的情感的特征;我所要的友谊呢,却是互相了解的、有效的,这种友谊乃是忠心与维护的别名,遇必要的时候,大家谨守秘密,尤其是这种友谊的特性。您也许只有一次的五分钟的机会对我承认了这友谊,我尽可以相信您了。话是这样说了吗?

奥　话是这样说了。

仆　(入)赖孟·南查克先生请问先生能否接见他。这是他的名片,他是从赖图先生一方面来的,说先生今天在家等候他。

奥　对了。我就来。

胥　(向仆人)等一等,让我看一看那名片。

奥　(把名片递给她)名片在这里。

胥　对了。那么,南查克先生是您的朋友了?

奥　我从来不曾看见过他。

胥　为什么他来看您呢?

奥　赖图先生同我的一个朋友吵闹,他来做赖图先生的证人的。

胥　巧得很!

奥　怎么样的?

胥　在什么地方出去可以不给人家看见呢?

奥　这个您是很晓得的。——看您多么不自在啊! 您认识南查克先生吗?

胥　在巴特的时候,人家把他介绍给我;我同他谈过一两次的话。

奥　哈! 哈! 倒给我像射覆般射中了! 南查克先生是? ……

胥　您在做梦。

奥　呃! 呃!

胥　既然您要南查克看见我,您就请他进来吧。

奥　我并不要他看见您啊!

胥　(变为不慌不忙地)不,请他进来吧;这么还好些。

奥　（示意叫仆人请客）我不懂了。

仆　（传报）赖孟·南查克先生到。

第五出

出场人：奥里维叶、胥珊、赖孟。

奥　（上前迎接）先生，累您等候了一会儿，万望恕罪。

　　赖孟鞠躬，注视胥珊，作诧异状，又作心中有所感触状。

胥　南查克先生，您不认得我了吗？

赖　夫人，刚才我似乎认得您，但我一时不敢断定。

胥　您什么时候从巴特回来的？

赖　昨天。我预备今天去拜候您，但是也许有什么意外的事情发生，使我今天不能去。这意外的事情，不是我所希望的。

胥　先生，当您喜欢来看我的时候，我永远是很欢迎的。我的亲爱的奥里维叶，我告别了。您不要忘记了我们说好了的话啊！

奥　决不会的。

胥　（向赖孟）告别了，先生；我希望再会。

第六出

出场人：奥里维叶、赖孟。

奥　先生，我听候先生的教诲。（示意请他坐）

赖　（坐，有几分不好气地）啊！先生，事情是很简单的，我的朋友赖图先生……

奥　对不起，我打断您的话头：赖图先生是您的朋友吗？

赖　是的，先生。为什么您问这话呢？

奥　因为有时候……先生，您是军界中人吗？

赖　是的，先生。

奥　因为有时候一个军人以为人家请他做证人是不能拒绝的，无论是他不很熟的人，甚至于完全不认识的人，请他，他也不

　　拒绝。

赖　真的,我们不肯帮忙的时候很少;但是我却认识赖图先生,我同他握手,把他当做我的朋友,他配不起做我的朋友吗? 您问我,为的是这个吗?

奥　不,决不,先生。请您继续讲下去吧。

赖　呃,前天晚上,赖图先生在卫尼叶子爵夫人家里。我也同他一起,他们在打牌。那时候,那里有一个少年人,名叫乔治·莫克鲁华……

奥　是我的一个朋友。

赖　那时候,莫克鲁华先生得手了,"得手"这字眼,我想是他们赌钱的人用的。我从来没有赌过钱,所以关于这一类的专门名词,我一概不懂。

奥　是的,这是赌界通用的字眼。

赖　莫克鲁华先生已经通过了三四次,桌子上有了二十五个路易。于是赖图先生开打,但是这一晚他输得多了,身上已经没有钱了,于是他对莫克鲁华先生说他要用口头下注。说到这里,莫克鲁华恰要转牌,便把牌递给右边邻座的人,说一声"我通过了"。赖图先生看见他不允许他用口头下注,于是以为他一定是欺负他,便要同他理论。莫克鲁华先生回说他们二人所在的地方并不是争论是非的地方。于是他说出您的名字来,把您的地址写给了赖图先生。赖图先生便托我到您家里来,说您的朋友既然不以为应该直接答复,便请您对于这事情给他一个解答。

奥　先生,要一个解答容易得很,我以为在这事情上头,结果只便宜了我侥幸因此与您拜识,此外没有什么。乔治并非有意得罪赖图先生:他把牌通过,这是一切的打牌的人们的权利。当人们看见赢了许多注,不愿意一次失去的时候,尽可以把牌通过的。

赖　在赖图先生未下注以前,莫克鲁华先生就该决定了。

奥　他因为考虑了一下子。

赖　我敢相信,假使是别人下注,他一定受注;假使赖图先生有钱摆在桌子上,他也一定受注。

奥　先生,这个我们完全不知道,请您容许我说,我们所能辩论的只是显然可见的事实——我们所知道的事实。现在我把莫克鲁华先生自己说的话重述给您听:他说他所做的乃是他所常做的事情,也就是人人所做的事情。依我看来,假使我处在赖图先生的地位,我甚至于并不注意到这种细节。

赖　先生,在上流社会里也许如此,但是我们是军人……

奥　对不起,先生,我不知道赖图先生是军人。

赖　但是,我却是军人啊。

奥　先生,请您注意,这上头并不关系于您,也不关系于我,只关系于赖图先生与莫克鲁华先生,而他们却都不是军人。

赖　既然赖图先生选了我做他的代表,我便把这事当做我个人的事情一般看待了。

奥　先生,请您容许我说,您在这上头有了误会了:证人们应该关心于当事人的名誉像他们自己的名誉一样,这个我承认;但是,依我的浅见,尤其应该在当事人的关系上头存一种和解的心理——至少该存一种不偏不党的心理,万一有什么不幸,他们可以不负责任。做证人的,不把当事人的事情推想,看自己设身处地的时候能不能做去,便糊里糊涂地大家辩论起来,这已经是不该的事。再者,请您相信我的话,先生,世上并没有两种不同的名誉,一种特为您的军服而设,一种特为我的衣服而设。人们穿的衣服虽则不同,人心总是一样的。只一层,我觉得人命重要,所以我们该认真地讨论,如果有别的路可走,我们绝对不该很冷酷地把两个男子引到决斗场上去。先生,如果您愿意的话,我们再订一个约会,因为,我老实说,您今天的气质似乎很容易动气的样子,您的朋友与我的朋友不会得解决的。这是第一次我侥幸与您拜识,我不很知道您的心肠,也许有其他的原因,弄到我们并不是真心希望和解两个敌人的人,而我们自己却互相成了敌人,还用得着别的证人呢。

赖　（变语调）先生说的有理,刚才我说的话实在有我个人的问题做背景的。请您原谅我吧,同时请您容许我坦白地同您说。

奥　请说吧,先生。

赖　我是很坦白的人,纯然是军人的本色,我想请求您也一样地坦白对我。

奥　嗳呀!

赖　我们两个都是忠厚人,同是上流社会的人,年纪也一样。假使我不像熊一般地在非洲住了十年,我们早已互相遇见了,结交朋友了;您相信吗?

奥　我开始相信了。

赖　我此刻说的话,早该对您说,不让我的脾气发作,也不让您像刚才那样很聪明地教训我。假使我不是遇着您这样明理的人,而遇着像我一般的性情的人,那么,我们要弄到互相砍喉咙为止,岂不是呆吗? 现在请您容许我质问您一些难开口的问题,这些问题该是您的十年的老朋友才有质问的权利;我预先许可您,一切您所答复我的话都在这屋子里消灭了的。

奥　遵命。

赖　谢谢您;因为这一场谈话可以影响到我的一生。

奥　我在静听了。

赖　我进来的时候,有一个人在这里,她叫什么名字?

奥　安若男爵夫人。

赖　这是一个上流社会的妇人吗?

奥　是的。

赖　寡妇?

奥　寡妇。

赖　什么关系——先生，请您答复我，假使您同样地质问我，我也
　　用我的人格做担保地答复您——她与您是什么关系？

奥　（半晌）友谊的关系。

赖　您只是她的朋友吗？

奥　（把"是"字着重地说）我只是她的朋友。

赖　谢谢，先生；但是，再问一句：为什么安若夫人会在您家里呢？
　　她只是一个朋友……

奥　一个正经的妇人来看望一个正经的男子也不行吗？为什么不
　　行？安若夫人在这里没有做什么，她并不想隐藏什么，您看，
　　她本来可以从这门口出去，不让您看见，而她却磊磊落落地同
　　您谈了一会子的话才走，这不是一个证据吗？

赖　这倒是真话；但是刚才我必须要请您解释，现在我想要坦白到
　　底，索性都说了吧。我是非洲的一个军官。三个月以前，我受
　　伤颇重，医好之后，我告了假休养。两礼拜以前我回到了巴
　　特。我看见了安若夫人，我叫人家介绍我同她认识；她不久就
　　给我一个很深的印象。我跟她回到巴黎，爱她爱到发狂了。
　　她对于我的爱情，没有一分鼓励的意思；她的年纪轻，她长得
　　美；我自问她是不是已经爱上了人，因为她在巴特的时候的品
　　行，乃是无可指摘的。所以刚才我忽然看见她在您家里，我不
　　觉诧异起来，心中很有感触，因此，我自然会猜想，会害怕，会
　　动气，后来因为您说话有理，我的气消了，结果是很坦白地请
　　求您的解释，而您也很有礼地答复我。先生，我希望我们有再
　　见的机会。请您自今天起，把我算进您的朋友里头，如果什么
　　时候您有用得着我的地方，我愿听候差遣。

奥　先生，我所应该告诉您的都告诉您了；祝您好运数吧！

赖　至于那两个敌人，我以为事情是可以和解的。

奥　我的意见也如此。

赖　我们把我们的谈话作一个小小的纪录；我们通知他们，什么都
　　可以说妥了。

奥　一点儿不错；如果您愿意的话，明天见。我到您家里去拜候
　　您；我有您的地址在您的名片上；仍旧照今天这个时间，好
　　不好？

赖　明天见，先生。

　　二人握手，赖孟出。

第七出

出场人：奥里维叶、伊波利特。

伊　（开门）我可以进来吗？

奥　（向后台，最后一次施礼送赖孟，低声说）可怜的男子！

伊　怎么样的？

奥　我的亲爱的，这上头有一大段历史，我看得不很清楚的还不算
　　在内呢。

伊　莫克鲁华先生的事情呢？

奥　已经完了……

伊　这才好……那从水边回来的妇人呢？

奥　一切我的将来的计划都打破了。阿罗根摆布好了的东西，哥
　　伦宾却来推翻了①。

伊　这么一来，您在一天之内，做了两处的绝交了。

奥　一个在前……一个在后……假使棣图处在我的地位，他可以
　　睡得很早，白天的功夫不会耽误了。

伊　呃，我也遇着了一件事情。

奥　什么事情？

伊　刚才我收到了卫尼叶夫人的一张请柬，上面说的是："卫尼叶

---

① 意思是说：张三摆布好了的东西，李四却来推翻了。

子爵夫人恭请伊波利特·李崇先生在下礼拜三晚上赴她的夜
会……"前头写的是地址；但是，我给您猜一猜，这请柬的下面
还写的是什么？……原是写的是："山棣夫人借此恭请，并候
起居……"大约山棣夫人想要同我说她的丈夫的事情吧。

奥　您怎样答复了的？

伊　还不曾答复，但是我一定去。

奥　我也同您去。

伊　她也请您吗？

奥　卫尼叶夫人家里，谁不是她的客呢？再者，在这社会里头将有
一种诡秘的行动。要等到事情告了结束之后，人家才肯给我
知道，倒不如我亲眼看见还痛快些。——您肚子饿吗？

伊　呃！是的。

奥　好，我们吃饭去吧！

第二幕

布景 卫尼叶夫人家里的客厅。

第一出

出场人:卫尼叶、一个仆人、(其后)胥珊。

卫　(向仆人)把梳妆室与我的卧房的灯点上了吧。

仆　(临走时,传报)安若男爵夫人到。(仆人出)

胥　我亲爱的子爵夫人,我本来想要早到,却不能像意料中那么早。但是您该晓得,住在乡下的人,保不定能够常常守时刻。我是在巴黎我的家里穿衣服来的,但是此刻我家的什物东一件,西一件,像是主人离家许久才回来似的。但是,明天呢,什么都可以布置好了。

卫　您并不算迟到啊!

胥　来帮忙的人,总恨到得太迟。

卫　您这样说话,真是可爱! 您收到我的信了,您不怪我不知进退吗?

胥　朋友间有什么不可以说的? 这不过是互相酬报罢了。这里是您所要的东西。(交给卫尼叶一张钞票)如果这个还不够……

卫　谢谢。这个够了,但是今天的白天我已经需要这一笔款子的了。

胥　您为什么不在昨天差人去问我要呢?

卫　最后的时候，我还以为可以有钱收；因为山棣夫人许可过我，叫我去她的经纪人家里支取。到了午时，他才告诉我，说他不能给我钱。华兰亭因此也很难为情；这时候，真不是要她帮助金钱的时候；我可以对您说，我还接到了些讨账单子；我生怕明天给人家传我，那真是败坏名誉的事情，所以我想要避免。

胥　您说得有理，您今天晚上就该付那讨账人的钱。

卫　有两个讨账人哩。

胥　那么，就该付那些讨账人的钱。

卫　我就差我的女仆去。

胥　这种事情，不要给您的下人知道才好。

卫　但是，我不能等到明天。恐怕那些人会来得很早呢。

胥　您自己去吧。

卫　我的宾客们呢？

胥　我替您招待吧；而且，还没有人来以前，您已经可以回来了。您的宾客是谁？

卫　华兰亭，李崇先生——这是她的丈夫的朋友，她要求我给她请来的；查南克先生……唉！假使这一头亲事可以成为事实……这个我还要倚靠您……那么，我们就有了救星了！玛瑟儿，您，我，还有段纳琅侯爵，这都是我预料中的人物。至于莫克鲁华与赖图两位先生，他们的事情虽则和解了，我不晓得他们来不来。

胥　您没有请夏澜先生吗？

卫　他决不来的。

胥　段纳琅侯爵会来吗？

卫　他并没有回我的信；那么，他该是来的。

胥　快出去干您的事情去吧，我等您。

卫　我坐车子去，二十分钟后我就来。恐怕您在这里等得不耐烦了……我把玛瑟儿领去好不好？也许她不须要跟我去。

胥　在这上头,她能够做什么呢?

卫　让我告诉您:我的经济状况紊乱得很,有些事情,我非用另一
　　个人的名义便办不通。所以我解放了玛瑟儿,她的母亲留下
　　一份小小的财产给她,而我是她的保护人;在这名义上,她可
　　以把现在归属于我的财产索还,因为在法律上这是她唯一的
　　权利;我往往因此避免了些新的债主临门,但是也许不得不叫
　　她签个字。

胥　那么,您领她去好了。

仆　(传报)段纳琅侯爵到。

胥　我去同侯爵谈天等您。

卫　对了,我呢,我走了;如果我接见他,我再也躲不出来。请您同
　　他谈起玛瑟儿与南查克先生;他可以对于我们有益处。

　　　卫尼叶出。段纳琅侯爵从另一门入。

第二出

出场人:胥珊、段纳琅侯爵。

段　出去的是谁?

胥　是这一家的女主人,她要出去干一件事情;但是一会儿她就回
　　来的。

段　不要紧! 我大约不等到见了她才走的了。

胥　那么,您不在这儿过夜会吗?

段　不,我只有很少的时间。我的女儿今天从乡下回来,我应该今
　　天把她领到我的兄弟家里去。因为您有信给我,所以我来,否
　　则我连来也不来。

胥　我想要同您说话,却又不愿意叫您到乡下去,因为怕太烦扰了
　　您。段纳琅小姐身体好吗?

段　很好。

胥　您永远不许我看见她吗? 我倒很想看见她,只远远地看见她

　　一面就好了,我知道您不会领她到我家里去的。

段　我的亲爱的胥珊,关于这事情,我们已经解说过,一次就够了,
　　何必再讲呢? 您有话同我说,我在静听您说。

胥　您同我说过,无论如何,您总愿意帮我的忙的。

段　对的,我现在还是这样说。

胥　但是我听见您今天的声气冷冷的,不晓得我倚靠您的约言,是
　　不是不知进退。

段　我不相信我同您约过的话不曾实行过。我说话的声气,适合
　　我的年龄;在这时候我该记得我不是二十岁,而且不是四十岁
　　的人了;我因为怕见笑,所以我只应该现出我的真面目,我是
　　一个老头子,对于我有时候得罪过的人,觉得他们很大量,不
　　同我计较,所以,在可能范围内,我总很喜欢帮他们的忙。

胥　那么,我也用同样的声气回答您。侯爵,我的一切都是您的恩
　　惠;您自己是恩人,也许忘记了;我是受恩的人,永远不会忘记
　　了的。也许您对于我只是逢场作戏,而您总算已经给了我一
　　点儿爱情,也就是我的光荣了。

段　胥珊! ……

胥　我当初不算什么东西,而您却把我做成了个人物;我因为有
　　您,才得到这社会里来。这社会,就那些上流妇人说起来,这
　　算是她们的末路;但是就我说起来,我本是在低处,算是爬上
　　了山峰了。但是,我一说您就容易懂得的,我不敢说大话,然
　　而实际上是如此,我靠着您,得了这地位,不免有得寸进尺之
　　心,竟发生了些奢望。以我现在的地位说,要么,我愿意跌低
　　些;要么,我愿意升高些。——我现在所缺少的乃是结婚,一
　　结婚我就可以满足了。

段　结婚?

胥　是的。

段　您的野心太大了。

胥　您不要消灭了我的勇气吧。您此刻说的话，我也说过，我以为
　　这是不可能的一件事。因为我所找的男子，第一要他有信任
　　心，肯相信我；第二要他是个贵族，好把我引进上流社会去；第
　　三要他很勇敢，好保护我；第四要他很多情，肯把他的全生活
　　给了我；第五要他年纪轻，样儿长得好看、出色，好教我爱他，
　　好教他自以为被爱。

段　这一位贵族的、多情的、有信任心的丈夫，您找着了吗？

胥　是的。

段　他的年纪还轻，自以为被爱吗？

胥　他的年纪还轻，值得我爱。

段　您爱他吗？

胥　是的。您要怎么样呢？我并不是尽善尽美的人。

段　这男子会同您结婚吗？

胥　只要我说起一句话，他马上就会向我求婚的。

段　为什么您还不说呢？

胥　因为我想在事前先征求您的意见；这是不得不做的事。

段　呃，只有三层可虑：第一，这男人表面上很可爱，实际上恐怕是
　　做投机事业的；第二，怕他晓得您的过去的事情；第三，您以为
　　他有钱，也许他的唯一可靠的东西只是一个名字，他只把名字
　　卖给您；这种事情是常常有的。

胥　这男子离开法国十年了，他对于我的身世完全不晓得；假使他
　　晓得一点儿，此刻他马上会离开此地了。他每年有二十或二
　　十五厘佛的入息；所以他不须要卖名，却要买了。等到您知道
　　了他的名字之后……

段　我不想，我不应该知道他的名字。我对于您的事情很关心，所
　　以我甚至于希望您能够实现您的愿望；但是，您问我的动机虽
　　则很可嘉，而我决不能帮助您的心去决定。而且，万一是您说
　　出名字来，乃是我所认识的人，那么，我不得不帮您欺骗一个

有名誉的人,要不然,就不得不对您不起。

胥　真的,好人总是互相维护的。

段　您的主意怎样呢?

胥　我决定离开此地,这样才算顾虑得周到些。我对于我的生活,
应该完全能够作主;遇着必要的时候,我应该离开法国、离开
欧洲,永远不再回来。我这一头亲事,不该使我的丈夫的眼里
有一刻看见我在打算他的金钱,所以我应该有一份财产,这财
产要差不多与他的财产相等,而且要马上可以实现的。您是
我的保护人,只有您知道我的财产的真相:究竟有多少?

段　直到现在为止,您每年有一万五千法郎的入息。

胥　是的。

段　这个代表三十万法郎的本金,利息五厘。

胥　现在这本金呢? ……

段　您只消通知我的书办一声,他是照管您的利益的,他可以把所
有一切的契纸都交给您。

胥　您真是一个好人!

段　我清理我的手续而已。

胥　我将来的一切,都是您之所赐;甚至于我的幸福,在别人的手
里得来,也是您的功劳。

段　一个聪明伶俐的妇人绝对不受人家的恩惠。

胥　这是一种间接的责备了。

段　这乃是普通清手续的话。(吻他的手)请您代我向子爵夫人道
歉吧。(出)

第三出

出场人:胥珊、仆人、(其后)赖孟。

仆　(传报)赖孟·南查克先生到。

赖　我是从您家里出来的。我希望在未到子爵夫人家里来以前,

　　先同您在一块儿谈谈,而且我预备陪送您来的。

胥　卫尼叶夫人写了一封信给我,叫我早些来。她有事要我帮忙。

赖　假使您要我原谅,这倒是一个理由。我进来的时候,同您谈话
　　的人,是子爵夫人吗?

胥　不,乃是段纳琅侯爵。

赖　他不是有一个妹妹吗?

胥　就是奥伯奈公爵夫人。

赖　我的姐姐同她很要好;我回来之后,我的姐姐常常缠我,要把
　　我介绍到这一家里去;但是我始终不肯,去有什么好处呢?

胥　侯爵有一个很可爱的女儿。

赖　与我有什么相干?

胥　将来她有四五百万的奁钱呢。

赖　我不预备娶她,我倒不关心她这个。

胥　为什么不呢?

赖　我既然爱您,什么段纳琅小姐或别的女子,我还想她们做
　　什么?

胥　真是儿戏!您才刚认识我呢。

赖　一个男子,如果爱一个女人,第一次看见就爱她了;也许不到
　　遇见她的时候,头一天已经爱她了,爱情是感受的,而不是论理
　　的;有么即刻有,否则永远不会有。我好像十年前已经爱您了。

胥　这也罢了;但是,爱情虽则生可以不论时间,而活下去却非要
　　时间不可;我们骤然间感受到的情绪,虽则不望它能够与天俱
　　老,但是我们女界中人,总希望把它的期限延长。您看,您说
　　您爱我,而您却在六个礼拜后就要离开此地了,也许永远不再
　　回来了。您看我像不像一个只求一个月的快乐的妇人?假使
　　您是这样想的,您就侮辱了我了。

赖　昨天我同您说的什么话来?

胥　说的是些疯话……您说不愿意走了……说您想要我做您的妻

子……但是夜里转心一想,第二天就不然了。

赖　我不走……我已经向部里递了我的辞职书了。

胥　真的吗? 您不疯了? 您如果这样为我牺牲,在一年之内,也许
　　一个月之内,您一定后悔。您把我当作您的真的女朋友,同您
　　说老实话。请您想一想,我在您跟前,算是一个老妇人了。我
　　二十八岁了。二十八岁的妇人比三十岁的男子还老些。我为
　　我们两人设想,您该明白这道理。

赖　依您说,一个人要在庸庸碌碌的爱情上头弄陈旧了他的灵魂,
　　虚度了他的光阴,才有自称三十岁的权利吗? 我的意思却不
　　然,我多谢上帝:自从我的青春期以来,他就给我一个灵活的
　　生命,保存着我的一切的情绪,很完整的,很强旺的,直到我现
　　在这年纪,这才是一个男子真的懂得爱情的年纪。您把我当
　　作一个小孩看待! 胥珊,我丧失了我所钟爱的母亲的时候,我
　　只有十岁。一个人,无论年纪怎样小,丧失了一个母亲,即刻
　　就会变老了的。您想,我过的是田野的生活,整天的在寂寞的
　　海边过日子,真所谓与鬼为邻,时时刻刻都想起我的最相好的
　　朋友们躺倒在我的身边,您以为这种生活不会催促我的心思,
　　使我增加了一倍的年龄吗? ……胥珊,我的头发白了,我是个
　　老头子了,您爱我吧。

胥　我爱您,您却仍旧怀疑我。我到夏澜先生家里去谈起您,您看
　　见了我,就怀疑起来。如果我时时刻刻不得不同您的疑心争
　　持,同您的妒忌心争持,那么,我将来变成怎么样呢?

赖　我同奥里维叶说的话恰可以证明我的爱情。哪里有一个真真
　　恋爱的人,肯使他所爱的女人受怀疑呢? 世界上没有不尊重
　　人格的爱情啊!

胥　这倒是真话! 我怪您妒忌,其实我很能够了解,将来我也会妒
　　忌,也许现在我已经妒忌了呢。我最喜欢您的,乃是您从来不
　　曾恋爱过。但是,假使我是您的妻子,我希望一切人们的眼睛

都看不见我的爱情与幸福。现在我所生活的社会,我不愿意再晓得它是否存在,因为这社会里比我更美、年纪更轻的女子太多了,终有一天您会爱起她们来。我心目中的婚姻,乃是永远的离群索居的生活。

赖　胥珊,我要爱,恰是要这样爱法;我要被爱,也是要这样被爱法。从明天起,您要什么时候走,我们就走,走了之后,一辈子也不回来。

胥　天啊!您的姐姐该是怎样说呢?

赖　她该是这样说的:"如果你爱这妇人,如果她爱你,如果她配得起你,你就娶她吧。"

胥　但是,我的亲爱的,她并不认识我啊。她以为我年纪轻,长得美,她猜想我的家庭会与她的家庭一样。她不晓得我只是孑然一身,而且我们该离开此地,那么我的婚姻却使您同她分离。假使她知道了这一切的情形,她一定照我刚才劝您的话劝您。您爱她,您终于会信她的话的。

赖　我的姐姐可以跟定我们过日子的。无论什么地方都留不住她。

胥　您先使我认识了她再说。我想要博她的欢心,博得她尊重我,亲爱我。我希望她自己起意要我做她的弟妇,这一头亲事,我不只想要她答应而已,我还想她自己恭祝成功呢。

赖　任凭您的主意。

胥　还有您的朋友呢?您会去请教于他们,不晓得将来怎样?

赖　我没有朋友。

胥　夏澜先生呢?

赖　只有这一个;但是您该承认他当得起我的友谊,因为他是一个光明磊落的人。

胥　自然是的。然而我们的面子同很小的事情也有关系的!假使您同人家说起这一头亲事,后来因为什么理由,结果是不能成为事实,我该是怎样惹人家笑话啊!无论什么时候,如果我使您伤心,您尽可以去投诉奥里维叶;但是,在我没有使您伤心以前,请您守着我们的秘密吧。没有人知道的幸福,才是真幸福啊。

赖　您说得有理,永远有理……奥里维叶虽则值得我推心置腹,我与他虽则四天以来时刻不分离,他不曾问过我,大家没有一次提起过您的名字。不管怎样,我不告诉我的姐姐,也不告诉奥里维叶……好了吧?

胥　是的。

赖　我多么爱您啊!

胥　有人来了。

仆　(传报)奥里维叶·夏澜先生到……伊波利特·李崇先生到。

胥　(低声)奥里维叶! 他来这里做什么呢?

第四出

出场人: 胥珊、赖孟、伊波利特、奥里维叶。

奥　怎么! 子爵夫人不在家吗? 这样叫做招待宾客?……

胥　子爵夫人就来的。

奥　总之,她算是顶会挑选她的代表了;男爵夫人,既然您代表主人,请您容许我给您介绍我的朋友伊波利特·李崇。

伊　(施礼)夫人……

胥　(亦施礼)先生……

奥　您呢,我的亲爱的赖孟,今天您好吗?

赖　很好。

胥　(向奥里维叶与赖孟)一个礼拜以前还不曾相识的两个人,现在已经这样亲密了,可喜,可喜!

奥　我的亲爱的男爵夫人,在良善的人们的中间,有一根神秘的绳子,在他们未相识以前,那绳子早已把他们联络起来了。一到了他们相逢的时候,那绳子便很容易地变成了友谊。——我

　　的亲爱的赖孟,我现在有两个朋友了,我把另一个好朋友介绍
　　给您,这是伊波利特·李崇先生,他旅行了许多地方,非洲他
　　也到过,他可以同您谈非洲。

赖　呀! 先生,这一个好地方,许多人说它不好,您倒去过
　　吗?……(二人一面谈话,一面走开)

奥　(向胥珊)我以为您还在乡下……

胥　我是今天晚上回来的。

奥　哦!……您有什么新闻告诉我?

胥　什么也没有。

奥　那么,轮到我告诉您些消息了。

胥　说吧。

奥　南查克先生爱您哩!

胥　您说笑话!

奥　他没有同您说起什么吗?……

胥　没有。

奥　唉! 奇!……他倒对我说起?

胥　那么,他走了弯路了。

奥　您预备听他说出来吧。

胥　您预先告诉了我,倒是一桩好事。

奥　为什么?

胥　因为我好赶快向他表示意思,使他知道他爱我也是枉然的。

奥　那么,您不爱南查克先生吗?

胥　我呢? 这是什么话?……

奥　不是"有几分爱"吗?

胥　也不是"十分爱"。

奥　也不是"热狂的爱";那么,是"完全不爱"了①?

———————————

① 这是法国流行的占爱情的话头。占语分为四种:第一种是"有几分爱",第二种是
　　"十分爱",第三种是"热狂的爱",第四种是"完全不爱"。

胥　您说的对了,完全不爱。

奥　我误会得妙啊!但是,您这样对我说,我倒很欢喜。

胥　为什么?

奥　等到只有我们两人在一块儿的时候,我才告诉您。

胥　赶快吧,您晓得我要走的。

奥　您还没有走啊。

胥　谁会拉住我呢?

奥　是我!……我希望。

胥　当心!我要去请求洛南夫人保护我。

奥　洛南夫人是不管我的事情的。我去拜访了她三天,她都不接见我。

胥　您要不要我去见她,替你们调停?

奥　您吗?……

胥　是的。

奥　她不接见我,却会接见您吗?

胥　也许吧……我要人家接见我,人家就接见我的……让我替您效劳吧。(走开)

奥　(自语)这倒像一种恐吓的话。我们将来看吧。

第五出

出场人:胥珊、赖孟、伊波利特、奥里维叶、卫尼叶、玛瑟儿。

卫　(入)先生们原谅我。

胥　(向子爵夫人)怎么样?

卫　都办妥了,谢谢您。

玛　(向胥珊)夫人,您好吗?

胥　您呢,我亲爱的孩子?

玛　我吗?我身子很好,这才讨厌呢;常常一个女人身体很好的时候,便没人关心于她了。

胥　当您夜里睡觉的时候,我听见您有时候还咳嗽哩!

玛　唉!这个不算数。自从我知道有我之后,我就伤风到现在。大约是出世的时候已经感受了风寒了。

卫　(当是时,奥里维叶把伊波利特介绍给她,她向伊波利特说)先生,您这人真好。虽则我这一次请您,不很合普通的规矩,而您居然肯来。山棣夫人,她的丈夫是您所认得的……

伊　是的,夫人。

卫　山棣夫人希望同您谈起一件重要的事情,而她家里还没有布置得很好;所以她想要借我家请您,她说您一定来。我很爱华兰亭,我热烈地希望她的心愿能够实现。

伊　夫人,如果这个只关系及我一人,事情是可以实现的。

玛　段纳琅先生没有来吗?

胥　他拜托我替他道歉。他特地来说他不能来的。他的妹妹今天请客。

玛　唉!我很希望见他呢!

卫　你们一说,我就想起一件事来了:南查克先生,您不是同我说过同您的姐姐来吗?

赖　是的,夫人,但是她的服还没有满期,而且她的身体还有几分不舒服。等到她好些的时候,我马上就介绍她同您拜识的。

奥　(向赖孟)喂?

赖　什么?

玛　喂,南查克先生?

奥　等一下我再把我要说的话同您说吧。

赖　小姐?

玛　(向奥里维叶)奥里维叶先生,请您把南查克先生借给我一会儿,我就还您的。(向赖孟)我有话向您谈,但是,在未谈话以前,请您把我的帽子上的别针除下来好不好?

伊　(向奥里维叶)这少年妇人像是很聪明似的。

奥　她是一个少女。您绝对不会猜她是个少女哩！

玛　喂，南查克先生，人家在算计您，您晓得吗？

赖　真的吗，小姐？

玛　真的，人家想要您同我结婚。

赖　但是……

玛　唉！不要客气，您不愿意娶我，我也不应该做您的妻子；您所
　　爱的一个人比我好多了。这人已经给我猜中了，我却不说出
　　来。现在您可以放心，不用怕了，随我来吧，这么一来，我的姑
　　母要说您在追求我，她就快乐了。一个人为亲属而做些事情，
　　本是应该的；然而我是一个好人，看见些不幸的人们给人家算
　　计，我决定提醒他们。话是这样说了，当心不要弄破了我的帽
　　子；我只有这一顶了，恐怕还是赊来的呢。（笑着偕赖孟出）

卫　（向胥珊）我同您说什么话来着？您看，顺利极了。

伊　南查克很像个好心的人。

奥　这是一个可爱的男子，我也预备要救他，也许将来我要后悔，
　　也顾不得了。

仆　（传报）山棣夫人到。

奥　这是你的事情了。

第六出

出场人：华兰亭、卫尼叶、胥珊、奥里维叶、伊波利特、(其后)玛
　　　　瑟儿、赖孟。

卫　又是您到得最后。

华　（低声向子爵夫人）赖图先生不让我走；我好容易逃了出来；他
　　不晓得我在这里。李崇先生来了吗？

卫　他在那边同奥里维叶谈话。

华　唉！我的心跳得很快。

胥　放出些勇气来！

奥　（走近华兰亭）您的身子好吗？

华　很好，谢谢。

奥　您今天打扮得像一个中流社会的妇人一般，倒很相宜。我把我的朋友李崇介绍给您。既然您叫人家请他来，大约是想要认识他吧。

华　请您介绍好了。

奥　（介绍伊波利特）这一位是伊波利特·李崇先生……这一位是山棣夫人……

胥　是……

华　（施礼）先生，我希望了许久，今天侥幸得与先生相逢。

伊　夫人，您这人真好。十年以来，我很少住在法国。

华　（看没有人听见她说话，悄悄地向伊波利特）嗳呀！伊波利特，您预备把我怎样处置呢？

伊　您吗，夫人？

华　是的！

伊　直到现在，我怎样处置您，我预备将来也是如此啊。

华　但是，我现在的境况是难堪的了。

伊　为什么？

华　您还问我哩！我们有十年不曾说话了。我总算是您的妻子啊。

伊　在法律上，是的。

华　您爱过我的。

伊　爱到了十分。我几乎因此死了；幸亏没有死。

华　现在呢？

伊　现在我再也不想起您了，我并不关心于您，好像世界上没有您似的。

华　但是，您晓得到这里来会看见我的，您却肯来。假使您不关心于我，您还来吗？

伊　夫人,您误会了,我这一来,恰恰因为我不怕同您相逢。

华　那么,您永远不恕我的罪吗?

伊　决不!

华　您的家门永远不为我开吗?

伊　就是我愿意,我再也不能了。

华　那么,人家告诉我的话是真的了?

伊　人家告诉您的是什么话?

华　说您家里有人住了,不是吗?

伊　给我所爱的人们住了,这倒是真的。

华　我可以把他们驱逐出去。

伊　您该晓得,我们两人中间,只我有示威的权利;请您不要忘记
　　了。我经过三年的痛苦、寂寥、失望,在那时期之内,假使您肯
　　忏悔,说一句话,流一点眼泪,我早已恕了您的罪了,因为那时
　　我始终还爱您。我过了三年的凄凉生活之后,我决定仍旧活
　　下去。在一个偶然的假定的家庭里,我得到了些幸福,乃是您
　　不曾愿意给我的幸福。唉! 您看,一个妻子做错了事,把一个
　　善良的男人弄到这个非常的地位。自从我们分离之后,您做
　　了什么事,我都知道。直到今天您才有意依靠我。您清闲放
　　浪地把您的财产乱用,用到快完的时候,才自思道:"看现在我
　　的丈夫肯不肯再要我!"自从您在这里,您口里的话没有一个
　　字是从心里出来的。不,夫人,不,我们什么都完了;我只当您
　　死了。

华　那么,将来我变成怎样您都不管了?

伊　您喜欢做什么就做吧;我不爱您了,您不能使我痛苦了;我是
　　一个善良的男子,您不能使我惹人家笑话。

华　我正想要知道这一层,将来闹出事来,都为的是您。

伊　那么,告别了,我们一定不会再见面了的。

玛　(当二人说话的时候,入,屡屡示意叫伊波利特忍耐)先生,您

就走了吗?

伊　是的,小姐。(向华兰亭)夫人……(向她施礼)

华　(施礼)先生……

卫　李崇先生,您就同我分别了吗?您未免不客气了。

伊　我同家里说过早些回去的。

卫　您为什么不同李崇夫人来呢?

伊　山棣夫人只邀我一个人。

卫　每礼拜三我都招待宾客,先生,您与李崇夫人愿意来增光,来同我们喝一杯清茶的时候,我非常欢迎。

伊　(向奥里维叶)我明天去见您,有话同您谈。(施礼而出)

第七出

出场人:玛瑟儿、赖孟、华兰亭、卫尼叶、胥珊、奥里维叶。

玛　结了婚的人都是靠不住的。

赖　(向奥里维叶)刚才您想同我说些什么话吗?

奥　是的……喂,我的亲爱的赖孟,您再也不同我谈起安若夫人了。这伟大的爱情怎么样了?

赖　我放弃了。

奥　就放弃了吗?

赖　是的,我枉费工夫。

奥　您看见枉费工夫,马上就决定放弃了吗?

赖　叫我怎么办呢?

奥　这才对啊。您该晓得,您完全变了巴黎人了,您这样有见识,真是我意料所不及。我恭喜您,因此我就敢给您进一个忠告。

赖　什么忠告?

奥　您同子爵夫人说过,说您可以给她介绍您的姐姐吗?

赖　是的。

奥　您听我说,不要领她到这里来。

赖　为什么？子爵夫人的家里不是一个规矩的人家吗？

奥　我不说这个，好人家不一定有好面目。但是，您试抓一抓这上面，您就看见下面有什么了。您听？（高声）赖图先生今天不会来吗？

卫　他已经写信来道歉，说有意外的事……

玛　假使发明这"意外的事"四个字的人可以得一张发明奖凭，那么，他可以发财了。

奥　赖图先生也许不说谎；偶然说一次，他本来可以说出真情啊。

玛　他怎样得罪您了？您老是说他的坏话；他呢，只说您的好话。

奥　他说我的好话，只是他的义务。

玛　他是一个可爱的男子，很规矩，很大方，很有礼貌；不是可以用随便责备别人的话来责备他的。

奥　很好！那么，他什么都有了；因为他把他的财产用得很阔气……

华　这也是真的。

奥　真的，要看他的钱来得容易不容易啊！他每夜都赌钱，老是赢的。

卫　您也许想要说他赌骗局，是不是？

奥　不，我只说他常常走赌运，运气不像我们的肚皮，每人可以有的，不要故意造作也可以有的。

赖　我的亲爱的奥里维叶，不要忘记了我是赖图先生的证人啊。

奥　是的，他是您在巴特的旅客的食桌上认识的。我的亲爱的赖孟，您是一个忠厚的人，您以为世上的人都像您一样，这真危险极了。我看赖图先生像是往往寻人家决斗，我呢，我是绝对不肯像他一样的。

胥　您想要说他没有勇气吗？他在十八岁的时候，第一次决斗，就杀了他的敌人。

卫　这样走进生活里，很好。

奥 好,走进别人的生活里,我不肯冒犯赖图先生的勇气,我只说像莫克鲁华这么一个有名誉的人不该同赖图先生决斗,像南查克先生这么一个有名誉的人,也不该给他做证人。

胥 嗳唷,我的亲爱的奥里维叶,赖图先生还配得上莫克鲁华先生吧。

奥 配不上。因为赖图先生自称伯爵,却是马赉的一个放重利的人的儿子。他遗下了五万上下的法郎给他,他这少爷靠着赌运,把这款子变为每年有四万法郎的入息。

华 不要说了!他是个世家子弟。

奥 呃,是哪一个世家?

华 他是赖图·奥怀让的后裔。

奥 至多他只是赖图当心的后裔罢了①。

玛 唉,说得好。

奥 我觉得很奇怪,有些女人,她们自称上流社会的女人……

卫 我的亲爱的,她们非但自称,其实也是上流社会的女人啊。

奥 是的,随您的便吧。——她们这样轻易招待这么一个没人招待的男子,他一来,结果要把她们家里其他的正经男子都弄走了的。我敢相信,像山棣夫人所谓一班先生:白里雅德先生、邦爽先生等,今天不到子爵夫人家里来,只因为他们恐怕碰见了赖图先生。

卫 在这问题上说的尽够了。(半晌)

奥 山棣夫人!山棣夫人!

华 怎么样?

奥 您那和平路的房子布置完了吗?

华 与您有什么关系?我不相信您会常到我家去。

奥 谢谢……您的丈夫呢?

---

① 赖图当心是一种赌博,奥里维叶借此嘲笑他。

华　我的丈夫？

奥　他也妥当了，我是晓得的。我的朋友李崇刚才报告了一些消息。他愿意重归于好吗？中国的蓝缎、黄绸，他买给您吗？

华　我的丈夫吗？我要叫他知道我厉害。

奥　他恰高兴这个哩！

华　我的丈夫，我要告他一状。

奥　这倒是个主意！只不晓得是好呢是坏。为什么要告他呢？

华　将来您看吧。我的丈夫做过的坏事，我都晓得，我的律师会办理得很好的。无论如何，我总还是他的妻子啊。

奥　是您的律师的妻子吗？

玛　我的亲爱的，每礼拜您只有一天聪明；昨天才是您的日子；不要多说吧。

奥　您这话说得太高明了，您晓得吗？

玛　我的亲爱的华兰亭，您让他说去吧。您有您的权利，您的官司一定赢，你相信我的话吧。——奥里维叶先生，您不必再说了。

奥　不，小姐，既然您说，我也可以说。我只说我所懂得的事情。譬如我不懂得弄玩偶，不懂得做假饭，我就不同小女孩们说。

玛　您这话是说我了？

奥　是的，小姐。

玛　我说的乃是您所说的话。当那些大人在小女孩跟前谈论某种事情的时候，小女孩们有参加谈话的权利。何况我已经不是小女孩了呢。

奥　那么是什么，小姐？

玛　我是一个妇人，我说话像个妇人！

奥　您甚至于可以说：像一个男人。

玛　先生！……

华　我早就料到你们会反脸的。

卫　（拉玛瑟儿走）夏澜先生,您走得太远了;这孩子并没有得罪
　　您。下次如果您在我家里须要同人家淘气,只向我一个人说
　　话好了。——来,玛瑟儿。——南查克先生,您陪我们走吗?

赖　我就来。

女人们皆出。

第八出

出场人: 赖孟、奥里维叶。

奥　我的亲爱的赖孟,您听见了吗? 您还要领您的姐姐到卫尼叶
　　夫人家里来吗?

赖　您刚才所说的一切都是真的吗?

奥　再真没有了。

赖　那赖图先生呢?

奥　那是一个君子贼。

赖　那山棣夫人呢?

奥　那是一个没有心肝的妇人。假使她的丈夫不禁止她用他的名
　　义,他的名誉早已给她污辱了。

赖　那桑士诺小姐呢?

奥　她是一个待嫁的少女,是我们所在的社会里的不曾沾污的
　　产物。

赖　我们所在的是什么社会呢? 实际上,我完全不懂。

奥　唉! 我的亲爱的,除非像我这样在巴黎的各种社会的内幕里
　　生活了很久很久,才能够分辨得出这社会与别的社会大同小
　　异的地方来,而且懂了也还很难加以说明哩。——您喜欢吃
　　桃子吗?

赖　（诧异）桃子? 喜欢的。

奥　呃,您试在某一天走进一家食品店里——歇维也可以、波台尔
　　也可以——您问他要好桃子。那么,他会把一筐上好的桃子

给您看,这些桃子是一个一个的用叶子隔开的,使它们不会互相碰着,也不会因互相接触而腐败了。您试问他价钱,他会答复您说:"三十个铜子一个。"——这是我的假定。您试放眼看您的身边,一定看见这一个筐子的旁边另有一个筐子,筐子里的桃子,表面上与刚才那些桃子一般无二,只一层,它们互相靠得紧些,看不见它们的周围,这些桃子,那商人不会拿给您看的……您试问他:"这些卖多少钱?"他会答复您说:"十五个铜子。"您自然会问他:"为什么这些桃子与那些桃子一样大,一样好看,一样熟,一样好吃,却便宜了许多?"于是他轻轻地用两个指尖随便夹起一个,把它翻转来给你看,您可以看见下面有一个小小的黑点,这就是价低的原因。喂,我的亲爱的,您在这儿,恰是在十五个铜子一个的桃子的筐子里。环绕着您的妇人们,个个都是在从前有了过失的,污辱了名声的。她们互相靠得很紧,努力想要使人家看不清楚她们。她们与上流社会的妇人们同一个根源,同一种外观,同一派成见,但是她们已经不是上流社会的人了;于是她们另组织一个社会,我们叫它做"半上流社会"。这社会在巴黎之海里荡漾着,像一个浮岛。这社会召集、收容一切堕落的妇人——逃走的、离乡的、不知所从来的,都收容了,漂流的还不算数哩。

赖　这社会的人在什么地方生活呢?

奥　到处皆有,没有分别;但是巴黎人一看就晓得。

赖　怎样晓得的呢?

奥　看里头有没有丈夫。这社会里充满了实际上结过婚的妇人,而人家从来没有看见过她们的丈夫。

赖　这种奇异的社会从哪里来的呢?

奥　这乃是现代的新产物。从前没有通奸的罪名,我们是晓得的。那时候,风俗比现代宽得多了,现代所谓通奸,在那时候另有一个粗鄙的字眼。莫里哀常用这字眼;这字眼一来,做丈夫的给妻子的通奸的罪名,还比不上这字眼能够惹人家嗤笑那做丈夫的呢。但是自从做丈夫的有了法律为护符,有了把不遵契约的妻子驱逐出家的权利之后,婚姻的风俗里起了一种变化,因此便产生了一个新社会;因为,一切惹是非的、被休弃的妇人们,她们会变成怎样呢?……第一个被赶出门口的妇人,隐藏着她的羞耻,哭泣她的过失,找到一个最凄凉的地方休养去了;但是,第二个呢?第二个去找第一个,等到她们有了两个人的时候,她们便把"过失"叫做"不幸",把"罪恶"叫做"误犯",于是她们互相安慰,互相原谅;等到她们有三个人的时候,她们便互相请吃饭;等到她们有了四个人的时候,她们便手拉手地跳起舞来了。那时候,来在这些妇人身边聚集的大约是这么几种人:第一种是在生活里开始有了过失的少女;第二种是假的寡妇;第三种是用同居的男子的名义的妇人;第四种是真的已经成过家,经过了许多年的夫妇结合的试习期的妇人。总之,凡是自以为是个人物,不愿意人家晓得她的真相的,都集合起来。到了此刻,这不规则的社会居然很规则地活动起来;在少年的人们看来,这私生的社会倒很可爱。在这社会里的爱情,比上流社会的易得些,比下流社会的便宜些。

赖　这社会要走到什么地步为止呢?

奥　这个我们完全不晓得。只一层,在这闪光的,青春、美貌、财产所点缀的表面之下,在这绣花的、享乐的、欢笑的、恋爱的社会之下,有的是灾祸流行。在这里头酝酿着黑暗的罪恶:失体面呀,破产呀,污辱家声呀,打官司呀,母子相离呀,真是数不清!为儿女的,不得不早早地忘记了自己的母亲,以免将来咒骂她。后来,青春过去了,公子王孙都走开了,不再逢迎她们了;于是,往事成尘,剩有懊恼、悔憾、捐舍、寂寥,占住了将来之路。在这些妇人里头,有些找到了一个男子,这男子傻里傻气地把她们的事情认真,于是她们又像摧残自己的生命一般地摧残那男子的生命;还有其他的妇人失了踪,将来结果如何,人们概不过问。后一种妇人攀附着这社会,像卫尼叶子爵夫人就是一个,她们一方面想要爬上去,一方面恐怕跌下来,终于在这社会里了此一生;前一种妇人,或因真心忏悔,或因四顾无人,害怕起来,于是或以家庭的利益为口实,或以儿女为口实,去哀求她们的丈夫恕罪。于是有些朋友出来调停,拿出几个大道理做个大前提,但是那妇人已经老了,人们不再提起她了;大家好好歹歹地把那曾经衰落的婚姻重新粉饰起来,把门面裱糊一下子,走到某地方去活了一两年;其后仍旧回到家里,社会上的人们闭着眼睛,让她不时悄悄地从一个小门进去;唉!她当年出来的时候,光明正大地走的是大门啊!

赖　怎么!这一切都是真的吗?假使那男爵夫人听见您这话,她一定很欢喜的。

奥　为什么?

赖　因为她也一样地告诉过我。

奥　她吗?

赖　是的;她说的不像您说的通畅,这个我承认。

奥　呀!(自语)她这么一来,倒显得她还有手段。(高声)但是如果她这么认识这社会,为什么她也到这里来呢?

赖　我已经这样问过她,她答复我说:从前结交了些朋友,现在有时候不得不周旋一下子——譬如山棣夫人就是她童年的女友。再者,她很关心于桑士诺小姐,她看见她在这个坏地方,正想要把她提拔出来呢。话虽如此说,她不久也就与这社会断绝关系的。

奥　怎么?

赖　这是一种秘密,但是在一礼拜内您就可以知道一个重大的消息了。

第九出

出场人: 赖孟、奥里维叶、玛瑟儿。

玛　南查克先生,安若夫人请您,她想要同您说话。(赖孟出)夏澜先生,您不要走,我有话同您谈。

奥　遵命,小姐。

玛　刚才您对我真狠,我哭了;我怎样得罪了您呢?

奥　绝对没有的事。

玛　您对待我不好,这不是第一次了。我晓得您对于我感想很坏,人家已经告诉我了。

奥　人家骗您的。

玛　但是从前您并不如此对待我,而且还有许多好话同我说呢。我差不多已经相信您的友谊了。您在您的家庭里不曾享过福,您已经推心置腹告诉过我了……我呢,我也有我的痛苦。那么我们二人中间,应该同病相怜才是,为什么现在您倒反怪起我来呢?我哪一种行为是可以责备的?

奥　小姐,现在也似从前,您仍旧引起我的同病相怜的心理。只一层……

玛　唉! 说呀!

奥　好,我就说了吧。一个少女该是一个少女,她所管的事情该与她自己年龄的程度相当。至于您呢,我是一个男人,听见您的谈话,有时候我也很难为情! 我不晓得如何答复您才好。所以,我看见您在这不良的社会生长,听见您说刚才那一类的话,我实在为您而伤心哩。

玛　那么,您这样严厉,却是关心于我,谢谢您。但是,怎么办呢?我在这社会里生活,脱离不了。我没有父亲了,也没有母亲了。我所说的话头乃是许多年以来我所听见的话头。也许我生活在这环境里不算是不幸吧? 每天我看见一个妇人犯了第一次的过失,我就知道了,不至于犯这过失了。

奥　这是真的。

玛　但是,这个似乎还不够,尤其是为前途设想。好,奥里维叶先生,既然您关心于我,我就请教于您吧。

奥　请您说吧,小姐。

玛　像我这样一个女子,没有家庭,没有财产,除了像卫尼叶夫人这样一个亲戚之外,没有别的保护人,在我所在的社会里生长,如果这女子她想不受她们的影响,避免她们的揣测,抵抗她们的不良的劝告,不肯使她的志气消磨,应该怎么办才对呢?(半晌)您一句话也不答复吗?您能够可怜我,甚至于责备我,却不能教导我。现在我可以说我不是一个小女孩了吗?

奥　(感动)请您原谅我吧。

玛　我非但原谅您,我还感谢您把我的眼睛张开,以免将来后悔不及。只一层,我要求您,无论如何,如果有人说我的坏话,请您替我辩护一下子;在我一方面,我同您说定,我务必设法永远地做个好人,算是报答您。也许有一天我可以遇着一个好心的男子,他会满意我。再见吧,奥里维叶先生,再见,谢谢。(伸手与他握手。胥珊入)

第十出

出场人:奥里维叶、玛瑟儿、胥珊。

胥　我很喜欢,看见你们和气了。

玛　是的,我因此快乐得很。(出)

奥　奇女子!

胥　(向奥里维叶)她爱您。

奥　我吗?

胥　很久了。

奥　好,总算天天知道些消息。

胥　对啊，我也知道一个消息，我知道您说的话是靠不住的。

奥　为什么？

胥　因为您允许给我友谊，而您并没有守约。

奥　我做了什么事了？

胥　您与南查克先生所谈的话，刚才他告诉了我了。

奥　我没有说起您啊。

胥　这是一种妙手段。假使不是我偶然先下手，那么，您同南查克
　　说了刚才那一番话，岂不就是说我的坏话吗？

奥　既然您不爱南查克先生，那么，这有什么关系呢？

胥　您怎么晓得呢？

奥　您爱他吗？

胥　我没有报告您的必要。

奥　也许吧。

胥　那么，就宣战了吗？

奥　宣战了。

胥　您有些我的信；我请您交还我。

奥　明天我自己送去给您。

胥　那么，明天见吧。

奥　明天见。

第三幕

布景 胥珊家里的客厅。

第一出

出场人：胥珊、梭榧。

胥　（向梭榧）我的书办还没有来吗？

梭　是的，夫人。

胥　我要出去了；如果有人来，您叫他等我。

梭　（开门欲出）桑士诺小姐来了。

胥　请她进来吧……

　　玛瑟儿入，梭榧出。

第二出

出场人：胥珊、玛瑟儿。

胥　亲爱的孩子，您好意来拜访我，有什么事情？

玛　我不搅扰您吗？

胥　您永远不搅扰我的。您该晓得我爱您，我很喜欢帮您的忙。
　　是什么事情？

玛　关于我的前途，您可以帮我很大的忙。

胥　请说吧。

玛　您同段纳琅先生说话很有力量，不是吗？

胥　他倒很想同我要好。

玛　四五年以前,他同我的姑母说,愿意收留我在他家里陪他的女
　　儿同受教育,因为他希望给他女儿一个同年龄的伴侣。

胥　真的,那时节,他对我说过他有这意思;但是您的姑母已经拒
　　绝了。

玛　可惜之至! 假使她赞成了,现在我不至于在我这地位了。

胥　现在怎么样了呢?

玛　我不愿意埋怨我的姑母。我的父母留下的一份小小的财产,
　　因为家中的日用,渐渐花费了,这并不是她的罪过。假使我们
　　算起账来,倒还是我欠她的债呢——调护与抚爱的债是还不
　　清的;但是经济困难的结果,好脾气也弄成了坏脾气。昨天您
　　走了之后,我同她说我不爱南查克先生,说我绝对不愿意做他
　　的妻子,于是我们争起来,大家很有几分不好过。

胥　这也因为您已经爱上了一个人了。

玛　也许吧! 我们争论过了之后,我的姑母示意我:如果我不依她
　　的意见,就不应该倚靠她。昨天夜里我睡不着,总想找出一个
　　办法,不再要她照顾我。我想起了当年段纳琅先生的提议,于
　　是我来找您。您这人很喜欢帮忙,我想请您去问侯爵,问他四
　　年前所想要做的事,今日是否还愿意做。在一两年之内,段纳
　　琅小姐不会就结婚;她很寂寞地过日子,我很爱她,我相信
　　她将来也一定爱我。她结婚之后,我相信她还留我在她身边。
　　我敢断定:如果您肯维护我,我这小小的计划一定能够成功,
　　纵使得不到这样荣耀的生活,至少是我所希望的、自由的、平
　　静的、淡泊的生活,那我就感激您了。

胥　我今天就去见侯爵。

玛　真的吗?

胥　我反正要出去的,我就去见他。

玛　您这人真好! ……

胥　您写一封信给我交给他吧。

玛　我就回去叫人送信来给您。

胥　您就在这里写吧，省了许多周折，同时我也还要披围巾、戴帽子。您预备好您的信，拿到我的卧房里给我，您就可以等候回音；我在一个钟头以内就回来的……（按铃）

玛　您走了之后，我也就回我姑母家里去。我同女仆出来，没有告诉她，她会担心我的。

胥　（见仆人入，向他）如果夏澜先生来，你就请他等我，南查克先生来也是一样……（仆人出，向玛瑟儿）也许就有客来，那么又要耽搁我们的事情了。我在我的卧房里等您吧。（出）

第三出

出场人：玛瑟儿、（其后）奥里维叶。

玛　（独自一人，写信）我倒很有好的文思……只要上帝保佑我就好！他一定保佑我的……（此时，奥里维叶入，默然望了玛瑟儿一会。——玛瑟儿站起来，把信封好，回头瞥见奥里维叶）呀！

奥　小姐，我吓了您了？

玛　我料不到忽然看见您。

奥　今朝您似乎很快乐的样子。……

玛　是的，我的心里有一种甜蜜的希望，而我恰在此刻遇着您，我很喜欢，因为这都是您之所赐。自从昨天以来，我的前途已经现出新的景象。

奥　您有什么事情了？

玛　不久您就晓得的。我的好朋友，我对于您还能够有秘密吗？再见吧！

奥　您就走吗？

玛　一个钟头之后我再来。再来的时候，您还在这儿的；我此刻去见男爵夫人，我要同她说，叫她留您。（同他握手）您应该永远

地很诚恳,像昨天一样。(出)

第四出

出场人:奥里维叶(独自一人)。

奥　妇人的心,也许可以测量得准,至于少女的心,能够测量得准的人,真算手段高了。昨天我对于这女孩子的感想,与今天她所给我的印象,大不相同!(从衣袋里取出一个包裹,里头包藏着许多信)这时候且把墓志刻在死的过去之上,还希望土地松些才好。(写,念)"交安若男爵夫人收启"……(瞥见赖孟入)赖孟!糟糕!

第五出

出场人:奥里维叶、赖孟。

奥　呃,原来是您,我的亲爱的赖孟!我刚才就该遇着您,刚才我还说起您呢。

赖　在什么地方?

奥　在莫克鲁华的父亲家里,我同他吃中饭。我说我说起您,我弄错了;乃是他说起您。

赖　这么说起来,莫克鲁华的父亲认识我吗?

奥　以个人而论,他不认识您;但是他同军政部长要好,一则因为莫克鲁华先生晓得我认识您,二则因为他原是个老军人,很关心于像您一般配穿军服的人们,所以他问我晓得不晓得您为什么向部长辞职。我答复说,我非但不晓得为什么,连您辞职的事情我还不知道呢。我加上了一句,说我怀疑这不是事实;但是他说这是他本人在部长处得来的消息哩。

赖　这事情是真的,我所以没有告诉您者……

奥　我的亲爱的赖孟,您有您的秘密。我们的友谊达到互相关心的地步,却达不到不知进退的地步。辞职是一件大事,您辞

　职，一定有很强的理由，不是一个朋友的劝谏所能动摇
　的。——您的身体好吗？

赖　很好。——您要同我分别了吗？

奥　是的，因为男爵夫人不回来。

赖　我们可以在一块儿等候她，如果您愿意的话。

奥　我没有时间；我要拜访一个人。……

赖　您要我替您同她说什么话吗？

奥　(半晌)如果您愿意的话，请您告诉她，说我把她要的东西带来
　给她。

赖　这差事神秘得很！您怪我吗？

奥　天啊，为什么？

赖　这是很自然的。您同我很有交情，我有瞒您的事情的时候，怪
　不得您诧异，而且怪不得您怪我。请您宽恕我吧！人家吩咐
　我不要多嘴，我对于这人的要求是不能拒绝的；我非但不曾同
　您说出真情，而且昨天我还在您跟前打了一个小小的诳语。
　我抱歉得很。现在，我要把一切都告诉您了，因为自从昨天以
　来，我心里不舒服得很；我骗了您，觉得非常地可耻。

奥　我觉得您不说也好，我甚至于要求您不必提起一个字。

赖　我的亲爱的奥里维叶。这种小小的怨恨，对于小孩子们是相
　宜的，对于我们这样年纪的人却不相宜了，而且我今天本来要
　到您家去请求帮忙一件事。

奥　帮忙一件事吗？

赖　我要结婚了。

奥　您吗？

赖　是我。

奥　同谁？

赖　猜猜看。

奥　我哪里猜得着呢。

赖　我们第一次见面的时候,我请教您好些话,我曾经对您说那一场谈话可以影响到我的一生。现在我要同安若夫人结婚了。

奥　胥珊吗?(连忙改口)男爵夫人吗?

赖　是的。

奥　您说的是笑话。

赖　我不说笑话。

奥　那么,当真的了?

赖　再真没有的了。

奥　是她先有意结婚吗?

赖　是我。

奥　呀!——好朋友,恭喜,恭喜!

赖　这消息似乎使您诧异的样子。

奥　我承认这是我意料不到的事情。虽则您昨天想要免除我的误会,我总一心以为您始终是爱安若夫人的,我想您辞职为的是要同她在法国住许久许久;但是我承认我没有一秒钟猜想到这是婚姻的问题。

赖　为什么不呢?

奥　因为依我之见,婚姻是件大事,一句话关系一生,应该考虑很久,不像您这么快。

赖　好朋友,我的意思恰恰相反,我以为一个人遇着幸福到来的时候,应该赶快擒住才是。我很自由,我没有家庭,我不曾恋爱过。我有三十岁了。安若夫人也很自由,她是个寡妇,她是上流社会的妇人,您自己也这样同我说过;我爱她,她爱我,我们相爱;我似乎觉得这是一件很自然的事情。

奥　一点儿不错。你们什么时候结婚呢?

赖　在法定的期间内。请您不要同人家说起这一场婚姻,男爵夫人希望人家不谈起;我们预备隐逸的,她甚至于要远离巴黎之后才结婚呢。只有我要这一场婚姻在这里举行,因为您的缘故。

奥　因为我的缘故吗？

赖　是的，我结婚需要人证明，我预备请您参加我的婚礼。

奥　您同男爵夫人结婚，要我做证婚人吗？这是不可能的。

赖　您拒绝我的请求吗？

奥　我明天就动身了。

赖　您为什么没有同我说起您要旅行呢？唉！我的亲爱的奥里维叶，您怎么样了？这几分钟内，看您的神气，很有难为情的样子。

奥　因为这本来是难为情的事。

赖　怎么样的？说呀。

奥　喂，赖孟，您是否相信：如果我对于一件重大的事情给您进一个忠告，只为的是希望您好？

赖　是的。

奥　那么，您相信我的话，把这一场婚姻延搁下去吧，这时候还来得及。

赖　您这话是什么意思？

奥　我的意思是：一个人无论怎样钟情，也用不着结婚——如果有别路可走的话。

赖　我的亲爱的奥里维叶，我同您说我爱安若夫人的时候，我也许忘记说我尊重她的人格。

奥　也罢，我的亲爱的，我们不再谈起了吧；再会。

赖　您不等男爵夫人了吗？

奥　不，我再来。

赖　奥里维叶。

奥　赖孟？

赖　您有心事，我晓得。

奥　什么心事都没有。

赖　有的。

奥　我的亲爱的,不是我说,您这人真是与众不同!

赖　我有什么特别的地方呢?

奥　人家没有法子同您谈话,人家希望您好,您却当人家不怀好意。人家只说半句话,您就动气,像一尊大炮着了火似的,您的推论,竟是四十八生①的大炮弹,把您的手脚都打碎了,这真令人灰心。我以为我尽朋友的责任,向您进一个忠告;您却用一种冰冷的答复来拦我的话头,我想只有您会这样。我们说话,不惯用整个的字眼,我们巴黎人,只说半个字就懂得了。您这么一来,却把我吓煞。

赖　呀!我的亲爱的,我虽则是军人的身份,我的感觉与心灵并不因此就完全消灭了。我晓得——这大约就是您想要说的——我晓得每一件事情都可以有两方面,一方面是正经,一方面是滑稽;直至现在,我把我的事情认为正经;如果它是滑稽的而我看不出来,这就是我少经验之过,做我的朋友的有开导我的权利与义务。请您相信我吧,如果给我看出来之后,先是我笑起来呢!

奥　您说是这么说的,却不会笑起来。

赖　您不算了解我的。每天总有迷路的人,只要有一天人家告诉他的错误,他唯一的好办法乃是欢欢喜喜地听从。"不完全则宁无",这是我的口号。

奥　您不会改口?

赖　我不改口。

奥　好,我的亲爱的,既然事情如此,我们只好笑吧。

赖　我走错了路吗?

奥　错得妙。

---

① 编者注:此为计量单位 centimètre 音译"生的米突"之省,即厘米。

赖　她不爱我吗？

奥　我不说这话；而且我还以为她十分爱您。但是，我们二人中间不妨说，这并不成为您结婚的一个理由，她一方面却不同了。像您这样一个丈夫，不是天天可以找到的，在未遇见以前，不知经过多少尝试哩。

赖　呀！那男爵夫人呢？……请您叙述给我听吧。

奥　说起来话长呢。再者，别人的事情，与我有什么相干？一切我所能告诉您的，乃是人们不会同安若夫人结婚。

赖　真的吗？

奥　除非从非洲回来的人，才打这个主意。

赖　您把我的眼睛张开了！现在我晓得为什么她想要我为这婚姻守秘密；为什么她要离开巴黎才结婚；为什么她对我说，叫我当心您。

奥　她分明晓得我很爱您，不让您……做这样一件事，一定要给您多少指示的。

赖　你晓得这妇人的手段高吗？她把我的心灵整个地占住了。

奥　她本来很得人心，这个我们不能不承认；她有很能动人的心灵，她的左右的妇人都比不上她，因为她能够走进她们的社会里占一个位置，已经算是胜人一筹了。我劝您不要同胥珊结婚，却该爱她，她本来值得爱。

赖　您在这上头晓得些什么了？

奥　我吗？不。

赖　此刻还客气，有什么用处呢？这一次不像我初见您的那一次了；那一天，您很客气，说话很谨慎，那是自然的。因为那时候您还没有了解我。

奥　那一天我说的原是真话。

赖　算了吧！

奥　您还说哩！您问我："您只是她的朋友吗？"我说："是的。"这倒是真话,我只是她的朋友。再者,您说的很对,那时候我没有了解您;看您的来势,活像要大杀一场;我没来由关心于您。我自己说道:"这是一个爱男爵夫人的少年;他是——或不久就是她的情郎;不出两个月,他离了巴黎之后,还深信曾经给一个上流社会的妇人爱上了,因此他便甘心去战死了。好,一路福星!"但是,此刻我才了解您的心、您的性情、您的坦荡的襟怀,而您却告诉我,说要把您的名给了她!糟糕!这又是另一件事,我如果静默下去,乃是对您不起,总有值得您责备的一天。所以此刻我一点儿不隐藏了。这事情是顺着自然的发展的,您不怪我吧?

赖　我吗?好朋友,我怪您吗?您不疯了?请您相信我吧。我非但不怪您,我一辈子也忘不了您的恩呢。……

奥　与恋爱的人相处,不知如何说话才好。

赖　我不爱这妇人了。

奥　一切我刚才告诉您的话不许第三人知道,这是一定的。

赖　自然啦。现在您怎样劝我呢?

奥　您说哩?这是您的事儿。

赖　这倒不很容易办。事情弄到了这地步,总得找个理由,有所借口才行。

奥　在这种情形之下,一切的理由都是好的。到了决定了主意的时候,您就会悟出一个理由来的。再者,到了那时候,您就不得不承认她的地位。于是您的理由就是充分的了。

赖　什么地位?

奥　要做一个寡妇,先要有个丈夫,丈夫死了,不错;但是,死了的丈夫,不像活着的丈夫那么容易得到手啊!

赖　这样说来,她不是寡妇了?

奥　她从来没有结过婚。

赖　您敢断定吗?

奥　我敢断定。没有一个人看见过安若男爵！……再者,您的姐
　　姐认得段纳琅侯爵,如果您想要知道底细,您可以去找侯爵,
　　问他。这乃是对于男爵夫人的身世知道得最确切的一个人!
　　但是您千万不要对不起我;这种帮忙,乃是朋友间的事情,用不
　　着公布的。话说完了,再会吧。我情愿不看见她回来,她看见了
　　我,就会怀疑起来,我是不愿意她晓得我们这一场谈话的。

赖　当然。——那么,您托我的事情,我也不必办了?

奥　什么事情?

赖　您不是请我同她说,说您今天上午给她带来的东西,下次再带
　　来给她吗?

奥　什么都不必说。

赖　这乃是什么东西?

奥　是些文件。

赖　关于事务的文件吗?

奥　是的。

赖　关于经济上的事务吗?

奥　正是。——再会吧。

赖　好朋友,今天您不是第一次看见我了。您坦白,却不坦白到
　　底,这是您的错处。这些文件乃是些书信,您承认了吧。(静
　　默)嗳呀!我们到了这地步;您对我说得越多越好。

奥　好,那么,是的,这是些书信。

赖　这是她写给您的信,她因为结婚所以想要收回。喂,我请您做
　　好事吧。

奥　怎么?

赖　如果您的确是我的朋友,请您给我一个证明。

奥　要怎样证明呢?

赖　把这些书信交给我。

奥　给您?

赖　　是的。

奥　　您分明晓得这是不行的。

赖　　为什么？

奥　　因为一个女人的信是不能交给人家的。

赖　　这要看……

奥　　要看怎么样？

赖　　要看那请求的人是谁，与被请求的人的地位是什么地位。

奥　　无论是怎样的一个妇人，她的书信总是神圣的。

赖　　(神气严重起来)我的亲爱的奥里维叶，此刻您才引用这些格言，未免太迟了吧？

奥　　您觉得吗？

赖　　是的，一个人说您这一类的心腹话，既然开了端，非说尽了不可。

奥　　呀！喂，我的亲爱的赖孟，我现在觉得我做了傻瓜了，我本来不该开口的。

赖　　为什么？

奥　　因为您并没有意志想要"笑"，因为您口头上不说，心里却十分爱安若夫人，因为刚才您欢天喜地无非逗我开口。我想不到您的手段这样高。再会吧。

赖　　嗳呀，奥里维叶，看朋友的情分上，把这些信交给我吧。

奥　　我再申明一句，您真是强人所不能，这不是您我所应该做的事；您这么一来，令我诧异得很。

赖　　我只求对于您刚才所说的话得一个证明……

奥　　信与不信，乃是您的自由。

赖　　我所求于您的事，将来我也一样地对待您。

奥　　您用您的人格同我赌个咒吧。

赖　　我……(住口)

奥　　您瞧！

赖 您有道理。好,我用人格担保,决不看这些信。请您交给我,我自己转交给安若夫人。

奥 不行。

赖 您怕我失信吗?

奥 神明在上,我决不怀疑您。

赖 但是……

奥 赖孟,您听我说,我把真情告诉了您,您决不会原谅我的。我呢,我并不后悔,因为我以为这是我的责任,所以我才告诉了您的。安若夫人的密谋与我的报告,二者之间,很容易选择,还有什么好迟疑的? 在我们这种人之间,我们刚才所说明的话应该已经够了! 然而竟还不够,只当我们没有谈起吧。我这一来,为的是交这些文件给安若夫人,如果她不在家,我预备留在她家里。自从她向我要收回的那一刻钟起,这些文件已经归属于她了。这里都是用信封封好了的。安若夫人出去了,我把这些文件存放在桌子上,好教她回来的时候看见,半个钟头以后我再来看她收起了没有。现在,我的亲爱的赖孟,您高兴怎样就怎样吧! 我曾经是您的朋友,如果您喜欢我,我永远还是您的朋友。告别了,再会吧。(出)

第六出

出场人:赖孟(独自一人)。

赖 奥里维叶! ……(走向那些书信)无论如何,既然我把我的名给了这妇人,她的过去就归属于我了! 让我看这些信吧……(仍旧把信放回原处)他有道理,这是不行的!

第七出

出场人:赖孟、胥珊。

胥 (入)我的亲爱的,我在外面太久了。

赖 不久;而且我并不是一个人在这里。

胥 谁来过的?

赖 夏澜先生。

胥 为什么他不等我回来呢?

赖 他似乎是很忙。

胥 他再来不?

赖 是的,半个钟头以后再来。我的亲爱的胥珊,您是从哪里来的?

胥 唉!我刚才奔走了一场,很麻烦;但是为着您的事情,我也就没有什么可恨的。

赖 为着我吗?

胥 是的,先生,为着您。一个人结婚,不该把种种的事情清理吗?假使您变了心,我就自怜薄命了。……

赖 还不曾。

胥 您有没有变心的机会呢?

赖 这要看您怎么样。

胥 那么,我就不怕了。您始终爱我吗?

赖 始终是的;我爱您的程度是您所想不到的。喂,胥珊,您从……

胥 我从我的书办家里来。做我的丈夫的,应该晓得我的财产的状况。

赖 我们略过这个吧。

胥 我刚才把我的生年证取来了;您看,我没有骗您,我有二十八岁了,没有什么好改口的。(念那生年证)女性的孩子,1818 年 2 月 4 日,夜十一时生;父:约翰・雅辛・克卢伯爵;母:左赛芬・娴粗冶德,约翰・雅辛之妻。……呀!我是好人家的女儿!您看,我前半生所爱的两个人——父母,现在只留下一张差不多灭了字迹的字纸与一张冷干像墓碑般的公文。——这里是我从前结婚的契约。我的亲爱的赖孟,那一天我并不很快乐,因为我并不爱我的丈夫,只遵从我家的命令罢了;然而男爵也没有什么可以非难的。他对于我总算很好了;他是世家的后裔,到了今日,他家已经衰微了。末了,这里是我的丈夫去世的证明书,证明我有光明正大地爱您的权利。您看,我守寡了八年了。过去的事情都妥当了,我们只管将来吧。——您怎么样了?您似乎很挂心的样子。

赖　您把这些文件交托给我好不好?

胥　好极了,但是切莫丢了。

赖　放心吧,等我收到我的文件之后,我把它们放在一起。——今天上午您就只办了这些事情吗?

胥　不。我去见了我的保护人段纳琅侯爵,因为桑士诺小姐托我替她请求他一件事;我没有替她办成功,不称心得很! 那可怜的女孩就要来讨回音了,我不晓得怎样回复她才好。

赖　有一个法子。

胥　什么法子?

赖　在她没有来的时候先写信给她。人们遇着不好的消息的时候,不是常用这法子吗?

胥　是的;然而写信也麻烦得很!

赖　这要看情形! 写给爱人就不然了!

胥　呀! 这个又当别论。

赖　但是您从来没有写过信给我。

胥　我天天见您,写信有什么好说呢? 再者,您不要可惜,您还不曾看见过我的字哩! 我的字不好得很,活像苍蝇的脚一般。

赖　我们就看这不好的书法。

胥　您一定要我写吗?

赖　是的。

胥　好。(写,念道)“我亲爱的孩子! ……”呀! 这一支坏笔头!

"我已经依照我同您约过的话，去见过了段纳琅先生，但是我看见我们的老朋友并不像我所希望的一般地肯听说话……"（赖孟目送她的笔尖，她向他说）这些字真是看不出来的，不是吗？

赖　差不多。——您把这信起头的一页交给我好不好？

胥　要它有什么用处？

赖　给我。

胥　拿去。

赖　（小心地注视那信之后）我的亲爱的胥珊，我忘记了告诉您，夏澜先生留下了一个包裹给您。

胥　里头有什么？

赖　有些书信。

胥　书信吗？什么书信？

赖　您问他要的书信。

胥　我吗？

赖　就是您。

胥　是谁的信呢？

赖　您的！

胥　我的？我完全不懂。信在哪里？

赖　在这里。

胥　给我。

赖　对不起，我的亲爱的胥珊，我请您允许我拆开这包裹。

胥　夏澜先生带这些信来，是给我的吗？

赖　我已经说过了。

胥　那么，拆开吧，如果您高兴看，就看吧。假使您希望在这些信里头发现些什么，您甚至于没有等我回来的必要；只一层，等到您看完您所要看的之后，我要请求您给我解释一切，因为我绝对不懂。

赖　我允许您了,我一定解释给你听——与其说我解释,不如说我
　　们互相解释。(他把包裹拆开,取出一封信,念,又拿来与胥珊
　　写给玛瑟儿的信比较)

胥　怎么样?

赖　胥珊! 这里有人玩弄人家呢!

胥　自然是玩弄我啦,因为如果我猜着了这谜语的一个字,我怕不
　　死了?

赖　您看这些信。

胥　这是些女人的信。

赖　您看下去吧。

胥　(浏览那些书信)这是——或差不多是恋爱的书信,我说差不
　　多,因为看那语气不很多情;然而到底算是恋爱的书信了;往
　　后呢?

赖　您不知道是谁写的吗?

胥　您叫我怎么知道呢? 又没有签字。

赖　不是您写的吗?

胥　怎么,我写的!? 您不疯了? 我的笔迹像这个吗? 这妇人写的
　　一笔好字,我巴不得这是我写的呢!

赖　那么为什么奥里维叶说谎呢? 看他很老实的样子!

胥　说什么谎? 唉! 这是什么来由? 夏澜先生对您说这些信是我
　　写的吗?

赖　是的。

胥　(生气)那么,夏澜先生做过我的情郎了?

赖　似乎是的。

胥　是他说的吗?

赖　他露出了这意思。

胥　这是哪里来的笑话?

赖　夏澜先生是不说笑话的。

胥　他是开您的玩笑的。您昨天哄了他一哄,他发觉了,所以今天
　　他报复您。我认识夏澜先生的时候比您久,我晓得他会做没
　　出息的行为。您说他撒谎,也就是这类行为之一种。他追求
　　过我,我还有他的信,我可以给您看;我想,他看见我结婚,心
　　中老大不高兴,因为我结了婚他越发绝望;但是,说他会希
　　望冤枉我、阻碍我的婚姻,也未免太过了些。我不晓得事情是
　　怎么来的,但是我声明夏澜先生不会有这种行为。

赖　我们将来看吧。

胥　您怀疑吗?

赖　这是他与我二人间应该清理的事情。您要同我发誓,说夏澜
　　先生所说的话没有一句是真的。

胥　发誓吗? 唉! 且不要说夏澜先生说笑话冤枉我,而且您自己
　　也负心,先生!

赖　负心?

胥　是的,您同我订的条约,此刻您已经后悔了;但是您坦白地同
　　我说了,岂不直截了当? 何苦找出这一个法子呢? 这只显得
　　您的心计,不显得您的小心。

赖　您说我做了丑事了,胥珊。

胥　您呢,您怎么样说我的?

赖　夏澜先生快要来了;我们当他的面说明白吧。

胥　怎么! 您要等夏澜先生的允许,才相信我正经吗? 我要叫夏
　　澜先生自己说他不是我的情郎,否则您决不会相信我的。这
　　样看来,您把我当做什么人? 我曾经爱过您,赖孟;但是我老
　　实说,您的怀疑与妒忌的性情,实在令人寒心,因此我也曾很
　　游移,不敢做您的妻子。然而我以为至少您还尊重我的人格。
　　刚才发生的事情,我不愿意追求这是什么理由或什么原因,您
　　已经磨折我的爱情与我的人格了,您已经怀疑我了,我们二人
　　的事从此完了。

赖　但是我的妒忌乃是我的爱情的证据。胥珊,我是何等爱您啊!

胥　我不愿意人家这样爱我。

赖　我对你发誓。……

胥　算了!

赖　胥珊!

梭　(入)桑士诺小姐请问夫人可以见她吗?

胥　请她进来。

赖　我不离开您。

　　玛瑟儿入。

第八出

出场人:赖孟、胥珊、玛瑟儿。

玛　夫人,我来了。

胥　好孩子,我不胜欢迎之至。(向赖孟)南查克先生,请您原谅我,我与桑士诺小姐有话商量。

赖　什么时候我才可以再见您呢,夫人?

胥　等我回来的时候再见;我今天晚上就启程,在启程以前,我不接见一个客。

　　赖孟施礼,出。胥珊按铃。

第九出

出场人:胥珊、玛瑟儿、(其后)一个仆人。

胥　(向仆人)如果南查克先生今天来,你告诉他说我不在家;如果他再三要见,你再说我不许人家进门。去吧!(仆人出)我的可怜的孩子,我去见了侯爵了,我有一个不好的消息报告您:段纳琅先生关心您的事情,但是……

玛　但是他拒绝我的请求。

胥　他恨不得答应您。……

玛 只因怕社会上的批评,所以不敢答应。自从我来看您之后,我已经仔细想过。我晓得他也许实在没有权利把我这等可鄙的地位的人收留在他的女儿身边。段纳琅小姐真有福气,她有一个父亲这样维护她。夫人,我谢谢您,还请您恕罪,烦您走了一遭。

胥 我巴不得做成功;侯爵很爱您,他说他能够帮您的忙的时候,没有不帮忙的,假使有一个男子爱您,而那男子与您之间只有财产的障碍,那么他就除去这障碍。

玛 我只请求依靠他,没有请求他施舍啊!

胥 您这话说得不好。我的亲爱的孩子,为什么您灰心得这样快呢?谁说您所爱的男子没有爱您的一天?谁敢说他此刻不已经爱您了呢?如果他爱您,谁阻挡您做他的妻子呢?

玛 我不爱一个人。

胥 算了,我的亲爱的玛瑟儿,守着您的秘密吧。

玛 我不是听见您说今天晚上启程吗?

胥 是的。

玛 那么,也许我们不再见面了,但是我永远忘不了您对于我的好处。

胥 我到了什么地方,一定告诉您的;您同我通信。远近是一样的,我总尽我的力量帮您的忙。

玛 多谢。(与胥珊接吻)再会吧。

胥 再会!努力前程!

仆 奥里维叶·夏澜先生到。

　玛瑟儿预备出去。

第十出

出场人:胥珊、玛瑟儿、奥里维叶。

奥 是我赶您走的吗,小姐?

玛　不,先生,我本来打算走的。

奥　此刻您愁容满面,怎么了?

玛　时间相追随而不相同。我希望得太快了。料不到生活这样艰
　　难,尤其是孤身与生活奋斗。

奥　但是,如果有两个人呢? 我不是您的朋友吗? ……我再也不
　　愿意您这样忧愁。您肯不肯允许我去看您? 您可以把您的苦
　　情告诉我啊。

玛　是的,而且您叫我做什么,我就做什么。

奥　那么,再会吧——一会儿见吧,也许。(他握她的手。她出)

第十一出

出场人:胥珊、奥里维叶、(其后)梭榧。

胥　这真令人动心! 我听见了您说她的话,我希望能够看见您与
　　她结婚。

奥　从前我不了解她,现在我了解她了。

胥　由此可见一个人不该忙着说人家的坏话;说到这一层,我们二
　　人恰要算一个账。

奥　算什么账?

胥　您尽管装个没事人儿吧! 您同南查克先生说,说他不应该与
　　我结婚。

奥　这是真的。

胥　您同他说出不应该的理由吗?

奥　是的。

胥　您至少有诚实的好处,但是总不免犯了一种……一种什
　　么? ……关于这类的事情,有一种字眼可以适用的。

奥　(作思索状)糊涂?

胥　不是。

奥　不善体贴人情?

胥　也不尽然……乃是一种……卑……

奥　卑鄙的事情……说出来吧,不要让它冲破了您的嘴唇。

胥　对了,一种卑鄙的事情!

奥　为什么我这样做乃是卑鄙呢?

胥　因为有人格的人决不肯说出这种话来。

奥　由此可见您的人格的观念与我的不同,侥幸侥幸。

胥　您绝对不是卑鄙吗?

奥　决不。

胥　您相信南查克先生不会把您的话告诉我吗?

奥　因为他说他决不失信,所以我相信他。

胥　您也说您给我的友谊,这不是失信吗?

奥　做您的朋友是可以的,做您的从犯却不行。

胥　从犯却不容易做。——(笑)喂,奥里维叶!

奥　什么样?

胥　您这种行为倒给了我益处,您晓得不?

奥　那么更好啦!这么一来,我一方面尽了我的责任,另一方面又帮了您的忙。

胥　他从来没有此刻这样多情。

奥　真的吗?

胥　因此我实在没有法子恨您……奇了!您这么一个聪明人,上了当还不晓得吗?

奥　上当?

胥　是的,我的可怜的朋友。您想要同一个妇人争斗,一个最呆的妇人比一个最聪明的男子的计策还多些,您晓得吗?况且我还不是最呆的妇人!昨天我看见您同南查克先生谈话,我很怀疑我们的友谊是靠不住的,那么关于婚姻的问题,您对我也就不会忠心了。假使我不大战一场,把真相埋没了,怎么能够使您的诽谤的话没有一点儿效力呢?于是我就请求您今天把

书信带来还我。只有这么办，才能够使您张开您的眼睛！您
看我是一个索还书信的妇人吗？但是您一点儿不猜疑，居然
很客气地把书信塞在夹袋里带来了。我看您来的时间快到了
的时候，我故意出去，让您与南查克先生在一块儿。您已经尽
了您的忠厚的本事，您告诉了南查克先生，说您从前是我的什
么人，又设法把我的书信交给他……后来我回来了……他不
曾看见过我的笔迹，叫我当面写字给他看，于是他把我的笔迹
与那些书信上的笔迹相比对。……

奥　后来呢？……

胥　后来他看见两种笔迹绝不相同，于是他就相信我是受了冤枉
的，他比以前更爱我了，此刻他只有一个意思，便是要同您拼
命！怎么！您这么大的年纪，还不晓得一个人要同自己最好
的朋友决裂，百发百中的法子乃是说他所爱的妇人的坏处吗？
纵使能够证明那妇人的坏处，该不该证明还是问题。我因为
他怀疑，已经把他赶走了。我同他说我不愿意再见他了，说我
今天就要离开此地——在这种情形之下，一个聪明的妇人不
晓得如此说法吗？我已经向他示意，说我永远不做他的妻子！
十分钟后，他一定到这里来，一礼拜后，我们一定结婚。我的
亲爱的，这都是您之所赐。好，您输了，该罚！

奥　这样说来，您可以写两种字了？

胥　不，我只能写一种字，也就很够了。

奥　那么，事情怎么会弄成这样的？……

胥　我愿意一切都告诉您，因为我到底是一个好人，我并不怪您。
我的亲爱的朋友，您该晓得，像我这样的一个妇人，费了十年
的功夫来砌造一所生活的场所，一块一块的砖，一段一段的
木，好容易砌造起来。她第一着眼的地方，就是看人家的房子
会如何崩颓，自己务必避免那些危险的可能性，在这些危险的
可能性当中，最危险的莫若笔迹。一百个招是非的妇人当中，

有三分之二是从她们所写的书信里发作的。妇人的书信：预
备给收信的人失去，预备退还给写信的人，预备给不该看的人
截去看，预备给仆人偷去，预备给一切的人们公共阅读。在爱
情上头，写信非但没有用处，而且是顶危险的事情。在这种理
论之下，我曾经发誓，永远不写招是惹非的信，十年以来，我都
依我的誓言做去。

奥　那么，我所收到您的那些书信？……

胥　是山棣夫人写的。她是有名的大写手，整天手里不离笔管，这
是她的嗜好。在巴特的时候，她不离开我，有时候我利用她的
怪脾气，叫她设身处地，替我写些回信给您。这些回信，我是
不看的。她写得一笔很好的英国字，又长，又细，又贵族，像一
个散步的 lady！她受过很好的教育！这样说来，您却同华兰亭
通过信来！您放心，我决不向您的朋友李崇先生说起；一说
呢，他就会同您决裂了。

奥　（施礼）我没有一句话答复了。呀！您的力量还强……

胥　现在我们说正经话吧。您做了这种举动，根据的是什么权利？
您非难我哪一点？假使南查克先生是您的老朋友，是您的童
年时代的同学，或是您的兄弟，还有可说；然而不是的，您只认
识他十天或八天。您自以为在这问题上头您是大公无私的，
但是，您相信您不曾受了您那伤损了的良心的不善的命令吗？
您不爱我了，不错，但是，当一个妇人同一个男子说她不再爱
他的时候，那男子当初自以为被爱，忽然失了爱，总不免怀恨
在心。为什么？因为您曾经高兴求爱于我；因为我相信您，以
为您是一个好人；因为我也许曾经爱过您，所以您就变成了我
的一生的幸福的障碍吗？我给您招过是非没有？我败了您的
家产没有？而且，我瞒着您，同别人捣过鬼没有？就算在道德
上说起来，我不配存这野心，希望这么大的声名与这么高的地
位，——其实我也不配？——但是，您是助成我的不道德的行

为的人,轮得着您来闭塞我的光明之路吗?我要走光明的路也不行吗?我的亲爱的奥里维叶,这一切都是不合理的。我们不能说参加了人家的不善的行为之后,便应该倒戈相向!一个男子受了一个妇人的爱,无论爱情怎样少,如果这爱情不是以利益为前提的,这妇人便终身是这男子的恩人,无论他如何报答她,总还报答不了她的恩呢。

奥 您的话不错。也许我以为走的是光明之路,其实是为妒忌心所驱使。但是,凡是好人处在我的地位,没有不像我这样做去的。为赖孟设想,我该说话;为您设想,我不该开口。阿拉伯的俗话说得好:"言语是银,静默是金。"

胥 我只希望您说出这话来。现在……

奥 现在?……

梭榧入。

胥 (看见梭榧进来)没有什么。(向梭榧)有什么事?

梭 南查克先生来了!

胥 我已经吩咐过了。……

梭 他再三地要见男爵夫人。我说男爵夫人不见客。他问夏澜先生是否在夫人家里,如果在呢,就请他出去同他说话。

胥 告诉南查克先生,叫他进来。

梭榧出。

奥 您接见他吗?

胥 不,您接见他。现在您以为该怎样说,您就同他怎样说。您只不要忘记他是爱我的,我是爱他的,我要怎样就怎样。再会,我的亲爱的奥里维叶。(出)

第十二出

出场人:奥里维叶、(其后)赖孟。

奥 好!完得越快越好!(见赖孟入,向他)我的亲爱的赖孟,您想要同我说话。男爵夫人不在这里,我们只两个人。我听您说。

赖　奥里维叶,我还没有忘记我叫过您做我的朋友;但是……

奥　但是?……

赖　您骗我了。

奥　没有。

赖　您听我说。我打定了主意,非有证据的事情我不信。您所报告我的话,安若夫人给我许多反证了。您说她没有结过婚,我却亲眼看见她的婚约。您想说她那婚约是假的吗?

奥　不。

赖　您说她不是寡妇,而我却看见她丈夫的逝世证明书。难道这证明书也是捏造的不成?

奥　不。

赖　我从段纳琅先生家里来,我曾经问过他,他说关于男爵夫人的身世他一点儿不晓得。末了,说到您所谓的安若夫人的书信……

奥　不是她的,我现在晓得了。这是她的一个女朋友写的,教我认为是男爵夫人写的,她们都嗤笑我呢。那么,这并不是我骗您,乃是人家骗我。我以为我有报告您的权利,其实却没有。我的良心以为找到了些反对男爵夫人的证据,实则这上头我自己矜夸的证据却一点儿没有。总之,我想要证明我是您的朋友,结果却只证明了我是一个傻子。我给人家玩弄了,您相信我的话吧。

赖　那么,您把一切您所对我说的话都取消了吗?

奥　一切都取消了。她是好人家的妇女,她曾经结过婚,她是男爵夫人,她是寡妇,她爱您,她与我不过像路人一般,她配得起您。谁说不是呢,谁就冤枉了她;因为一个人说人家的坏话,拿不出证据来,就是冤枉了人家。再会吧,赖孟;自从这次的事情发生之后,我不晓得怎样再见男爵夫人;除非她请我来,否则我再也不来了,而且我想她也不会就请我来的! 至于您一方面呢,请您只怪我笨吧。再会。

赖　再会!

奥里维叶出。

第十三出

出场人：赖孟、(其后)仆人。

赖　将来我非要他说出最后一句话不可。

仆　(入)先生晓得男爵夫人已经出去了,要很晚才回来的。

赖　(坐)好的,我等她。

第四幕

布景　胥珊家里的客厅。

第一出

出场人：胥珊、段纳琅侯爵。

仆　（传报）段纳琅侯爵到。

段　日安，男爵夫人。

胥　我的亲爱的侯爵，今天光临，有何见教？

段　我的亲爱的胥珊，我来看我的书办已经把该交给您的东西都
　　交给了您没有？

胥　都收到了，谢谢。

段　再者，我来问您的安。

胥　我很好。

段　您的婚姻呢？

胥　我的婚姻吗？

段　是的，成功不成功？

胥　真的，我许久没有看见您了，您什么都不晓得？

段　都不晓得。

胥　（叹息）侯爵先生，您说的话真不错，我的野心太大了；有些事
　　情是不可能的。

段　您承认了吗？

胥　我不得不承认了。

段　把经过的情形告诉了我吧。

胥　人家说出来了!

段　谁?

胥　是我平日很信任的一个人:夏澜先生。

段　他告诉了南查克先生吗?……

胥　您现在晓得名字了吗?

段　是的。南查克先生呢,他怎么样?

胥　他起初相信夏澜先生,后来因为他毕竟爱我,所以又相信我。

段　现在呢?

胥　现在他还是爱我,却不是信任的爱,乃是妒忌的爱了。质问
呀,怀疑呀,监视呀,时刻不停。在我一方面呢,我老实说,从
前我很有野心,现在却没有接受这新生命的勇气了。时时刻
刻提心吊胆,怕过去的事情一旦暴露,每天早上造了一种新的
诳语来维持生命,到了晚上又不得不否认。在这环境里面,想
要很诚恳地、很光明地爱一个人乃是不可能的。在这种奋斗
之下,我非但把我的气力费尽了,连我的爱情也耗尽了。现在
不爱南查克先生了。

段　当真的吗?

胥　我唯有在您跟前不打诳语。

段　您不爱南查克先生吗?

胥　不爱。

段　那么,这一场婚姻是不会实现的了。

胥　是的,我保存我的自由。我要跑到意大利住去。那边的人不
很追究妇人们的出处,只要有财产,只要广交游,只要长得不
很丑,说什么话人家都相信。我打算在哥姆湖边买一所房子,
像山棣夫人一般地布置得又红又白,我可以在星光下散步,做
两句拜伦式的诗,自命为"不逢知己的妇人",我招待些艺术

家,保护他们。如果我一定要结婚的话,我结果只嫁一个意大利的破产的假公子,他会败了我的财产,他会包一个舞女,他会嫌我倒霉还不够,要把我打骂起来。我这主意很好,不是吗? 像我这样的一个妇人,不能希望别的事业了,不是吗?

段　您什么时候走呢?

胥　在三四天后。

段　自己走吗?

胥　还有我的女仆。……

段　南查克先生不晓得您走吗?

胥　完全不晓得。

段　您不会告诉他您到哪里去吗?

胥　假使我要继续地与他相见,我索性住在巴黎不省事些吗? 我走,恰因为这种交情在现在是不可能的,将来更不可能,倒不如停止了好。

段　好,那么我恭喜您,我很喜欢您能够如此决定。算您是个聪明有见识的人,能够如此做去,否则遇必要时,您迫不得已也要做的。

胥　(不很注意的样子)为什么?

段　偶然乃是一个笨伯,它管不着的事情它也要管。因为偶然的关系,竟使南查克先生的姐姐是我妹妹的朋友;南查克对于婚姻的计划,并不瞒着他的姐姐,他的姐姐却来告诉了我的妹妹,所以我虽则不愿意向您追究姓名,却因此知道了南查克先生的名字。还有呢,南查克自己去看我,细问您的身世。我闭口不说,因为我愿意做好人,情愿让您自己顾全名誉,逃出了这难关。今天我特此到来,把上次的话再同您说:将来有一天,因为我的自由的环境的关系,我会认识了您所想要嫁的人,我会把真情告诉了他。我忍耐了一下子;其实也忍耐得好,因为我看见您此刻已经决定不同他结婚了。一切都好了,如果您是真心的话。……

胥　我是真心的。明天,南查克先生可以恢复他的自由,如果您觉得好的话,您可以把段纳琅小姐配给他做妻子。

段　我的亲爱的胥珊,请您不要忘记了:这事与我的女儿是毫无关系的。——我们所说过的一切都是正经话了。

胥　非常正经的。

段　祝您幸福,这是我最后的愿望。告别了,男爵夫人,请不要忘记。

胥　我一切都不忘记。……

　　侯爵出,同时华兰亭入,互相施礼。

第二出

出场人:胥珊、华兰亭(穿的是旅行的衣服)。

华　(望着侯爵所从出的门)这是段纳琅侯爵吗?

胥　是的。

华　这侯爵真是老当益壮!

胥　您穿这种衣服到哪里去?

华　我启程了。

胥　什么时候?

华　一个钟头之后。

胥　到……?

华　到伦敦去;再从伦敦到比利时与德国。

胥　同……?

华　是的,有人同我去。

胥　您要告的状呢?

华　我不告状。我只希望去投诉一下子……谁知投诉也失败了——当我去诉苦的时候,那审判长对我说:"您信我的话吧,不要同您的丈夫捣乱,这是您的上策。"于是我就要离开此地。

胥　我许久不见您了。

华　我要买旅行的东西哩！我似乎觉得在伦敦是买不到的。而且我要把我那和平路的房子退租。我付了房东一年的房钱,他才让我搬走。我又把家具什物都退还给卖主,给了他的损失费,此刻我可以像空气般自由了。

胥　我等了许久您的回音,您因为搬家就没有时间理我了。

华　我已经把事情的结果写信告诉您了,您没有收到我的信吗?

胥　收到的,但是……

华　我就告诉您吧,口里说简便多了。

胥　请说吧。

华　我写了一封匿名信给洛南夫人。

胥　好极了。

华　我很当心,摹仿别人的笔迹。在这一封信里,我说有一个女人非常关心于她,却不肯出名,但又务必要同她谈话。我露出意思,说这是关涉及夏澜先生的事情。我请她谨守秘密,前天晚上我给了她一个约会。

胥　她来会了您吗?

华　是的,我们在退尔里相会;天色很黑,我又披着面网。她大约不能看见我的脸孔,而我却看清楚她的脸孔,她长得很美。

胥　您同她说了什么话?

华　一点儿不差地依照我们商量好了的话:说奥里维叶背着她同别的女人要好,说他爱桑士诺小姐,说他想要同她结婚,说这是一场胡闹,亦可以说是一场不幸,因为这女子配不起他。我假装相信洛南夫人只是奥里维叶的一个女朋友;其实也只是他的女朋友,但是她爱他,所以她也就吃醋了。

胥　您同她说起我吗?

华　先是她同我说起您。我说我认识您,说我晓得您对于这事情很知道内容,说你们两人可以阻止他的婚姻;说这算是施恩于

　　夏澜先生;说她不妨来看望您,同您接洽。她游移了许久,她
　　要同我约定:她来的时候只许您一人在家,我已经答应了她,
　　今天两点钟她就来的,我在信里已经通知您了。这可怜的妇
　　人,她心中无主了! 谁料夏澜先生会这么逗引妇人的热情!
　　您晓得他的消息吗?

胥　晓得的。

华　他同南查克先生的交情如何?

胥　他们不再见面了;但是奥里维叶写了一封信给我。……

华　说的什么?

胥　说他爱我,说他所以想要阻止我的婚姻者,无非因为爱我之
　　故。……

华　这也许是真的。……

胥　谁晓得呢? 也许吧! 但是,多半不是真的,因为他要求我到他
　　家里会他。他想要同我辩白一件事,他说这是不可以在我家
　　里说的。

华　真的,这里头恐怕有诡计。

胥　但是我相信他与南查克是很不对的了。

华　我巴不得南查克先生赏他一剑,教他下次不要管他所管不着
　　的事! 这夏澜先生,我真受不了他的气! 是他教唆伊波利特
　　对我的感情不好。因此之故,我的亲爱的,如果您能够作弄
　　他,您不妨做去,我委您做我的代表,有事我担当一半。

胥　请您放心吧,我什么也不忘记。假使一个人原谅人家的罪过,
　　有罪也算无罪。夏澜先生同南查克先生说了许多话,其中有
　　一句是说一个人不该把一个好妇人引到我们的社会里来。今
　　天他会与洛南夫人同在我家了。这么一来,他的成见总会改
　　变些吧。……

华　他就来吗?

胥　是的。

华　他会发怒的……他生气呢,怎么得了!……

胥　生气!他只须提半个字,已经可以同南查克先生闹起来,而他却不想闹。他只有默然受教而已。

华　我迫不得已,要离开此地,多么不幸啊!好,告别了。您写信到伦敦邮局,待我到邮局领取。信封上请您写"罗丝小姐收"——这是我的女仆的名字,在我不得安全以前,我不愿意我的丈夫能够晓得我在什么地方。我离开巴黎,真不是情愿的事……只有这里可以寻开心,但是不得不走了!好,再会吧。

胥　您给我通信吗?

华　我不会不通信的……告别了。叫我罗丝小姐。

　　南查克先生入,同时华兰亭从另一门出。

第三出

出场人:胥珊、赖孟。

胥　将来我结婚之后不得接见的人,这又是一个了!(向赖孟)我急着要见您哩。

赖　一切都办好了。

胥　契约呢?

赖　我们明天可以签约。

胥　我们什么时候走?

赖　随您的便。

胥　您仍旧爱我吗?

赖　您呢,胥珊?

胥　现在您还能够怀疑吗?我所能够给您的证据,不都给了您吗?唉!是的!我爱您。

赖　但是,请您告诉我,您再看见了夏澜先生没有?

胥　没有。为什么?……

赖　因为刚才我看见他与他的朋友李崇先生走向这边来。

胥　不错,他是到这里来的。

赖　我以为您再也不该接见他了。我要求过您,您也答应过我了。

胥　他写了一封信给我,说他有话同我说。我接见他,只当不曾有过什么事情。等一会我只假装没事人儿,我劝您也忘记了吧。

赖　请您去吩咐仆人们料理明天的宴会吧。我希望我们的婚姻在一切我们的朋友们跟前宣布,夏澜先生也在内。我就要接见他,因为我希望他在这里会见的第一个人乃是我。我想要他很晓得他在您家该取哪一种态度,等一会儿我再来会您。

胥珊出。

第四出

出场人:赖孟、奥里维叶、伊波利特。

仆　(传报)奥里维叶·夏澜先生到……伊波利特·李崇先生到。

赖　(很冷淡地施礼)先生们。……

奥　赖孟,您的身子好?

赖　很好,谢谢您。

奥　男爵夫人不见客吗?……

赖　她拜托我代她请你们等候她,一会儿她就来。——先生们。……(施礼而出)

第五出

出场人:伊波利特、奥里维叶。

奥　好一副脸孔!

伊　您到这里来,就该先料到这一着了。为什么您来呢?您已经逃出了一切的圈套了,何苦再走进来?您的责任已经尽了。南查克先生绝对要同这妇人结婚;既然他不晓得危险,就让他去吧。总之,这个还与您有什么相干?

奥　您的话一点儿不错。我已经决定不再管这一切的事情了，虽则有些人们值得救护，不必问他们愿不愿被救，而我却不愿意再干涉了；但是，妇人们真没有分寸，胥珊重新又来惹我。这不是我的错处啊。

伊　您巴不得有所借口，再到她家来。

奥　也许吧；我这一来，也为的是将来再也无所借口。

伊　您且说她怎样惹您。

奥　您的妻子写了一封匿名信给洛南夫人。

伊　我的妻子吗？

奥　是的，她假装别人的手笔，但是我认得出来，为着她的笔迹，曾经害得我好苦！这一封信给洛南夫人一个约会，由洛南夫人的女管家交给我看，这女管家知道我关心于她的女主人，虽则夏尔洛德仍旧不接见我。这里头有的是胥珊作怪！但是，叫她当心！如果我所料的不差，如果她有一点儿恶意对待洛南夫人，我不晓得我会怎样对付她。这一次，我誓必破坏她的婚姻，如果她有一分成功的希望，我把我的头输给您！

伊　我恐怕要报官把我的妻子拘留起来！如果她只害我一人，这还算好；但是既然她害及别人……

奥　我自己会解决这事情。当我晓得了这新消息之后，我写信给胥珊，请她到我家里会我，她死也不肯；但是她答复我，说她今天在家等我。您让我把钓丝放到哪里就是哪里，您不要嚷，在一个钟头以内，她会上钩了的。

第六出

出场人：伊波里特、奥里维叶、卫尼叶。

卫　（很忙乱）男爵夫人在哪里？

奥　我的亲爱的子爵夫人，您怎么样了？您像狂风般跑了来！

卫　您看，我在发怒哩！

奥　好,我倒喜欢看见您如此:平日我只看见您快活,今天换一换新花样。

卫　我并不同您说笑话。

奥　那么,我答复您的问题吧:男爵夫人伴着南查克先生,我们在等她。

卫　(把奥里维叶拉到一边去,先向伊波利特说)对不起,先生……(向奥里维叶)您晓得玛瑟儿做了什么事情吗?

奥　她很坦白地告诉了南查克生生,说她不愿意嫁他。

卫　是的。

奥　因为她不爱他。

卫　好一个理由! 但是这还不算数,我今天早上走进玛瑟儿的房里,看不见一个影儿。

奥　总会有一封信吧。

卫　是的。在这一封信里玛瑟儿向我声明她已经有了办法,此后不再要我供应她,叫我不要怕,叫我不要为她而害羞。

奥　而且她说她回到从前她受教育的那一间膳宿学校去了,不是吗?

卫　您看见过她来?

奥　我刚才看见她。

卫　在什么地方。

奥　在她的学校里。

卫　您怎么会到她的学校里去的?

奥　她写了一封信给我。

卫　给您吗?

奥　是的,给我。

卫　这是什么来由?

奥　她所做了的事情,乃是我劝她做的。

卫　为什么要您来管?

奥　因为我管得着。

卫　她离开巴黎,大约也是您的主意了?

奥　正是,她明天就动身。她的学校的女教员已经给她找到了一个位置。

卫　一个位置在什么地方?

奥　在伯桑宋的一个很好的家庭里。桑士诺小姐在那家庭里教一个少女的英文与音乐。八百法郎一年,膳宿在外。这并不怎样开心,但是她觉得这样比之住在巴黎光荣些。在巴黎耽误了她的婚姻,只会打牌,只会招是惹非,有什么好处? 我赞同她的意见。

卫　好,您做的好事! 我就要写信给她,叫她至少要改换姓名。我的哥哥的女儿——一个桑士诺家的女儿,这么一来,岂不玷辱了家门? 一个桑士诺家的小姐做一个小学教师! 为什么不叫她做女仆去?

奥　您把这事情叫做玷辱了家门吗? 我的亲爱的子爵夫人,卖逻辑给您的人便是偷您的钱的人。这大约是赖图先生。

卫　有了这件丑事,将来怎么能够把她嫁出去啊!

奥　也许她离了您家之后,她结婚还可以快些。

卫　她走的路不对呀。

奥　一切的道路都可以通罗马,而且最长的路往往是最稳当的路。

卫　好的,我们将来看吧……我为了她,已经尽了我的能力了。她总之不过是我的一个内侄女儿罢了。

第七出

出场人:伊波利特、奥里维叶、卫尼叶、胥珊、(其后)赖盂、一个仆人。

胥　日安,子爵夫人……

卫　日安,我的亲爱的孩子……

胥　您怎么样的？

卫　等一会儿我再告诉您。承您的雅意,通融给我的钱,现在我特
　　来奉还。

胥　何必着急！

卫　我手头松了些了,谢谢。

胥　(向伊波利特)先生,您真好意,会想起同夏澜先生来看望我一
　　下子。

伊　我恐怕我是不知进退,但是奥里维叶……

胥　夏澜先生的朋友就是我的朋友了。

伊　谢谢,夫人。

胥　(向奥里维叶)您来了？

奥　不是吗？您写信叫我来看您的。

胥　我请您来,为的是要知道您有什么话说。

奥　我已经在信里说过了。

胥　您爱我吗？

奥　我爱您。

胥　因此您才想要把我逗到您家去。呃！您叫我去,您先通知南
　　查克先生,好教他看见我走进您的家门！您这么办,乃是小孩
　　子打的仗,木头的大炮,面包的弹丸。您想要迫我缴械吗？

奥　您不相信我吗？

胥　是的！

奥　好的,再会吧。

胥　不要走,我给您看一样东西。

奥　看什么？

胥　我不能告诉您,这乃是出人意外的事。(当二人谈话时,赖孟
　　入,同子爵夫人、伊波利特谈话。——胥珊高声向子爵夫人)
　　我的亲爱的子爵夫人,您该是认识一个洛南夫人吧？

卫　从前我同她认识过,但是我们许久不见面了。

胥　人家说她的品行很好。

卫　这是真的。

胥　而且不容易随便什么人家都去，她是要选择的。

卫　她很少见人。

胥　她就来的。我的亲爱的南查克先生，我一定把您介绍给她，您可以看见一个雅人。

奥　您晓得她来？

胥　呀！是了，不错，我的亲爱的夏澜先生，您与洛南夫人是很熟的了。

奥　因此我敢打赌她不来，至少她来了也不进屋里。

胥　您赌些什么？

奥　您要我赌什么我就赌什么。一个正经的妇人所打赌的乃是：一袋子的糖果或一束鲜花，我就赌这个吧。

胥　我就同您赌。（看见仆人进来）我想我马上就赢您。（向仆人）什么事情？

仆　有一个妇人要见男爵夫人有话说。

胥　这妇人的名字呢？

仆　她不肯说。

胥　请您答复那妇人，说我非知名的客不见。

　　仆人出。

奥　（低声向赖孟）赖孟，请您看我们从前的情分上，不要让洛南夫人进这里来。

赖　为什么？

奥　因此她一进来之后，会有一场大祸。

赖　是谁的祸。

奥　是许多人的祸。

赖　在安若夫人家里，我毫无权利。她高兴接见谁就接见谁，我管不着。

奥　好的。

仆　(再开门)洛南夫人叫我请问男爵夫人可否见她。

胥　可以,请她进来吧。

奥　不幸的她!(跑向门口,出)

第八出

出场人:伊波利特、赖孟、胥珊、卫尼叶。

伊　夫人,您这样做,上帝保佑您不后悔!

胥　我一辈子不曾后悔过。(向赖孟。时赖孟正欲出)不要走! 夏澜先生就要夹着洛南夫人的手臂进来的。他赌输了东道了,他做的好事。

赖孟走向门口;恰到门口,门已开,奥里维叶入。

第九出

出场人:伊波利特、赖孟、胥珊、卫尼叶、奥里维叶。

赖　先生,您从哪里来?

奥　我刚才告诉了洛南夫人,叫她不要进来。

赖　您有什么权利?

奥　一个善良的男子有阻止一个善良的妇人误入迷途的权利。

胥　尤其因为这善良的妇人是那善良的男子的情妇。

奥　您撒谎,夫人!

赖　先生,您得罪了一个妇人了。

奥　先生,许久以来,您巴不得有机会同我闹;我呢,我特地到这里来供给您机会。您以为您现在给绳子缚住了,只要一剑就可以砍断绳子。好,我们就用剑吧。我没有不遵命的。

赖　先生,一个钟头之后,我的决斗的证人们就到您家里去。

奥　好的,我等候他们。

赖　现在只有决斗的条件要磋商;至于决斗的原因,应该不必让人

晓得。(他们欲出)

胥　赖孟!

赖　胥珊,您等我,我就回来。(出)

奥　来,伊波利特。(他们施礼,自另一边出)

第十出

出场人:胥珊、卫尼叶。

卫　好朋友,数天前还很要好的两个男子,忽然在您家里寻仇!这是什么来由。

胥　我一点儿不知道。

卫　但是您不让他们决斗吧?

胥　我当然不得不阻止他们;再难些的事情我也还做过来。

卫　有什么事情我可以帮忙的吗?

胥　不,没有,谢谢您。

卫　那么,我走了;您该赶快弄妥这事才好;您还把事情报告我,不是吗?

胥　是的,我答应您了;您在日里来吧,或者我到您家里也好。

卫　一会儿见。(一面出,一面说)这一切的事情究竟是什么意思?(出)

第十一出

出场人:胥珊、(其后)仆人、梭榧。

胥　(独自一人)真的,我料不到这奥里维叶这样英雄!呀!善良的男子,说得好!奥里维叶不爱这妇人;假使他爱她,他是怎么样的呢?

仆　(入)有一封信给男爵夫人。

胥　好的……去吧。(开信)这是侯爵的信。(念)"您欺骗我了,您又与南查克先生见面了。我说过这一场婚姻是不可能的,您不服我的劝阻,硬要决断下去。现在我限您在一个钟头之内取消了这婚姻。如果在一个钟头之内您还没有办法,我就把一切都告诉了南查克先生。”唉!这过去的事情,好像一把大汗,一点一滴地坠在我的额上,我一辈子也不能够揩干吗?好,我就都供认了吧……不!我要奋斗到底。(按铃)不要错过了时候,这乃是第一着。(写信,梭榧入,向梭榧)你就到段纳琅先生家里去,亲手把这信交给他。把门关上吧。

第十二出

出场人:梭榧、胥珊、赖孟。

梭　(正欲关门,赖孟入)夫人,南查克先生来了。

胥　(安静地把吸墨板盖上,高声)好的;去吧,梭榧,这一件差事,您迟一点再做吧。(梭榧出。——向赖孟)我的亲爱的,怎么样了?

赖　我从两个同事家里来。他们是两个军官,我请他们做我的证人。恰巧他们出去了。我留了一张条子。

胥　嗳呀,赖孟,这场决斗是做不得的。

赖　胥珊,您不疯了?我调停了赖图先生与莫克鲁华先生的决斗,但是我自己的决斗,决不让人家调停的。再者,夏澜先生说的话不错,我实在恨他。

胥　赖孟,您放弃了我吧,我只害了您,没有什么好处。

赖　您一定做我的妻子,我对您发过誓,我对我自己也发过誓,这非成为事实不可。但是说不定我会给他杀了。在决斗场上,一个男子与另一个男子的价值相当,而且夏澜先生也很英雄,他一定也很能够自保。我要实行了我的约言才死。(坐在桌子,正想把吸墨板揭开)

胥　(无意中吓了一跳)您要做什么?

赖　我要写信给我的书办,叫他来。烦您叫人替我带信。

胥　这可以不必。

赖　您怎么样了？这不是说好了的吗？

胥　是的,但是您有的是时间。

赖　恰恰相反,我有很少的时间。

胥　写信的纸笔,让我来给您。

赖　我所需要的东西,这儿都有了。

胥　不。

赖　您弄错了,我回来的当儿您正在写信呢。

胥　赖孟,我求您不揭开这吸墨板。

赖　我不揭开,既然您所写的话是我所不该看的,我揭开做什么？

胥　您又来怀疑我了？

赖　不,我的亲爱的胥珊,不;既然您有您的秘密,我就尊重您的
　　秘密。

胥　那么,揭开吧,而且您就看了吧。

赖　您允许我吗？

胥　是的。(赖孟正想揭开,胥珊止住他)您这样不相信人！

赖　我吗？不该是您来这样责备我。这并不是不相信,乃是一种
　　好奇心。既然您允许我看,我就看。

胥　您肯同我约定不轻视我吗？

赖　肯的。

胥　假使您晓得这里头的关系……

赖　我们一看就知道了。

胥　您看如不看,这不过是我订买旅行用品的信罢了。

赖　要买什么？

胥　买些破布,天啊,我买的是绣花裙子,丝做的长袍,上半做些皱
　　纹,斜着衬些飘带。好,一个男子要看这样琐碎的书信！

赖　这就是一切的秘密了吗？

胥　是的。

赖　那么,您是写信给您的女裁缝的了?

胥　还不是吗?

赖　恰在我去找证人预备决斗的时候,您却写信去订做衣服? 您
　　看,胥珊,您把我当做一个傻子!

胥　赖孟!

赖　我想要晓得您写信给谁。

胥　呀! 原来如此。好,那么,您是不会晓得的。(揭开那吸墨板,
　　收起了那一封信)

赖　当心!

胥　吓我! ……您有什么权利? 承上帝的保佑,我还不是您的妻
　　子,我在我的家里,我有我的自由,我的行为由我自己做主,譬
　　如您的行为也由您自己做主,我也不侵犯您的自由。我质问
　　过您吗? 我检查过您的文件吗?

赖　(捏住她的手腕)这信!

胥　这信您是得不到的,老实说! 我从来不受强力屈服过。我已
　　经把真话告诉了您,信不信由您,随便您高兴怎样猜就怎样
　　猜吧。

赖　我猜您欺骗我。

胥　对了!

赖　胥珊! ……

胥　算了,先生! 我把您的盟约奉还您,我的盟约我也收回;我们
　　二人没有一点儿关系了。

赖　夫人,这法子您已经用过一次了。这一次我可不走了。

胥　这么说,我遇着个什么人了?

赖　这人,他把他的荣耀的声名给了您,只要求您把一刹那的真情
　　做个交换;这人,你曾经对他说过您是没有什么可以给人非难
　　的;这人,他明天要为一个妇人而与一个男子决斗,这男子的
　　人格他并不能怀疑,而这妇人的人格他却怀疑了;这人,他自

从两礼拜以来,无论人家怎样说谎,怎样三心两意,他只凭着他的光明磊落、诚恳坦白的一颗心,去对待人家;到了现在,这人却打定了主意——无论用什么手段,非晓得真相不可!看您这种慌张的样子,这一封信里纵使不藏着全部的真相,至少有一部分的真相在里头。我非要这信不可,请您给了我吧,否则我要抢了。

胥　(把信搓捏,想要扯碎了)您是得不到的。

赖　(捏紧她的臂)这信!

胥　您想打一个女人吗?

赖　(渐渐动气)这信!……

胥　好,我说了吧,我不爱您,我从来不曾爱过您!……我欺骗了您;话说完了,现在您可以放手了。

赖　这信!……(他想要强行把她的手掌掀开)

胥　赖孟,我就把一切对您说了吧……您捏得我好痛……我并没有罪:有罪呢,便是你的娘之过!……(赖孟把信抢过手)无赖!(无气力地倒在椅子上)好的,念下去吧;但是我誓必报仇,您相信我的话吧。

赖　(用伤感的声音念道)"我请求您不要弄坏了我的事情,我势必要看您一面,向您解释一切。您命令我做什么,我就做什么。南查克先生爱我,这并不是我的不是;我爱他,也就可以原谅。我的祸福都在您手里。请您宽宏些,饶了我吧;假使他晓得了真相,我可要羞愧死了。我同您约好一定不做他的妻子,只求他不晓得什么就好。请您等候我,我一有工夫,我就……"(说)我刚才还怀疑呢……(以手掩面)我怎样对您不起了,胥珊?为什么您要欺骗我?……信在这里,拿去吧;告别了!……(他打算出去;走到半路,却倒在椅子上,忍不住流泪)

胥　(看见他颓唐了,用害怕的声音说)赖孟!

赖　自从母亲去世以后不曾哭过的一个男子,现在为您而哭了;我
　　谢谢您,流泪很有好处。

胥　(用和婉而带责备的声气)赖孟,我的臂膀与手腕都给您捏
　　碎了。

赖　我请求您恕罪,这乃是卑鄙的举动,但是我本来爱您啊!

胥　(走近他)本来我也爱您。

赖　假使您本来爱我,您就不至于欺骗我了!

胥　(越走越近)世上没有一个妇人,处在我的地位,受了您的质
　　问,会承认了真情的;我爱您、尊重您,我想要您爱我、尊重我。
　　我将来要把我的一生都告诉了您。是的,有一件事我应该瞒
　　您的,但只一件而已。您不晓得! 看我像是有罪的人,其实也
　　不是什么大罪;再者,当年没有人劝我,没有人帮助我。我的
　　错处乃是瞒您,其实我该都告诉了您;您是一个宽容的人,岂
　　不早已恕我的罪了吗? 现在呢,您再也不肯相信我了。但是,
　　我虽则贞节不足,够不上做您这么一个男人的妻子,而我爱您
　　的热情,也就够受您的爱了;现在我犯不着告诉您了。(跪下
　　来,拉着赖孟的手)赖孟,"你"相信我吧,我爱"你"!

赖　您这信是写给谁的?

胥　我说了,您会去与那人寻仇。

赖　我什么都不会同他说,只求晓得他的名字!

胥　这人对于我没有一点儿权利,您看我对他说我爱您就可以见
　　得了。

赖　那么,为什么他不许您做我的妻子呢?

胥　等到您安静些的时候,我把一切都告诉了您。

赖　(站起来)告别了!

胥　(拉住他)我就一切都对"你"说了吧。

赖　请说!

胥　我写这一封信给……

赖　给奥里维叶？

胥　(坚决地)不,我可以同您赌咒;但是您要先同我约好,不许同
　　那人寻仇。

赖　我答应了"你"了。

胥　这信是写给段纳琅侯爵的。(赖孟作诧异与发怒状)赖孟,您
　　该设身处地:一个妇人,受一切的人们委弃,幸亏得到了意外
　　的、秘密的保护,应该怎样? 我的一切都是侯爵的恩典! 您不
　　晓得! 我从来不曾有过家庭!

赖　这么说,您的婚姻呢?

胥　婚姻是假的!

赖　您给我看过的那些契约呢?

胥　这乃是一个少年妇人的东西,她在外国死了的,没有朋友,也
　　没有亲戚。

赖　您的财产呢?

胥　是侯爵给我的。

赖　您看,您预备好一种可耻的事,来换我的信任心,来换我的爱
　　情! 您本该很高尚地、很合理地把一切都承认给我听,而您非
　　但不承认,还把偷来的姓名与丧失人格后得来的财产送给我。
　　您不懂得,假使我早知道我做了这种不顾廉耻的交易,唯一的
　　办法,乃是先杀了您,而后自己吃手枪。胥珊,您非但不曾爱
　　我,而且没有尊重我哩。

胥　是的,我是一个无赖的妇人,配不上您的爱情,也值不得您纪
　　念。去吧,赖孟,忘了我吧。

赖　但是,这大约还没有完,索性闹到底吧。您还有什么可以承
　　认的?

胥　没有什么了!

赖　奥里维叶呢? 是穷苦迫您去找他吗? 是因为一切的人们都委
　　弃您,所以您才去找他吗? 这人得做过您的情郎,只因为您爱

他之故？胥珊，这一次的恋爱，我可永远不能原谅您了！

胥　奥里维叶从来不曾做过我的什么人；他自己也对您说过，您还不晓得吗？

赖　您同我发誓吗？

胥　是的，我同您发誓。

赖　而且您爱我吗？

胥　假使我不爱您，我肯把一切都承认了吗？

赖　好，那么，胥珊，我只求您的爱情的一个证据。

胥　请说。

赖　您所得到的段纳琅先生的东西，一切都送还他吧。

胥　我即刻就做！（她在抽屉里取出些文件，包好，封好。仆人入，向仆人）你马上把这些文件送交段纳琅先生，说我不回他的信。

仆　此刻侯爵先生正在上楼哩。

胥　他！

赖　（向仆人）您去请侯爵先生等一等！（仆人出。——向胥珊）请您把这些文件交给我，我自己交给他。

胥　您吓得我怕起来了。

赖　唉！不要怕！现在还是时候，胥珊！两条路由您选择：要么，您保留着这些文件，而我离开此地，永不再来；否则，如果您重新宣誓，而我决斗后仍旧生存，那么，我只从宣誓之日起根究您以后的生活，过去的一概不问，而我们就一块儿动身。

胥　我说的乃是实情。

赖　呀！胥珊，我自己也料不到我本来爱您到这地步！（出）

第十三出

出场人：胥珊（独自一人）。

胥　唉！刚才我的一生成为孤注！过去与将来，都从此判定。现在呢,断送我的人或救我的人只有奥里维叶。假使他像他所说的那样爱我……呀!那就奇了!(披起披肩,戴起帽子,出)我们看吧!

第五幕

布景　奥里维叶的家里。幕启,奥里维叶写信。

第一出

出场人:奥里维叶、伊波利特。

伊　(入,以手触奥里维叶之肩)是我。

奥　(先把信封好)怎么样了?

伊　呃,我把您委我的事都办了。

奥　您看见了洛南夫人没有?

伊　是的,由她的女管家做媒介,因为她的丈夫已经回来了。因此之故,洛南夫人写信给您,问您的消息。这几天她是不能出来的了。我已经告诉了她,说这一场决斗大约是不会成功的。

奥　还说我无论如何,决不会提起她的名字。这大约是她所最希望的一点了?

伊　她很有三五分希望这个,但她尤其是希望您没有事。您曾经想要救她,结果是救了她了,那么,纵使她不肯为您而招惹是非,您也不该怪她。那教训是很好的教训,她会利用这教训的。我已经叫她十分安心了。叫她安心有什么难呢?我自己已经十分安心了。

奥　怎么?

伊　我再说:这一场决斗是不会成为事实的。

奥　为什么？

伊　因为我看见了侯爵，事情有了新的变化。

奥　我与南查克先生已经到了这地步，无论有什么新的变化，也不能阻止我们的决斗。除非他向我道歉，但这是不可能的。

伊　这只要看您怎么样。

奥　好，您就解释给我听吧。

伊　我看见了侯爵。

奥　他不肯参与我的决斗吗？

伊　是的。

奥　我早就猜到的。他也是怕招惹是非。

伊　他怕招惹是非，乃是他有道理。以他的年龄与身份而论，他实在不该管这种事情。因为他的女儿的缘故，他的姓氏是不能与这事发生关系的。但是他看见了南查克先生，南查克先生知道了一切。

奥　一切吗？

伊　乃是关于侯爵的一切。胥珊写给段纳琅先生的一封信给他发现了。胥珊与赖孟大闹了一场。胥珊迫不得已，把她与侯爵的关系供认了。赖孟已经宽恕了她，只要胥珊把从侯爵处所得来的一切都送还了侯爵。

奥　她把一切的不义之财都退还了吗？

伊　似乎是的。

奥　这事我并不觉得奇怪；这一场变化怎么就能够阻止我们的决斗呢？

伊　是南查克先生自己把财产退还的，侯爵先生早已听说你们要决斗，便利用这机会劝南查克先生，说这一头亲事与这一场决斗都是不可能的。说安若夫人配不起他。说您的行为，无论在哪一方面看起来，都足以表示您是一个高尚的人，是一个好朋友。您该晓得，一个为爱所迷的男子，入了迷途之后，人家越攻击他所爱的妇人,他越发认为该负袒护那妇人之责。南查克先生即刻把事情弄大了,对侯爵说:"先生,既然您很大量地赠给安若夫人的一切都由我来偿还您了,可见我高兴把她的一生与您的关系都忘记了的。至于夏澜先生呢,他起初已经对我说他不过是安若夫人的朋友,后来他又说恰恰相反;夏澜先生,我以为他是我的朋友,而他却不曾尽了他的友谊,不肯完全地肯定或否定。现在我只要他当面对我说:'我以我的人格担保,安若夫人曾经做过我的情妇!……'假使他对我有三分交情,他应该这样做。这么一来,我也以我的人格担保:我向他道歉,像昔日一般地同他握手,决不再见安若夫人。"您看,这一场决斗还有什么意义呢?

奥　您说完了吗?

伊　是的。

奥　喂,我的可怜的伊波利特,我谢谢您的好意,但是我们枉费了光阴,没有用处。

伊　为什么?

奥　因为现在安若夫人已经不在问题的范围内了。我只知道一件事:就是我与南查克已经寻仇过来。已经如此决定了的一场决斗,却要我告发一个妇人的罪过,以求避免,哪怕告发的是真情,总不是一个有志气的大丈夫做的事。南查克先生是一个军人,我是所谓的一个世家子弟,如果这一场决斗不成功,教人家怎样说我们? 我们让事情这样下去吧。南查克先生比我更可怜;但是我懂得他的行为,我愿意同他握手,但也许我就杀了他。这就是社会上的荣名的不合逻辑的定律。这些定律并不是我造的,而我却迫不得已而遵行。

伊　这有什么关系呢? 杀人总不是快乐的事情吧? 您看,现在如果我看见了我的妻子,想起了我曾经为她而杀了一个男子……呃! 您知道我的妻子做了什么事情吗?

奥　不。

伊　我是刚才听说的。她跟赖图先生走了。赖图先生还留有四十万法郎的缺额在证券交易所里。她的结果不能有别的花样的，而且还不算是结果。世上有一类的妇人，她们要学下流，谁也拦不住：她们一降下去就降到底。她们在社会的最下级发现了的妇人们也就像她们一般。她们做错了事，堕落了，没有见识，都没有可以原谅的地方。

奥　对不起，已经两点半钟了。

伊　真的。段纳琅先生不肯做决斗的证人，后来我去找到了莫克鲁华先生，我们又一块儿去找到了南查克先生的两位证人。约好的是三点钟。我们还有两刻钟哩。

奥　决斗的地点在哪里？

伊　在屋子后面的地基上，地很宽，很僻静，再不会有人来找见我们；而且是离您家只两步路。如果有了事变，我们好有一所安全的屋子安顿受伤的人。

奥　用什么兵器？

伊　证人们曾经任凭我们选择。

奥　你们不肯选择吗？

伊　是的，因为您叫我们不要人家给我们任何的优先权；后来大家拈阄，结果还是像证人们的意思，我们有选择之权。

奥　你们选择了什么？

伊　用剑。

奥　如果我遭了不幸，您在我这抽屉里可以找出一封信，您即刻转交给桑士诺小姐，因为她今天晚上就该起程了，这信可以阻止她动身。

伊　没有别的吩咐了吗？

奥　是的。

伊　没有一句话为着安若夫人的？

奥　没有,而且用不着——她就会来的。

伊　她叫人告诉您吗?

奥　不,但是她只在胜利的时候才骄傲,才有勇气;如果她晓得我只一句话就可以阻止了她的婚姻,她该相信我会说出这话,而她一定用尽千方百计叫我不说。所以她就会来的。

伊　您愿意晓得我的心思吗?

奥　说吧。

伊　看您像是不爱胥珊,其实您很爱她;而且,也许您口说不爱,心里的确爱她。

奥　(微笑)谁晓得? 男子的心是很奇怪的。

仆　(入)下面有一辆车子,车子里一位少年妇人请求与先生会话。

奥　什么名字?

仆　她写在这纸上。

奥　"玛瑟儿! ……"请那妇人上来吧……(向伊波利特)您过我的房里去;我要接见一个人,是不许您看见的。等到我们该走的时候,请您敲门,我就来会您的。

伊　只有半个钟头了。

奥　放心,我们不会迟了的。(伊波利特出,奥里维叶走向门口;玛瑟儿入)玛瑟儿,您来了? ……真是不谨慎!

第二出

出场人:奥里维叶、玛瑟儿。

玛　没有一个人看见我进来,而且纵使人家怎样猜想我,我也不管。我今天晚上启程,也许永远不再回来了,我一定要见您一面才走。

奥　您不来,我也会去送行的。

玛　也许那时候您已经不可能了吧? 也许那时候您不会想起了吧。

奥　这是责备的话了？

玛　我有什么权利责备您？我是您的朋友吗？我当得起您的知己吗？假使您有一种痛苦，您肯向我倾吐吗？假使您去冒险，您会想起先同我握一握手才去吗？唉！我真不幸！

奥　玛瑟儿，您怎么样了？

玛　您就去决斗了，也许给人家杀了，而您想要我安静，还问我怎么样了！

奥　谁说我决斗？

玛　我的姑母，她从安若夫人家出来就去看望我，把一切都告诉我了。您为哪一个妇人而决斗，她也说出来了，乃是洛南夫人。

奥　她弄错了。

玛　不。假使您遇到了大祸，我只像普通人一般地得到您被杀的消息而已。在您有危险的时候，竟没有一个字给我。这真是辜负了我的深情！我同您发誓，假使我遇着危险，我只求救于您，再没有第二个人。您不该像我对您一般地对我吗？好，这一切都且不提；我是要阻止这一场决斗的。

奥　您怎样阻止呢？

玛　您不要以为您就决斗得成功！我看外面第一个警吏来的时候，我就告发您。

奥　您有什么权利？

玛　我有妇人该救其所爱的男子的权利。

奥　您爱我？

玛　您还不晓得？

奥　玛瑟儿！

玛　一句话使我改变了整个的生活，谁有这么大的影响到我的身上来？谁使我离开了我所生活的社会？我安贫忍苦地甘心走到偏僻的外省，很愁苦、很黯淡地谋生，却为谁来？假使您只尊重我，却忘了我，那么，我仅仅受了您的钦佩，没有其他的慰安,我何苦离开此地?……总之,一个妇人如此大变动,不是为的她所爱的男子,却为的是谁? 在我的内心的深处,我存的一种希望。我自语道:"也许他要试验我一下子,将来当他看见我是一个正气的女子的时候,当他已经把我造成了他的理想中的妇人之后,谁晓得他不会有爱我的一天?"我正在把终身付托在这好梦里,忽然听说您要为一个妇人而决斗……您还以为我许可您去决斗哩!……她是您所爱的人,她许可您也罢……至于我呢,我是爱您的人,要我许可,万万不能!……

奥 玛瑟儿,您听我说,我同您发誓,如果您采用一种手段,说一句话,阻止了我的决斗……总之,如果您阻止了之后,人家一定说我利用一个女子出头,避免了决斗,我的名誉何在? 玛瑟儿,我同您发誓,如果我丧失了名誉,我的性命也不要了。

玛 我一句话也不说了,我只祈祷。

奥 玛瑟儿,此刻您该回去了;等一会儿我们再见。

玛 因为决斗在今天,所以您要我就走。

奥 不,也许决斗不成。现在我晓得您爱我,我就想要生存了。有一个法子可以和解一切的。

玛 您答应我今天您不决斗吗?

奥 我答应了您了。(伊波利特敲门呼唤。——高声)我就来。

玛 什么事?

奥 是我的一个朋友叫我。

玛 是您的证人中之一个吗?

奥 是的。

玛 他来叫您到决斗场上去。奥里维叶,我再也不离开您了。

奥 我的证人们来了。他们与南查克先生的证人们辩论,他们需要我去,所以伊波利特来叫我。

玛 我怕!

奥　玛瑟儿,您听我说:您所做的好梦,说不定我也做过。我从前猜想您有很好的心情,后来果然把您的好心唤起了,我因此也曾非常快活,非常自负。我的幸福的自然的冲动,把我冲到您的跟前;我平日只希望您值得敬重,我不能解释是何居心;直到现在,我还是不知其所以然,这只是我的内心的需要。我所能告诉您的只有这一点了,因为一个人在性命交关的时候,再也没有谈将来的愿望的权利了。

玛　奥里维叶!

奥　一个钟头之后,一切都告结束,而我也就可以解释一切。在这时间以前,不可让人看见您在我家。请您回到子爵夫人家里去等候我。我同您约定,我们一定再见面。我在这里,除非出去看望您,否则我不出门口。请您放出些勇气来吧!……(出)

第三出

出场人:玛瑟儿(独自一人)。

玛　我的上帝啊! 保佑我们吧! (她预备回去。胥珊入)

第四出

出场人:玛瑟儿、胥珊、(其后)一个仆人。

胥　玛瑟儿!

玛　(回头)夫人,是您!

胥　您怎样会到这里来的?

玛　我得了决斗的消息,所以赶来了。

胥　您看见了奥里维叶吗?

玛　看见了。

胥　决斗在什么时候举行?

玛　不会举行的——我希望如此。

胥　怎么不会呢?

玛　有一个避免的法子。

胥　什么法子?

玛　我不晓得,但是奥里维叶说他会用这法子的。

胥　这法子乃是不名誉的举动!

玛　您晓得吗?

胥　是的,为着避免这场决斗,奥里维叶不会丢了一个妇人——无论这妇人是谁。他欺骗了您了。

玛　他!

胥　请您答复我,您来的时候,对他说了什么话?

玛　说我不愿意他决斗。

胥　还说您爱他吗?

玛　是的。

胥　还说:如果他要决斗,您就不离开他了,是不是?

玛　您怎么晓得呢?

胥　我知道一个女人在这情形之下会如此的。那么,他已经允许了您,说他要和解了事吗?

玛　是的。

胥　大约他也已经对您说他本来爱您。

玛　我已经看出来了。

胥　他欺骗您了。他只不想要错过了时间,此刻他已经决斗去了。

玛　不,他还在家里。

胥　您敢断定吗?

玛　我只要一叫他就来的。

胥　您叫他看。

玛　(呼唤)奥里维叶! 奥里维叶!

胥　(开门)影儿也没有! 现在您服气了吗?

玛　这是不可能的。

胥　（按铃）您还怀疑吗？（仆人入，向仆人）您的主人出去了，是不是？

仆　是的，夫人。

胥　他一个人出去吗？

仆　李崇先生与莫克鲁华先生来叫他同去的。

胥　他没有一句话留给小姐或留给我的吗？

仆　没有。

胥　好的。（向玛瑟儿）您到哪里去？

玛　我誓必找他，誓必救他！

胥　您到哪里去找他？您知道他在什么地方呢？而且您怎样救他呢？我们只有静候消息，没有别的法子！我们只能听天由命罢了。此刻奥里维叶与赖孟正在决斗，毫无疑义。他们二人都很英雄，互相仇恨，总有一个被杀了的。

玛　上帝啊！

胥　现在请您听我说。奥里维叶不是骗您便是骗我……因为他对我也说他本来爱我。

玛　对您说？……什么时候说的？……

胥　两个钟头以前。在一分钟之内，我可以失了爱情，失了财产，失了前程！如果赖孟独存，我就得救；如果他死了呢，奥里维叶的爱情乃是我唯一的源泉；我非他爱我不可，他不爱我呢，我就很可耻，要给人家嗤笑了。您也一样，您该执定要知道真情。同一的男子却对我们二人说本来爱我们。我们的权利乃是晓得是否他爱我们。如果回来的是他，只该让他看见我们二人中的一人在这里，您懂得这道理吗？如果他在我们二人跟前，他就不好自己解释了。我们该派一个躲在门后，一切都可以听见；如果您愿意我躲，我就躲。如果他对您重复申明他爱您，我就牺牲，一句话不说就走了……请您答复我吧！……

玛　夫人，我不懂您的话了，我不晓得您说的是什么。您在什么地方得来这一副冷心肠？看您这样安静,可怕得很？

胥　您听!

玛　什么?

胥　一辆车来了!

玛　是他!

胥　有一场祸事了。您躲进那儿去吧。

玛　我要见他。

胥　进去吧,您听我说……呀,是他! ……奥里维叶!

玛　得救了! ……他生存了! ……现在呢,上帝啊! 随便您怎样使我受苦受难都可以了!

胥　(把她推进了左边的房间里)进去呀!

第五出

出场人:胥珊、奥里维叶、(其后)玛瑟儿、赖孟、伊波利特。

奥　(用微弱的声气)胥珊,您来了?

胥　您料不到我来吗?

奥　是的。

胥　您受了伤吗?

奥　没有什么要紧!

胥　赖孟呢? ……

奥　(声气渐渐地洪大)胥珊,您看,过去的这件事里,我是不是有这权利? 我是不是已经欺骗了赖孟?

胥　不,您没有欺骗他。往后呢? ……

奥　我做了的事,是不是一个正气的男子所应该做的? ……请您答复我。

胥　是的。怎么样? ……

奥　凭您的良心说,当您把剑放在我们二人的手里的时候,您以为是谁有理。

胥　是您。

奥　那么,他死,只是一场不幸,而不是我的罪恶,是不是?

胥　他死?!……

奥　是的,他死!胥珊,您听我说。自从那一天您来告诉我,说您不再爱我了之后,我就妒忌起来。我本想要硬着心肠,我笑了;然而我爱您的心理是很奇怪的,可以说是宿命的。一切爱过您的人们都是如此的心理。段纳琅那老头子,有时为您而忘了他的女儿;赖孟呢,他只信任您,谁也不能说服他,他不愿意知道什么,他宁愿杀了我,却不愿给我说服。好,您看,我如此想要阻止您的婚姻,我如此向赖孟说了这许多话,在决斗场上,我竟忘记了他是我的朋友……我竟……杀了一个数天前我还同他握手的男子,凡此种种,并不是因为受了他的侮辱,却只因为我本来爱您,现在还是爱您。在一分钟内,我使您丧失了一切;然而在一分钟内,我也能奉还您的一切。我只能是您的,您只能是我的。请您不要再离开我了。我们一块儿启程吧。

胥　(睁眼对正他的脸看了一会儿之后)好!我们走吧!

奥　(两手揽住她)到底!……(哈哈大笑)唉!……我好不费了苦心!

胥　您说什么?

奥　我的亲爱的朋友,您输了,该罚个东道!您瞧!

胥　(看见赖孟入,伊波利特随入)赖孟!

玛　(入,直奔奥里维叶,投入怀里)唉!

奥　我的亲爱的孩子,请您原谅我,我是不得不救一个朋友的。

赖　(向奥里维叶)多谢,奥里维叶。我本来实是疯了。您自始至终都维护我的幸福。我有眼无珠,不识好人,我很无理地怀恨您,甚至于伤了您——幸亏不是重伤。您呢,您并不怪我,还始终要说服我。现在我与安若夫人之间没别的关系了,只有经济上的问题,要请您替我清理。(交一张纸给他)这么一来,我甚至于不必同她再说话了。(玛瑟儿走近赖孟,赖孟很亲热地同她握手。奥里维叶走近胥珊)

胥　您真是一个无赖!

奥　唉! 不要说得这么厉害! 您已经用两个男子的生命与名誉作为孤注,您就该做个赌界英雄,输了也就算了。我干得好,我给他砍了一剑,好教我有证明事实的权利。这并不是我阻止了您的婚姻,这乃是正义,这乃是公道,这乃是社会的定律:一个正气的男子必须同一个正气的妇人结婚。您虽则赌输了,您所下的注还可以收回呢!

胥　这是怎么说的?

奥　赖孟给您这一张单子,您为他而损失了的财产都赔偿给您。

胥　(怀着最后的希望)给我! (接过那单子扯碎了,同时双眼盯住赖孟)我所想要他的东西,乃是他的名而不是他的利……在一个钟头之后,我已经离开了巴黎,在法国境外了。(赖孟假装听不见)

奥　然而您什么都没有了,都还给侯爵了。

胥　我不晓得是怎么样的:当我把那些文件交给南查克先生的当儿,我的心忙乱得很,后来他走了之后,我在桌上还找得出一大半侯爵的文件呢。——告别了,奥里维叶。(出)

奥　我们想想看:这妇人作恶用了这许多聪明智巧,假使她行善,她的才能岂不绰绰有余吗?

赖　(向玛瑟儿)小姐,您将来一定很幸福;我一生所认识的第一个正气的男子同您结婚了。

剧终

生意经

1903 年 4 月 20 日首演于法兰西戏院

[法]米尔波　著

时　间

现代

地　点

俄伯都府——历史上有名的地方,伊惜多·洛霞的产业

剧中人物

男

伊惜多·洛霞——报馆经理,企业家,57 岁,简称伊

波士赉侯爵——60 岁,简称波

伊克沙维耶·洛霞——伊惜多之子,21 岁,简称耶

绿湘·贾洛——化学师,洛霞家雇用人,30 岁,简称绿

方克——电气工程师,35 岁,简称方

克罗克——电气工程师,35 岁,简称克

方特奈——俄伯都府总管,64 岁,原是一个子爵,简称奈

余勒——俄伯都府园丁长,简称余

小园丁

船长,简称船

地保,简称地

医生,简称医

收税官,简称税

女

洛霞夫人——伊惜多之妻,57 岁,简称洛

姞尔曼·洛霞——洛霞夫人之女,25 岁,简称姞

玉荔——姞尔曼房中女仆,简称玉

地保之妻

医生之妻

收税官之妻

著者小传与本剧略评

米尔波(Octave Mirabeau)，1848 年生于嘉尔华多县之特拉维耶尔乡，或云生于巴黎。1917 年逝世。所著小说有《嘉尔怀尔》(Le Calvaire, 1886)；《修道院长余勒》(L'Abbé Jules, 1888)；《西巴斯田》(Sébastien Roch, 1890)；《一个女仆的日记》(Le Journal D'Nne Femme de Chambre)等。戏剧有《不良之牧人》(Les Mauvais bergers, 1898，中国有岳焕先生译本，改名为《女工马得兰》，开明书店出版)；《生意是生意》(Les Affaires Sont Les Affaires, 1903。这题目的意思是说：生意是生意，良心是良心，有生意便可以不要良心。我改名为《生意经》，中国人看来易懂些)；《家庭》(Le Foyer, 1909)等。

米尔波属于自然主义派，自然主义者趋向于描写社会的丑恶的方面，然而描写得最彻底者，左拉、莫泊桑以后，只有米尔波一人。但他并不知道什么科学的现实主义，也不计及泰尼、罗兰、比尔特洛诸人的哲学，只因他生平酷爱主张公道，深恨假仁假义的人，所以他特别关心于社会上的可杀之人与可恨之事。于是他很忠实地写下了些小说与戏剧，绘出好些坏风俗。恶人与狂人都在纸上活现出来。他的一枝铁笔，从来不怕强暴，但在他描写强暴的时候，也不时露出慈悲的心肠。

他在他的戏剧里，极力描写他对于乡绅的深恨，剧中的主人翁都是很阴险、很残酷的。因为描写得太过淋漓尽致，以至于开演

《家庭》的时候，不得不取消了其中的一幕。无论在小说里、戏剧里，都有很深刻、很动人的地方。

　　他的小说，以《一个女仆的日记》为最有名；他的戏剧，以《生意经》为最有名。《生意经》于1903年4月20日第一次在法兰西戏院开演，直到现在，每隔两个礼拜还演一次。人家说他这一本戏剧极会描写个性，剧中的主人翁伊惜多·洛霞是一个大地主的模型。他的描写的手段可以比得上巴尔扎克。至于剧中的详细情节，要听读者自己去下批评了。

译者
十八年十一月十六日于巴黎

米尔波致法兰西戏院
经理克辣梯的信

我的亲爱的朋友：

　　我怀抱着许多很大的缺点与一些小小的优点，竟混进法兰西戏院来了。你对于我的剧本，不曾要求我让步过；而且，当我疲倦于我的著作，或怀疑我的著作的时候，你只一味地鼓励我。现在我这剧本竟值得一班可赞美的、动人的名伶表演，令我喜欢得了不得；谨在卷首题记你的名字，表示我的深深的谢意。

　　我不知道《生意经》将来得到什么结果。然而，我与民众所已经得到的好处，我却知道了。……我呢，我得到了你的宝贵的友谊；民众呢，得到了一个天才的伶人——费洛谛。

米尔波

第一幕

布景 戏台上表现俄伯都府的花园。

右边,一道壮丽的阶台,两旁有金的烛台点缀着。这阶台直通府第;台下人虽则看不见屋子,但可以猜想屋子就在后方。隐约的一间花厅的前面,即阶台的下面,左边有许多丛生的玫瑰树,右边有一簇正开着花的小树。戏台的左边,直至后方,是一个很大的花园。园是法国式的,有花畦,有池塘,有假山,山上有水松,有大理石的栏杆,布置得非常华丽……左边又有一棵大树,树荫下有一只雕花的像座,座上一个大理石塑的、上了绿苔的神像正在高踞而冷笑。园外的大路送来尘埃的、日光的、直线的远景。从空隙处看去,可以看见平原、田野、松柏丛生的山坡……尽是美丽的点缀。

幕启,洛霞夫人坐在一张柳梗制的、垫子盖着的靠背椅上,身穿着花纱的衮衣,戴着一副很大的眼镜,正在打绒线;她的身边——她的手伸得到的地方,有一张桌子,桌子上是她的绒线筐子。她是很胖的妇人,脸色颇白,很柔软,很不大方,浓妆艳抹,一看便知道她是个俗不可耐的人。她的左边,是她的女儿姞尔曼,躺在一张花园里常用的长凳上面,膝上放着一本展开的书……她正在沉思,双睛注视到园外的田野……她才二十五岁,身体很柔软活泼,眼睛露出愁闷的神气,而且表示热烈的感情。她只淡妆浅抹,毫不着意,却非常好看……
桌椅参差,散布在园子里……
时乃初秋佳日的黄昏。

第一出

出场人:洛霞夫人、姞尔曼、(其后)一个跟班。

洛　(同时还打着绒线,并不举目望她的女儿)姞尔曼!……

姞　妈妈有什么话说?

洛　为什么你不说话呢?

姞　自然是因为我没有话说啦。

洛　你看书看够了没有?

姞　我并不看书。

洛　你做梦吗?

姞　我也不做梦。

洛　那么……你在做什么呀?

姞　什么都不做……我只纳闷……

洛　(耸肩)是了,是了……我晓得了……那么……你听我说……说说话倒可以解解闷……几点钟了?

姞　六点钟了……

洛　已经六点钟了吗? ……时间过得真快啊! ……(一个跟班从门房里走出,径下阶沿,手捧着一只托盘子,托盘上有一封电报)……这是什么?

跟　一封电报,夫人。

洛　一封电报吗? ……谁会打电报给我? ……(发抖)奇了,我每次接到一封电报,总是心头扑扑地跳的……(她接了电报,拆开,那跟班欲退)等一等! ……(看电报)这是从奥斯丹德寄来的……是你弟弟的电报……(读电报)……"明日回府午饭,伊克沙维耶……"(转向跟班)你在这儿干什么? ……好了……

（跟班退）……明天……是赛马的日子……伊克沙维耶？……
（她把那电报捻了又捻，蹙额）……这并不是自然的事情。（点
点头）……这里头总有些坏主意……（半晌）总之……他断不
至于因为舍不得父亲母亲……我相信他还不曾付那送信的人
的酒钱哩……（她察看信面）……果然给我猜着了！……（把
那电报摆在桌子上，叹气）……算了吧！……（再打绒线）几点
钟了？

姞　我不是已经说过了吗？……六点钟了。……

洛　呃，是的……时间过得真快啊！……你的父亲呢？……我真
不放心……他的脾气真古怪，遇着人便邀请到家里来吃
饭……今天不晓得他又从巴黎拉什么人来了？……你晓
得吗？

姞　问的真奇怪，我怎样会晓得呢？

洛　我想也许他预先告诉你……

姞　今天早上我不曾看见他……再者，我父亲从来有话不向我说。

洛　嗳唷！……听你说话的神气，很像想要同你父亲捣乱似的。

姞　再说一层，每天早上九点钟的时候，他会晓得晚上六点钟的时
候他自己做什么事情吗？

洛　这个……这倒是真的……他正是这样的人……（停一停）……
若论那些新闻记者，我倒不在乎的……至于像那一天来的五
六个人，我就很担心了。……他请起客来，是不肯停止了
的……而且都是些面生的人……今天是礼拜六……明天自然
是礼拜天了……不消说，又要像上礼拜一般……把房间给他
们睡觉，借睡衣给他们穿……唉！多么讨厌的事情啊！……
（长叹）……今天的晚饭是一顿很淡薄的晚饭……只有昨天剩
下来的菜，别的都没有……我怕不很够吃……（姞尔曼耸肩）
是了，是了，我知道你看见我这样理家，实在看不上眼……唉！
最好是你不要结婚……结婚后你的家庭一定弄得好看极

　　了……不到两年之间，要把家产都败完了……（姞尔曼笑，在
　　长凳子上挺直了身子，想要起来）我不晓得你为什么笑……其
　　实我的话都是正经话，有什么可笑的？……

姞　您要我哭吗？……（她头上的篦子溜下来，她把手重新理
　　发）……我这样还好些……

洛　我与你……从来不能规规矩矩地……说两分钟的话……（停
　　一停）你的父亲要请客的时候，从来不预先告诉我，你说讨厌
　　不讨厌？……他该打一个电话回来，简单得很……他偏不打
　　电话……（仍旧叹气）……这类的事情……我想叫人家杀一只
　　鸡……你以为怎么样？

姞　既然您知道我父亲老是请客来的……那么，事情简单得很……
　　您老是把晚饭预备好就是了……（她随说随站起来……沿着
　　玫瑰树走，做出讨厌的态度）

洛　你真会说响亮的话，真会办事！……不是你当家，怪不得你说
　　的这般口爽……万一他今天不请客，那么我这一只鸡岂不是
　　白杀了的？……虽则我们有两个钱……我不高兴糟蹋了东
　　西……我最恨的是平白地宰鸡杀鸭的败家精！……

姞　吃不了，可以拿来喂狗……

洛　好一个慈悲的菩萨！……

姞　还有一班穷人……

洛　穷人吗？……唉，自然啦……穷人……这里的穷人实在不
　　少……我不曾看见一个地方有这许多穷人的……（姞尔曼在
　　玫瑰树前站住，采些残花）……真可恨！……

姞　大凡某地方有了一个非常有钱的富翁……因此一定有许多非
　　常穷苦的人家在他的周围……这是一定不易的道理。

洛　我们也不能怎样救济他们……再者，把鸡肉送给他们，未免太
　　没有道理了……如果他们肯做工，也不至于如此的穷。

姞　做工吗？……有什么工好做？……

洛　什么？……你问有什么工好做吗？……

姑　他们的小田地……小房屋……小园子……都给我们要了来，做爸爸所谓的"我的产业"了……他们里头，能够走的……都走了……

洛　我们不是付他们的钱吗？又不是夺了他们的……

姑　不能够走的……（在玫瑰树上捉了一个昆虫，丢在地上，一脚踏烂了）就是这样！

洛　你父亲给他们常年的工作……他们不肯……情愿讨吃去……他们的事情是这样的，哪里能怪你的父亲呢？

姑　我父亲叫他们常年饿肚皮……他们……

洛　罢了，罢了！……我的脾气太好，竟让你同我吵起嘴来……你说的是什么？……

姑　没有说什么。……

洛　真奇怪……我不晓得谁把这种痴呆的思想放进你脑筋里来……（轻蔑地说）……大约是绿湘·贾洛先生……不错吧？

姑　贾洛先生到这里来是做什么的？

洛　问得好！……这是一个不说话的人……

姑　他既然不说话……何以您又说他把些什么思想放进我的脑筋里呢？……

洛　我懂得……不说话的人……说起一句话来比人家千百句还强……再者……他不来见我了……你的贾洛先生……

姑　我的？……为什么……我的？……

洛　你还问我吗？你们常常在一块儿……像你这样一个女子……一个大财主的女儿……同你父亲所雇用的人员来往……差不多是一个听差！……

姑　唉！一个听差吗？……

洛　差不多……我只说差不多……他配得起你吗？……他只够得上制造肥料，蒸馏烧酒……唉！我不晓得你父亲从什么地方把他提拔出来……说是一个化学师……化学师吗？……不要脸！……他的肥料做得好吗？（摇头）我想他无非是瞎吹牛……当他初来的时候……甚至于一件衬衫也没有……也罢……（停一停，姞尔曼做出忍不住的样子）说是从中央学校毕业出来的吗？……是的……老实说是从中央狗洞里钻出来的还痛快些……

姞　嗳唷，妈妈……为什么这样高兴说人家的坏话呢？……

洛　我并不是高兴说人家的坏话……这原是真的……你父亲雇请了他来之后，特地盖起一所房子做什么实验室，花了不少的钱……自从三个月以来，我想要修理那果物贮藏所，你父亲说再也没有钱修理了……你看，可恨不可恨？……（她停止打绒线，除去了眼镜）几点钟了？

姞　六点一刻了……

洛　时间过得真快啊！……你父亲不久该回来了……同谁来呢？……天晓得……算了吧……我也管不了许多……我不叫人家杀鸡了……如果有客来，家里有什么便吃什么就是了……姞尔曼？

姞　（动气）什么？……

洛　时候到了，你该到地室里去拿酒上来……

姞　我已经同您说过……我再也不到地室里去了……您有您的奴仆们……

洛　奴仆们吗？他们只会偷酒……昨天还在中间那一堆里少了五瓶……天天是这样的……我不晓得他们怎样偷的……钥匙却在我手里。

姞　假使您对于他们信任些，也许他们会少偷些……他们在一个专讲究算计别人的人家里，也难怪他们偷东西……您放心吧，他们无论怎样偷，总还比不上有些人赚整千整万的财产更来得厉害哩……

洛　（大怒）姞尔曼！……

姞　您为什么生气呀？……我只说是赚来的……

洛　我不许你这样说……近来……你有你的字眼……你的态度！……真的……我受不住了……

姞　你受不住，我倒受得住！……自从我年纪大些，懂得说话，辨别得事情之后……这一家里的人所说的一切……所做的一切……上帝知道是不是……

洛　（盛气截断她女儿的话。）住口！……你不指名，不指姓，到底是骂谁？（她伏在桌上，很生气地把绒线揉皱了，放进筐子里）……你想说你的父亲，是不是？……（姞尔曼不作声，摘了一朵玫瑰花，回到长凳上坐着，嗅那玫瑰花）……好，我们索性明白地说了吧……说穿了倒痛快些……

姞　（作烦闷状）唉！……我哀求您！……

洛　不行，不行……我偏要说……你的父亲有些短处……很大的短处……我是第一个为他的短处而伤心的人，我也常常责备他……他爱虚荣……他很浪费……无礼……不小心……专会撒谎……是的，他专会撒谎……有时候还发疯哩……这是可能的……他说过了的话往往不承认？……他爱骗人？……尤其是关于他的企业上的事情？……但是，这是一个忠厚长者，忠厚长者，你晓得不晓得？……再者，哪怕他不是忠厚长者，哪怕他是最下流的下流种子，你也管不着……你的父亲是你的父亲……轮不到你去批评他……

姞　（冷笑）依您说，该谁去批评他呢？……

洛　你说什么？吓？……（停一停）是了，是了……尽量地耸你的肩吧……（半晌）你该晓得，他的产业不曾靠谁替他弄来的……不曾靠谁……听懂了没有？……他的产业……是由工作得来的……他很有好运气……碰到了许多好机会……我自然巴不得他如此……再者，他很会用手段，很有勇气……说他有过两次的破产吗？……后来他是不是已经还清了债？……说他坐过监牢吗？……有什么好说的……后来人家是不是已经放了他？……唉！可怜的男子，受过不少的灾难了……假使是别人，意志薄弱些的，怕不会颓废下去了？……他却不然……每失败一次，再爬起来，赚钱更多……地位更高……他差不多是一个不会写字的人，竟开了一间报馆……总之，你看……假使你的父亲是一个流氓，他会做得起一个部长的朋友吗？……

姞　（嘲讽说）两个部长的朋友……

洛　（望了她女儿一会子）两个部长的朋友……倒是真话……（兴奋起来）再说我自己，也还不错……我有理家的本领……我有节俭的习惯……我会劝导丈夫……现在你所瞧不起的财产，也靠着我的功劳……也难怪我自夸了……到了今日，我与他都累得这位小姐满心惭愧，也不知是嫌我们出身微贱呢，还是嫌我们出身穷苦……我一辈子不曾看见过这么一个傻女儿，……这么一个骄傲鬼……竟敢批评起她的父母来！……

姞　让我自己来批评还好些呢！……

洛　可恼，可恼！……生了个不肖的女儿……假使有人听见你的说话，叫我们还有面子见人吗？

姞　有口说别人，没口说自己……您自己天天不是说他的坏话吗？……

洛　我吗？……

姞　是的，是您……您天天埋怨我的父亲，毫不顾忌地在人家跟前说他的短处，诉您的苦，甚至于在面生的人跟前还忍不住……我自己还算是平心静气的哩。

洛　我与你不同……

姞　自然啦……

洛　我实在诧异得很……不晓得你今天怎样的……只差一点儿不

曾煽动奴仆们去打劫……我受你的气已经够了……你愿不愿
到地室里取酒去？说呀……

姞　不愿……

洛　好……（站起来）我去，我伤风也不要紧，我去……（作想要激
　　她女儿的样子）我伤风也不要紧……没良心的女儿……（她很
　　艰难地走上阶台）真料不到！唉！你一辈子不要结婚才
　　好……（她停了脚步，转身凭倚在栏杆上）你在这里做什么
　　？……至少，你该回去换衣服才是……如果有客来……我
　　不愿人家看见你这种七零八落的样子……人家会说我不给你
　　好衣服穿哩……（姞尔曼不作声）你听见了吗？……你懂得了
　　吗？……

姞　我这样已经很好了……

洛　（耸肩）总之……随你的便……你不怕人家嗤笑吗？……我真
　　料不到生了这样一个女儿！……（她沿着假山走，进府去了）
　　姞尔曼仍旧远远地望着外面的许多园子、树林与田野。
　　园丁长自左边出……穿的是礼拜衣。

第二出

出场人：姞尔曼、园丁长余勒。

余　姞尔曼小姐……

姞　（看见园丁长穿的是好衣服，诧异）您今天穿得真漂亮啊！……
　　您参加人家的结婚礼回来吗，余勒？……

余　结婚礼吗？……唉，姞尔曼小姐……

姞　真的！……为什么您愁容满面……现出很为难的样子？……
　　说呀……还有别的事情吗？……

余　小姐，依您说，您是不知道的了？……

姞　我哪里会知道呢？……

余　让我告诉您吧……刚才我正在自己说，今天不见小姐到花园

里来,真是例外了……

姞　为什么……今天?……

余　因为……小姐啊!……我真不好对您说起……我特地来向您告别……

姞　告别吗?……这是哪里说起?……

余　(低首向地,摇动身子)今天早上……我已经向老爷……辞职了。

姞　您吗?

余　是的……小姐……

姞　没有的事……

余　真的……小姐……真的……事情不能不如此了……唉! 我因此倒伤心得很……

姞　那么,是您不高兴在这里了?

余　(为难的样子)不是这个缘故……不是这个缘故……(有几分生气)我是迫不得已的啊!……

姞　为什么?……

余　要做老爷的事情,实在没有法子……无论什么小事情,他总要与你讲一大堆的道理……譬如菜畦开得向右斜……好,老爷偏要它向左……假使它本来已经向左了……"给我滚吧,为什么不向右开?"……您看,这还是工作吗? ……再者,老爷的成见太深! ……许久以来……我一句话不说……我忍耐到现在……为的是……舍不得离开了小姐;小姐对我、对我的妻子,都好极了……但是,到末了……小姐您说是不是? ……到末了,气受得太多了……不得不吐出一两口来! ……(姞尔曼神色变为严重,……沉思)

姞　(半晌)请您告诉我,我父亲与您之间,有了什么事情发生了?……

余　可以说是没有什么事情发生……

姞　说呀……

余　大家说了几句话……冲突起来……他说不要我……我也说不
　　愿意再住……于是我说明了在今天晚上就走……一个人反正
　　要离开一个地方的时候,宁愿马上离开……大家都干脆些……
　　小姐,您说是不是?……

姞　也许您是……神经过敏了……我父亲说的话大约是不关紧要
　　的闲话……您却太认真了……

余　神经过敏吗?……我服侍了老爷四年,还会误会他的意思
　　吗?……唉!姞尔曼小姐……(半晌)……我分明晓得自己不
　　曾受过教育……然而……关于这小小的园艺……我倒还内
　　行……治菜畦……管暖室……斫树枝……我都做得还不
　　错……我爱我的手艺……姞尔曼小姐,您满意我吗?……

姞　您分明晓得我是满意您的……

余　这小园……那些牡丹……

姞　园子真美丽……

余　我们费了不少的力量……小姐您记得吗?……还有那大池塘
　　旁边种的日本花……是小姐的主意……

姞　是的……是的……

余　再说花架下……小姐您天天来……采取几束鲜花……(半晌)
　　说起这些花……还是小姐您教我种的哩……再说那玫瑰……
　　那花苗……老爷是不是舍不得下肥料……天晓得!……然
　　而……毕竟给我们弄得还有个样子……

　　大家不说话一会子。

姞　您舍得马上就要同这些花木分离吗?……

余　(愁容)既然小姐很满意我……我走了……心里还好过些……

姞　让我想一想……也许你们只有了小小的误会……很容易排解
　　的……让我……今天晚上……同我父亲再说说看……

余　谢谢您吧,小姐……过去的让它过去吧……

姞　但是……

余　假使我还在这里住,明儿又有同样的事情发生……或者是别
　　的事情……不,不,我干不下去了……(越说越起劲)再者……
　　(又住口)

姞　什么?……说呀……

余　再者……(他用手指播弄他的帽子,现出更为难的神气)……
　　也罢! ……我该把一切都告诉了小姐……小姐,您知道我的
　　妻子怀了孕吗? ……

姞　知道的……怎么样?

余　她在两个月内就要生孩子了。

姞　是的,我知道。

余　好,您看……老爷不愿意家里有人生孩子……今天早上他对
　　我说……"老实告诉你……我这里不许生孩子的……生了孩
　　子……花畦要给他弄脏了……花径也惹了秽气……马也受了
　　惊……"(停了一停,姞尔曼掉转头去,心中感动,而且觉得难
　　为情)自然……我们生孩子……难道为的是寻快乐不
　　成? ……我们这种生涯……两口子也难过日子……但是,生
　　了下来,叫我杀了他吗? ……小姐……您说是不是? ……

姞　(像自言自语)好,我如今知道您要走的理由了……但是,您走
　　了之后,又怎么样呢? ……

余　我打算另找一个位置……可惜此刻不合时令……工作很忙的
　　时候……到处的好位置都给人家占了……我又带着一个孕
　　妇,该找许多地方的工作才行! ……不方便得很! ……唉,真
　　倒霉……不方便得很……

姞　您大约还积下来几个钱……可以等候几时,不至于闹饥荒吧?

余　我有的是一双白手……

姞　(感动)我的可怜的余勒……我真是爱莫能助……我只晓得可
　　怜您、爱您,如此而已。(她站起来……与他握手)再会! ……

余　(惘惘乱乱地半晌不说话……也舍不得就走)姞尔曼小姐……我想要向您说两句话……(指喉)话在这里头……我不敢说出口……

姞　请说吧……

余　(颤声)姞尔曼小姐……您也不……您也不很快乐……

姞　您错了……我是很快乐的……

余　(摇头)不,小姐……我是很知道您的……像您这般好心的人……住在这种人家里……一定不会快乐的……(他走几步……欲退)

姞　(稍稍低头)您的妻子呢?……

余　她在城里……她去叫一辆车来搬我们的家具和几件破烂的衣服……

姞　为什么?……这里有的是车……

余　各有各的名分,小姐……我们还是这样办好些……

姞　我还可以看见她吗?

余　唉,自然啦!小姐……但是……今天早上直到此刻……她忙得不得开交……您想想看……她实在没有功夫来辞行!……

姞　(大感动)再会吧!

余　再会,小姐……

他懒洋洋地走了……经过花畦的时候,依照平日的习惯,看见一株花的护花竿子倾斜了,忍不住把它扶直。

第三出

出场人:姞尔曼、(其后)洛霞夫人、(再后)绿湘。

园丁走了之后,姞尔曼仍旧回到长凳上坐下,十分烦闷。起初她把书很机械地翻了几翻,终于掩了书,两手支颐,双睛盯着地上……外厅里洛霞夫人吵嚷的声音透出来。

洛　(出到阶台上,转身向门房走)他们在哪里?……他们干什么去了,竟没有一个听差在外厅!……真是要不得!……(下阶)这一班懒骨头,越多越不中用……(看见绿湘自右边出,她停了脚步)喂,贾洛先生,现在……(姞尔曼起身回绿湘的礼。洛霞夫人恶狠狠地同他说话,像是有意赶他走似的)……贾洛先生,我的丈夫不曾回来吗?……

绿　夫人……我似乎已经听见了车声,我以为他回来了……

洛　您听错了……(她下了一阶级,停步)您有话要向我的丈夫说吗?

绿　是的,夫人。

洛　(向她的女儿)你竟不来扶我下阶台……(姞尔曼走去扶她)……这才好……(经过绿湘前面)……这一班听差……一个也看不见……我希望你父亲把这一班好家伙都教训一顿才好……

姞　像那可怜的余勒一般……

洛　那可怜的余勒……自然啦……你只晓得可怜那些游手好闲的人……酒鬼……和强盗……

姞　我并不是对于每个人都可怜……

洛　(发怒,望着她的女儿)算了……他们来这里不满一年,一个个的都反奴为主……这不是我们自己的家了……(仍旧学姞尔曼的语气)那可怜的余勒! ……(说时,姞尔曼已把她扶到一张靠背椅上再坐下)唔咈! ……(她气喘了一下子,再打绒线)你看,我这么大的年纪……这么弱的身子……每天晚上还派到我下地室去取酒……世界变了……世界变了! ……(气愤愤地打绒线)喂……贾洛先生? ……

绿　夫人……

洛　似乎您同我的丈夫干的好事……您嫌他发疯的程度还不够……给他加上了好几分……岂有此理! ……

绿　夫人,我吗? ……

洛 不是您,是谁?……现在他天天只说农业革命……不要种麦……不要种稻子……不要种萝卜……他说这些都陈旧了……都不合时宜了……贾洛先生,我来问您……他梦想要种……要种……我不晓得是种什么……

绿 这倒万分真确……但是,这不是我的错处……我非但不教坏了洛霞先生,还很忠心地指点他的不对的地方……他老是不听我的话……以为我是一个村夫……(笑)甚至以为我是下流的村夫哩。

洛 您……您想要说我的丈夫是个疯子,使我相信吗?

绿 唉!夫人!……但是,洛霞先生为人胆子很大……很爱革新……很固执……

洛 是的……因此他又想要制什么肥料……什么实验……可笑极了……一点儿没有用处……徒然花了整千整万的法郎。

绿 我也怕他这么做……

洛 好,谢谢您……他的农业的新法……加上了两月后的选举……唉!我们今年的经济要弄得好看了!……

绿 (委婉地)夫人,您记得吗?上月本乡做节的时候,洛霞先生想把大路旁边那些很老很好的榆树染成三色……幸亏夫人您劝止了……如今他要在农业上大革命……我希望夫人也能够劝止他才好。

洛 (沉思,停止打绒线)我们的好榆树……染成三色……这倒是真的……同这么一个人做夫妇,真是没有一分钟可以放心的……(停一停)但是……贾洛先生,您似乎是一个通达事理的人……您看,他的怪脾气是哪里来的?……说他呆吗?也不是。他为人很聪明……而且很有本领……他很著名,是一个值得注意的企业家……是巴黎第一个人……

绿 谁敢说不是呢?

洛 但是,除了他的企业之外……他往往说呆话,做呆事……(绿湘摇头不承认)……真的……真的……有时候他竟是个呆子……

绿　(不敢得罪她)唉,夫人,您这话,我很难答复您……大凡一个大企业家往往是像洛霞先生这么样的……自信心很重……制驭惯了别人,做事不曾失败过……往往须要创造些新事物……所以他看见事情有了阻碍越发喜欢……我不晓得……(胆小地)……还有些骄傲……想要实现他的理想……也许是吧?(他糊里糊涂地做了个手势)

洛　唉,理想……

绿　每个人都有他的理想……只一层,土地不像人心容易改造……土地的抵抗性强些,可型性少些……

洛　我来问您……(半晌)……我以为我的丈夫受了您多少的影响,不是吗?

绿　绝对没有的事,夫人。

姑　贾洛先生穷得很……说话不敢得罪人家……

洛　(很严厉地望着她的女儿)我不同你说……(这时候,门外车声辚辚,渐来渐近……她静听)……我听见车声了……这一遭,一定是他……

绿　我接他去。

洛　(现出哀求的神气)千祈请您劝劝他……
　　绿湘鞠躬而退。

第四出

出场人:洛霞夫人、姑尔曼、伊惜多。

洛　(坐立不安。……把绒线放进筐子里)不知他又从巴黎带了什么人回来了?……几点钟了?……(姑尔曼不作声)几点钟了?

姑　(短促地答应)我不晓得……

洛　自然啦……(她仔细察看了一番她的衣服的折痕)我的手套

呢？……呀！……（从桌上看见了手套,连忙拿起,戴上）你
呢……还不把头发梳一梳……嗳呀！……你今天的样子,我
不晓得怎样说好……你的背后的衬衫又鼓起来……这里来……
（她替姑尔曼理好衬衫）你这么大了,还不会穿衣服……唉,你
完全不顾母亲的面子……（手忙脚乱）晚饭还不曾预备好,天
呀,但愿来的不是些大人物才好……我已经够麻烦了……嫁了
这样的一个丈夫,每天晚上都免不了起恐慌的！……（车声停
了,后台有人欢呼）

后台的声音 伊惜多·洛霞万岁！……伊惜多·洛霞万
岁！……

洛 好,……得了……庄家的工人都欢呼起来。那么,我想,至少
是一个部长来了……农业部长常到这里来的……唉,糟糕！

后台的声音 伊惜多·洛霞万岁！……

伊 （在后台）好了……算了……再不要嚷吧……（吵嚷的声音越
大,伊惜多把身子露出半面,在戏台的后方右边,倒退出来,向
后台摆手）……真捣乱……快不要嚷吧……你们不该欢迎一
个人……只该为我的思想与见解而欢呼才是道理……

后台的声音 伊惜多·洛霞万岁……

伊 你们给我走开吧！……好……这是我的思想与见解……（他
拿了些零钱抛散）现在不要再嚷了,吓？……（转身）呀！……
这些妇人……好一幅乡村的景象……恰像华驼所画的一幅
画……好,朋友们,晚安……（他全身进了前台,后面有绿湘跟
着。再后是方克与克罗克,后面有两个跟班远远地跟着,各拿
一只提箱与一件外套）

第五出

出场人: 伊惜多、绿湘、方克、克罗克、洛霞夫人、姑尔曼、两个
跟班。

伊惜多戴着一顶草帽,穿着件黑色长衫,很长很阔,衣袋里塞

满了报纸……浅色的棉背心,上面挂着一条很粗的金链子……灰色的裤子……黄色的鞋子……他很胖,肚子很大,步伐很粗俗……眼睛现出奸猾的样子,视线总是斜的,走路半走半跳,手脚常常摆动……斑白的胡须,又短又硬,还掩不住他的双唇,他说话或笑时,现出狼牙般的白齿。牙床骨很重,像个肉食兽……

洛霞夫人起身迎客,在这一幕开始的时间内,她很不放心地把眼睛望了二客,又望那两个跟班拿着的提箱,循环不已。

伊　(很骄傲地向方克与克罗克说,微带冷笑)他们都是疯了的,……那一班无赖……这里的人专会打人家的主意……坏蛋!……(突然把表取出来看)十五分钟……从火车站到府里,你看,只要十五分钟……每点钟可以走二十四个基罗米突①……这样的车……总要不坏吧? ……(方克与克罗克点头赞成。——他转向绿湘)肥料的事情呢? ……

绿　还是从前一样,先生。

伊　糟糕!……我的好孩子……赶快点儿……赶快点儿……我已经在农会里宣布了我们的新发明……又告诉了麦林总长……谁都知道了……我在《小三色》杂志上已经开始做宣传的工夫……我还靠着这个去运动我的选举哩……糟糕……快办吧……快办吧……(他介绍他的朋友们给他的妻子)这是方克先生! ……这是……(犹豫……思索他的朋友的名字)

克　克罗克……威尔爱尔·克罗克。

伊　克罗克……真的……好一个克罗克……糟糕! ……我几乎记不起他的名字了……(堂皇地说)克罗克先生! ……(大家施礼)

洛　先生们……

———————

①　编者注:基罗米突为英文 kilometer 的音译,即千米(公里)。

伊 他们两位都是电气工程师……我的朋友……老朋友……（他拍二人的肩，三人皆笑）你小心看这两个好汉……看他们不出，竟代表一间一万匹马力的电厂……

方 对不起……两万匹……

伊 两万匹……两万匹马力……呀！真是好汉……（介绍他的妻子）……这是伊惜多·洛霞夫人……我的妻子……（大家重新施礼）

洛 先生们……

伊 这是姞尔曼·伊惜多·洛霞小姐……我的女儿……（方克与克罗克向姞尔曼施礼，她只稍为点点头）……好一个女儿……哈，哈！……有时候，脾气不很好……心却是很好的……像她父亲一般……她又是一个有思想的人……这是时髦的病症……是不是，我的小乖乖？……赌输了的侯爵、破了产的王爷，也不必冒风波，到海外去求一个有很富的嫁奁的女子……（指他的女儿）我的家里就是美洲……哈，哈！……

姞 呀，父亲，请您不要这样说吧！……

伊 她为人又谦虚……行了……行了……（从衣袋拿出几份报纸，分派给她的妻子、女儿与贾洛）……你们看……今天的报纸好极了……里头有一栏是批评种麦的……（向贾洛）您看吧……（贾洛展开报纸）在第二页……一共三栏……签着巴西法尔的名字……（向她的妻子）巴西法尔便是蓝榜……是受你保护的人……他进步很快……那小蓝榜……天分很高……他那一管笔很行……

洛 我早就同你说过的……他的前程不可限量……

伊 （向方克与克罗克）你们想想看……去年……他在我的报馆里学工……不过是记载天时而已……后来我给他担任剧场消息……现在……我又试给他担任政治经济栏……料不到他竟会做得很……你们知道吗？……我的报纸上……也没有文学

栏……用不着文学家……文学是空的,有什么用处呢?……
我的报纸上所载的都是的确的事实……离不了金钱的问
题……你们说对不对?……

克　办一种报纸……倒是一桩乐事……

伊　不,这不过是一根起重的杠杆而已……(他把自己手里剩下的
　　报纸放在桌子上,瞥见电报)……这电报是谁打来的?(拿电
　　报)

洛　伊克沙维耶打来的……

伊　哈,哈!……(看过电报后)……好呀!……(扬起电报)……
　　我给你们介绍伊克沙维耶·伊惜多·洛霞·俄伯都……我的
　　儿子……的确是一个好汉……又时髦……俄伯都的家声该靠
　　着他振起来的……(很骄傲,又颇滑稽)……洛霞·俄伯
　　都……你们明天可以看见他了……

洛　(心里不舒服)那么……先生们是在这里睡觉的了?……

伊　自然……他们不睡觉……难道像个鸟儿般蹲着吗?……(向
　　方克与克罗克)你们认得我的儿子吗?……

方　不认得……

克　不认得……

伊　什么?……不认得?……但是,他是很有名的……在运动界
　　的报纸上,人家专替他鼓吹……他自己在赛马场有一个马
　　棚……又有一张游船……一乘五万法郎的汽车……许多上流
　　社会的朋友……还认识了巴黎许多漂亮的女伶……他只有二
　　十一岁!……已经在巴黎闹了两三次风流佳话……

洛　他闹的事多着呢……他闹了事来拖累爷娘……尤其是我……
　　先生们,您看……都是他父亲的错处,……纵容他的儿子……
　　什么事都饶恕他……(伊惜多越发开心,搓手)这顽皮的孩子
　　越发天不怕地不怕了……

伊　这小流氓,很会消遣……这样的年纪,也怪他不得……

洛　消遣,我不怪他……但是,他长得这样俊俏,少花几个钱还可以呀……

伊　你老是怨天怨地的……花几个钱有什么要紧呢?……我虽则不是富翁,为儿子的光荣而花几个钱倒还负担得起……伊克沙维耶混进了巴黎的社会里,十分阔绰,大出风头……你看见报纸吗?你的儿子……把约凯会的全体会员……用汽车送到奥斯丹德去……有了这么一个儿子……还不快活!……母亲的心……我真是莫名其妙!

洛　假使他少花几个钱……我什么话也不说……

伊　算了吧!……(向方克与克罗克)……她还不知道伊克沙维耶是我的企业的招牌哩……(向他的妻子)……傻瓜,你还不懂……我给他用的钱……可以说是存款生息……一百的本钱可以有一百的利钱……唉!女人们是不懂事的……只晓得讲爱情……不晓得发财……(耸肩,一摇三摆地走,搓手……掏出表来)喂……那孟希公爵……我在火车站里指给你们看见过的……他还不曾到得马来古尔……他曾经超越过我的马车的前面……我等候他……你们觉得我的马车怎么样?

克　意料不到地好……

伊　(拍他的肩)老伙计……二万八千法郎……

克　好极了……

方　还有,夫人……我们在路上碾死了一只羊……

伊　(骄傲地嚷)两只……两只羊……(拍手)上一个礼拜……我也……不瞒你说……我也碾死了一条母牛与它的小牛……我还几乎碾死了一个孩子——清道夫的儿子哩……

洛　这等事,你不该吹牛……

伊　有什么要紧?……我给钱就是了……(拍手)真的……本村里的三个小绅士……三个坏蛋……每年三家总算起来,还没有十五万法郎的收入……竟想同我比赛马车……(扯着克罗克

的衣纽,说)你听我说……我一说你就会懂得的……上一个礼
拜天……且慢,我叫你做"你",不叫做"您",你不怪我无礼
吧?……

克　哪里话?我求之不得哩!……

伊　好呀!……你真是个嘴快心直的人……我顶喜欢人家嘴快心
直……我很喜欢大家你你我我地称呼……我们不是老大帝国
的人民……也不是公爵……也不是伯爵……我们只是老老实
实的平民……只是些劳动者……不是吗?……(拍克罗克的
肚子)……我一说你就会懂得的……上一个礼拜天……我从
圣歌布助回来……由树林里经过……路很小……只能容得下
一辆马车……你们猜猜看,我遇着了什么?……原来前面五
十米以外……是一个公爵……便是刚才你在火车站里看见的
那一个坏蛋……他竟有胆量同我争选举……(耸肩)是的……
我不肯让人家超越过我……何况又是孟希公爵……正所谓仇
人在狭路相逢……于是我吩咐车夫道:"放马赶过他的前头
去!"我的车夫说:"路太小,过不去。"我说:"理他呢?……挤
过去!替我把那公爵……那车……那几匹马……都挤下坑里
去吧……否则……今天晚上我便要你滚蛋……"说来会笑痛
了你的肚皮……我那车夫把那几匹马加上了几鞭……吧喇吧
喇……那公爵在一边……我在另一边……那车夫……在十米
以外……滚进了树林里……大家弄得带了伤……然而我还十
分清醒……我从来就是清醒的……我即刻爬起来……扶起车
子……理好缰辔……于是我便过去了……回头看那公爵……
还是四脚朝天……哈,哈,哈!……你看那些公爵,我待他们
怎样?……你以为怎样?……

克　真是可赞赏之至!……

伊　不是吗?……我有五千万的家产……那公爵呢……顶多不过
二百万……真是可怜虫……贵族吗?……贵族同我对抗起来

　　总是要吃亏的。

方　喂,先生……像您这样做事……该是很得民众的欢心的了?

伊　你问我是否得民众的欢心吗?……刚才你不曾听见人家欢呼
　　吗?……他们对我真好……下次的选举告终之后,你便知道
　　我不是吹牛了……你知道这里的人叫我做什么名字?洛霞
　　吗?不,他们叫我做"洛霞·提格尔"①……(大笑,二人跟着
　　也大笑)你看,"虎猫",厉害不厉害?(拍手)……但是且不谈
　　这个……我看……(向一个跟班)把这一只提箱拿到福朗素华
　　第一的房间里去……(向克罗克)你觉得行了吧?……

克　行了,行了……

伊　这一只呢……拿到路易十四的房间里去……

洛　告诉你吧……路易十四的房间不空……

伊　什么?不空吗?……

洛　我在那里烘茶叶……

伊　哈,哈!……胡说……那么……路易十五的房间里好了……
　　(向方克)但是……如果你喜欢亨利第二……亨利第三……亨
　　利第四……路易十三……抑或路易十六,随你的便。法国历
　　史上有多少国王,我的府里便有多少房间……(拍手)这样
　　办……我的见解不错吧?……

方　(很聪明地说)但是,一个德谟克拉西主义者……

伊　不要紧,我这样办,是表示轻视贵族的……你挑拣吧……

方　如果你愿意的话……我想要路易十五的房间。

伊　路易十五吗?……我早猜中你是要这一间的……哈,哈!小
　　鬼头!……(向另一个跟班)拿到路易十五的房间里去……
　　　　两个跟班拿着提箱,上阶。

洛　先生们不要见怪……今天晚上……我们只吃些很淡薄的酒

────────────

① "洛霞"与法文"猫"字(le chat)谐音,"提格尔"与法文"虎"字(tigre)谐音。

菜……(向她的丈夫)这是你的错处……假使你打电话告诉
我,岂不是好?……(向克罗克与方克)你们两位相信不相信?
他从巴黎请客到家里来,永远不曾预先通知过我……

伊　这并不是客……只是我的朋友……

洛　就算是朋友……总该预备的有个样子才好……

伊　好了,不必提了……他们不是为吃饭而来的……

方　对呀! 夫人,请您不要操心吧……

伊　他们来,为的是磋商要紧的事情。

克　对呀……

伊　事情要紧得很……二万匹马力……(他把方克与克罗克推到
戏台的后方——低声)……我的妻子有什么话说的时候,你们
都不要睬她……她是个好人……但是不曾见惯世面……(回
到戏台的前方)呀! 要紧的事情……用的是无数的人……收
的是无数的钱……别人的钱……吁?……都是大工程……桥
呀,码头呀,矿山呀,电车呀……我真爱这个。……这便是我
的性命……(向方克)我们要胜过你的同乡——瑞士人,你相
信不相信?(向克罗克)……你的朋友们……德国人……自称
电气之王……好,他们不曾知道有我……你们试看我这府
第……路易十四所建筑的……全朝廷的人,所有的贵族,都穿
着锦绣绫罗在这里排过班……他们当时也够阔绰了……到而
今这王家的府第归谁所有呢?……属于一个王子吗?……
不……属于一个公爵吗? 不……属于一个无产阶级的人
吗?……属于一个社会主义者吗?……

方、克　属于伊惜多·洛霞!……

伊　我替平民吐气……哈,哈! 平民万岁!

当是时,总管方特奈自左边跑出……胆怯地停了脚步……不
止地喘气……这是一个老翁,头发斑白,面红……胡须也差不
多全白了……穿的是绒制的上衣,胫套满布着尘埃。黄色皮

鞘里一把做标记的小斧斜挂在胸前。

第六出

出场人：同上人物、总管方特奈。

伊　好，你毕竟来了吗？……我回来的时候，为什么你不在这里？……

奈　(还是气喘，口里吃吃地说)先生，请您原谅我……今天因为卖富狄耶山的橡树，我去做标记来……

伊　什么标记不标记？……无论如何……我回家的时候，你总该在这里伺候……下次切莫再如此了，懂不懂？……(他把那总管从脚看到头，很奸猾地讥笑说)喂……你的头上……还戴着帽子……这样才时髦吗？……(那总管除下帽子)不……不必拘束……假使在你的社会里。……仆人同主人说话时还戴着帽子……那倒很好……(转身向众人)我给你们介绍这位方特奈子爵……我家的总管……还是一个贵族……他走了黑运……逛女人呀……赛马呀……打牌呀……弄到这地步！……

奈　(心中不平，举手作欲戴帽状)先生！……
　　伊惜多眼睛狠狠地盯着他——那总管住口，手仍旧吊下来。

伊　这很好……(冷笑)……你尽管戴起你的帽子……甚至于戴起你的礼冠，假使你不曾把它连同你的家产卖掉的话……(那总管时而谦卑，时而想要反抗，终于把帽子戴起。——形势严重，大家都难为情……姑尔曼勉强忍气，不曾发作。伊惜多在桌子前一张靠背椅上坐下，两腿交互着。两个工程师离开他们，另在一边谈话)今天有什么事情发生？

奈　(声音尚涩)维尔轴那边，您的佃客古恩今天到府里来……再请展缓两个月的期限……付您的田租……

伊　一天也不能缓……那门监……明天……

奈　这是一个忠厚的人……他很不幸……我敢擅自……

伊　（打断他的话头，眼色很是无礼）什么？……（那总管不作
　　声）……往后呢？……

奈　园丁的事，我没有办法处置……您留他，他不肯……

伊　不肯？……真的吗？……这傻瓜……甚至于种豌豆也不
　　会……还敢在我家里生孩子……不经我的许可吗？……明儿
　　叫地保来同他算账……呀！明天再雇一个新园丁来……你好
　　好地处置他……往后呢？……快，快……

奈　我今天看见那画工……他说您吩咐他告诉那锁匠，叫他到这
　　里的大屋子里装置门铃……

伊　他有没有我亲笔的命令？……没有吗？……叫他不要胡说
　　吧……他该晓得……（张大其辞）我所说的都不算数……我所
　　写下来的方才有效……这画工……他自己吃亏了……往
　　后呢？

奈　我已经遵照您的吩咐……把刍秣卖给人家了……

伊　（低声）那些烂了的刍秣呢？

奈　我把它混在那些好的里头……混和得很匀……

伊　好极了……今天没有私自打猎的人吗？……

奈　我不知道……掌山林的人今天不曾来报告……

伊　为什么？……他们干什么来？……

奈　先生……还不曾到七点钟呢……但是……我想人家已经撞见
　　了那摩陀姥姥……正在拾干柴……

伊　在那"禁园"里拾干柴吗？

奈　不，先生……在那大园里。

伊　哈，哈！……她以为那篱笆……那园墙……那铁钉子……都
　　只是提防蜗牛的吗？……我想……已经叫她吃官司了……是
　　不是？

奈　不会吧？……先生……

伊　为什么？……

奈　这是乡下的习惯……先生……告起状来恐怕要失败的……

洛　(被姞尔曼在后面推了一推)但是……到处的穷人都有拾干柴
　　的权利呀……

伊　权利吗？……权利吗？……先说穷人便没有任何的权利……
　　纵使他们有权利……不合理的权利……我也不愿意他们假说
　　是拾干柴，却混进我的山林里来张网捕兔子，攀折我的树枝，
　　破坏我的树芽。无论如何，我是不许可的……唉，真的意料不
　　到……现在所有我的一切的产业，像是都归他们穷人所有
　　了……真的地主却是他们……德谟克拉西主义吗？……我原
　　是德谟克拉西主义者，再没有人比我更懂得的了……但是，我
　　到底不是一个给人家欺骗的人啊……(向他的妻子)……每逢
　　礼拜六……我们这里不是分发面包吗？

洛　分发的。

伊　(把筐子里的绒线乱翻)你的生活还过不去吗？……还是为穷
　　人们打绒线，做背心……做帽子……做袜子？……

洛　这个吗？……这倒是真的！

伊　算了吧……如果他们要取暖，他们有的是煤炭呀……(他站起
　　来，走路。向那总管)那老妖精，下次捉住她的时候……应该
　　送到我这里来……你听见吗？……我要教训教训她……(拍
　　手)……事情就是这几件了吗？

奈　那侯爵波士赍刚才来了……

伊　(得意)哈，哈！……那侯爵竟肯来我这里增光吗？……亲自
　　来吗？……不会吧？……那么，他是穷了？……

奈　他想要明天来见您……他曾经恳切地拜托我致意的……

伊　哈，哈！……他忙起来了？……你可以打电话给他，说我明天
　　两点钟在家里候他……你应该先预备好他的账簿……(拍手)
　　笑煞，笑煞！

奈　还有那母牛……

伊　唉，蠢才！……你该先提起那母牛……它怎样了？

奈　很不好。

伊　你胡说的是什么话？

奈　那兽医今天来……验过它的病……很久很久……说它有了肺炎症……是医不好的了……

伊　（高声嚷道）一条一千八百法郎的牛！……他不疯了？……胡说……胡说……你那兽医原是个傻瓜……你该到马来古尔去找一个接骨的医生来……在接骨的医生未来以前……我先亲自去瞧一瞧吧……（向朋友们）你们许可我吗？……我只去两分钟就来……

方　请去吧……

克　请不要客气……

伊　贾洛？……

绿　先生！……

伊　跟我去吧……我们在路上好说话……（向那总管）你呢……你先滚……好一个子爵……（那总管先走了）……两分钟后我就回来……（他向他们做手势，意思是叫他们不要管他妻子所说的话）……说到肥料问题……我的好孩子……（他同绿湘走了）

后台的声音　公民伊惜多·洛霞万岁！……

伊　（在后台）不要嚷吧……一个人没有什么稀奇……只思想与见解特别一点儿罢了……

后台欢呼的声音渐远渐灭。

洛　（看见方克与克罗克有点儿莫名其妙，大家不作声，半晌，她才向二人说）你们看这一个大孩子！……

第七出

出场人：洛霞夫人、姞尔曼、克罗克、方克。

自从那总管进来之后，姞尔曼看见她父亲对他的态度，十分看不过眼,时而难为情……时而想要反抗……总是一种愤愤之气,自己压制不下……那总管与她父亲都走了之后,她走到桌子前面,把她原先拿来的零星物件拿在手里。

姞　(向母亲)妈,请您允许我回房间里去吧……我有点儿头晕……觉得不很舒服……

洛　你怎么样了?……你不吃晚饭吗?

姞　不吃……我觉得我病了……

洛　(稍为耸一耸肩)那么……去吧!……

姞　(轻轻地向二客点一点头告辞)请先生们恕罪……

方　请便……小姐……

克　小姐不要客气……

姞尔曼上阶去了。

第八出

出场人:洛霞夫人、克罗克、方克。

克　病不重吧?

洛　不……不……

方　大约是稍为有点儿头痛……是不是?

洛　对了……

方　好一个动人的女郎啊!……

克　非但动人,而且正经……

洛　她不大说话……但是,不怕两位见笑……有时候她一开口便是一大堆的话……又爱淘气……先生们……伊惜多累你们两位站了许久了……对不起……

方　不要紧……不要紧……(二客各取一张椅子坐下)呀!……洛霞先生真是一个有福的人……

洛　(愁容)太有福了……太有福了……

方　说也奇怪……他真所谓东成西就……生意……家庭……社会

上的地位……哪一样不如意的？……（做手势，表示一个府
第，远远的一个园子……一望无涯的样子）……夫人……你们
这里有的是天下无双的产业……

克　人间第一……您看……这些房屋……这些道路……这些山
林……我从来不曾见过这样威严……这样华丽的产业……真
的是路易十四原有的产业吗？

洛　据说是的……

克　妙极……妙极……

洛　（失望的样子）太大了……我在这么大的府第当中，真住不
惯……我闹不清楚……

方　唉！……

洛　不瞒你们说……这一家的日用……奴仆又多……东要监视，
西要稽查……这么大的家庭……（叹气）……你们想想看……
真闹得我头昏脑胀……唉！责任太重了……别人还可……我
这笨人，实在觉得太吃力……（摇头作愁状）……先生们，我们
发财太迟了……也怪不得我理不惯这家务……

克　夫人您说的是什么话？

方　夫人您太客气了。假使是我，我辛辛苦苦地工作得来的产业，我还
不自负吗？……夫人您也不用谦虚，这实在可佩服得很……

洛　不，不……一个人应该生来便富……否则该是年纪很轻……
至于像我这样的年纪，习惯已经养成，没法改变了……说也奇
怪……我并不觉得这儿是我的家……似乎只是旅行到一间旅
馆……在外国……

克　（笑）哈，哈！

洛　不是吗？……屋子外面还好……有的只是树林……草畦……
花朵……我还看得惯……至于客厅里……卧房里……到处无
非是些很大的照片……冠冕堂皇的王子……披甲荷枪的将
军……好不吓煞人！……我从来不敢正眼望一望……每逢我

在这些王子将军们面前走过的时候,似乎他们自言自语道:"这是哪里来的村婆子?她不是这儿的人,我们不认得她。"(很愁闷地摇头)……这倒是真的话哩!……

克　您这样实在不应该……对于您自己,对于您的幸福,都不应该。

洛　我的幸福……我的幸福!……

方　自然啦……再者……凡是一个好女人,到处都不会住不惯的……

洛　先生们过奖了……但是……您看……我总觉得不舒服……依我的意见,我只要一所小房子,一个丫头,一个小园子,便尽够我享受了……怎奈我的丈夫不像平常的人,偏不知足……我来问你们:他在巴黎做大生意……做种种的企业……钱庄呀,报馆呀……我也不知道这许多……除了夏天之外,他只有晚上在家,您看,有没有道理?……每年枉费的钱不少……东用一笔款子……西用一笔款子……买机器,机器用不得;做实验,实验不成功……雇用一大群的人员……常住在这里吃我们……金钱溜走了……还说想要因此发财哩……

克　既然洛霞先生以此为乐事……

洛　乐事吗?他非但不能搅几个钱来,倒反因此花了许多钱……大凡要花钱的事情便不是乐事了……世界原来是这样的,莫怪我直口说破了……

克　总而言之,洛霞先生的家产已经这样大了……但是,等到他被举为议员之后,还要大大地发财呢……

方　这是很……与发财很有关系的。

洛　做议员!做议员!

克　可靠之至!……他对我们说过了。

洛　好……他什么不会向你们说?……他运动选举……这是第三次了……(叹气)……我真是心烦……天啊!……真叫人担

心啊！

伊惜多入，绿湘随入。

第九出

出场人：伊惜多、绿湘、洛霞夫人、方克、克罗克。

伊　（看看他的妻子，又看看他的二客）呀，你们给我捉住了……你们一班坏蛋……在这儿造我的谣言……不知说了多少我的坏话了……

洛　那母牛呢？……

伊　（拍手）不要紧……我给它喝了一大瓶酒精，不久就会好了的……是不是，贾洛？

绿湘很有涵养地只不作声。

洛　酒精给牛喝吗？……你是不是要它死快些？……

伊　笑话，笑话……你不曾学过养牛法，怪不得你说……奇了……姞尔曼哪里去了？

洛　姞尔曼回房间去了……她说她害病……

伊　神经病又发作了吗？……呀！用脑筋的人……一天到晚只晓得用脑筋……怪不得！（从长凳旁边走过，瞥见姞尔曼的书，拿起来看了一下子，把它抛在地上）……读书……老是读书……又吟什么歪诗……她不知道这些东西最会伤脑筋的……天天恍恍惚惚的，肚子也熬坏了……（他翕唇作滑稽状。向方克说）什么歪诗……拉马亭……嚣俄……苗赛……你晓得吗？

方　这……这是诗呀……

伊　与其说是"诗"，不如说是"屎"……（笑）你呢，你读书吗？

方　我吗？我读银钱行情单……与火车时间表。

伊　好呀！……（向克罗克）你呢？……

克　间或有些时候……在火车上，没事干……一本小小的传记……

我还不讨厌的……

伊　好一个诗人！……好,说我自己吧……孩子们,老实说,我从来不曾读过书……口里不曾念过一个字……这是我的傲骨……书虽则不读,我免不了还是一个伊惜多·洛霞……俄伯都府的主人……五百万的家产……我有一间报馆……政界、文学界、哲学界……总之,无论什么界都在我的指导之下……(他一摇三摆地走,现出很荣耀的样子,轻轻地拍手,直走到戏台的后方才止步……两眼望着周围……两只拇指插在背心的旁边……面现喜色)方克……你呢……你的……你的……(思索克罗克的名字)

克　克罗克……威尔爱尔·克罗克！

伊　克罗克……真的……我的脑筋里老是藏不住这名字……这里来吧……两个都来……(他做手势,表示管领很广大的产业)你们觉得我们现在所看见的田地怎么样？

方　好极了！……

克　刚才……我们同洛霞夫人……正在赞美您的产业哩……

伊　(低声)我的妻子吗？……她晓得什么？……她不曾见惯世面……(高声)所有一切你们所看见的……左边……右边……前方……后方……所有的田……所有的牧场……而且……远些的地方……这河……河边的大磨坊……那山……那树林……你们看见吗？……看见了？……那么,好,这都是我的产业……还有你们所不曾看见的……我有七千万平方米的土地……跨了两省,共有八镇,二十四区的地方……我有四百十九处的田与牧场……保存待用的在内……但是,你们在我的地图上看得清楚些……贾洛？

绿　先生！……

伊　劳您的驾……请您到外厅里把我的地图拿来……在右边……安团纳德皇后的御桌上……旁边是一只御鹤……(绿湘上阶

去了。——伊惜多向二客说）这御鹤是 1898 年我在华尔帝我
的牧场里打死了的……我这儿什么都有……什么都是御用的
东西……（他再回到戏台的前方）要走过我的田地，至少须得
花八个钟头……但是，你们也不必走，只在我这地图上面看去
还清楚些……明天你们还可以看见我那六十条母牛……一百
三十条雄牛……看见我的水沟……我的秧田……我的鱼
池……我的羊棚……总之，所有一切你们都可以看见……

方　您的田地上，有许多野禽野兽可以给人家打猎的吗？

伊　多极了……除了一些雉鸡与小鹧鸪之外，我的田地上差不多
一只鸟也没有了……

方　唉，可惜之至！

伊　什么，可惜吗？……照你的话看来，你还不晓得鸟类是有害于
农业的哩……它们专从事于破坏……然而我比它们还凶……
我使人家把它们都杀光了……死的麻雀，我打赏两个铜子一
只……红颈鸟与绿雀，三个铜子一只……秀眼鸟，五个铜
子……黄莺儿，因为太少的缘故，我赏六个铜子……在春天的
时候……那些鸟巢连鸟卵卖给我，我给一个法郎……十里内
的鸟儿都给我杀得干干净净……假使这样继续下去，整个法
国的鸟儿也保不了它们的性命了……（拍手）……你们看……
这里还有许多东西，我不曾告诉你们呢……

方　（指着左边小路的一角，说）对不起，我不是眼花吧？

伊　什么？

方　一只鸟！

伊　（耸肩）撒谎鬼！

方　我哪里是撒谎？我分明看见一只鸟……在那边……小路
上……你看！那里不是一只鸟吗？

伊　一只红颈鸟……真的……杀不尽的坏蛋！……（绿湘拿了卷
着的地图进来）……拿到这里来……放在桌子上……（从绿湘

手里拿了地图,展开,摆在桌子上)……我们大家看地图
吧……(三人一齐低头看图,二客的眼睛跟着他的手指……他
东指西指,把地图的各部都指遍了)这很美丽吓?我的田……
我的牧场……我的树林……你们这么看一看,恰像拿着一根
手杖到各处巡游一遍似的……注意!这些红格子,乃是我的
二十处熟田……那些黄格黑边的,乃是我的不曾耕种的田
地……你看……这是那牧场……我在那里打死了一只御鹤
的……

方　这一处,画的是绿色,似乎是水……到底表示什么呢?

伊　这是古鲁华湖……恰像法王的奉天濮洛……我在那里养了许
多大鲤鱼……有鲸鱼一般粗细……这湖共有一百十四万平方
米……你们仔细随我的手指看去……那边……

洛　先生们给你弄疲倦了……他们在吃饭以前,也许要到卧房里
休息一下子。

伊　奇了,看我这地图,会使你们疲倦吗?

克　绝对没有的事。

伊　(低声)她不曾见惯世面……(高声,向方克)你愿意脱了你的
帽子吗?……戴着帽子看不清楚……(他拿方克的帽子放在
桌子上)你们看,这一块白的地方,在右边,环绕着我的产业
的,乃是波士赍侯爵的产业……这侯爵乃是一只无底筐
子……一个老败家精,已经向我借了一百二十万法郎……抵
押的田地不少……哈,哈!俄伯都与波士赍两府的产业联合
起来……倒是一桩乐事哩。

方　对呀!

伊　看吧……事情成功了……至少明天可以成功……明天……你
们可以看见伊惜多·洛霞的手段……惭愧,我伊惜多竟能使
一班贵族在我门下低头……怕不笑煞人……

洛　还想要田地……还想要府第!……唉,你自己的田地与府第

还不够吗？……你希望我真的完全疯狂了吗？

伊　（耸肩）这是不幸的事情吗？……你老是怨天怨地的！……

方　喂，先生……您这地图上面，每一区都有一个小人儿……种种
　　颜色不等……都在那里跳跃……究竟是什么意思呢？

伊　你猜不着吗？

方　不！……

伊　这是我的肖像……用显微镜照出来……倒很像我……我的主
　　意不错吧？……这样一来，人家马上就晓得这些田地是我
　　的……不是哪一个无赖的……（他又用手指着那些小曲线
　　说）……看吧，这一个淡紫色的斜方形，乃是我的蒸馏场……
　　我在那里起了一间新式的实验室……（转身向绿湘）……这就
　　是我的化学师……他是一个好少年……将来的博学家……现
　　在我有了他，我便晓得了奇妙的实验方法……贾洛的实验方法！

绿　先生！

伊　喂，我们现在所做的实验，叫做什么名称？

绿　叫做植物的实验。

伊　是了！……植物的实验。不平常吧，吖？……我的新发明，要
　　不要加以解释？……（一面卷起地图，一面指手画脚）我不是
　　一个农人……我是……你们注意这不同之点……我是一个农
　　学家……意思是说，我是一个聪明人而兼农人……一个经济
　　家而兼农人……一个新思想家而兼农人……所以我觉得……
　　大麦呀，小麦呀……都不行了……人家不要了……卖不出去
　　了……该换一换花样……人类总是有进步的呀！……人类的
　　需要增加了……变换了……难道世界的人都开倒车，都一成
　　不变，我伊惜多是一个社会农学家，一个经济革命家，还跟着
　　他们走不成？……所以……你们听我说……我现在种稻
　　子……种茶……种咖啡……种甘蔗……
　　方克与克罗克听得有点儿不耐烦了。

洛　（耸肩）好吧！

伊　什么"好吧"？你只管做你的手工好了……（越发说得响亮）……又种甘蔗……（半晌，向二客）……你们呢……你们似乎还不曾懂得我的话，是不是？

洛　我请求你，不要再说这个吧！

伊　呀！不要唠叨……女人们晓得社会上的大问题吗？……然而，这问题却简单得很……依照我的学说做去，非但把农业上的旧习惯改变了……还可以不要殖民地……因此也就省去了战争……也不必从远地运输物产到本国来，徒然靡费金钱……也不必杀人流血，夺取地盘……本国就是殖民地了……（拍掌笑）印度……支那……非洲……东京……马达加斯卡……都在本国了！……你们真真意料不到……不能不承认吧？……你们自己断不会如此打算吧？

方　唉！起初的时候……

克　这倒有点儿稀奇……

伊　无论什么新发明，都有点儿稀奇的……后来毕竟实现了……唉，我晓得反对我的人一定会说："这些植物在我们这里不会生长的。"……好，我们等着瞧吧……（骄傲而残酷的样子）我所希望的一切事情……件件都实现了……我希望发财……毕竟发财了……我希望得到这府第……毕竟得到了……现在我希望得到波士赛的产业……不久也一定到手的……至于我希望甘蔗在我们这里生长……它也一定生长的……是不是，贾洛？是的呀……是的呀……这都是肥料的关系……我相信它一定生长的……我便靠这种经济的、科学的、人道的农学……去运动下届的选举……你们看见吗？所有我的地界内的墙壁上都贴着传单……"伊惜多·洛霞——社会农学家，新殖民派，反教士派……"

洛　（尖声）六百张选举票子！……

伊　你胡说些什么话？

洛　我说,六百张选举票子要花了六十万法郎,老是这样的……
　　(动气)反教士派吗?……只要你害一场小病……"快,快……
　　请一位修道院长来!"……(向克罗克与方克)你们两位不要听
　　他的话……教士们常常驾驭他呢……好吧,好吧……六百张
　　选举票子!……

伊　(格格地笑,把二客推到戏台的后方)哈,哈!她真奇怪……她
　　不晓得自己说的是什么话……她的话无意识得很……笑话,
　　笑话……教士们……保皇党……终有一天他们要吃我的打
　　哩……(晚饭的钟响第一声)……我们吃饭去吧!……(他再
　　回到戏台的前面,洛霞夫人夹着方克的臂膀,上阶)

洛　我们有电话也是枉然……他请客……一味请客……不预先通
　　知我……

伊　(夹着克罗克的臂膀……很可怜地说)你们应该原谅她……她
　　不曾见惯世面……

　　当是时,七个宾客,仪仗辉煌,一齐到了。

第十出

出场人:同上人物、(其后)地保与其妻、医生与其妻、收税官与
　　　　其妻、退职之船长。

洛　(瞠目愕然)这些人来做什么的?

伊　(以手击额)呀,真的……这是从马来古尔来的……我已经邀
　　请过他们……我不曾告诉你吗?

洛　(手足无措)你已经邀请他们吗?

伊　不错,是的。

洛　你全不思量一下……我是不能招待他们的……

伊　嗳唷,嗳唷!

洛　(再下阶)你想想看,我怎么能够给这许多人吃饭?

伊　这是些选举人……我的朋友……(他连忙上前迎接诸宾客,很

粗暴地——握手)

洛　（十分伤心）天啊！（她呆呆地望着众人走到她跟前）

伊　（东西奔走招呼）我的亲爱的医生……我的亲爱的地保……夫
　　人们……

地　我们到迟了一点儿,请恕罪。

伊　不,不……还早得很……

地妻　（向洛霞夫人）亲爱的夫人,累您久候了。

医妻　请您原谅……都是那公共马车不好……走不快……

　　伊惜多努力装做有礼貌,东握一握手,西拍一拍肩,闹个不了。

伊　喂,船长……你的筋骨痛……现在好了吧?

船　请不要提起了！（他努力想要运用他的膝部）唉,倒霉！

伊　请你用生兜医治好了……呀！我已经看见了军务总长。

船　事情怎样了?

伊　事情是这样的……（拉那船长。经过那收税官的前面）呀,喂,
　　我已经看见了财政总长。

税　事情怎样了?

伊　事情是这样的……（又拉那收税官）

　　那些女人们在洛霞夫人旁边奔走奉承。那地保与医生同绿湘
　　谈话。正在人声嘈杂之中,方克与克罗克躲在一边私语。

克　他原来是一个粗蛮的人……

方　也许是吧。

克　一个疯子……我相信,我们要什么都不会不成功的了。

方　说是容易的……这类的疯子,我们也不该太大意了……您看
　　他的眼睛……可怕得很……

克　算了吧。

方　我们小心为上计……我看见过许多这类的人……最危险不
　　过……

克　您一辈子也是没有胆子的……

方　您呢……您没有眼睛……您仔细瞧他吧。

克　一个人,用了金钱,还运动不到一个议员来做,这般不中用,我们还怕他吗?

方　运动做议员的时候不中用,同我们捣乱的时候却中用呢。

克　我真想要看看他有多大的本领。

伊　(在戏台后方一群人的当中)孟希公爵……一个可怜虫……现在他的荷包空了。(众人皆笑)

洛　(神色未定,向旁边的人们说)对不起……我们只有很淡薄的酒菜。

伊　(回到人丛里)一顿家常便饭……不要见怪。

医妻　这里的家常便饭已经好极了……

洛　总还要……

伊　好吧,好吧! 夫人们到这里来,并不为的是吃饭……只为的是陪你谈谈罢了。(绿湘告别)那么,你不在这儿用饭吗?

绿　谢谢吧,先生……

伊　哈,哈! 我知道了。今天晚上……又想要闹什么风流事儿……您的年纪很轻,也怪不得您……但是,好孩子,我的肥料的事情……千万不要忘记……赶快给我好好地办妥了吧……(晚饭的钟响第二声)我们扶这些夫人们吃饭去吧!

　　跟班们很庄严地在阶上两边排列着……大家很有礼貌地谦让……作媚态。

洛　(让地保扶她上阶)你相信吗? 我的丈夫有事情总不打电话先通知我……

地　洛霞先生的事情太多了!

伊　(夹着地保之妻的臂膀,在收税官的后面。那收税官听见伊惜多同他说话,遂掉转头来)　今天晚上《小三色》里头有一栏很好的文章……是批评种麦的。我劝您不妨看一看。(向地保之妻)这文章是蓝榜做的……这蓝榜,您在这儿也看见过的……不是吗?

地妻　蓝榜先生吗? ……是不是那一位头发黄黄的,很奇怪的?

伊　对了……

地妻　他是模仿比尔那的①? ……

伊　不错……

地妻　他奏钢琴……用脚……用鼻……是不是?

伊　什么都用……一点儿不错……他署名是:巴西法尔……一个好少年……一个著名的经济学者! ……

他们走了。

第十一出

出场人:绿湘、(其后)姞尔曼、(再后)一个仆人。

绿湘滞留在戏台上。天色稍为黑了一点儿……阶台上的火炬架亮了。他遥望着府第。正当要走的当儿,姞尔曼突然从阶后的屋角出,奔向绿湘。

姞　是您吗? ……(绿湘奔向姞尔曼)毕竟是您来了……我以为他们可以一辈子不走的……(说着,上前拥抱)绿湘……我的亲爱的绿湘! ……

绿　(紧抱姞尔曼)我的小姞尔曼啊……刚才我不看见您……我担心得很……愁闷得很……把脸儿朝着我……好好地把脸儿朝着我吧……(抚她的头)……您病了?

姞　(头偎着绿湘的肩,作惰状)不……不……

绿　您哭了?

姞　不,不……您信我的话吧……

绿　刚才为什么您走开了?

姞　我忍无可忍了……我不由自主了……这类的把戏把我气

---

① 比尔那是 19 世纪戏剧家。

坏……这种生活把我杀死……我害羞……我着脑……我时时想要反抗……我看不得这样一个人家,每天,每一分钟,纵使不犯罪,至少要做一两件不讲道理的事情……我忍无可忍了……(长叹)我忍无可忍了……

绿 (四顾)当心……恐怕人家会看见我们……听见我们说话……

姑 唉,天啊!……怕人家听见吗?……有什么要紧……于您有什么关系?(十分动气)……既然我们到了这个地步,怕什么?

绿 (很和婉很温柔)放静些吧,我爱!……我恳求您!……

姑 (越发震颤)为什么?……(半晌)现在,您在这儿……真甜蜜啊!……(她紧搂着他,他拉她靠近石像)好呀!……(半晌)您不晓得,您在这儿的时候,在我身边的时候,拥抱着我的时候,我多么舒服啊!……您同我说话……您同我温存……冰冷的我也热起来了……(半晌)您瞧,我现在不动气了,很安静了……不愁了……快活了……(半晌)很……很快活……(哀求的语气)如果您愿意的话……(更恳切的语气)……唉,如果您愿意……(眼怔怔地望着他,现出很深情的样子)……绿湘……

绿 姑尔曼!

姑 请您把我从这一所屋子提拔出去吧……请您带我走了吧……(绿湘作态)真的……真的……我哀求您,可怜我吧!……我愿意穷……同您在一块儿穷……离开这里而穷,倒算是得了解放!

绿 当心,当心!

一个仆人下阶,给洛霞夫人找寻她所遗失了的东西。他在桌子上找着一件披肩,带着走了。这时,姑尔曼与绿湘躲在树林里,那仆人走了之后,他们再出来,互相拥抱着从戏台上横走过。慢慢地,一声不响地,像两个影儿一般走了。

幕闭

第二幕

时间 次日上午

布景 一间路易十六式的小客厅,用古器布置,却有许多搭配不妥当的地方。后方的墙壁用古时的绸糊着……左边一门开着,直通另一个客厅,那客厅也一样地华丽。另有一门,可通伊惜多的办事室。右边有一个很高的窗子,下面是花园。厅中一张古式的、价值很贵的供案上,有一个熟泥塑的爱神,奉献一朵玫瑰。这爱神太新式了,塑得很不自然。案上许多很精致的古玩中间,堆着许多杂货。左右边的墙上,挂着古时的王子及教皇的肖像。又有一个伊惜多的全身肖像,旁边两盏反射灯映照着,非常当眼。

幕启,姞尔曼坐在一张桌子前面,有心无意地把一本有插图的书乱翻。一会儿,她站起来,走到窗前,抓耳搔腮地很不耐烦,似乎在等候一个人。总管方特奈自伊惜多的办事室出,臂下夹着一只小皮包。看见了姞尔曼,一声不响地施了一礼,也不停步,径向后方的门口走去。

第一出

出场人:姞尔曼、总管。

姞 方特奈先生?……

奈 小姐?……

姞　您是从我父亲处来的？

奈　不错，小姐……

姞　我以为他出去了。

奈　真的，他此刻刚走了……从走廊里出去……大约是到马棚里
去吧。

姞　今天早上他好吗？

奈　很好……很快活……

姞　很快活！……他不曾同您说什么吗？

奈　没有什么特别的话，小姐。他打了许久电话……谈的是那两
个工程师的事情。后来我们又谈论了些银钱的事件……
大家静默了一会儿。

姞　方特奈先生，您愿意替我做一件事吗？

奈　小姐说哪里话？岂有不愿意的道理？

姞　那园丁……余勒……已经离开了俄伯都府吗？

奈　昨天晚上……

姞　他再也不回来了？

奈　我倒不是这么想。明天一早，我的办公房里，如果没有余勒
来，那真出我意料之外了……这些可怜的穷骨头……我晓得
他们……他们的反抗力延长不到一天以上……

姞　(交一只信封给那总管)您愿意把这一点儿钱转交给他吗？

奈　遵命，小姐。

姞　不必提起这钱是哪里来的……

奈　便不提起，他也猜得着……

姞　您回宿舍去吗？

奈　是的……

姞　我想要您告诉贾洛先生一声，说我有话同他说。您不觉得太
麻烦吧？

奈　一点儿不麻烦……

姞　我有些事情要请教于他。

奈　小姐,您晓得,我什么事都愿意替小姐效劳……

姞　谢谢您……(那总管施礼欲退)方特奈先生?……(停一停)昨天晚上……一场可恨的谈话……(方特奈作手势哀求她不必提起)我现在特地向您请罪……(伸手给那总管)

奈　(大感动)唉!小姐!……(他吻姞尔曼的手。当拿她的手时,皮包坠地,姞尔曼迅速地替他拾起,递给他。他吃吃地说)……小……姐……小姐!……

姞　每人要轮着一次的……

奈　小姐……我当不起您的好心……我不会做人……几乎不能生活了……社会上也不容留我了……幸亏我遇着您的父亲……否则……不知变成怎样了?……到了这里……假使没有小姐……我也不知变成怎样了?……(拭泪)您不知道……

姞　(和婉地打断他的话头)您是不幸的人……我所要知道您的只是这一点…

　　方克与克罗克自大客厅的门过来。

第二出

出场人:姞尔曼、方克、克罗克、总管。

克　小姐,请您原谅我们。

姞　(有礼之中,带几分傲气)先生们是找我父亲来的吗?

克　是的……小姐。

姞　我父亲出去了……

方　我很喜欢看见您的样子,似乎昨天的贵体欠安,今天已经好了。

姞　是的,好了。(向总管)……方特奈先生,烦您送两位先生出去。

　　他们出去了。

第三出

出场人:姞尔曼、(其后)洛霞夫人、(再后)一个仆人。

姞尔曼仍旧抓耳搔腮地走来走去,十分不耐烦。——洛霞夫人穿着出门的衣服进来……一本圣经在手。

洛　(在门口)喂,姞尔曼?……你还不曾打扮好吗?

姞　打扮好?

洛　(入)时间到了。

姞　什么时间?……

洛　赴弥撒会的时间,你还不晓得吗?……(她坐在一张椅子上,把手套扣好)

姞　我不赴弥撒会。

洛　嗳唷!……好……什么新花样?

姞　这也不新……也不是什么花样……我不赴弥撒会,因为我不高兴去……

洛　我们不去,你父亲一定生气的……这时候,他很希望我们不要错过了弥撒会……你晓得吗?

姞　我不须要晓得我父亲希望什么或不希望什么……我只晓得依照我的嗜好……今天早上,我的嗜好是在家里闲坐……

洛　(失望的样子)唉,你的旧脾气又发了……

姞　既然我父亲忽然喜欢弥撒会……为什么他自己不去呢?

洛　因为今年他是反教士派……所以他不去……只一层,他以为我们赴弥撒会却于他的企业、他的选举都有益,尤其是他的选举……我想,也许没有什么大用处。但是,我们落得博他的欢心,去一去也不要紧。

姞　妙啊!……

洛　这是政治上的……手段……

姞　好吧……我不管什么政治上的手段……

洛　再者,你借此可以出去玩一玩……消遣消遣……你许久不曾
　　出去消遣了…

姑　(冷冷地)我不须要消遣……

洛　(愁容满面地望着她的女儿)我的可怜的孩子……真的,我不
　　晓得你……最近以来……有了什么心事? ……但是,我相信
　　总不是好的念头……你近来很兴奋,很激烈,时时同我们寻
　　仇……你不愿意见一个人……每逢有人来的时候,你马上躲
　　开,给人家钉子碰……你想,我们快活不快活? ……人家再也
　　不能同你谈话……你一开口就得罪人……还怪人家有时候生
　　气……我呢……我自问……我往往自问……你真的有点儿发
　　疯了不是? ……好吧……告诉我吧……你到底怎么样呀?

姑　我并不怎么样……

洛　你病了吗?

姑　哪里就病了? ……

洛　如果你有什么伤心的事情,明白地告诉我吧……(更亲热地)
　　我是你的母亲……无论如何……

姑　(语气不像先时冷淡)我也没有伤心的事情……

洛　你真教我伤心啊! ……好像是人家欺负你似的……拒绝你的
　　任何的要求似的……你怨恨谁吗?

姑　没有的事……没有的事……

洛　真真意料不到……你在这儿活像雁儿般自由……一往一
　　来……要做什么便做什么……像一个男子……且说今天早
　　上……你还问我要了三百法郎……我依数给了你……我本来
　　可以根究你的用途……但是……我却一声不问,无条件地给
　　了你……你看,世间有几个母亲能够像我这样的? ……你想
　　想看……三百法郎的数目不小了……你又惯向人家施恩……
　　不值得施恩的人,你也只管给他们的钱……好,你还要怎样?

姑　我什么都不要……我哀求您……妈妈……不再说这个吧……

洛　天呀，我不知前生造了什么罪孽！……我有两个孩子……男
　　的老是不在家……他只晓得给我受气……女的呢，她的心老
　　是向外的……我也不知道她想什么，她要什么……她对于我，
　　不曾有过一次笑容……不曾有过一回亲热……（长叹）有钱又
　　有什么用处呢？……

姑　但是……妈妈……这不是我的错处……

洛　那么，这是我的错处，毫无疑义了……我晓得……唉，我晓
　　得……我不是一个上流的妇人……不能像……贾洛与你一
　　般……会谈论些高超的话头……

姑　（声气颇促）妈妈……我求您不再说吧……

洛　真的……我不曾受过这等的教育……我只是一个心直口快的
　　妇人……（半晌）我这样的人，谈话的时候，虽则不很出风
　　头……然而处世也许是我们占便宜哩……

姑　妈妈……这都是毫无关系的话……

洛　是的……也罢……唉，天啊！（站起来）你打定主意了吗？……
　　不肯同我赴弥撒会去吗？

姑　老实说……我宁愿在家里，不出去……

洛　（忽然担心一件事）那么……我应该叫人家另换一辆车……（按
　　铃）你看，因为你的怪脾气……累得一家人为你起动……（一个
　　仆人入）叫马棚里给我预备一辆旧车……只用一匹马……

仆　我正要来禀告夫人，夫人的车已经预备好了……

洛　是那维多利亚车吗？

仆　是的……夫人……

洛　用两匹马的吗？

仆　是的……夫人……

洛　我不要这个……告诉马棚里给我预备一辆小车……一辆旧
　　车……

仆　遵命，夫人……（仆人出）

姞 这么一来,您会迟到了的……您到的时候,人家已经做了弥撒
了……

洛 我总还可以来得及……唉,我实在干不来……我自己一个人……
坐一辆维多利亚车,用两匹马……我实在坐得不舒服……也
许我是个傻瓜……但是,你有什么法子想?……我独自一人
坐在那里头,一定害羞起来……我至少要一个人陪着我……
或好些包裹堆上我的身边……我才能够坐那大车……也
罢!……(半晌)车既然不能即刻预备好,让我吩咐几件事情
再去不迟……(沉思了一会儿)我想,今天晚上,那两位客不会
再在这里住了吧?

姞 我不晓得。

洛 我实在莫名其妙……也不知道他们究竟是从什么地方来
的……但是,他们似乎不是好人……

姞 别的宾客就好吗?……我父亲所带来的人都是一样的。

洛 咄!……什么企业中人!……管不了许多……假使我处在伊
惜多的地位,我一定不肯信任他们。

姞 他们谈到我父亲的时候,也该有这么一句话。

洛 嗳唷……嗳唷……不要太凶了吧……你不肯同我接吻吗?

姞 肯的,妈妈……(她懒懒地同她母亲接吻)

洛 唉,假使你愿意的话……假使你那坏鬼的心肠愿意的话……
给我尽量地笑一场……给我开开心吧……(姞尔曼微笑,现出
愁闷而被迫的样子)那三百法郎呢?……为什么用的?……

姞 唉,妈妈……您已经允许不根究我的了……

洛 好吧……好吧……(她预备出去,到了门口,又转身)我的祈祷
书……(姞尔曼在桌子上拿起祈祷书交给她母亲)……呀,如
果你的弟弟回家的时候我不曾回来……你应该劝戒劝戒
他……不晓得他今天又闹了什么事了……

姞 伊克沙维耶绝对不会信我的话……况且……他要做什么便做

什么,用不着人家管他。

洛　也罢!(哀求的语气)你打扮一下子吧……中饭的时候好见人……我想看见你很漂亮……你答应我吗?

姞　是了,妈妈。

洛　很漂亮,吓!(她去了)

第四出

出场人: 姞尔曼、一个小园丁、(其后)绿湘。

姞尔曼仍旧不耐烦地走来走去。一个小园丁来换花木,看见姞尔曼,踌躇不敢进。

姞　进来……请进来吧!……

小　小姐……请恕罪……请原谅……今天早上我来得迟了一点儿……因为余勒走了的缘故……(他把些新花木替换去了旧花木。把那爱神手捧着的一朵玫瑰也换了。退后些,看放得正不正,现出欣赏的样子)这个真美丽啊!

姞　新园丁来了没有?

小　他正在搬家进府来呢……这是一条黑汉……满嘴胡须……好看极了!……(他继续地工作)今天早上,小姐您不曾要花吗?

姞　不要……谢谢您吧!

小园丁工作完了,拿着那些旧花木,预备出去。绿湘入。

小　日安,贾洛先生。

绿　日安,我的好孩子!

小园丁出。

第五出

出场人: 姞尔曼、绿湘。

绿　(先让那小园丁走开)您没有什么事情发生吧?

姞　没有……我只想要见您……想要同您说话……今天早上,没有什么消息吗?

绿　没有……唉!（静默一会子）

姞　绿湘,您明白吗? ……总该打定一个主意才好……今天就该
　　决定……我们不能在这游移不定的境况里长久住下去……至
　　少我是再也不能的了。

绿　(愁容)您还是天天受气吗?

姞　受气……时时刻刻受气……每天忍耐,每礼拜屈服……这是
　　幸福……而在我们看来,这正是不幸……不行……不行……
　　先说,这种长久的忍耐,这种每日的诳语,您也干不来,我也干
　　不来……再者……我在这一家……心上受了重压……现在再
　　也受不住了……老实对您说……绿湘……我们应该堂堂地做
　　人……大着胆……向青天白日的地方走去……当众露出我们
　　的真面目……

绿　我还要请求您……我哀恳您……千万不要着急……只再等候
　　几天好了……您已经看见了那些信……

姞　那些信? ……

绿　那些信里头包含有重要的预约……

姞　预约? ……

绿　我爱,我到底不能在最短期间内……即刻……找到一个地
　　位……来安置您……供给您的需要呀……

姞　地位吗? 我们犯不着在这儿呆等……该有的自然会有……我
　　们到了什么地方,自然在那里有我们的地位……我们二
　　人……独自二人……您想,妙不妙?

绿　但是,明天……也许……

姞　明天……为什么明天? 为什么展期到明天呢? ……不行……
　　应该即刻办完了才是……如果您爱我的话……

绿　还问我爱您不爱您! ……

姞　好,那么,听我说……(握他的手)今天一早,当我回到卧房里

的时候,竟没有法子睡得着……我的心太热了……我的血太沸腾了……您的言语……您的温存……您的甜吻……竟使我一刻不能独居。我等到太阳完全升上了之后,下了楼去……走到田野间……又走到树林里……我走……一味走……这么一来,我舒服多了……我的脑筋沉静下来了……我只觉得全身浴在新鲜的愉快之中……我想您……想我们……想我们的广漠的、离俗的抚爱……我摩挲着那沾露的树枝,联想到我们的爱情也和那树一样……我闻着那清香的花瓣,联想到我们的爱情也和那花一样……后来……我慢慢地走回家里来……心安了……快乐了……是的,差不多可以说是快乐了……忽然间,在树林中的空地上,我一眼看见了俄伯都府,远远地直立在我的面前……于是我受了一个打击,活像看见了死神似的……这是可怕的一刹那……什么怪现象都来了……我看见……很清楚地看见……这府第所隐藏的……所压榨的……所杀害的……一一都在眼前……府第的旁边……那树林……那田野……那园子……那石子堆里……处处藏着罪恶……没有一根草、一块小石头、一条小路,不是偷来的……就说我所踏着的地面……你想,这分明是我的地面了……而我耳边所听见的只有哭声,眼前所看见的只有鲜血……我似乎觉得身边的一草一木、一土一石都向我喝道:"女强盗! 女强盗!"所有我心中的愉快,突然变了痛苦……所有我心中的爱情,突然变了仇恨与反抗的心理……不行……不行……我再也不能够了……我再也不能够了……我相信此后我只有同您在一块儿能够生活……同您在一块儿,我能够忍耐一切……绿湘,如果我还住在这儿,结果也许我连您也恨起来……

绿　那么……您想要走吗?

姑　(用力地说)是啊! ……唉,是啊! ……

绿　我们向哪里去呢?

姑　无论哪里都行……

绿　我们怎样生活呢?

姑　我不能工作吗?……我有的是气力……我有的是自由的意志
　　与求幸福的愿望……

绿　工作吗?……您相信您找得到工作吗?唉,我的亲爱的姑尔
　　曼,您相信我的话吧……我认识世界的真相……我曾经在千
　　辛万苦的境况里挣扎过来……这种地方,我几乎一跌不起,我
　　劝您不要把我再推到苦海里去吧……穷苦的境地最是不堪设
　　想的……有时候,人们因此断送了性命……最常见的,乃是因
　　此失了自负心,失了认识力……还有更可悲的,乃是因此失了
　　爱情……在那愁云惨淡之中,还容许人们谈爱情吗?……您
　　不要说您有的是气力……我也有的是气力……有的是聪
　　明……有的是技艺……有的是百折不挠的毅力……总而言
　　之,应有尽有……而我却找不到工作……三年之间……我敲
　　遍了千门万户,竟没有一门是半开的……说来您也难相
　　信……而事实却是如此……奈何奈何……

姑　可怜的孩子!

绿　为着不愿意饿死——请您听清楚,"饿死"……我竟不得不承
　　受了些低首下心的事业……甚至于妥协到问心有愧为止……
　　唉,我还不曾同您叙述过我这一段生涯哩!……您晓得:我是
　　一个男人……换句话说,我是社会上的占有特殊权利者……
　　社会对于男人,特别优待,特别保护,无论哪一种职业都可以
　　做……无论哪一种活动都可以参加……至于您呢……您是一
　　个女人……社会不认识您……

姑　您没有一点儿自信心……现在我们两个人越发可以共同奋
　　斗……

绿　两个人……越发可以加倍受苦……要受两次的屈服……我因
　　此越发胆子小……越发不得不谨慎……

姞　我倒不然……我因此越发胆子大……越发觉得有希望……

绿　我爱……您这般兴奋,越发使我怕起来……今日……您的心灵,您的生活,都是我一肩担承……因此,我的责任是使您晓得生活的真相,不该把梦里的生活来骗您……您的性情太热烈了,太勇敢了……老是倾向于绝对……实则生活里却是没有绝对的……

姞　既然有绝对的痛苦,有绝对的罪恶……我想也许有绝对的幸福……有绝对的清白……

绿　都是没有绝对的,您不要弄错了……

姞　爱情呢? 有没有绝对的爱情?

绿　唉! ……

姞　那么……您是没有爱情的人了……您是不爱我的了……否则……爱情里头有盲目的、至高无上的信仰,可以制胜一切,您为什么没有这种信仰呢? ……

绿　我哪里没有爱情呢? ……我爱您……世界上只有您在我的心头……

姞　好,那么,不要争了……要了我吧……带我走吧……真生活……只有爱情在灵魂里所创造的才是真生活……别的都不算数……

绿　别的……却是整个的生活……真也好,假也好,正是您所谓的假生活可以把我们弄得粉骨碎身……我还不要紧,我有了习惯了……然而您呢? ……正因为我对您的爱情太热烈了,太深切了,太不可磨灭了……所以我只愿永远保存着您的幸福……不肯像赌钱般地把您的幸福去下最后的一注……您这种勇而无谋的计划,我不得不反对您……

姞　也罢,也罢!

绿　您信我不过吗?

姞　不是的……唉,不是的……只一层……您老是前后顾虑,不愧

是一个男人,一个学者……我呢……我的话是妇人的整个的
赤心的披露……我说您才是做梦,是想入非非……我却是顺
着自然,走的是生活的大路……也罢……依您的意见……您
想要怎么办?……

绿　等一等再说……

姑　也罢……假使您所等待的事情不成功……永远不成功……又
怎么样?

绿　不会不成功的……

姑　可又来! 刚才您不是自己怕起来吗? 也罢,您就相信这个
吧……(绿湘不作声)您分明晓得……(半晌)不……您还有别
的意思不曾说出来……我感觉到……这几天以来……您的态
度……您的言语……都不同了……您不肯说,让我来说穿了
吧……

绿　我绝对没有别的意思……您相信我的话吧……

姑　有我的父亲……您顾忌我的父亲……

绿　不是顾忌您的父亲……也许可以说是顾忌我自己……

姑　还不是一样吗? ……先说,假使您要顾忌我的父亲,也不该在
此时顾忌……再者,老实说,顾忌伊惜多·洛霞做什么? ……
您不是舍不得这里的繁华吧? ……

绿　我受他的恩德不浅。

姑　(耸肩)像方特奈先生一样……他把我父亲当做圣人……当做
人类的恩主……我死也不肯相信这类糊涂话……

绿　不要嘲笑吧。他曾经把我从穷苦里救了出来……我在力竭声
嘶的时候,幸亏他向我伸一伸手……

姑　他伸手救你吗? ……无非为的是把您向卑污的境界再推进一
重……利用您的聪明……利用您的智识……利用您的品
行……严格说……他连利用的资格还够不上哩……这算是一
种无礼的欺骗……像您自己所说的……"假面具"……

绿　（愁容）唉！我有时候骄傲起来，说过这么一句话……其实这种骄傲是很不好的……

姞　（坚强地）老实告诉您……我呢，我不愿意……我爱上了一个人，我便为他而自负……我不愿意人家触犯他……高压他……（半晌）我们互相亲爱，是我们自己的事情，用得着别人的同意吗？用得着当众宣誓吗？用得着签字盖章吗？……我在这一家里，天天看见我父亲立约、宣誓、签字……后来，他自己所立的约还不是自己违背了吗？……所宣的誓还不是自己否认了吗？……（不像先时势凶）再说我自己……他不曾把我从穷苦里救出来吗？……他不曾向我伸过手吗？……

绿　（很痛心、很亲热地说）我的亲爱的姞尔曼，请您好好地了解我的话吧……您反对您的父亲，我不愿意替他辩护……您也许有道理……而且，爱他不爱他，是您的自由权……既然您为他而痛苦，那么，您不爱他也是应该的……但是，在您不爱他的时候，同时尽可以不必太苛刻地批评他吧？……

姞　我的批评的程度是依照着我的仇恨的程度的……我自己也没法想……（绿湘作态）您怎么样了？

绿　您说这话，令我伤心得很……

姞　您为什么这样说呢？

绿　您很相信你自己对于您的父亲有正确的认识吗？……您以为他所做的事情，他自己都该负责任吗？……

姞　假使我父亲只是一个疯子，我还忍受得住……我可以爱他，我可以想法子医治他……然而……他并不是疯子……您看，他这样一个人……做事这样有把握……哪怕他乱来的时候还不至于失足……他在他的无理的行为当中却做得非常地合逻辑……这样一个人……还是疯子吗？

绿　我的可怜的姞尔曼！……（他把她拉近身来，抚她的头，很温柔地说）好一副顽强的头脑……唉，假使我能够替您另换一副,使您的度量大些,使您的慈悲心增加些,岂不是好!……
假使我能够……(吻她的额)在这里头……放进了一种对于生
活有较真的认识的感觉……(怔怔地望着她,良久)与其说您
是为您的父亲而痛苦,倒不如说您为自己而痛苦……

姞　不对……不对……

绿　怎么不对呢?……您所以痛苦者,因为您自己做了超人之
梦……依您的想象,以为世上有绝对的公道,这么一来,将来
真免不了痛苦……您相信我的话吧……我自己呢,我也不是
一个圣人……我也和众人一般……是好与坏的混合物……也
许坏的成分还比好的成分多……将来……有一天……您发觉
了我不过是一个人……一个地球上的平常的人……并不是您
平日所梦想的偶像……谁敢担保您不反而恨我呢?……到那
时候……不知您又变成怎样了?

姞　不要说这种呆话吧……

绿　不是呆话,这是人类的事实……您在您的家里所闻所见的事,
将来您在外边也可以听得到、见得到……也许是形式上、强度
上稍为有点儿不同……人心的轮廓稍为有点儿不同……然而
人心总是一样的……没有什么大分别……可怜的人类的心
肠,总有它的欲望、它的兴趣、它的热情、它的矛盾的思想、它
的罪恶……是的,还有穷苦的宿命……所以我们对于这种人
类的心肠,不该仇恨,而该觉得可怜……普通的人不晓得……
在最堕落的人的灵魂里……在最大的罪恶里……依明眼的人
看来……往往有一道小光芒……这一道小光芒便值得可怜
了……

姞　可怜吗?……正因为我的慈悲心重,所以我的仇恨心也
重……(绿湘轻轻地挣脱身子,姞尔曼把他再揽住)嗳唷,嗳
唷……亲热一点儿吧……再来吧……(半晌。兴奋地说)我
为着顾全我与我的父母的廉耻的缘故,许多话不曾尽情告诉

您……其实我错了……大凡两个人真的相爱了之后，该把二人间一切所有的都归共有……有快乐，二人同享……有痛苦，二人同受……有羞耻，也该二人都晓得……您知道了我的生活的一部分，而不曾知道我的生活的全部……换句话说，您不曾知道我的内的生活，秘密的生活……好，现在让您知道了吧……实在值得告诉您，您静听吧……先说我的母亲……她实在不算什么……也不是坏心肠的人……她自以为她爱我……但是，她自己不觉得，她的心……因为天天看见了些坏榜样，养成了些坏习惯，她的心渐渐变硬了……她有钱，也不晓得怎样用钱，而她所有的一点儿良心，却在金钱堆里埋没了……她说她爱我，而她所为我打算的事情都是很鄙俗的，很丑陋的，与爱情的路不知离开几千万里……所以我虽则千思万想，努力想要把她认为一个母亲……认为我的母亲……然而……结果我还是觉得做不起她的女儿……

绿　您对于她，太苛求了……

姑　（有几分急躁）为什么您这样同我开玩笑呢？……为什么您这样惹我生气呢？……我对于她有什么苛求？……我只要求她不时笑一笑……兴奋一下子……还要求她有信任心……有良心……是的……我要求她有良心！这是太苛求了吗？真的吗？……只因为您不曾真的认识她……所以您这样说……其实，她是一个女人，本来该小气了一点儿——您看，我还原谅她呢。还说我苛求！——但是，我并不是要她很宽宏大量地去施什么恩，我只希望她行一些小小的善事，把我父亲随处害人的事情设法消除了一两件。这是她所办得到的事，而她却从来没有办过……她未尝不觉得惭愧……未尝不觉得他的阴谋诡计太毒了……未尝不觉得他的贪心太厉害了……但是，她虽则不时稍为嗟怨了两声……不时稍为反抗了两句……到底自以为应该尽妇道，往往帮他说好话，替他做坏事……甚至

于火上加油……（更悲苦地）我所以责备她者……并不是因为
她不爱我……却是我不能爱她……唉！谁不想爱自己的母
亲？……我实在没奈何了！……

绿　我的亲爱的姑尔曼，依您的话说起来，您的母亲非但不是可恶
的人，却是一个令人感动的人了……您该晓得，人们的德行感
动人心，还比不上人们的弱点感动人心更来得厉害……甚至
于有时候，人们做了很可笑的事情，越发值得人家可怜……您
说我不曾真的认识您的母亲，其实我何尝不认识她呢？她是
一个可怜的女人……没有了解的能力……没有判断的能
力……她虽则有钱，自己不曾享受过有钱人的福分……她是
莫名其妙的人……只就她的能力做去……

姑　（颤战）我的父亲呢？……他也是就他的能力做去吗？……他
拐带……他敲竹杠……他操纵金融……他借营商的名义去偷
骗人家……他谋财害命……这就是他的历史了！

绿　您所看见的只是坏处……您不知道坏的方面的旁边往往有好
的方面……您的父亲虽则是这样可怕的人……然而他却做了
些大事情……

姑　我不管……他做他的大事情，与我有什么相干？……唉！让
我说个痛快吧……今天我要在您跟前把所有一切我的心中的
积恨都吐了出来才罢……等到我说完了之后，也许您会了解
了，也许您会因此打定了主意了……我是在这两个人中间生
长的……却只算是一个孤儿……一个路人……还比不上家里
的一只猪或狗……我们的家……巴黎的公馆……这里的府
第……您看见的，是不是？您看见我在里头，是不是？……这
只算是人间的地狱……我没有一次看见过不着惊的眼色与很
欢喜的面容……我没有一次听见过温和的言语与快乐的欢
笑……这里有的只是匆忙的神气……狂乱的举动……假装的
微笑……这里发生的只是些罪恶……许多面生的人不住地到

来……后来却是一去不返……像昨天那两个呆子……我不知
道他们是从哪里来的……但是,我料定今天晚上他们走的时
候,假使他们有财产,包管他们破产;假使他们有名誉,包管他
们丧失了名誉。(半晌——声调更苦)有时候,他们是些从犯,
但是,最普通的却只是些牺牲者……这一班人真可怜……尤
其是经过我父亲的口叙述过,越发使我心中感受非常的痛
苦……因为……每天吃晚饭的时候,当着外人与自家人的面
前,他还叙述他的手段……看他那种幸灾乐祸的神气……那
种凶手的冷笑……竟告诉我们……怎样骗了某甲的钱……怎
样骗了某乙的货……又怎样破坏了某丙的名誉……您还责备
我,说我没有慈悲心……其实这可诅咒的几年以来,我每次从
马路走过,看见了带孝的妇人与儿童的时候,便忍不住自己说
道:"这说不定也是我们的罪过啊!"我每次看见人家哭,便忍
不住自己说道:"这说不定也是我们弄到他哭的啊!"

绿　(深悲)为什么您甘心这样自寻烦恼呀?……

姞　不幸得很……却报应在我身上……那银行家杜芳的事件,您
　　听见说过吗?

绿　我听见说过的。

姞　您晓得他为什么死了的?

绿　听说是他自杀了的……

姞　他为我们而自杀了的……(绿湘愕然)是的,他为我们而自杀
　　了的……这一场惨剧的情节,我不能很详细地报告您……我
　　是个女子,我不懂得商家的事情……但是,我把我所懂得的一
　　点告诉你……我把我所发觉的、巴黎马路上的人们唧唧喳喳
　　地谈论的……都告诉了你吧……报纸是靠不住的……巴黎的
　　报馆都与我父亲是一个鼻孔出气的……再者,大约我父亲已
　　经买了他们的口舌了……(姞尔曼的声音发颤——面色渐渐
　　地越发现出痛苦的样子)

绿　我的亲爱的姑尔曼……您的一切的回忆都使您难过……您的
　　手发烧了……我觉得您的声音也哽咽了……我哀求您,不再
　　说吧!

姑　不……不……我非但不觉得难过,倒反觉得好过些……这样
　　一来,倒使我周身松快……活像一根鱼骨头鲠在喉咙里,吐了
　　出来才得舒服……(再叙述)其初是杜芳快要破产了,不知如
　　何是好,于是来请教于我的父亲,求他搭救……他们二人中间
　　有什么交易,我不知道。他们二人中间有什么秘密,我也莫名
　　其妙……我所晓得的乃是:我父亲空口许可救他,却要他寄
　　托——听清楚,只是寄托……却要他寄托他的银行里剩下的
　　一切股票在我们家里……几天之后,这些股票一起卖给证券
　　交易所……于是真的破产来了,钞票不通用了,银行倒闭
　　了……杜芳的屋子也完了……杜芳面色晦黑,神经错乱,跑到
　　我父亲这边来……要求他……恐吓他……后来甚至于跪下来
　　哀恳他。杜芳说:"这是一桩罪恶。"我父亲说:"这是我的权
　　利。"杜芳说:"这么一来,您弄到我破产了。"我父亲说:"这么
　　一来,我才可以免致破产。"杜芳说:"我家里有妻有子。"我父
　　亲说:"我家里也有妻有子。"杜芳说:"您这么办,简直是强迫
　　我自杀了。"我父亲说:"我不管。"……于是杜芳回家之后便服
　　毒自杀……他自杀不自杀,谁去管他?钱却不可不要
　　的!……

绿　说来真吓煞人!……但是,杜芳自己也是一个骗子呀……

姑　但是,他是一个弱者……一个不幸者……一个被征服者……
　　唉!绿湘!

绿　这也许是人家传错了吧!

姑　不要胡说!……这是真的……我自己去看杜芳夫人……她把
　　一切都告诉了我……我跪在她跟前……我们两人同声哭起
　　来……杜芳不算数,还有其他的……其他的千数的人

们！……现在您还觉得我没有批评我的父亲的权利吗？……
（绿湘不作声）我所以要离开这一所房子者，因为这里头……
一只砖，一块土，无非是用人家的血泪换得来的……现在您懂
了吧？（绿湘不作声）从前我说我的父母从来是不睬我的……
其实我错了……他们正是把我当做宝贝哩……我的父亲做梦
也梦见把我嫁出去……要不是卖很高的价钱，便是订很便宜
的条约……在他的投机事业里，依照他的主顾的嗜好，时而把
我当做甘饵，时而把我当做找头……总求于他自己有益……
在他的眼里看来，我并不是一个人，只是他的投机事业里的一
种价值随时变换的东西……有时候，他把我看得贱得很，他的
生意交涉停妥之后，还把我加上去，活像一个屠夫卖肉，称了
半基罗的肉给人家之后，还稍为加上一些碎肉……您敢担保
他此刻不正在把我当做甘饵来引诱方克或克罗克吗？……是
的！……我相信！……

绿　我爱，您的热情把您的心窍蒙蔽了……世界上人人对于婚姻
都存这一种观念，为什么您单独地责备您的父亲呢？……神
圣的爱情的结合，偏要订立契约，加上了印花；固然有些人办
得文明些，有些人办得野蛮些；有些人办得大方些，有些人办
得卑鄙些；总之，还不是一样可恨吗？……好，不结婚便不成
为恋爱吗？……您刚才也说过……结婚不结婚，与我们有什
么关系？……我们的爱情是纯洁的、自由的……我们二人是
互相赠与的……您不要我的家财，我不要您的嫁奁；我要的是
"你"，你要的是"我"……姞尔曼，我哀求您，忘记了过去的事
情吧……

姞　我可以忘记了的……如果您要我忘记，我就可以忘记了……
我早就想要告诉您……我非但不一定反抗这种生活，还有承
受这种生活的可能……假使一个人无所依靠，没有友谊，没有
兴奋剂，匹马单枪，虽说奋斗，终久有疲倦的一天……看见他

们的榜样,染到他们的习惯,要学坏了也不难……我在这种环境里,看惯了羞耻的事情与罪恶的事情,不难一天一天的堕落……伊克沙维耶,不是一下子就堕落了吗?我也尽可以不知不觉地跟着他们走啊……到底我怎样避免了这传染症的?我自己也不很明白……但是我想:起初是凭着反抗的豪气……其后却是凭着爱情……也不知是什么鬼神启示,我竟能反抗到现在……唉!绿湘,我还不曾告诉您……曾经有过好几次,当我心中作呕的时候,当我想要报复的时候,当我想入非非要丢他们的脸皮的时候,我恨不得把自己赠给一个马夫或一个厨子去呢!……(她的声音变坏了,喉咙塞了)

绿　姑尔曼!……(很热烈地捻着她的手)姑尔曼!住口……不说这个吧……千万不要说……这不是真的!

姑　您看,所有一切经过我们家里的人,他们里头,淫荡的人也有,邪道的人也有,但是,还不像我家的人卑鄙哩!……(说罢,哭)

绿　姑尔曼……姑尔曼……我哀求您,不再说吧!……您的信仰……您的直道……您的宽宏大量……您的激烈而纯洁的心情,您的爱自由、爱公平的热望……以及您的痛苦……一切的一切,都是我爱您的真原因,至于您的美貌还在其次哩……刚才我发抖,不愿意走,也是因此之故……也罢……算了……我们走就是了……您要什么时候走便什么时候走……如果您要今天走,就走!……

姑　是的……是的……但是不要像偷儿般偷偷摸摸的……我们走,该在众人面前走……头要昂……心要定!……

绿　是的……

姑　我的亲爱的绿湘,您让我一人办去吧……我晓得您总免不了有几分顾忌……我呢,我无所顾忌,所以该是我一人担承……我爱,您回公事房里吧。账目要算得清清楚楚,账簿要摆得齐齐整整,我不愿意我父亲在这上头找得出一句话来骂您……

吻我吧,紧紧地拥抱着我吧。(二人拥抱)好,包您不会后悔
的……我们离了这一家,独自二人在一块儿的时候,您看,我
一定变得很快活……您天天骂我愁眉不展的,到那时节,您再
也不会看见我蹙一蹙眉毛……那时节,您爱我,我爱您……将
来您看,我们多么幸福啊!…

绿　是的……将来我们一定很幸福……如果您不希望我们的幸福
　　比生活高……比我们高……

姞　没良心……(半晌)我们的幸福,是要很费您的力量去苦苦地
　　寻找得来的吗?……(半晌)您有没有钱呢?……

绿　(难为情)现在……我有的……还可以够用……到巴黎之后,
　　我再想法子,总可以拿到一点儿钱……

姞　去吧!……去吧!……可怜的孩子!千万不要离开这府第!
　　绿湘出。姞尔曼眼送着他,面有喜色。

第六出

出场人:姞尔曼、(其后)一个男仆、(再后)玉荔。

绿湘去后,姞尔曼按铃。一个男仆入。

姞　烦你去对玉荔说,叫她即刻到这儿来同我说话。
　　男仆出。姞尔曼在房中走来走去。在瓶中拿起一枝花来闻它
　　的香气……又凭窗而望。玉荔入。

姞　玉荔……你替我预备一只大箱子……把我的内衣……我的长
　　袍……我的日常需要的东西……都收拾好了等候着……

玉　是,是,小姐。

姞　(思忖良久,忽然决定)我的首饰也要……所有我的宝贵的首
　　饰都要!……

玉　是,是,小姐。……(半晌)小姐旅行去吗?

姞　我不晓得……

玉　那么……小姐是长行的了?……

姞　为什么你问我这话……玉荔？……

玉　唉！因为……

姞　无论对谁,不许提起半个字……

玉　我呢……小姐？……

姞　(望了玉荔许久)我的好孩子,去吧!……

　　玉荔出。

第七出

出场人:姞尔曼、(其后)伊惜多、方克、克罗克。

　　姞尔曼刚要出去,伊惜多、方克与克罗克入。

伊　奇了……姞尔曼,这是你吗? ……那么,你不赴弥撒会去吗?

姞　不……刚才我只同贾洛先生在一块儿……

伊　同贾洛在一块儿吗?

姞　是的……

伊　(四顾)现在呢,他哪里去了?

姞　他回去了……

伊　他是想要来看我的吗?

姞　绝对不是的……

伊　那么,刚才他来这儿干什么?

姞　(半晌。——很傲地望着她父亲)等一会儿您就晓得了!……

　　她急步走出。

第八出

出场人:伊惜多、方克、克罗克、(其后)一个仆人。

伊　(眼送着姞尔曼走了)有几分奇怪……有几分……(自打其额)
　　这是一个美女子,不是吗? ……谁娶到她,真是福气不
　　小! ……(向方克)你结过婚没有?

方　唉！不幸得很！

伊　(向克罗克)你呢？……

克　我也与方克一样……

伊　好……我的孩子们……这也不是什么大事情……只算你们福气小一点儿就是了……好，我们还是工作要紧……

　　　一个仆人入。

仆　老爷，有人打电话来。

伊　谁打来的？……

仆　从《小三色》报馆打来的，老爷。

伊　见鬼！……巧得很……(向方克与克罗克)稍为等一等……(向仆人)你呢，你去把波托①拿来……

仆　什么波托？……(望着方克与克罗克)生意的波托吗？

伊　傻瓜……波托酒……还拿些香烟来……

仆　老爷您是知道的，我没有香烟柜子的钥匙……这是夫人……

伊　(暗推那仆人)这是夫人……这是夫人……傻瓜，谁问你要东西了？……你所偷我的香烟呢？流氓！……去吧……快，快……(他推仆人，仆人出。伊惜多从左边的门走进他的办事室去了)

第九出

出场人:方克、克罗克。

他们在厅里走来走去，现出烦躁的样子。

方　(十分烦躁)今天早上，我的心不定得很……我觉得所有我的方法似乎都靠不住……还有什么法子想呢？……我实在不能自信了……

克　我不懂您的话……您听我说，这只是一个呆子……

---

① 波托(porto)是葡萄牙的美酒。

方　（指左门）不要说得这般高声……假使他是一个呆子，便不会赚得这么多的钱了……

克　他只是一个木偶……您看他种甘蔗便知道了。

方　这个您不能说他……这是另一个问题……但是，您记得吗？他叙述他的铁路事业的历史的时候，说得多么有条理，多么有口才……从此可以看见他办这一件事是多么妙的手段啊！

克　这不过碰机会罢了。

方　您这样固执，我实在怕您……您听我说，他这人，对于他的企业，对于他的时间，实在是一个有本领的人……我们小心为第一……大家再商量一次吧……

克　（不耐烦）那么，这是第七次了……

方　您以为我们工程上的预算，可以承认给他知道吗？……也许这是很危险的呀，这么一来，他会把我们当做两个贼。

克　不……他会把我们当做两个狡猾的人……我们总该哄骗他……总该使他知道我们有能力做什么事情……

方　好！……真的，也许这么办好些……但是，与那些建筑师接洽的利益呢？

克　他哪里会想到这一层？

方　假使他想到呢？

克　固执鬼！……假使他问我的时候，我可以否认有利益的呀……

方　您否认吗？……您否认吗？……唉！我哀求您……在那战线内的电厂的地基问题上，您千万不要太争执……我晓得您的怪脾气……往往是说这般的建筑怎样难办……

克　您随我办去吧……看您这般像煞有介事，似乎这计划原是您所发明的……

方　这是一个弱点……他马上就会猜中了我们是无能力的……

克　好，那么……我们再辩论吧……

方　我所怕的就在这一点……我再向您说明一句，他真是一个魔

王 ……至于铝的问题呢?

克 这问题,我们不能不向他提起,因为这是这事情的重要的元素……这可以牵引他……

方 (搔头)毫无疑义……

克 从另一方面说……总该留一些东西在他家里的……

方 (用力地说)留的越少越好……

克 自然……但是,多少总要些……

方 总之……最多不过是把我的执照留下……

克 (耸肩,很滑稽地)您的执照吗?……唉!……

方 是的,我的执照……我还不肯白给了他的,您信我的话吧……

克 说得好!

方 关于薪水的问题……千万不要让步……

克 (讨厌)是了……人家晓得了!……

方 现在您说:"是了,人家晓得了……"但是,到了最后一刻,您总免不了要让步的……尤其是千万不要吐露出姓名与地址……都该保留着,放在契约里去……因为那时候洛霞才不能够改口。

克 (讨厌)是了!……晓得了!……(半晌)再者,您不要时时刻刻说话……您一开口就气煞人……最明了的事情也给您说得一塌糊涂……

方 自然要说话啦……不说话怎样行呢?……

克 不见得时时刻刻要说话……

方 依您说……我是一个呆子了!……

克 住口……他来了。

　　他们假装很安静的态度,指手画脚地望着伊惜多的肖像。伊惜多入,面有喜色,拍手。

第十出

出场人:伊惜多、克罗克、方克、(其后)一个仆人。

伊 (看见他们在瞻仰他的肖像)好朋友,这是一个"波那"……像大总统的肖像一样……等一等……等一等！……（他把那两盏反射灯放亮了。退后几步，仔细地看）看吧！……这里？……你们以为如何？

方　美极了……堂皇极了！

克　而且多么相似啊！

伊　（拍克罗克的肩）三万五千法郎，老伙计！……这还不错，吓？……好……再看这波托……（同时，一个仆人捧着托盘进来）呀，这倒不算不幸……你倒花了不少的时间……（看瓶子）这波托酒好不好，吓？（那仆人把酒摆在桌上）把门关上……我在这里，无论谁来，我也不见……除非我的儿子来时，便让他进来。（那仆人出，把两扇门带上）呀，我们可以安安静静地谈话了……（斟酒）好朋友，请了……（他们喝酒）

方　（尝酒味）妙啊，妙啊！……

伊　（拍方克的肩）1804 年的……这还不错，吓？（把杯子放在托盘上）好，此刻我静听你们说话……（克罗克站起来，背靠着火橱，像一个演说人的态度）你就是演说的人吗？

克　如果您许可的话。

伊　好，说吧！……不再咬文嚼字，吓？……而且越简单越好。（他躺在靠背椅上，头仰着，脚跷着。方克坐在写字台之一角。克罗克在他的皮包里取出几张纸摆在他的面前，预备说话）

克　洛霞先生，您对于欧洲的工业的新运动是很明了的，我想您一定知道将来的工业完全属于电气……瑞士……德国……

伊　（不动）略过去吧……普通的理论不必谈吧……我们今天又不是行什么开幕礼……用不着你演说……只三言两语说完就算了，如果你能够的话……

克　那么，我就很简单地说吧……我们应该把一个模范工厂赠给法兰西，像瑞士与德国的一样……

伊　用不着拉上了瑞士与德国……快直说了吧……

克 而且更重要些……更伟大些……

伊 多么唠叨啊!

克 我敢说,我今天光荣得很,能够把一件一举两得的大事业介绍给您去做……第一,这是爱国的事业……

伊 一切的企业都是爱国的事业……人人知道的了……

克 第二,这是很能够赚钱的事业……

伊 这个吗?……等着瞧吧!……

克 (已经有点儿受窘,开始思索语句)既然我对您这么一个内行的人说话,我用不着把电气的益处一一地告诉您了……

伊 用不着……用不着……

克 何况这又是很容易懂的……只两个字可以包括了,"一切"……有了电气,一切都可以做……这是利用电气的牵引力……

伊 略过去吧……略过去吧……

克 (有几分忙乱)再者,您将要向我说……

伊 我什么也不说……归到本题吧……你们有一个二万匹马力的电厂……我是晓得的……但是,这电厂在哪里呢?

克 且慢,让我先把些大纲告诉了您……然后我们再谈到那些细目……

伊 算了吧……算了吧……只不要是空中楼阁就好……(说罢,冷笑)

克 这一间极好的电厂……是在一个山上……离一个工业发达、人口很多的大城市只有二十六基罗米突的路程……这电厂的条约……请注意……这条约是与煤气公司订立的,三年满期……现在换了一个新董事……为人很聪明……很晓得促进社会的文化……

伊 你不要替那些董事们吹牛……我懂得他们……

克 这董事只希望同我们接洽……

伊 问题在乎多要两个暗钱……这个我明白了……往后呢?……

克 又有三个温泉的地方……很重要……很合地位……都在电厂

的开采田上……这上头,共有九十二间大旅馆……最后,我该提起这企业的例外的利益,便是邻近的土地都有很多的铝质……随处都是矿苗……很热,很强……我们可以在那边建设一间铝矿工厂……同德国竞争一下……

伊　好,好……晓得了……

方　这是计算不清的利益……

伊　是吗?……那么,我们暂且不要计算吧……(他站起来……两手在衣裾后交叉着,走来走去)这电厂……是你们的吗?……

克　(犹豫一会)自然是的……

伊　我觉得奇怪……

方　为什么?这里头有什么可怪的吗?

伊　我觉得如此……你们真的是那电厂的主人吗?……

克　是的……我将要告诉您……

伊　你将要告诉我,说你们不是那电厂的主人……

克　不是主人,也像主人一样了……我们已经得到他的许可,卖给我们……

伊　哪一个他?

克　自然是那电厂的主人啦……

伊　你又说你们自己是那电厂的主人!……(冷笑)好朋友,你们听我说,你们两位待我都很好……我呢,我当然是一个傻瓜……你们所贡献给我的事业……也许很值得干的……但是,枝节太多了……我做一次生意……从来必先要知道这生意是什么……在什么地方……该同谁交易……否则我断不肯干的……

伊惜多在他自己的肖像前面停了脚步,很热心地瞻望着。两腿跨开,两手放在衣袋里,头仰着……像一个狡猾的人……克罗克与方克渐渐地应付不来。二人互相丢眼色,现出想要互相咨询的样子。伊惜多时而把那两盏反射灯放亮,时而把它们熄灭。

克　交易时,您该同我们交易……但是,我们也不肯有一点儿隐瞒您……(有几分不满意的样子)您不让我好好地说下去……
　　伊惜多不作声。

方　您时时刻刻打断人家的话头……(伊惜多不作声)人家不晓得说到什么地方了。

克　(丢眼色,与方克商量了之后)他名叫伯鲁诺……

伊　可怜的伯鲁诺!……这是一个倒运的人了……(他走到桌子的一角,靠着方克坐下)这人究竟是怎么样的人?

克　一半农夫……一半乡绅……是一个无所谓的人……不很狡猾……却十分固执……起初,无论哪一类的合作,他都一概拒绝……后来,我们把整千整万的银子摆在他的眼前打晃……终于给我们说服了……他愿意卖了……

伊　依你说,这伯鲁诺却是一个很有钱的人了?

克　当时他大约有三十万法郎的资本……我们贡献给他一个工程的预算,他承受了……于是开始工作……但是,共该掘六个基罗米突的隧道,还不曾掘完三个基罗米突……他那三十万法郎已经完了……我们所预算的工程原来是算错了的……

伊　(嘲笑)吁?……

方　工程的预算往往是弄错了的……

伊　对呀!……(冷笑)往后呢?(伊惜多抬头望着二人,现出更当心的样子)

克　于是那伯鲁诺听凭我们的操纵……他即刻心里明白了……于是我们大家签了一张白契……言定这生意归我们承办……他呢,或者我们再给他一笔款子算完了事……或者,给他一个小小的股份……

伊　唉!这就是伯鲁诺得到的利益了……可怜的伯鲁诺!那电厂呢?……那著名的电厂呢?

克　（先丢眼色与方克商量了之后）在圣嘉来克斯……格罗诺贝尔的附近……

伊　圣嘉来克斯吗？……但是……喂，好朋友。圣嘉来克斯……我是晓得的……圣嘉来克斯似乎是在战线上……

克　是的……

方　这个小关系，不要紧的……

伊　真的吗？你觉得这是小关系吗？……将来，军事的机关要给我们许多障碍……许多很麻烦的事情……展限呀，拒绝呀，闹个不了……到头来，奋斗了几年，布置了几年，徒然花了时间，花了金钱……你想要做什么都不行……想要开采什么都无从着手……这个，你还叫做"小关系"吗？……好，那么，方克你……

方　（自信的样子）您想想看，这样的一件大事业……我们决不肯马马虎虎地做去的……我们有很高的靠山……

伊　呀！……而且……另一方面又有很厚的资本……是不是？好，那么，事情是千安万妥的了……你们用不着我的了，不是吗？好朋友，干下去吧，你们自己干下去吧……我倒也很愿意不出头……再来一杯酒，好不好？1804 年的！……我们举杯为伯鲁诺庆祝吧，吁？……（他斟酒，三人喝酒）喂，你们似乎觉得这酒不很好吗？

方　哪里话？好极了！

克　但是，我的亲爱的洛霞先生……我们从来不敢说我们用不着您老人家……假使我们这么存心，岂不是疯了吗？……

伊　话又说回来了吗？……

克　您有一间报馆……这是近代资本家的最有权威的利器……

方　这是各大企业的起重机……

克　您又有……

伊　是的……是的……我尽管如此，你们还想要打我的主意……

（克罗克与方克摇头否认）你们弄错了……我原是个老实人……很忠厚，很光明正大……生平不放暗箭……但是，什么事情我都看得非常清楚……我呢，我不是伯鲁诺……可怜的伯鲁诺！……我的骨头很硬……我的皮很结实……当人家想要吞我的时候，我把身子一横，人家便吞不下去……我说这个，给你们一个警戒……现在呢，你们好好地听我说……刚才我们所讨论的问题，我只据着你一番吞吞吐吐的话……那么……实在的情形我却不知道……但是，我很愿意规规矩矩地把这事情研究得很深切……也许是很坏……也许是很好……我的嗅觉很灵，我说好就好……只一层，我要求一种不可移动的条件……不是承受便是拒绝……没有含含糊糊的办法……这种小孩子的诡计……这种可笑的废话……对于你们没有一点儿益处……对于我却是很讨厌的……我们不要徒然花了宝贵的时间吧……

克　但是……对不起……这种废话……

伊　别多说了……依你们估算……这第一次的房子……工作……建筑……机器……一共需要多少钱？

方　八百万……

伊　坏蛋！……（半晌）将来看吧……（半晌）我担任筹到资本……不用说的了……但是，让我问你们……这企业，严格说起来，是不是有益于我的？

克　不消说得，自然是有益于您老人家的……

伊　我又担任军政部的一切的接洽……我敢担保，一定接洽得非常满意……（停了脚步）但是，我要求你们一件事……先说，那伯鲁诺，我不认识他……我也不想认识他……随便你们干去吧……

克　对不起……可怜的伯鲁诺！……

伊　讲仁爱便讲不得生意，讲生意便讲不得仁爱……你们是讲生

意的,不是吗?……好,那么,在第一次,你们自己能够哄骗
他……这第二次,也用不着我帮忙了……伯鲁诺方面,我放弃
了,让给你们吧……(大笑)但是,在这上头,我先此声明,将来
你们贡献给我的工程的预算,我一定要很严格地审查的……
唉!假使将来有钱剩下来,你们还不是放进自己的荷包里
吗?……

克罗克现出不耐烦的样子。方克丢眼色叫他镇静。

方　但是,先说,我们的股份怎样派法?……

伊　我们两家平均……

方　您的意思想要说我们三家吧?

伊　什么?……我们三家吗?……你在哪一点可以看见我们是三
　　家?……(向克罗克)你……(向方克)与你……这是一家……
　　我是一家……一加一,岂不是两家?哪里有第三家呢?而且
　　我还要告诉你们,关于财政方面该完全由我一人支配……我
　　觉得有什么发展的好计划,我可以任意施行,你们不得借着任
　　何的理由来干涉我……你们应有的权利,我自然替你们保
　　留……但是,我先此声明,你们将来所得的利益并不很大……

克　这个我不懂……

伊　不久你就会懂了的……让我说完了吧……既然是我拿钱出
　　来,将来我同那些企业家或建筑师交易,用了的一切佣金,我
　　没有告诉你们的必要……

方　什么佣金?

克　这没有什么佣金的……

伊　好,那么,好朋友……如果没有佣金,却是我自己骗自己
　　了……一个企业不需要佣金,岂不是很可怪的事情吗?……

克　您还不曾谈起我们的薪水,不是吗?

伊　我不想要……

克　然而这却是个通例……

伊　我无论如何是不要的……我们又不是雇请来的职员！……

方　请许可了吧……请许可了吧……

伊　绝对没有的……绝对没有的……

方　我的执照呢？

伊　（带着嘲笑的神气,望了方克一眼之后）你的执照吗？……什么执照？我不晓得……哈,哈！（拍其肩）你什么时候走？……六点三十分有一班火车……而且是快车……再好没有了……

方　我们不能接受这种条件……

克　这么一来,您剥我们的皮了……

方　这么一来,您斫我们的喉咙了……

克　这是不可能的……这是不可能的……

方　奇怪！……我很尊重资本的权利……但是,在一个企业里,资本不能把一切的权利都占了呀……我的执照呢？（他翻动一页纸）我的执照也有它的权利呀……

伊　（装作好好先生的样子）好朋友,你们有你们的自由……好,那么,我们把一切都作罢论好了……算是我们不曾提起,什么话都不必多说了……大家讨论一宗生意……后来大家意见不合……这是天天常见的事情……并不妨碍我们的友谊……（半晌）最倒霉的还是那伯鲁诺……（一味走来走去）可怜的伯鲁诺……无论如何……我总把这位老先生放在心头……我非常想要到外边兜一个小圈子,从他的家里经过,拜访拜访他……你们以为如何？……喂,明儿《小三色》报上载着我与伯鲁诺会面,倒是一桩动人的新闻……而且是滑稽的新闻,不是吗？……（他说着,拍手。——二客愕然）喂,真的……倒是一个好计较……再者,为什么我不明天就去会一会军政部长呢？（张大其辞）军政部像我自己的家里一般……我戴着帽子可以走进总长的办公室……这也是一个

好计较,不是吗?……(拍手)你们看,这种办法,对于他们
还相宜吧?

克　(沮丧)我们希望大家考虑考虑再说吧……

伊　考虑有什么好处呢?……你们既然不喜欢这生意,就干脆地
放手好了……你们该晓得……不愿意做的事情千万不要
做……

　　一个仆人入。

仆　伊克沙维耶先生……

伊　叫他等一等……我就见他……(仆人出。——向方克与克罗
克)好朋友,我请你们原谅……我须要同我的儿子说话……

　　克罗克拿起帽子……方克把执照等件放进皮包里,关了皮
　　包……二人都垂头丧气,预备出去。

克　好,那么……话是这样说了,让我们再考虑考虑……

伊　听凭尊便……

方　我们再看一看数目……改一改我们的预算……

伊　对了……

方　我们这一来,希望的是什么? 不是希望大家好好地接洽
吗?……在您老人家一方面……

伊　好朋友,不要要求我再考虑吧……我的考虑于你们毫无益
处……越考虑,你们越会觉得不好……

方　(垂头)好,那么……唉,事情是这样了!……

伊　在六点钟以前,你们还有的是时间……喂,如果你们考虑过之
后,还愿意决定我们的生意的话……

方　嗳唷!……此刻已经完全是另一种计划了……

伊　也罢……假使你们容纳我的条件的话,请你们起草一个临时
的契约……很严格的契约……依照刚才我所说的根本几
点……你们听懂了我的话吧?……将来不久,我们正式立约
的时候,我还要提出几个附带的条件……这些条件是我们所

不曾提起的……(方克与克罗克吓得一跳)那时不关重要的小事情……

克 (很懊丧,眼怔怔地望着自己的靴子)好,那么……唉,事情是这样了!……我们等一会儿再商量吧。

方 (懊丧)唉!自然啦!

克 (作态如前)我们这一来,为的是什么?……不是吗?

方 想要找一个好办法……很难……

伊 (把二客送到门口,很亲热地拍他们的肩)嗳哼,嗳哼!你们两位老先生真奇怪……我刚才帮你们发财,而你们却有一副送殡的面孔……好朋友,兴奋一下子吧……快活一下子吧……(二客出。——伊惜多在门口叫道)六点三十分……不要忘记了……

伊克沙维耶入。

第十一出

出场人:伊惜多、伊克沙维耶。

伊克沙维耶穿的是驶车时的衣服,很阔绰。——身材高长,面色已经有几分衰老的样子。态度很冷淡。

伊 (表情太过……张臂迎其子)呀!到底来了……一个汽车夫!……

耶 父亲!……(他很冷淡地伸出两个指头给他父亲)

伊 这只给我两个指头就完了吗?嗳哼!你看……一个儿子不同他的爸爸接吻的吗?……这样老的爸爸!……

耶 如果你愿意的话……(他吻他的父亲)

伊 这不时髦吗?在你们的会里没有这种举动吗?……抬头看一看我吧……今儿你的面色为什么这样的?……有麻烦的事儿吗?吁?

耶 (不很明白地)唉!……

伊　女人的事情吗？……相思病吗？……

耶　唉，不是的……相思病，我已经病够了……

伊　好一个汽车夫，说吧……金钱的事情吗？

耶　可以说是的……

伊　呀！……很大的数目吗？

耶　还算很大……

伊　在奥斯丹德吗？

耶　奥斯丹德……

伊　叙述给我听吧……一杯波托酒，好不好？

耶　谢谢吧……你分明晓得我是不喝酒的……

伊　坏蛋！……（坐）说吧……

耶　（也坐）二十万法郎……

伊　（吓一跳）你说什么？

耶　（冷冷地，一字一字都咬得很清楚）二十万法郎……

伊　我听真了……倒霉！……（很懊丧地望着他的儿子）我的好孩子，你所叙述的话很简短，却很妙呀！……

耶　妙吗？……妙不妙，总是这样的啦！……

伊　喂，你听我说……二十万法郎，这倒是一个数目……

耶　唉！……在你说起来……

伊　什么？在我说起来？……你真奇怪……谁有二十万法郎可以随时这样移动的？……至少还该先通知一声呀！……

耶　明天的一场交易……过了明天就完了……

伊　一场交易……一场交易……说的何等容易……没有法子通融吗？

耶　没有法子……这是有关名誉的一笔款子……

伊　名誉……名誉……什么鬼名誉！……有金钱的地方便没有名誉……有交易的时候，大家订条约……

耶　我的社会里倒不是这样……

伊　在你的社会里！……你倒会说话得很……你以为自己是一个
　　奇特的孩子吗？………说吧，这笔款是不能免的了？……

耶　（冷冷地）是的！……

伊　一定不可免的了？

耶　（冷冷地）一定不可免的……

伊　是了！……（沉思了半晌）你听我说……我很愿意给你这二十
　　万法郎……只一层，我要你再替我赚回来的…

耶　如果我能够的话……

伊　你能够……唉！我今天早上办了许多事情，搅得头昏脑
　　胀……（站起来）等一会我还有一桩很重要的事情，同那波士
　　赉家的流氓商量……我们用过早饭后再谈吧……

耶　我的钱呢？

伊　（抚摩他儿子的颊）你到底还可疼……来看看我的马吧……
　　（掏出表来看）我们有的是时间……

耶　我六点钟就要回到巴黎去了，……你晓得不晓得？

伊　包你六点钟到巴黎……不要向你母亲提起半个字，谨记，谨
　　记……

耶　嗳唷！……

伊　她会在我跟前嗟怨十五天……哭十五天……

耶　她还是从前那么啰唆讨厌吗？……

伊　唉！我的好孩子……
　　二人互相夹着臂膀，走向门口。

耶　那嘉百丽呢？……

伊　（很自信地）一个仙人……渐渐地变成一个仙人！……

耶　呀！爸爸……你这么大的年纪了！……

伊　你有什么办法呢？我不像你……我人老心嫩……我是少不了
　　爱情的……

耶　（嘲笑地）而且少不了想象，是不是？

伊　好,我就承认了吧!……做事情疲倦了,靠这个休息休
　　息!……

　　二人相视而笑,同出。

幕闭

第三幕

时间　同日,午饭后。

布景　戏台上表现伊惜多·洛霞的办事室。

后方,一个古代遗下的火橱,所装嵌的木料都是很好的,还有一个古人的肖像。墙的左右边,糊的是 16 世纪的花纸,上面绘有很风雅的人物。戏台的右方,有一门,直通客厅;另有一门,较小,开着,直通内室……戏台的左边,有一扇玻璃门,很大,向假山开着,在那里可以看见花园与日光……

室的中间,有一张路易十四式的写字台,工作很巧,很精致,台上有些美术品与文件之类……家具都是很华丽的……皮制的古式椅子与新式椅子杂排着……

第一出

出场人:伊惜多、伊克沙维耶。

幕启,伊惜多坐在写字台前,填写一张支票。伊克沙维耶背靠着火橱,吸着一支香烟,在看报。——静寂了一会儿……

伊　(从册子上扯下一张支票,交给伊克沙维耶)拿去吧……

耶　(接过了支票,仔细看过)**谢谢**……(他从容地把那支票折好,放进钞票夹子里)

伊　只一层……你该晓得……我的好孩子……不要习惯了这样支配钱财……到头来,爸爸的荷包终久会空了的。

耶　（微笑，轻轻地摇头）唉！……

伊　不……但是……我哀求你！……（停一停，沉思）现在……告
　　诉我吧……你同伯拉嘉家那孩子还像从前那么要好吗？

耶　哪一个？

伊　大将军的儿子……

耶　亨利吗？……（不着意地）是的，昨天夜里，我们一块儿从奥斯
　　丹德回来的…

伊　他是哪一种派头？

耶　呀！……还不是同人家一样！……但是，很时髦……

伊　伯拉嘉家没有钱，是不是？

耶　真的……人家不说他们有钱……

伊　他们倒还很排场……不是吗？

耶　排场吗？……还算是吧……他们还不失了身份……他们还算
　　时髦……

伊　但是，他们没有钱呢？……

耶　没有钱便不能时髦，这话说不通……

伊　对了，刚刚相反……（半晌）我有一件事要向你说……我调查
　　得军政部长想把部员一概换过……决定用伯拉嘉将军做参谋
　　长……可以说是不会有变化的了……

耶　呀！……亨利对我不曾提起过半个字……

伊　是的……但是……我却晓得……

耶　正好！……这么一来，他家可以翻一翻身了……

伊　中饭的时候，你所看见的那两个傻瓜，我正在同他们订条约，
　　预备做一件大企业……我需要……

耶　看他们倒还像煞有介事……只不像很得意的样子……

伊　你还说哩！……（用手作转螺丝钉状。伊克沙维耶笑）我需要
　　人家把我安插在伯拉嘉将军身边……你想想看，如果我所调
　　查得来的话是可靠的，那么，这里头有二千万法郎的关系……

（伊克沙维耶像吹笛般吹气）真的，我的好孩子……真的，不骗你……

耶　怪不得！……你是不怕麻烦的。

伊　也许……我的好孩子，也许这一场我可以增加一倍的家产……（伊克沙维耶不免露出很关心的样子）真的，无论如何，我总想要那伯拉嘉……

耶　伯拉嘉吗？……你已经有了波士赍……他的表兄……两个人胆子都很小……

伊　是的，不错……但是，我想要一个近些的人……再者……波士赍……（半晌）我还不晓得把他怎样做作才好……（半晌）你的朋友亨利，他同他的老子说话有力量吗？

耶　这个我倒不晓得……但是，一个人，如果好好地用些手段，同老子说话总是有力量的……

伊　哈，哈！……你想要说我吗？……

耶　唉！你！……你愿意的事情你才肯做哩……

伊　（表示父亲的感情）是的，是的……此刻你有了二十万在荷包里，尽可以讥笑我了……小流氓！……说吧……你对于那小亨利，意见如何？

耶　可以看见他……

伊　好，那么……我的好孩子……明天，你应该把他带到我的报馆里来……我们三人一块儿吃中饭……一块儿谈天……

耶　（半晌）这个……这个却不很容易……

伊　为什么？……

耶　我想，亨利原是一个可以接近的人……但是他很谨慎……非常拘泥形式。

伊　他要什么形式，我便给他什么形式就是了……

耶　你听我说……我恐怕他不很高兴……同你相会……

伊　什么缘故呢？……

耶　因为……你是……一个……名誉不很好的人。

伊　胡说……胡说……名誉不好吗？我吗？……你放什么屁？

耶　我很知道……人家说你的话……到处皆有……我在俱乐部
　　里……天天撞见人家讲你的故事……

伊　我的故事吗？……好吧，好吧！……关于女人的故事，是
　　不是？

耶　不很明了……（含糊地）……你的故事……在我看来，倒无所
　　谓……我还觉得你知趣哩……只有些人却不满意于你……

伊　呗！……一班呆子……我不睬他们！

耶　我想……我干得好……我同亨利的情妇结合得很好……（郑
　　重其辞）很好……

伊　是谁？

耶　这女人，你不认识的……很伶俐……很老成……只有点儿古
　　怪……她对于她的情郎，很有权威……

伊　（很注意地听）呀！

耶　这是一个俄国人……有时候却是德国人，有时候却是意大利
　　人……你懂吗？

伊　（沉思半晌）我倒不是这一流……女人本来是很好的……但
　　是……除了爱情之外……我提防女人像提防鼠疫一样……不
　　行，不行……生意里头要不得女人的……

耶　你错了……其实说起来，女人专为做生意好用的……

伊　一个女侦探吗？

耶　（非常冷淡）好吧？……正是这种情形……
　　静寂了一会儿。

伊　（注视他的儿子，现出赞赏的神气）小坏蛋！……（重新考虑）
　　不行，不行……我要自己磋商这一件事……

耶　如果你信我不过……那么……

伊　你又不是呆子！……假使我信你不过，我肯叫你参加这一次

的会谈吗?……

一个仆人入。

仆　波士赍侯爵请问老爷能不能接见他……

伊　两点钟了……那侯爵倒很按时刻的……(向仆人)……你出去请波士赍先生再等一会儿……(向伊克沙维耶)你打算见他吗?

耶　不,不……

伊惜多向仆人丢眼色。仆人出。

伊　这侯爵,让他在外厅里等一等,我倒没有什么过意不去……他倒守时刻得很……

耶　守时刻,这是败家精的礼貌……

伊　看不出你这孩子,倒很聪明!……(站起来)那么……话是这样说了?……明天,一点钟……你带他来见我,是不是?

耶　我尽我的力量做去吧……

伊　没有什么尽不尽力量……事情一定要办的……

耶　(寂静了一会,然后涎着脸说)你答应给我多少?

伊　嗳唷……嗳唷……

耶　好……这一场生意之后,既然你的家产增加了一倍……你的度量也该增加一倍才是……那么,生意不是生意了吗?

伊　你真没有良心。你说出这样的话来,不怕爸爸心痛!……我从来同你算过账没有?

耶　好……那么,明天见!

伊　这才是道理……吻我吧……(二人接吻)……你的汽车呢? 还像从前一样满意吗?

耶　意想不到的妙处……

伊　我的好孩子……小心一点儿……不要开得太快了……

耶　噗!……一点钟五十五个基罗米突。

伊　太快了……唉! 我很不高兴这件物事……在未走以前,不要

　　忘记了同你母亲与你姐姐接吻……

耶　假使今天晚上我偶然遇见了你那一位仙人……我也该同她接
　　吻吗？

伊　嗳唷……嗳唷……不要脸的无赖……留一些体面给你的老父
　　亲吧……今天晚上，如果你遇见她，也千万不要提起那二十万
　　法郎……

耶　（笑）呀！爸爸……

伊　明天见……我的好孩子……

耶　明天见……（出）

　　伊惜多一面沉思，一面在室中走来走去……后来，回到写字台
　　前，翻检一本账簿……翻检毕，按铃……一个仆人引波士赉侯
　　爵入。

第二出

出场人：伊惜多、波士赉侯爵。

伊　（迎接那侯爵）侯爵先生……我有无上的光荣，得与先生施
　　礼……

波　（衣冠华贵，步伐端庄）我的亲爱的洛霞先生……

　　二人握手。

伊　累先生在外厅里久候，万望恕罪……

波　不要紧……不要紧……

伊　（移动一张椅子）先生请坐。

波　多谢……

伊　请吸一支香烟吧？……（侯爵作手势拒绝）……请喝一杯波托
　　酒吧？……

波　谢谢您吧……我酒也不喝……

伊　（在写字台前坐下）唉！侯爵先生……许久以来，先生不曾光
　　临了……我们大家是邻居……交情又好……说也奇怪……大

家总不见面……差不多三年了……

波　唉！您是晓得的……许多麻烦的事情……每天东乱一阵，西乱一阵……此身并不是自己的了……

伊　先生这话是对谁说的？

波　再者……最近以来……因为我的儿子回来了，……我越发忙不开交……

伊　您应该带他来……不要客气……我非常喜欢看见一个开垦家……一个奥烈安王子的勇猛的伴侣……

波　此刻他在我的姑母桑伯洛斯家里……在丕利果尔……

伊　呀！……（半晌）他这一次旅行，很满意吧？……不很辛苦吧？……不害寒热症吧？

波　不……不……他自东京回来，兴高采烈……他说东京是一个很好打猎的地方……

伊　呀！……

波　是的……似乎打孔雀乃是一件很有趣的事情。

伊　哈，哈！……

波　很危险……但是，又很有趣……

伊　那么……那边的孔雀是很凶的了？

波　孔雀自然不凶……但又有老虎……因为要在老虎时常来往的森林里才找得到孔雀……在东京那边……有鹿的地方，有老虎……有老虎的地方，有孔雀……

伊　这倒奇怪得很……

波　不是吗？……罗贝尔说，他所打的鸟兽，要算孔雀是最美丽的了……

伊　我相信他的话……呀！游历真好……要增加少年人的见识，再没有比游历更好的办法了……

波　再者……这可以给他消磨光阴……走进安南的深山，比之走进巴黎的梳妆室里，安全得多了……

伊　您老人家有道理……因为有梳妆室的地方,有女人……有女人的地方,有……

波　有鸽子……(笑)

伊　或者是有兔子……(二人皆笑)兔子不像鸽子那么凶。

此刻他们二人都像很舒服、很相信的样子。

波　我的亲爱的洛霞先生……我今天得看见您,我心里真的非常快乐……(半晌)……非常快乐……(又半晌)……除了握手欢笑的快乐之外……

伊　侯爵先生,您不必说"我",您尽可以说是"我们"……

波　(作感谢状)我这一来,想同您商量一件……颇为紧急的事……

伊　侯爵先生……鄙人能力所及,没有不遵命的……

波　事情是这样的……(脱手套)……加斯朗店的清账……麦阑林的生意……

伊　我晓得了……我晓得了……

波　都弄得不好……那书记写信给我,说我没有什么大希望了……

伊　绝对没有希望的,侯爵先生……

波　呀! ……您的意见也一样吗?……

伊　是的……

波　我正顾虑到这一层哩……(半晌)这是我的大损失……弄得我十分麻烦。恰巧我的紧要的债又到期了……钱路很不活动……是的……我很为难……很操心……所以特地跑到府上来,请您老人家再借二十万法郎……

伊　(非常镇静)我们看吧……侯爵先生……我们看吧……

波　假使您肯救急……洛霞先生……我不知怎样感谢您……

伊　呃……巧得很……我这里恰放着您先生的账簿……(好情好意地)……我们看吧……(他很快地检查了账簿)……有四次

的本钱是二十万法郎……另有一次是四十万……一共一百二
十万……百分之五的利息一概不曾付清……连两年的利息计
算……共该一百三十二万……对不对？……

波　很对……很对……

伊　是的……是的……（抬头望着天花板……像是做心祷的样子）
那么……对不起，侯爵先生，我抱歉得很……这一次再也不能
借了。

波　您拒绝吗？……

伊　抱歉得很……但我不得不拒绝……

波　但是……您所要的保证的东西……我都带了来呀……

伊　（歪嘴）抵押品吗？……还有吗？……

波　多么好的抵押品啊？……您想要吧？

伊　但是，您的抵押，已经超过您的田地的价值了……

波　对不起，您错了……

伊　您的田地，壅培得十分坏……许多田庄都要不得了……您的
树林也不料理……如果我下一百万的资本……一定弄得很好
的……

波　（动气）什么……您下资本吗？……

伊　您还说哩！……

　　寂静了一会子。

波　但是……先生……我可以给您别的保证品……先说……我的
名誉……

伊　您的名誉！……我晓得您的名誉的价值……我非常敬重您老
先生……但是……在生意上头，我们是不管名誉不名誉
的……

波　再者……我承继我的姑母桑伯洛斯……另有一份产业……

伊　唔！……

波　（郑重其辞）八十三年！……

伊　将来的承继……谁能等候这么长久的时间？……

波　（有几分懊丧，但是还不失了身份）好吧……先生……（站起来）……既然是这么说法，我不得已，只好告别了，请您原谅……

伊　侯爵……先生……看朋友的情面上……再坐下来吧……

波　但是……

伊　请坐……请坐！……（侯爵坐——寂静了一会子）……侯爵先生，我爱您……我非常喜欢您……看见您此刻落在不幸的境地上……我很愿意把您扶起来

波　不幸吗？……唉！……

伊　老实说了吧……您破产了……

波　（假作镇静）不要说不吉利的话！……亲爱的洛霞先生……您的神经过敏了……

伊　假装是没有用的……侯爵先生……我对于您的地位，与您自己一样地明了……比您还更明了些……

波　您的话不错，我此刻的地位原是不很风光……但是，……也不能就说是失望……

伊　怎么不是呢？……侯爵先生……实在是失望的了……（稍为有几分嘲笑的样子）而且……侯爵先生……我有一件事，老实对您承认了吧……许久以来……我很想把俄伯都府……与波士赉府连合起来……（侯爵吓得一跳）……唉，真的……这是我的梦想……侯爵先生，您的产业多么好啊！（停一停）……这梦想……（把那账簿展开，摆在桌子上）……明天可以成为事实……（狠心地）如果我想要的话……（又变为好情好意地）……但是，我很喜欢您……我常常自问：我虽则有这梦想，但是，这事情实现起来，我们大家心里都不舒服……在未实现之前，我们能不能找到一种谅解的方法……一种和平解决的方法……我们大家都是好人，能不能好好地处置我们……

波　（很谨慎……不轻易入圈套）天啊！……我愿意极了……

伊　这要看您怎么样……

波　您怎样向我提议呢？……

伊　一个极好的计划……侯爵先生……

波　我们看吧……

伊　但是，侯爵先生……您是一个讲主义的人……新文化的运动，
　　您完全不晓得……您的思想还是古人的思想……请您许可我
　　说老实话吧……一切不合时宜的成见都还存在您的心里……
　　贵族的思想，未尝不好……却是不合实用，可惜得很……

波　（假作高贵的样子）在一个太讲究实用的社会里，我们偏不很
　　讲究实用……这正足以表示我们的高贵，我们的光荣……

伊　这是贵族的末日罢了！……

波　（作态如前）这也就罢了！……先生，我们是先讲名誉，后讲利
　　益的……

伊　还说名誉哩！

波　先生说什么？……

伊　没有说什么……对不起……我刚才想起我的儿子，恰巧说了
　　那么一句话，并不是说侯爵先生……

波　（有几分傲慢）自然……在政治上……尤其是在宗教上……我
　　有我的不可动摇的主义……在这些主义上，我是不肯妥协
　　的……但是……我并不因此而反对社会一切的进步。我是您
　　意想不到的，我对于社会必需的事业都很关心……种种新事
　　业我都不反对……只要同我生平的志愿不相冲突就好……

伊　是的……只一层……这些新事业往往是同您的志愿冲突
　　的……

波　不会……不会……我们看吧……您刚才说的那计划究竟是什
　　么计划呢？

伊　（半晌）唉！……侯爵先生……刚才您说了些大字眼……倒把

　　我的心灰了几分……名誉！……名誉！……自然啦……但是，关于名誉，各人有各人的看法……我生怕您所谓的名誉不是我所谓的名誉……不行……您看……这种计划……刚才我已经考虑过……我想还是放弃了的好……

波　说总要说的……

伊　说有什么用处呢？

波　那么，这是很可怕的事情吗？……

伊　这是一宗生意……

波　我们谈吧……好不好都不要紧……

伊　好，那么……侯爵先生……既然您要我说……（半晌）我不是一个外交家……我不会很委婉地说那些吞吞吐吐的话……我生平不会鬼鬼祟祟的……我说话乃是开门见山……三言两语就完了……侯爵先生，您有一个穷了的儿子，我有一个非常有钱的女儿……（半晌）我们把他们配合了吧……

波　（站起来）您说什么？

伊　我说，我们把他们配合了吧……我很懂得事体……该牺牲的时候我自然肯牺牲……您欠我的一百三十二万法郎不用还我了……您那波士赉家的产业……仍旧完全地归您的掌握……（半晌）……请坐，请坐，侯爵先生。（侯爵坐）……您看我这流氓伊惜多·洛霞倒会趁机会高攀绅士的门第哩……

波　（自语）这是不可能的……（半晌）……您不考虑一下子吗？

伊　对不起……我考虑得很周到的……我又想每年支付二十五万法郎的年金给我的女儿……我自己管理着本钱……我想：这本钱在我的手里比在她的手里好些……因为我同本钱很熟，本钱没有我，我没有本钱，大家都不快活……（笑）

波　那么……这是一场买卖了……

伊　这是一宗生意……

波　您想要买我吗？……干脆地说了吧……买我吗？

伊　唉！又是大字眼来了……我哪里敢买您……侯爵先生……我
　　不过想把您……从不可免的灾难里救出来罢了……等到您不
　　能不放弃您那波士赉家的产业的时候……您那很风光的生活
　　烟消云散了……千万重的债务压在身上……人家要同您打官
　　司……要拍卖您的东西……法庭里有您的脚迹……又等到穷
　　极无聊的时候，越发好看了……您终久有一天像那方特奈子
　　爵……做一个管家……在像我一般的行善的人的家里过日
　　子……我是懂得世故的……我经过了两次的破产……这也没
　　有什么稀奇……但是，我呢，我有多少手段……至于您……您
　　只有您的主义……您信我说吧……拿主义去抵抗不幸，真是
　　靠不住……

波　买我！……买我！……

伊　请您不要老是说那一句话吧……我并不买……我只交换……
　　做生意，不过是交换而已……钱的交换……地的交换……头
　　衔的交换……选举权的交换……聪明才力的交换……社会地
　　位的交换……官职的交换……爱情的交换……以其所有，易
　　其所无……再合法没有的了……而且，您信我说吧……再光
　　荣没有的了……

波　（不像先时那么硬了）但是……我的儿子……他并没有意思想
　　要结婚……

伊　是的……我很晓得……一个人，本来没有意思想做某一件
　　事……后来……终不免要做……意料不到的境遇……生活的
　　需要……往往把人们的意志改变了……最不愿意做的事变为
　　最愿意做……唉！侯爵先生……假使您肯听从我的指导……
　　我们二人……将有多么好的生意可做啊！……呀！天晓
　　得！……喂，您听我说……那波士赉家的公馆……一间非常
　　堂皇的公馆……在令先兄败了家之后，卖给了的加朵夫王
　　子……现在……听说几个月以内，又要转卖给别人了……

波　呀！……

伊　您不晓得吗？……

波　完全不晓得……

伊　（微笑）您看……您自己家里的事情，倒是我最关心……是我
把您家里的事情告诉您……这一间公馆……我可以再把它买
回来……一砖一瓦、一椅一桌，都放进我的女儿结婚的花篮
里……这是最风光的赠品！唉！为什么我们不干下去？……
血脉相同的关系……利害相同的关系……我们两家联合起
来……一块儿去征服社会……再好没有的了……（寂静了一
会……侯爵仍如前沉思）……请您注意……在我们这一场交
易上头……您所给我的好处并不比我给您的好处少……结
果，我们是利益均沾……甚至于我们在金钱上头计算的时
候……您给我弄来的钱也不比我给您的钱少……各有各的价
值……也许您的比我的价值更高哩……这是很容易算得出来
的，您的疑心该因此而消灭了吧？……（侯爵摇头）依此说起
来，在这一场交易上头，如果说是有人被买的话，那么，被买的
乃是我，却不是您……（侯爵很诧异地望着他）……真的……
这是显然的事情……先说，您对于您的表弟伯拉嘉将军，很有
信用……这是一个特出的军官……不久便要被任为参谋长
了……我是知道的……

波　那么，什么事情您都知道了？

伊　（客气）这乃是我的职业，侯爵先生……且说我现在有一宗很
大的生意同伯拉嘉将军有几分关系的……但是，他对于我没
有信用……不消说这件事全仗侯爵先生的力量了。（很神秘
地）我在这上头，有些护国的计划……我相信大将军一定赞成
的……因为……您不怀疑我不是一个爱国的人吧？……（张
大其辞，兴奋地说）随便您说我是怎样的人……总不能否认我
是一个爱国者……我们停一会儿再谈这个吧……（半晌）……

　　您又有……

波　还有吗？……

伊　您又有……选举上的权威……不很大的权威……但是,这一
　　次,我觉得如此……一毫不曾忽略过去……这一种权威……
　　您自然为我们这一次运动选举而用的了……（侯爵一跳）……
　　自然并不是明目张胆的……我不要您替我贴广告……也不要
　　您在十字街头或酒店里高声叫道"我们该选举伊惜多·洛
　　霞"……不……不……决不！……我只要一种暗地里的运动
　　就够了……我告诉您我的策略……先给巴黎的维新会选定
　　了……暗暗地倚靠着政府……又倚靠着保皇党、波那巴特党、
　　国民党、宗教党的一部分……一定不会不成功的……

波　那么……先生……您非但买我的名……而且买我个人的信
　　用……买我政治上的权威……还有什么没有？

伊　侯爵先生……您真的使我伤心了……没有一点儿损害的事
　　情,您偏找得出些很坏的意义来……我想要同您谅解,您偏要
　　自己为难……您相信我的话吧……我固然很希望同您妥协,
　　但是,我放弃了我的提议,也没有什么懊悔……（郑重其辞）我
　　还有那波士赍家的好田地……我的梦想的东西……来安慰
　　我……

　　寂静了一会儿。

波　但是……先生……如果我所得的消息是真确的……我知道这
　　一次选举,您所宣布的政见……您说您是社会党……反教士
　　党……同那莫希公爵对抗……那莫希公爵却是我的朋友……
　　他的政见,我完全赞同……

伊　政见吗？……（作推物远离状）……一个人当选了之后……所
　　谓政见就去得很远了……

波　也许吧？……听说您同教会有不可和解的仇恨,这也不错
　　吧？……

伊　不可和解吗？……侯爵先生，您真使我诧异了……若论信仰，有时候实在是不可和解的……若论做生意，决不……（他站起来，兴高采烈地走来走去）……那么，您以为我这社会党或反教士党，比之那乞灵于神圣的莫希公爵，对于教会更有害吗？……

波　（讥讽地）这见地倒是新的……

伊　这非但是新的，而且是永远的真理……那公爵所表示的是什么？……您能不能告诉我？……他所表示的只是过去……换句话说，是灰尘……是无生机物……是死的东西……说教会吗？……说教会吗？……您不晓得，教会在现代已经成了强弩之末，贵族的偶像已经不灵了……他们死守着阶级与名誉的成见，因此越发没有生气……现代所创造的东西，活的东西，没有他们的份儿……现在的贵族，渐渐地、很笨地，让人家剥夺了他们的田地……他们的府第……他们的权威……他们的行为……他们因为自己很弱，又不得民心，非但不能表扬教会，倒反使教会的寿命缩短……

波　（谨慎地笑）哈！哈！哈！……

伊　真的，侯爵先生……事情本是这样！……教会在新文化运动里占一个位置……它非但不阻碍新文化，而且帮助新文化的发展……它能够使新文化遍行于世界上……它有发展，改变与采用的能力……真可赞美……它又有制驭的权威，因为它工作不停……因为它摇动人类……金钱……思想……荒地……今日到处有它……它做尽了一切……它是一切的本身……它非但有祭台……有迷信的灵异之说……有忏悔的礼仪……而且它又有满放着货物的店子……有满放着金子的银行……有洋行……有工厂……有报馆……又有些政府……有温和的经纪人……有客气的仲买人……您看，我倒很晓得教会的真价值……

波　（讥讽地）您真是一个可赞美的人！我从前不晓得您有这么好
　　的口才……

伊　也没有什么，不过我看得清楚就是了！……古时……教会把
　　刀枪交给贵族的手，叫他们去战场上为教会杀人，或被杀……
　　但是现代的战争已经变了方式……因此，教会也就改用别的
　　利器……今日的战争，用的不是刀枪，而是金钱，是工具……
　　而贵族不晓得用金钱，也不晓得用工具……于是我们把金钱
　　与工具都收拾起来，……呀，妙啊！

波　在污泥里，在血河里……

伊　洗扫干净了……一切洗扫干净了……甚至于你们的徽章……
　　（半晌）您好好地了解我的话吧……今日的教会所寻找的自然
　　的同盟，却是我们这一班人……侯爵先生，教会与我原是同根
　　源的……至于贵族呢，贵族已经死了……它死，因为它不会认
　　识生命的规律：工作……这是说，贵族不晓得利用生活上的一
　　切力……你们不要以为教会不时发给你们几张入场券，许你
　　们参预教会行政会议，像国家赏给纸烟公卖所的已故职员的
　　寡妇的恤金一般，你们便自夸还能够活着哩！……

波　但是，先生，依您说起来，我是死的了……为什么您还要我呢？

伊　这是我的生意……

波　这却不是我的生意……

伊　随便您怎样说都可以……但是，你错了……

波　我想……您料不到我会替教会伸冤……您虽则诬告教会，而
　　教会并没有什么伤损……

伊　我并不诬告它……我是给它表扬！……（耸肩）……您甚至于
　　不晓得什么叫做教会……

波　假使我们不幸，教会果然像您刚才所形容的一般……那么，真
　　的，我宁愿不晓得什么叫做教会……但是你所努力攻击的贵
　　族，以为已经衰微了，实则正在重新兴起来，我属于这贵族，觉

得自负得很！

伊　是的……你们贵族正在想煽动一切的内乱与种族的战争哩！……

波　我们努力想要恢复我们的古风,我们的国粹……我又因为……

伊　(打断他的话头)说吧！……说吧！……

波　我又因为我不曾服从那可恶的德谟克拉西主义,所以我越发自负……那德谟克拉西主义,用金钱一样东西,换去了名誉,换去了国家,换去了信仰心,换去了慈悲心,真是岂有此理……

伊　说吧,说吧！……侯爵先生,请把您的一肚子气消散消散……倒于身体有益……

波　你们很野心,想要做主人翁……其实你们只做一时的主人翁而已……这种主人翁,非但不吉利,而且非常可笑……你们一到发了财之后,即刻只剩下一个意思:想要模仿我们……你们所需要的是我们的公馆、我们的田地、我们的怪脾气、我们的坏习惯……又需要我们的光荣的名誉,直至于我们的家具。(轻薄地)您看,有一样东西你们买不到的,便是我们处世的方法……

伊　对不起,侯爵先生,我有我的处世的方法……

波　您倒容易满意得很。

伊　其实我有我的已经够了……

波　但是,那些民众,你们所剥削的民众,他们不觉得够吧?

伊　这个！……这个您不知道……连我也不知道……照现在说起来,一班民众对于我的处世的方法,比之对于您的处世的方法,还喜欢些……

波　如果你们想要像您所说的,去征服世界……那么,你们不该专从事于模仿,应该鼓动勇气,自己发明一些新事物出来……应该轮到你们创造新的风俗……但是,不行,你们绝对不曾梦想到什么德行、什么艺术、什么高尚的言语举动……你们绝对没有伟大的心胸……

伊　（打断他的话头）伟大……伟大！……老是这样的字眼……一点儿没有意思。世界上只有一样东西可以表现社会或个人的伟大，这就是钱……这个意思，教会比谁都懂得透彻些。（半晌）……是的……是的……在你们看起来，我们是强盗，是海贼……真的……实际上是如此……但是……请注意听我的话……强盗却会干些事情……海贼却会分担促进社会文化的义务……换句话说，是谋人类的幸福……最下等的流氓却会把钱装满了钱柜子……是的，可以说都是坏人……但是，世界上有了这一种坏人，才到处有新文化的运动……到处有富裕的源泉……到处有活泼的生命……若论古时，你们当权的时代，你们剥夺人民的权利……至于使他们受饿……你们给他们的食料是什么？在城里，是水沟的垃圾；在乡间，是他们立脚的一块土……除此之外，所有人民的产业都剥夺干净……你们拿什么同他们交换呢？唉，侯爵先生，原来你们的交换品乃是一顿棍子……至于我呢，我给他们马路……火车……电灯……卫生的设备……还有一点儿教育……又给他们很便宜的物产……又给他们工作……不像一顿棍子那么有声势……这个我承认……但是，强盗、海贼会干出这些事情来，总还不见笑吧？

波　先生，您这种报纸的笔战般的话，我不能，而且不愿同您辩论……

伊　对呀……我们的哲学谈够了……哲学是空的，一点儿没有用处……徒然使我们失了谈话的头绪……喂……您愿不愿同我赌一赌输赢？

波　我既不愿同您做一场交易，也不愿同您赌一场输赢……

伊　对呀……赌起来我一定赢的……好，那么……这一场赌赛……我可以改变一种方式……请您去问一位大政治家……

黑袍的……白袍的……棕色袍的……红袍的……袍的颜色没有关系,只要他是一位指导民众的政治家……只要您对于他有信仰,是不是?……请您去问一问您的先生——不论他是哪一类的人……您问他:一个不信教的社会主义者,五千万的大财主伊惜多·洛霞,与一个可怜的小公爵莫希比较,他愿意要哪一个?……(停一停……眼睛盯着侯爵)……是的……而且……请您又问他,刚才我向您提议的婚姻的事情及其余的事情,他的意见怎么样?……凭您的良心说,他会不会这样答复您?说:"我的信徒呀……你应该做……你可以做……圣母降福于你!"

又寂静了一会儿……二人四目相视。

波　(稍为低头,不像先时那么坚决)这是不可能的!……

寂静了半晌。

伊　呀!……(半晌)……侯爵先生……当您进这里来的时候,我只有一个念头,想一手把你的喉咙扼住,扼死您……我很老实,您看,我明白告诉您……我一想到可以把波士赉家的田地拿到手的时候,我就快活得了不得……两年以来,我早已把它看做我自己的产业……要晓得这不是假话,有抽屉里的地图为证……您要不要我拿出来给您看?在这地图上,波士赉家的田地,预先划入俄伯都家的区域内了……我已经涂了您的名字,换上了我的名字……这倒奇怪得很,吓?后来,我不知道为什么……我很喜欢您……很受您的感动……这是老实的话……我毕竟是一个好心的人……人家不了解我,其实我很有良心……于是,我另外找一个办法……一个面面俱圆的办法……顾到我的生意,顾到我的快乐,同时顾到您的利益……(侯爵讥讽地摇头)不是吗?……我想到了这个办法,已经算是很好的了……我的女儿很美……很有大家的风度……而且这丫头又不傻!……您尽管在您的社会里找寻,看有没有这

　　　么一个女子……请您设想：波士赉家的公馆买回来之后，把她
　　　安置在里头……唉，侯爵先生，那公馆便算王宫，我的女儿便
　　　是公主！……

波　令爱的美德，我从来不曾怀疑过……

伊　好，那么？……请您不要迫我回到我第一个念头上去吧……
　　　凭良心说，假使我不得已而对不起您，这多么令我伤心
　　　啊！……（张大其辞）今天是我的好日子……请不要错过了机
　　　会吧！……

波　（越说越现出不坚决的样子）这是不可能的……这是非常困难
　　　的事情……

伊　困难在什么地方呢？……联这样的婚姻的人，您不算是第一
　　　个吧？

波　自然啦……

伊　好，那么？……

波　亲爱的洛霞先生，我不愿意得罪您……但是，这上头……有些
　　　特别不妥的地方……

伊　（很狡猾地注视着侯爵）呀！……

波　是的……当初……您曾经有过些很可痛惜的事件。——我不
　　　愿意加以批评……但是……到底……

伊　这是奋斗呀！……呀！假使我们要追求财产的来源……先说
　　　您家的财产的来源……真是说不尽……侯爵先生……归根一
　　　句话，您所顾虑的，您所觉得难为情的，无非是怕舆论……怕
　　　您的社会里的舆论……

波　我的行为并不受社会的舆论的束缚……

伊　不，我不说这个……只一层，您总还不能不放在心上……这是
　　　很自然的事情……好，那么，请您告诉他们……谁有钱，谁就
　　　有舆论……当没有钱的时候，哪怕你是公子王孙，送给狗吃，
　　　狗也不睬哩……这话不是我说的，这是世界的公理……这是

不幸吗？……请看您的周围……

波　（慢慢地……很为难的样子）我的表弟伯拉嘉那边的事情的本身，当然没有什么可訾议的地方……

伊　正是啦……这事情再简单没有了……非但无可訾议，而且是很合理的……

波　至于选举的事情，要我出头……

伊　放心吧……侯爵先生……放心吧……不要为这么小的事情而害怕……这只看智谋与手段如何……

波　是的……但是……我的亲爱的先生……这上头，除了政治上的问题之外……还有廉耻的问题……

伊　政治上的问题不发生阻碍，教会里已经原谅您了……

波　原谅……原谅……

伊　我敢断定……而且您自己也晓得……廉耻的问题吗？……唉！天啊！……您希望您的媳妇的父亲成功，才是非常合理的事呢……（好情好意地微笑）非但没有什么廉耻的问题，而且是最合道德的了……至于家庭呢……看吧……

波　我不曾问过我的儿子……

伊　我呢，我问过我的女儿没有？……孩子们出世便注定要服从父母的命令的……而且，侯爵先生，我有一件事请教于您……我听人家说，您的儿子在东京的时候，您曾经替他议一头很无聊的亲事，您也先问过他没有？

波　这是些闲话……谣言……

伊　也许是吧？……但是所谓谣言者，往往是些不曾成功的事情……况且……我也认识一位打孔雀的某先生，他不像您这般难说话……您信我的话吧……他将来会知道他的家产完了，不能倚赖他人了，需要自己谋生了……若论我呢……侯爵先生……我本人并不常常妨碍您……我决不会到俱乐部里去丢你们的脸皮……（笑，拍手）不，不……我有别的野心……

波　（勉强地）好吧！……让我看吧……让我考虑考虑吧……

伊　没有什么好考虑的……在您出去以前，一切都该完结了才
　　行……您真好运气，是一个鳏……所以您的儿子的婚约只由
　　您一人决定就够了……再说一层……在您这种境地……越发
　　不该考虑……只用一时的直觉……再好没有的了……

波　这到底是一件重大的事情，在这上头……

伊　（打断他的话头，用更硬的声音）除了奉还您那波士赍家的田
　　地之外，……不用说，我还再给您二十万法郎……其他您的债
　　务，我也担任替您还清……（寂静了一会子。——侯爵站着，
　　低着头，眼怔怔地呆望着糊墙的纸上的一朵花）侯爵先生……
　　（侯爵举目注视伊惜多，则见他正用手指按铃）我可以叫我的
　　妻子与我的女儿出来吗？

波　（勉强地）叫吧……先生……（他再坐下，身子很重似的……伊
　　惜多按铃……一个仆人入。）

伊　你告诉夫人与小姐说，波士赍侯爵与我……我们请他们到这
　　儿来……
　　仆人出……侯爵坐着，眼睛呆定……伊惜多在室的后方踱来
　　踱去，手插在衣袋里……寂静了许久。

第三出

出场人：洛霞夫人、姞尔曼、伊惜多、侯爵。

洛霞夫人先入……很担心地望着侯爵与她的丈夫，发抖……
姞尔曼后入……一眼看见室中情形，便知道将有非常的事情
发生……她们入室之后，侯爵即刻站起来，静静地施礼……洛
霞夫人的忧虑与时俱增……伊惜多注视了写字台之后……面
上露出很得意的样子。

伊　你们请坐……侯爵先生有话要对你们说……（她们坐下……
　　伊惜多仍旧站着，把波士赍的账簿卷起来）侯爵先生……

波 （很勉强地，声音不很响亮）夫人……我荣幸得很，特来府上，为我的儿子罗贝尔——波士赍子爵，向您请求许可您的女儿姞尔曼·洛霞小姐同他结婚……

姞尔曼掉转头向侯爵紧紧地注视着。

洛 （惊讶已极……吃吃地说）但是……我……（她不能说下去，两手加额，注视她的丈夫……注视侯爵……注视姞尔曼）……对不起，侯爵先生刚才说什么？……

伊 好……是的……你怎样了？……（是时姞尔曼用鄙薄的眼光注视她的父亲）人家请求你的女儿的婚姻……你不曾听见吗？……

洛 听见的……听见的……我觉得头重眼花……

伊 侯爵先生，这因为她做母亲的快乐太过了……嗳唷，傻婆子，醒过来吧……（向他女儿）姞尔曼，你呢……你先答复了吧……

姞 （站起来）先生……这是一件十分荣幸的事情……我不晓得怎样感激您……但是，我不答应……

波 （站起来）小姐，您不答应吗？……

姞 是的……先生……

伊 你不答应吗？

姞 是的……

伊 （所有他的卑贱鄙俗的神气重新露现出来）嗳唷……嗳唷……这决不是真的话……侯爵先生为他的儿子向你求婚……听清楚我的话……求婚……

姞 我不答应……（向侯爵）我很抱歉，我父亲在这一次会晤以前，并不曾征求过我的同意……假使他先问一问我，便不会有这一场苦恼，闹得大家都不好过……

伊 （低声下气地）不是的……不是的……侯爵先生……我的女儿不曾听见您的话……不曾懂得您的话……大约是她一时诧

异……快乐……骄傲……但她是答应的……

姞　（越说越硬）我不答应……为什么您要迫我再三地申说呢？……

伊　这个……奇了……莫是一个疯子……

波　（很苦恼地）大约您觉得波士赉家的门第配不起您呢，是不是，小姐？

姞　（很伤心地）无论哪一种门第，伊惜多·洛霞的女儿都没有说它配不起的权利……不行……我不答应……因为我不自由……

伊　不自由……你胡说些什么？……既然我与你的母亲都赞成了……

姞　我不自由！

伊　为什么？

姞　我不能在这里说。

伊　（威吓地）为什么？为什么？

姞　您真的要我说吗？……

伊　是的……

姞　我不自由……因为我有一个情郎！
　　　众皆愕然。

伊　什么？……什么？……你说的是什么话？……决不是的，侯爵先生，（格格地笑）您看得很明白……她在说笑话……她在闹着玩……她自己不晓得说的是什么……一个情郎吗？……我的女儿吗？……哈，哈，哈！……笑话，笑话！……（走向他的女儿，威吓她）……你敢再说！……在你父亲面前……再说！……

姞　我有一个情郎……一个情郎……一个情郎！……您要我嚷多少次才算数？

伊　你说谎……她说谎……你们听我说，她说谎……但是……侯

　　爵先生,她不认识一个人……她从来不曾同一个人见过面……她说谎……(声调忽变)……好吧……我的乖乖的姑尔曼……此刻你说够了,不是吗? 你想要哄我们一场大笑……我们不信你的话……好,快说你刚才的话不是真的吧……

姑　而且这个情郎……我选中了他……我爱他……他是我的……是我的……他不附属于哪一场的交易……不是生意的找头……他是我的,完全是我的……很自由地归属于我……(向侯爵)侯爵先生,您一定诧异得很……我自己也觉得一个姓洛霞的人却是买不到的……她不卖身……而把身子赠给人家。真是例外。

伊　(向他的妻子)你呢……你一句话不说……你在这儿像一座石碑似的……你叫她住口好不好? ……

洛　(瘫软)你要我怎样说好呢? ……天啊! ……

伊　那么……是真的了? ……

洛　我一概不知道……(忽然间)……天啊! 天啊……天啊! ……(哭)这事该是有的……

伊　什么? ……什么事该是有的?

洛　(含泪说)我不晓得……我不晓得……

伊　(在室中走动,排挤着那些家具)我的女儿疯了……我的妻子也疯了。两个都疯了! ……(侯爵预备走)侯爵先生……这决不会……决不会是真的……其中必有误会……您听我说……其中必有误会……

波　我此刻只好告退了……

伊　您说的很对。这么样更好些让我同她说话。(送侯爵)唉! 侯爵先生……人们工作,为的是儿女……弄来整千整万的家财,为的是他们的幸福……一生做的好梦……结果弄到如此! ……但是,等一下我在家庭间会处置这事情。我见得多,做得多,不妨! ……(低声)如果还要我牺牲多一点儿……您懂吧？……侯爵先生，明天见……

波　（很冷淡地，强作高傲状）先生，我似乎觉得我们没有什么话可说了。

伊　（注视侯爵半晌……把后方的门开了）您似乎觉得吗？……

波　是的……

伊　呀！……

波　再会，先生……（他打算出去，伊惜多拉住他）

伊　喂……那一场生意，您觉得不是好生意了吗？

波　先生，我们把那事作为罢论吧。

伊　那么……我们二人的事情完了吗？……（侯爵不作声）……您相信这个吗？……（侯爵仍不作声）……好，那么……明天……我们用得着印花了！……

波　随您的便吧！……（出）

伊　（捏拳向侯爵出处）流氓！……

第四出

出场人：伊惜多、洛霞夫人、姞尔曼。

伊　现在轮到我们两个人了！……（他走到姞尔曼跟前挺立着，姞尔曼跟着他的动作，眼紧紧地望着他，现出挑战的样子）……小丫头，不要这样紧紧地望着我！……（威吓地）跪下来！……你在这里……在我的屋顶下……只有我可以下命令……你听见吗？……先跪下来……后……给我滚出去。（他很野蛮地握着姞尔曼的手臂，要想强迫她跪。姞尔曼抵抗，终于挣脱了身）

姞　您放心吧……我一定走的……但是，您不要以为是您赶我走的……我走，是我自己甘心要走……这一次的事件……不可避免的事件……并不把我走的时间提早些……我要说的话……我心上的事……用不着很长的时间了……

伊　（伸臂向天花板）那些书……那些坏书……弄得我的女儿这个样儿！……

姑　您不要拉扯上那些书吧……并不是那些书使我走，却是您使我走。您的女儿吗？……在什么地方见得我是您的女儿？我们从来不曾交换过十句话。再者，同您说话又有什么用处呢？我纵使愿意同您说，您也决不会懂得的……至于您所说的话，只有使我心中作呕……使我气愤不过……

伊　（愤怒地嘲笑）是的……是的……我晓得……你瞧不起生意……但是，你并不是瞧不起金钱……

姑　我问您要过钱吗？我不要您的赠品……我不要您的钱……凡是您的东西，我都不愿意要……

洛　（不知如何是好）姑尔曼！……这是你的父亲呀！

伊　（向他的妻子）不要睬她……不要睬她！（向姑尔曼）哈，哈！……谁养活你？……谁教育你？

洛　我的亲爱的……这是你的女儿呀！

伊　（向他的女儿）你的奢侈品呢？……你的衣服呢？……

姑　自从我到了懂事的年龄之后……自从我知道您的财产的来源之后，您的奢侈品……我已经拒绝不用了……您的化妆品，我已经放弃了……因为这些东西弄坏了我的皮肤，您懂不懂？……因为这一家里所有一切的东西……不是人骨头便是眼泪……强盗……强盗……

洛　（哭道）住口……住口……呀！淘气的孩子！……

伊　不要睬她……她太蠢了，不会了解我……（耸肩，捏拳）奇了，奇了！是她教人家欺负她自己……是她欺负我们？……（走向姑尔曼）你的胆子大，你的罪过也一样地大……怎么你敢说出口来，小丫头？

姑　我的良心并没有什么不安……

伊　那么……刚才……你在侯爵跟前说的……是假话了？

姞　我说的是真话……

伊　(卑鄙地)一个男人……你不觉得心中作呕吗,女圣人?

姞　我宁愿把身子赠给人家,总比卖身好些。

伊　你胡说够了……放屁够了……像你这样的人,我不知制服过
　　多少……小丫头,一会儿你就不能不服我……

姞　您对于我,没有一点儿法子想……

伊　没有法子吗?……

洛　我的亲爱的……饶了她吧!……

伊　唉!你还惹我动气!……都只为你懦弱不振,至于如此……
　　我要教她生活的样法……(向他的女儿)你在什么地方找着他
　　的?……你在什么地方钓着他的?

姞　等一等……您就可以认识他……

伊　我是受你的命令的吗?……你要我扼你的喉咙吗?……我偏
　　要你就说……他的名字……

姞　(走向那对着假山的开着的门……朝外叫喊)绿湘!……绿
　　湘!……

伊　(起初闻声而诧异……寂静了一会)绿湘!……哪一个绿
　　湘?……贾洛吗?……嗳唷……这是不会有的……真的
　　疯了!

洛　我才想要猜是他呢!

　　绿湘从假山上匆忙地走进来。

第五出

出场人:伊惜多、洛霞夫人、姞尔曼、绿湘。

伊　(一眼看见绿湘,一时不知如何是好。向绿湘)不是你吧?……
　　(绿湘不作声)……是你吗?……(绿湘仍不作声)……好……
　　你们用尽毒手段了!……真是一桩怪事……(忽然跑向绿湘,
　　摩拳擦掌)贼子……贼子!

姞尔曼从中拦住……绿湘推开伊惜多。

绿　（镇静而强硬）当心，先生……（伊惜多停步……嘴里咕噜地说些不清楚的话，稍为退后些）……我努力想要忍耐着……但是，我预先向您声明，我决不许您有粗暴的举动……

伊　（很粗的声音）你也一样吗？……现在你却教训起我来了吗？……贼子，你到这里来打算承继我的产业，还不够，还要教训我吗？……但是，我老实告诉你，我的钱，你还不曾得到手哩！……

绿　没有人想要您的钱……

姞　他很晓得哩！……

伊　是的……是的！……手段倒还有……只有一个缺点……让我们设法补救吧……洛霞老头子的千百万家产都送给你们，是不是？……你打算错了……

绿　您错了，先生……我并不曾打算什么……

伊　对呀！……

绿　姞尔曼永远放弃了您的家产的承继权。

姞　我出世以来就放弃了！……

伊　我巴不得她放弃呢……（向绿湘）这是我褫夺了她的承继权……你不以为……（指姞尔曼）她，她什么都不懂……但是你，你不以为当父亲的不能褫夺女儿的承继权吧？……固然有法律……然而还有司法的人们……我同他们不知做了多少更难的事，何况这件小事情？

姞　我很晓得！

伊　（向绿湘）一个铜子也没有，一定没有，你听见吗？……我的钱，一个铜子不得到她的手……

姞　正好！

伊　纵使有一天，她回来哀求我——我敢断定，不久她一定走回来——穷到饿倒在我的门口……

姑　穷吗？……我将来便过穷的生活给您看！……我要穷,我巴不得就穷……您给我穷吗? 这个我倒愿意领受您的……

伊　傻丫头! ……唉! ……这是我的女儿! ……他呢,他又是我所爱的唯一的男子! 自然……要说我不呆是不行的了! ……(走向绿湘,很近)看吧……绿湘……你没有这权利……你该考虑考虑。

绿　什么都考虑过了……

伊　我看你不是一个不聪明的人……看吧……你出去干什么去?

绿　我做工……

伊　说倒容易……二百法郎一个月……也许你每年可以得到二千四百法郎……还有什么呢? ……我晓得你……你是一个做梦的人……永远不会赚钱的……

绿　世界上不只有钱一样东西……

伊　不只有钱一样东西! ……他与她原来是一个鼻孔出气的! ……从前你还不像这么蠢呀……她把什么蔽心汤给你喝了,是不是? ……(越发走近绿湘)……这真料不到……我为着她,有很大的想头…… 这是说,我在她身上,建立了很好的计划! ……我的女儿……唉! ……偏是她对于我一点儿没有用处! ……呀! 绿湘,当我把你从污泥里拉出来的那一天,我本该打折了我的腿……你不否认我曾经把你从污泥里拉出来吧?

绿　先生……您对于我的好处,我是晓得的。

伊　那么,你报答我……

绿　我花了我的时间……用了我的精力……尽了我的忠心……已经报答了您了……

姑　这都毫无关系……你只把账簿交还他就完了。

伊　住口! ……先说……我不许你在我跟前同他你你我我的。

绿　(委婉地示意姑尔曼,叫她不作声)至于我的思想……我的情感……乃是属于我个人的……我不能为您而牺牲……您的恩德与我对于她的爱情,完全是两件事。

伊 (嚷)呀! 今天我听够了你们的野话了……你不得不走……不久你就走了……你想要一点儿钱吗? 好,那么,老老实实地告诉我你的价钱……我好给你……

绿 先生,您疯了!

伊 能够敲洛霞老头子的竹杠的,要算你是第一个了……这倒不是平常的事情……说吧,你的价钱?

绿 一个人忍耐的时间是有限的呀。

伊 不是金钱的关系吗? 不是! …… 那么,是爱情的关系了? ……(说着,举眼注视二人……后来又狠狠地冷笑了几声)……傻贼子,傻丫头! ……我自己也太不聪明了! ……总而言之,这事同我有什么关系呢? ……我尽可以不管你们……你们去吧……找穷鬼去吧……一个糊涂汉子……一个疯癫丫头……倒是天生地配的一对儿……去吧,在什么地方饿死,都随你们的便……饿死了,算是皇天替我报了仇……我才快乐呢! ……

姑 走……绿湘……我跟你去……

绿湘出……洛霞夫人站起来,面有愁苦之色。

第六出

出场人: 伊惜多、洛霞夫人、姑尔曼。

伊惜多在室中行走,像一只猛虎,又把许多椅子移动……用脚踢踏地毯。

洛 (哀求的神气)我的亲爱的……你听我说……

伊 呀! 你毕竟醒来了……人家偷了你的女儿……你在这里……一声不响……动也不动……压在椅子上……像一个包裹似的! ……

洛　我的亲爱的……你听我说……

伊　贾洛！……一个叫花子……没有一样长处……(走到写字台前,用拳猛击台面)但是……假使……当时是……唉！我不晓得……

洛　你听我说……你这般生气是枉然的……纵使是儿女们有罪,也不该重声浊气地说话……你此刻不由自主了……让我同她说吧。

伊　你没有什么话同她说了……

洛　(高傲了些)你怎么晓得我没有话说呢？……你让我自己同姞尔曼在一块儿……一会儿……再瞧吧……

伊　我也管不得你们许多……好……你们尽管哭去吧！……只不许她在这儿再见我的面！……(脚声橐橐地走出去了)

第七出

出场人:洛霞夫人、姞尔曼。

洛霞夫人望了她的女儿半晌,现出不知如何是好的神气与哀求的样子。后来又伸臂向姞尔曼。

洛　姞尔曼……我的乖乖的姞尔曼！……(小步走向她,仍伸着臂)……唉,我的乖乖的姞尔曼！……

　　姞尔曼稍为掉转头……稍退……努力自制,不为所动……后来……忽然投入母怀。

姞　妈！……妈！……

　　二人相抱痛哭……拥抱的时间很久,声音哽咽,身体颤战……洛霞夫人手捧着姞尔曼的头,抚循备至。

洛　你不走吧？……你不丢了我吧？……告诉我,说你不丢了我吧！……这太……太惨了……

姞　妈,不要问我这个……现在太迟了……

洛　(加倍亲热)不……不……我的乖乖的姞尔曼……不要说太迟

了……而且……现在不行……今天不行……因为你父亲的气太大了……我说也不中用……但是……明天……最近这两天……我一定同他说……我叫他了解一切……他一定会听我的话的……是的……是的……我敢担保他一定听我的话……而且他还可以赞成你同贾洛先生结婚……

姞　(听见说到她的父亲,面色又变冷淡)他……他永远不会赞成的……

洛　既然我对你说……既然我负责任……你父亲……你看……

姞　妈,不要再提起父亲吧……

洛　是的……好,那么,我再也不提起你父亲了……但是,你可以不走,同我在一块儿,好不好?

姞　妈,我哀求你……我没法子做的事,您不必要求我做吧……我是不能不走的……

洛　不……不……这是不可能的……嗳呀!……我的儿……你看,这么大的屋子里,剩下我一个零仃孤鬼,你叫我怎样活下去呀?我这样的年纪,孤零零的一个人,你想想看!……真是生不如死了!嗳呀!……嗳呀!……姞尔曼……心肠不要太硬了……做个好人吧……不要让我独自一人住在这里吧……

姞　妈,跟我们走吧……同我们在一块儿,您一定更幸福些……

洛　儿啊!……这也是不可能的……我已经同他过了这么长久的日子……我不能不同他在一处死……我不能丢了他……这是一种罪孽,我干不来……我干不来……(半晌)是了……是了……到了今日,我觉悟了……我们不曾十分爱你……我的可怜的娇儿……我们本该爱你,而我们不曾爱你……我们错了……尤其是我……真的……我现在追悔了……但是,你也有一点儿错处……你在我的跟前,老是愁愁闷闷的……额上有千百道皱纹……于是我有时候因此生气……同你说些无情的话……因为……我不十分了解你……因为我不十分看得清

2198　　　　　　　　　王力译文集

楚你的心……但是,我到底还算爱你呀……从今天起……我
爱你……我爱你……我爱你……我爱你……

姞　我也是一样……我往往错怪了您……我也不能了解您……

洛　(连忙说道)好,那么,此刻我们互相了解了之后……

姞　太迟了……

洛　天啊!……这是可能的吗?……唉!假使我们在一间小茅屋
里过日子,这些事情都不会有的……你看……都只为有了这
一座大府第……这些冷静的房子,这些奢侈品……这些金
钱……所以使我们互相听不见我们的心声了……天啊!真是
命中注定的!……我今天才算得了一个女儿,却同时又失去
了……永远失去了……(哽咽)我本预备好许多话要同你
说……后来……我不晓得了……我忘记了……好像有一块千
斤重的石头压在我的头上似的……眼前浓雾模糊,看不见东
西了……(越发紧抱姞尔曼)

姞　妈,让我走吧……

洛　不,不……不要走……我的乖乖的姞尔曼……我哀求你,暂时
不要走吧……明天……只再等一两天……唉!……今天……
不要让我孤零零的……今天不要丢我独自一天在这里……

姞　我不愿意我父亲再看见我在这里……我没有仇恨的心了……
让我无仇无恨地走了吧……

洛霞夫人的手渐松,姞尔曼想要挣脱。

洛　天啊!……天啊!……(含泪说道)你写信给我吧……允许我
同你通信吧……发个誓吧!……

姞　我允许您……我誓必同您通信就是了……

洛　如果你到巴黎……马上就要给我你的地址呀……

姞　是的……是的……妈……

洛　我常常去看你……人家不会知道……我决不告诉一个人……
假使你害病呢?天啊!这是不可能的……你没有钱……他

呢,他也不是富的,是不是?……那么,怎样办?……(忽然记起)……喂……那三百法郎呢?……

姑 (极可怜她的母亲)不……可怜的妈妈……

洛 你要什么,尽管写信告诉我好了……

姑 妈,再会吧!……

二人重新紧抱良久……姑尔曼挣脱身,连忙跑出去了。

洛 姑尔曼!……姑尔曼!……不要走……不要走!(她四面张望,似乎周围的事物都是可怕的东西……瘫软了,苦呆了……一声不响……倒在靠背椅上……寂静了一会……伊惜多入……

第八出

出场人: 洛霞夫人、伊惜多。

伊惜多进来之后,低着头……面色很坏……视线倾斜……双手插在裤袋里。

洛 (不抬头)她走了……

伊 我巴不得她高飞远走!

洛 (举目望着她的丈夫)你听见你的女儿走了,只这么样就算完了吗?……

伊 (粗鄙的神气)怎么样?……

洛 你叫她回来……向她吩咐一两句话……哭一两声……不会伤损你吧?

伊 住口,不要胡说!

洛 (站起来)好……到头来,连我也受不了你的气……我的心太难堪了……所有一切的事情,都是你的罪过……你懂不懂?都是你的罪过……(她预备走出去)

伊 呀!……喂……如果你要跟她走,不必拘束吧……晚安……

洛 (转身)衰鬼!……你值得我听你的命令吗?……

伊　人人都反对我吗？……好吧！我巴不得这样……不怕笑煞
　　人！……

洛霞夫人出。

第九出

出场人：伊惜多、（其后）总管。

伊惜多坐在写字台前……沉思了一会儿……又把台上的文件
乱翻。

伊　呀！侯爵先生！……（耸肩）呀！你以为这是完了的吗？……
　　好，是的……不怕笑煞人……

他双手捧腮，腕据台上……似与周围的事物远隔……总管从
办事室的门外匆匆走入……手忙脚乱地向伊惜多说话。

奈　先生！……先生！……

伊　（不动，懒懒地问）有什么事情发生了？……

奈　（几乎不能说话）一场祸事……一场可怕的大祸！……

伊　（仍不动）我禁止你说这话……这不关你事……

奈　您的儿子……

伊　我的女儿……她是个傻丫头……

奈　这事并不关联到您的女儿……

伊　她走了……好，是的……

奈　不呀……先生……不呀……

伊　你疯了……你不疯了吧？……

奈　先生，您听不懂吗？您的儿子……（吃力地）伊克沙维耶先
　　生……

伊　好，怎么样？……

奈　……他遭难死了！……

伊　（他仍旧不动……头仍旧藏在手里……许久之后，才散开手，
　　眼怔怔地望着那总管，十分诧异，以为他为什么忽然在这里）

你说什么？……

奈　伊克沙维耶先生遭难死了……

伊　（突然跳起来……跳到那总管身边,握住他的喉咙……）呆子,
刚才你说的是什么话？……（他摇那总管,那总管挣扎）蠢奴
才,你敢再说刚才那一句话……

奈　（喉咙被握,声音很浊）放松我吧,先生……放松我吧……

伊　（放了总管）好……快说吧……

那总管越说,吓得伊惜多的眼睛越睁得大……面色全变……

奈　（断断续续地说）伊克沙维耶先生……从马来古尔……出
来……走到拐弯的地方……他的汽车尽量地开快……那车向
前面一掀……把伊克沙维耶先生……抛到嘉多咖啡店的墙
上……很厉害地一碰……把他碰断了骨节……当时倒躺
着……死了!……

伊　（发抖,气壅……嘴几乎不能开……像个中风的人）什……
么……（说到这里,只见他张嘴,却说不出一句话来）

奈　那公爵的儿子……骑了一匹马来……遇见这一场惨事……特
地到府里来报信……

伊　这……这……（不住地把两唇开合,但他所说的是什么,人家
听不见）

奈　我已经吩咐人家把伊克沙维耶的尸首运回来……十分钟
后……一定可以回到府里……

伊惜多不能再说话……他把领结抓开……衬衫的纽子解开,
露出胸膛……嘴开得很大,在找空气呼吸……他的领子两边
翘起在他的两腮边,像一双小角……蹒跚地走……那总管扶
着他,到一张靠背椅子坐着,身子很重似的……忽然间……他
哭起来……呜呜咽咽地把全身摇动。

奈　先生……先生……

伊　（数秒钟之后,发出很颤的声音,仅可听见）我一切都失掉……

在一天之内……一切都失掉！……（喘气）还有……夫人呢？……

奈　刚才我不敢……

伊　是了……是了！（半晌）在一天之内！……（又半晌）空气……给我一点儿空气……我气闷煞了……

那总管把一个窗子打开，把伊惜多扶到窗前……伊惜多拼命地呼吸。

奈　先生……好些了？……

伊　是的……好……些……了……（半晌——吸气）此刻……我硬撑起来了……我想要去看……

奈　先生……您不曾舒服哩……

伊　舒服了……舒服了……没有什么了……我想要去看……（他走两步，那总管想要扶他）……不……不必管我……我硬撑起来了……（他努力要走，却一步一跌……门开了……方克与克罗克入）

第十出

出场人：伊惜多、方克、克罗克、总管、（其后）一个仆人。

奈　先生，坐下来吧……您分明晓得……您不能……（他把一张椅子移到伊惜多身边……方克与克罗克愕然……各到椅子两旁坐下）

克　唉！多么惨的祸事啊！

方　我们特此到来表示我们与先生分担痛苦……

伊　唉！我的朋友们……我的亲爱的朋友们……

方　您的同事们……

伊　我的亲爱的同事们……

克　年纪这样轻！……

方　前途这样有希望！……

克　惨啊！……

伊　在一天之内…… 一切……都失掉……

方　我们想要安慰您……但是，天啊！……在这样惨的情形之下，我们真找不出安慰的话了……

伊　在一天之内！……

克　时间……只有时间……还有！……

方　这么一个俊俏的后生！……（伊惜多摇头）……刚才他还在这儿……非常快活……非常可爱……非常活泼有生气！……

伊　我的亲爱的朋友们……

克　您爱他，爱得这样厉害！…… 唉！…… 真是皇天没有眼睛！……

伊　（伸手向二客）我的亲爱的朋友们！……

克　请你放出些勇气来吧……不要颓废下去才好。

伊　唉！……现在！……

　　方克与克罗克有话要说……二人互相丢眼色，现出为难的样子……寂静了一会儿。

方　我们请先生原谅……我们不得已……要搅扰一下您老人家的愁苦的心肠……

克　自然……我们晓得……在这个时候谈起生意来，真是令人心中难受……（从衣袋里掏出两张字纸来，展开）假使我们不是今天一定要走才行……我们决不……

　　伊惜多望着二客……现出要求的神气……克罗克把纸递过来。

方　这是您要我们写的白契……（伊惜多不作声）您还记得吗？

伊　不……不……今天不行……让我静一静再说……（说毕，仍旧紧紧地望着二客）

克　对不起……我们再三请求您老人家……

伊　不行……不行……让我静一静吧……

方　因为……

克罗克又把字纸递过来。

伊　(半晌之后,神色变的很可怕)好……给我吧……(他把字纸抢过来)

克　我们完全地依照您老人家的意思……

方　是的,一点儿不差……

伊　(阅那白契……双手尚颤……不时把手摩喉……阅毕……用可怕的眼光望着二客……直到闭幕之前,他的声音还是很颤,很不响亮)你们真是一班流氓……

方　怎么?……

伊　一伙强盗!……

克　但是……

伊　你们瞅着我伤心的时候……想来趁火打劫……(他站起来,走近写字台,脚步还是不稳)

克　我不懂您的话……

伊　你们都到这儿来吧……

方　我们忘记了些什么了?……

伊　这儿来吧……(二客走到写字台前,伊惜多给他们每人的面前摆一张契纸……又给他们每人一支笔)……在这儿写一条附则……(用指头指定附则的地位)写吧!……(二客犹豫未决。伊惜多的声音越发沉浊)写吧!……(念附则)……"伊惜多·洛霞先生……在该营业里……特保留有财政上的指挥权……与经营上的规划权……克罗克先生与方克先生……对于此项权利……声明自愿放弃……"(二客抬头,停笔不写)……写呀!……(又念)"声明自愿放弃……此后不得借端干涉……亦不得反对……"

一个仆人骤入。

仆　(惊慌)老爷……伊克沙维耶先生的尸首运回来了……夫人晕

倒在地……在客厅里……

奈　（哀求地）先生！……

伊　（声音越坏……两手扶着写字台，以免跌倒）我就来……我就
来……（总管与仆人出，他又念附则）……"亦不得反对条文所
无而为伊惜多·洛霞先生所认为有利于营业之计划
……"……好，完了……再在这儿画一画……在这上头签个
字！（二客签字毕）……给我吧！……（伊惜多把两张白契抢
在手里，重读一遍……自己也签了字……一声不响地把一张
交还方克手里……后来才把自己的一张折起来，放进衣袋
里……也不施礼……摇摆着酸软的两条腿，一步一跌地，倚着
家具，走向门外。二客愕然，十分沮丧，目送着他，找不出一句
话说，想不出一个举动来做，他们都吓得冰冻了全身……伊惜
多头也不回，竟自去了……剩有二位工程师在台上，不言不
动，眼睛呆定，嘴开着，朝着伊惜多所从出的门只管望，不转睛
地望着……）

幕闭

讨厌的社会

[法]巴越浪　著

时　间

　　1881 年

地　点

　　圣日耳曼雪兰夫人的府第

剧中人物

　　毕拉克——教授,简称毕

　　洛歇·雪兰——雪兰伯爵夫人之子,简称洛

　　保罗·赖孟——阿歇尼县长,简称保

　　杜洛涅——国务院秘书,简称杜

　　伯利叶将军——参议院议员,简称伯

　　卫洛——众议院议员,简称卫

　　福朗素华——仆人、管家,简称福

　　圣赉罗——于爵,东方言语学家,简称圣

　　米烈——诗人,简称米

　　赉威尔公爵夫人——雪兰夫人之姑母,简称赉

　　卢登夫人——侯爵夫人,简称卢

　　霞痕·赖孟——保罗·赖孟之妻,简称霞

　　绿西·华特桑——孤儿,审计院长的侄女,英国人,简称绿

　　胥珊·卫里叶——私生儿,洛歇之父的表侄女,简称胥

　　雪兰伯爵夫人——洛歇之母,简称雪

　　圣赉罗夫人——圣赉罗之妻,简称罗

　　阿丽柯夫人,简称阿

　　布恩夫人,简称布

　　盖亚克,简称盖

　　迈尔希乐·布恩,简称迈

著者自序

假使有人在这本戏剧里找出些当代的人物来,我也不觉得奇怪。凡是描写性情的戏剧里头,一定可以找得出当代的人物,譬如在医书里头一定可以发现些病症一般。

实际上乃是,我对于个人的描写,与对于一个叙雅厅的描写,并没有多少分别。我制造我那些人型的时候,的确把好些叙雅厅与好些个人的特性做我的标本;但是,叫我向什么地方找去呢?

只因是人型而不是肖像,所以每一个人型给人家傅会至于五个当代的人物。

他们自以为是我的模特儿,以为我在描写他们;实则他们与我的剧中人物很有一个区别:一则忠厚,一则阴谋;一则真才实学,一则纯盗虚声;一则借才学而上进,一则但有上进的才学而已。

再者,纵使我的剧中人走路像 X 先生,或装束像 Y 夫人,这算得什么证据?一个可笑的人物往往像某一个人。而且不止像一个人。这不成为问题。我这里也没有 X 先生,也没有 Y 夫人。假使大家在剧本里假装到处看见些当代人物,于是假装发怒,这种倾向,实足以使现代风俗的研究没有可能性了。

戏剧自有它的权限:先是尊重自身,其次是尊重他人。我自信不曾超过了这权限。

著者小传与本剧略评

巴越浪(Édouard Pailleron)1834 年生于巴黎,1899 年逝世。生平的杰作是《下弦》(Le Dernier guartier, 1863);《假家庭》(Les Faux Ménages, 1369);《青春的初期》(l'Age ingrat, 1378);《光芒》(l'Etincelle, 1879);《讨厌的社会》(Le Monde où l'on s'ennuie, 1881);《小老鼠》(La souris, 1887)等剧。尤以《讨厌的社会》为最著名。他被选入法兰西硕学院。

巴越浪的戏剧的特色在乎轻盈而有逸致。他的造句诗巧妙处,实在是别人比不上的。

《讨厌的社会》于 1881 年 4 月 25 日第一次开演于法兰西戏院,此后每年必演许多次(最近的一次是 1930 年 2 月 23 日)。这是一本描写法国上流社会的戏剧,剧中所谓叙雅厅(salon,有人译音,叫做"沙龙")乃是一班政客文人聚集的地方。这种叙雅厅的主人往往是贵族妇人。剧中保罗所谓:"许多人的名誉、地位、选举,都在这儿做,在这儿改造,在这儿高价发卖。外面挂着文学与艺术的招牌,里头却是一班滑头的人在做生意。这儿乃是国务院的小门,硕学院的外厅,成功的实验室。"巴越浪这一本戏剧的主脑在此。

译者
十九年三月九日于巴黎

第一幕

布景 一个客厅。厅的后方一门开着,直达另一个大厅。第一排与第三排各有门。左边,二门之间,有一具钢琴。第一排的右边有一门;更高些,还有一个装玻璃的通过室,一个门口,下面便是花园。左边一张桌子。桌子两边各有椅子。右边有小桌、安乐椅、靠背椅、小椅子等。

第一出

出场人:福朗素华(独自一人)、(其后)绿西。

福 (在桌子上找东西,桌子上满堆着文件)这不会在那上头,也不会在那里头,《唯物论杂志》……《演讲录》……《博学日报》……

绿西入。

绿 喂,福朗素华,您找着了那一封信吗?

福 不,密司绿西,还没有找着呢。

绿 这是一封没有信封的信,是玫瑰色纸的。

福 有密司华特桑的名字在上面吗?

绿 我同您说过这是我的吗?

福 但是……

绿 总之,您是不曾找着的了?

福 还不曾;但是我还要找,还要问……

绿　不,不要问,问也没有用处! 只一层,既然我想要,烦您仍旧找
　　找看。您从您交信给我们的地方找起,直找到这厅子里为止。
　　决不会落在别的地方的……请您找吧! ……请您找吧! ……
　　(绿西出)

第二出

出场人: 福朗素华、(其后)霞痕、保罗。

福　(独自一人,回到桌前)"请您找吧! 请您找吧!"……《殖民地
　　杂志》!《外交杂志》!《考古学杂志》!

霞　(入,欢喜地说)呀! 有人在这里了! (向福朗素华)雪兰夫
　　人……

保　(拉她的手,低声)嘘! ……(庄严地向福朗素华)雪兰伯爵夫
　　人此刻在府里吗?

福　是的,先生。

霞　(欢喜地)好! 那么,请您去告诉她,说保罗与保罗夫人……

保　(又拉她的手,低声嘘了一嘘,然后冷冷地向福朗素华)请您禀
　　告伯爵夫人,说阿歇尼知县赖孟与赖孟夫人从巴黎来,在客厅
　　里等候。

霞　还说……

保　(又拉她的手,低声)嘘! (向福朗素华)好朋友,去吧……

福　是的,县长先生。(自语)这是新结婚的夫妇……(高声)我替县长
　　先生卸行李好不好? ……(他接过那两个来人的行李,出)

霞　呀! 这个! 但是,保罗……

保　这儿没有保罗,该叫"赖孟先生"①。

霞　怎么? 你想? ……

保　这儿没有"你",该叫"您",我早已同您说过了。

――――――――――――――――――

① 在法国上流社会里,大庭广众之中,夫妇互相称姓不称名,称"您"不称"你"。

霞　（笑）呀！这嘴脸……

保　这儿不许笑，我请求您。

霞　好！那么，您要骂我吗？（她上前拥抱，吓得他连忙挣脱）

保　贱骨头！专找最坏的事儿做！

霞　呀！我讨厌你了！……

保　真的！这一次，你真有规矩！我在火车上同你说过的话，你都忘记了吗？

霞　我以为是你说笑话的。

保　说笑话！在这儿说笑话吗？你看，你愿意不愿意做知府太太？

霞　愿意的，如果我喜欢的话。

保　好，那么，你自己检点吧，我求你自己检点吧！我还叫你做"你"，因为只有我们两人在这里；等一会儿到了大庭广众之中，我们该叫"您"，时时刻刻是"您"！我荣幸得很，雪兰伯爵夫人邀请我来介绍我的少年妻子，还请我在圣日耳曼她的府里住几天。巴黎只有三四个最有势力的叙雅厅，雪兰夫人的厅子就是其中的一个。我们到这里来，并不为的是消遣，我进来的时候是知县，出去的时候该是知府才好。一切的关系在她，在我，在你！

霞　在我吗？……怎么？在我吗？

保　自然啦。社会上批评一个男人，往往以他的妻子为标准。这倒是很合理的事情。因此你就该当心！你应该庄重而不骄傲，微笑而带深思；眼睛要看得准，耳朵要听得多，口里要说得少！恭维的话尽管你说，越多越妙；叙述的话也很有用处，该多说，却要说得短，说得深：哲学上是黑格尔，文学上是约翰·保罗，政治上……

霞　我是不谈政治的。

保　这儿所有一切的女人都是谈政治的。

霞　我一点儿不懂。

保　她们也是一点儿不懂啊！不要紧，谈，总是要谈的！你谈布芬
　　多夫与马侠威尔①，把他们当做你的亲戚；你又谈三十主教会
　　议②，好像是你做主席似的。至于说到消遣的方法，我所许可
　　你说的乃是：房中的小音乐，花园里的散步，还有便是打怀斯
　　特牌。再者，还谈些长袍子……我低声告诉你几个拉丁字，作
　　为你谈话的资料……我希望在一个礼拜内，人家谈起你的时
　　候，都说："呀！呀！这一位赖孟夫人，怕不是一个总长的妻子
　　吗？"你该晓得，在这样的一个社会里，当人家说某妇人是一个
　　总长夫人的时候，她的丈夫不是总长也差不多了。

霞　怎么？你想做总长吗？

保　你说哩！我不愿意人家特别注意我，把我看做例外！

霞　但是，雪兰夫人既然是一个反对派，你还能够等候她的什么位
　　置呢？

保　你真是一个不曾见过世面的孩子！关于位置的事情，在保守派
　　与反对派之间，只有一个很小的分别：保守派是请求位置的，反
　　对派却是承受位置的。你不要看轻了这地方，你须晓得许多人
　　的名誉、地位、选举，都在这儿做，在这儿改造，在这儿高价发卖。
　　外面挂着文学与艺术的招牌，里头却是一班滑头的人在做生意。
　　这儿乃是国务院的小门，硕学院的外厅，成功的实验室！

霞　哎哟！这社会是怎样的一个社会呀？

保　好孩子，这社会乃是 1881 年的兰佩野府③。在这社会里头，人
　　家谈笑，人家装模作样；在这社会里头，村学究充了科学家，自
　　作多情者充了多情者，假殷勤充了真殷勤；在这社会里头，人

---

① 布芬多夫（1632—1694）是德国的政论家；马侠威尔（1469—1527）是意大利的政
　论家。
② 三十主教会议（Concile de Trente），1545—1563。
③ 兰佩野府乃是 16 世纪兰佩野侯爵家，在文学界很有权威。保罗把雪兰府比于当年
　的兰佩野府。

家所想的绝对不是所说的；在这社会里头，勤拜访乃是政治的手腕，讲交情乃是一种计划，客气乃是一种方法，在这社会里头，到了外厅不得不吞手杖，到了客厅不得不吞舌头①！总之，这是一个了不起的社会！

霞　但是，这乃是讨厌的社会啊！

保　对啊！

霞　这社会，既然人家讨厌它，还有什么权威呢？

保　"什么权威！"……不曾见过世面的孩子！讨厌的事情对于我们有什么权威吗？它的权威大得很呢！……可惊得很呢！法国人怕讨厌的事情，怕到崇拜起来！在他们看来，讨厌的事情譬如一个凶神，凶神自有凶神的权威的样法，一样地可以使民众信仰。他们唯有在这种情形之下才懂得什么是了不起的事情。我不说他们怎样奉行，但是他们的信仰更坚，却是毫无疑义的了。他们宁愿相信，不愿亲眼看个清楚。真的，这民族实际上乃是快乐的民族，然而他们却把快乐看轻。他们对于昔日那种笑口常开的好趋向，已经失了信仰了。本来是善疑而爱说话的民族，现在却爱静默了。本来是襟怀坦荡、蔼然可亲的民族，现在却受骄傲的村学究的指挥。村学究们自己毫无学问，却像白领带的大教长一般地摆架子。在政界如此，在科学界如此，在艺术界如此，在文学界如此。法国人嘲笑他们，痛恨他们，走避他们像走避瘟疫似的，但是，只有他们能够得到法国人的秘密的赞美与绝对的信仰。讨厌的事情有什么权威！唉！好孩子！世界上只有两种人：一种是不晓得找讨厌的事情做的，这是不长进的；一种是晓得找讨厌的事情做的，这是最长进的……除此之外，才数到那些令人讨厌的人们啊！

霞　好！你却领我到这讨厌的社会来！真倒霉！

---

①　意思是：有话不敢说。

保　你愿意不愿意做知府太太?

霞　唉! 首先一层,我就不能……

保　随它去吧。只挨过了一礼拜就好了。

霞　一礼拜! 在一礼拜内不能说话,不能笑,不能同你接吻!

保　在众人跟前才是这样;但是,在只有我们两人的时候……在屋
角儿的时候……不要说了! ……非但不苦,倒有趣得很:我给
你些约会……在花园里……到处可以做……像我们不曾结婚
以前,在你的父亲家里的时候一样……你懂吗? ……

霞　呀! 反正是一样的! 反正是一样的! ……(她揭开了钢琴,弹
一曲《安固夫人的女儿》)①

保　(着慌)喂! 喂! 你在干什么?

霞　这是昨天听过的歌剧。

保　贱骨头! 你偏会利用……

霞　我们两人坐的是楼下的包厢。保罗,好啊! 妙啊!

保　霞痕……霞痕……有人来的时候怎么得了? ……你还不停手
吗? ……(福朗素华自后方出)太迟了! (霞痕改奏贝多芬的
合奏曲;保罗暗自向他妻子说)贝多芬! 好极了! (他做出聚
精会神领略音乐的样子)呀! 真的,只有国家音乐馆的音乐才
是音乐啊。

第三出

出场人:霞痕、保罗、福朗素华。

福　伯爵夫人请县长先生等她五分钟,她正在同圣赉罗子爵讨论
事情。

保　是那东方言语学家吗?

福　我不晓得,先生;我只晓得他是一个学者,他有的是多才多艺

---

① 《安固夫人的女儿》(Fille de Madame Angot)是俗调,乃洛哥克所制的谱子。

的父亲……

保　（自语）对了！他还有的是位置！（高声）呀！圣赉罗先生在府上，大约圣赉罗夫人也在的？

福　是的，县长先生，还有的是卢登侯爵夫人与阿丽柯夫人。但是这些夫人们此刻却同胥珊·卫里叶小姐在巴黎听毕拉克先生演讲。

保　此外没有别的人在这里住的吗？……

福　还有赉威尔公爵夫人，她是夫人的姑母。

保　呀！公爵夫人，密司华特桑，卫里叶小姐，都是府上的人，我问的不是她们；我问的只是像我们外来的人。

福　那么，没有别人了，县长先生。

保　而且不等候谁来吗？

福　"不等候谁？"……不是的，县长先生。伯爵夫人的儿子洛歇奉命去东方调查科学回来，今天可到，我们时时刻刻等候他呢……呀！再者，毕拉克教授演讲完了之后，也要来这里住些时候——至少我们的希望是如此吧。

保　（自语）怪不得有这许多的女人！（高声）好，谢谢您。

福　那么，县长先生是愿意等候的了？

保　是的。请您告诉伯爵夫人，请她不忙出来。

第四出

出场人:保罗、霞痕。

保　唔哧！你刚才奏音乐，怕不吓煞了我！……幸亏你会转弯。从洛哥克变到贝多芬，厉害得很！

霞　你以为我很蠢，是吗？……

保　唉！我分明晓得你是不蠢的！我们还有五分钟，我要同你谈两句，说一说这儿的人物。这么一来，才妥当些。

霞　好了好了，不要说吧。

保　嗳呀！霞痕！还有五分钟！我的报告是不可少的。

霞　那么，每一次报告之后，你该同我接一次吻。

保　也罢，我答应你了！嗳唷！多么孩子气！呀！要不了许多时间的！……那母亲，那儿子，那朋友，那些宾客，——无论男女，都是正经的人。

霞　好！那么，该快活了！

保　你放心！还有两个不正经的，我留在末了再告诉你。

霞　等一等，先清了账再说！（用手指计算）雪兰夫人，一；她的儿子洛歇，二；密司绿西，三；圣赉罗夫妇两个；一个毕拉克，一个卢登夫人，一个阿丽柯夫人，总共八个。（她把脸儿迎上去）

保　八个什么？

霞　八个报告；付账吧！（又把脸儿迎上去）

保　多么孩子气！……呃！呃！呃！（他不停止地吻她）

霞　呀！不要这么快！分开来！分开来！

保　（较慢地吻她之后）好，你满意了吗？

霞　我可以再等。现在该说到那两个不正经的了。

保　先说赉威尔公爵夫人。这是给人家承继的姑母，是一个漂亮老太婆，当年是一个漂亮女人……

霞　（作有疑欲问状）吓？

保　人家是这样说的。她有几分狂妄，说话过分了些；但是她这人很出色，很明理，将来你看就知道了……最后说到胥珊·卫里叶做个收场。呀！这女子没有一点儿正气，正气不够。

霞　毕竟有了！

保　她是一个十八岁的顽皮女孩，做事绝不三思，一味爱说话，一味任性。她的言语举动，处处显得出她无法无天……唉！她的历史便是一部小说。

霞　妙啊！妙啊！幸亏还有这个！

保　她是某寡妇的女儿……

霞　（又作有疑欲问状）吓？

保　不是吗？一个寡妇的女儿……她的父亲却是那疯狂的乔治·
　　卫里叶,这乔治乃是公爵夫人所钟爱的一个侄儿。这么说起
　　来,她自然是一个私生儿……

霞　私生儿？呀！这才妙啊！

保　她的母亲死了,父亲也死了。这孩子十二岁就变了孤儿。她
　　受了享乐主义的遗传,而且受了享乐主义的教育。乔治教她
　　学爪哇文。公爵夫人十分疼她,把她领到雪兰夫人家里来,雪
　　兰夫人很厌恶她。公爵夫人却把洛歇给她做个保护人。人家
　　曾经试把她送到教养院里去,但是她逃出来两次了。第三次
　　人家又把她送回,所以现在还在这里！你看这一家的事情！
　　真是月里的烟火戏！——呀！我以为我已经报告完了;这些
　　事情妙不妙？

霞　妙极了,所以我赦免了你该我的两个吻……

保　（失望）呀！

霞　免了你给我的吻,却是我来给你。（吻他）

保　疯妇！（后方的门开了）呀！圣赉罗与雪兰夫人来了。你假意
　　吹吹我的眼睛吧！……不……她还不曾看见我们！你要当
　　心！呃！您要当心！……

第五出

出场人:保罗、霞痕、雪兰夫人、圣赉罗。

雪兰夫人与圣赉罗到了门口,只管谈话,不曾看见他们。

雪　不,好朋友！不在第一选！您该懂得！第一选只有十五——
　　八——十五……第一选没有当选人,依理该有第二选;这事情
　　还很简单啊。

圣　简单！简单！在第二选里头,既然我在第二选只有四票,连同
　　第一选里头我们所得的九票,一共只有十三票在第二选里。

雪　　第一选里头我们还有七票,一共不是二十票了吗? 您该懂得!

圣　　(恍然大悟)呀!

保　　(向霞痕)事情简单得很!

雪　　但是! ……我向您再说,您该照管那达里贝尔与他的自由党
　　　人。此刻硕学院是自由党的了……(重说)此刻是自由党
　　　的了。

　　　他们一面谈话,一面下来。

圣　　洛怀尔不也是青年学校的校长吗?

雪　　(望他)呀! 这个吗! 洛怀尔不是死了吗? ……

圣　　哪里就死了?

雪　　(又望他)病也不病吗? 吓!

圣　　(有几分为难)唉! 病! ……他哪一天不病呢?

雪　　那么,还要怎样?

圣　　总之,应该先预备好,谁知道将来怎样? ……我担任这一方面
　　　就是了。

雪　　(自语)事情总不免有些蹊跷了。(瞥见赖孟,走向他)呀! 我
　　　亲爱的赖孟先生,我忘了您了,请您原谅我吧。

保　　呀! 伯爵夫人……(把霞痕介绍)这一位是保罗·赖孟夫人。

雪　　夫人,您肯到我家里来,不胜欢迎之至。您在这儿,就是在您
　　　的女友的家里一样。(把他们介绍给圣赉罗,又把圣赉罗介绍
　　　给他们)这一位是阿歇尼县长保罗·赖孟先生;这一位是保
　　　罗·赖孟夫人;这一位是爱义·圣赉罗子爵。

保　　子爵先生,我今天拜访尊颜,固然不胜欢喜之至,而当年我年
　　　纪很轻的时候,侥幸认识了您那鼎鼎大名的父亲,也是一样的
　　　荣幸哩。(自语)我的大学预科的学位却是他断送了的!

圣　　(施礼)县长先生,恰巧我家两世与先生相识,不胜荣幸之至。

保　　子爵先生,您没有我这么荣幸;无论如何,我总比较地因此自
　　　负些。

　　圣赉罗走到桌子前面，写信。

雪　（向霞痕）夫人，您也许觉得我家太严肃了，不合你们少年人的
　　脾胃。如果您在这儿住下，觉得受不住单调的生活的时候，您
　　只怪您的丈夫就是了；你们还该安慰自己，说："忍耐便是服
　　从，既然到了这里来，便不得自由了。"

霞　（正色地）伯爵夫人说哪里话来？哲学家恕贝尔说得好："任意
　　做事不是自由，做自己认为有益的事才是自由啊。"

雪　（望了一望保罗之后，嘉许地说）好孩子，这话倒使我安心。再
　　者，我家的叙雅厅虽则纯然是斯文的举动，在意志高尚的人看
　　来，其间并不是没有兴趣的。您看，今天的晚会恰巧就特别有
　　趣。圣赉罗先生做了一部不曾出版的书，是研究喇嘛的，他愿
　　意给我们讲一个大略，又讲一讲梵文里的菩萨修行传。

保　好呀！霞痕，好呀！

霞　妙极了！

雪　除此之外，我还敢担保你们能够听到毕拉克先生一些什么话。

霞　是那教授吗？

雪　您认识他吗？

霞　哪一个女人不认识他呢？呀！这该是多么有趣啊！

雪　这乃是一场心腹谈话 ad usum mundi①，只说几句话，已经是无
　　价宝了！末了，我们还读一本未开演的戏剧做个收场。

保　呀！大约是诗剧了？

雪　是的，这是一个未著名的诗人的处女作。今天晚上，人家把他
　　介绍与我相识。刚才他这戏剧已蒙法兰西戏院采纳了。

保　夫人，自古以来，曲高和寡，不是经过夫人的门下，怎能够有这
　　样的福气呢？

雪　夫人，您不有点儿怕这一大堆的文学作品吗？……这么一个

————————

① 拉丁文，意思是说照平日的习惯。

晚会,弄到您的美貌没有用处,您不觉得虚度光阴吗?

霞　(正色地)夫人,托克威尔说得好:"俗人所谓虚度光阴,恰是善用光阴。"

雪　(诧异地望她,低声向保罗)她这人很可爱!(圣赉罗站起来,向门外走)喂,圣赉罗,您到哪里去?

圣　(一面出,一面回答)到火车站去;对不起……我要打一个电报,我在十分钟内再来。(出)

雪　真的,事情总不免有些蹊跷了……(在桌上找东西——向霞痕与保罗)对不起!(按铃,福朗素华入)报纸呢?

福　圣赉罗先生拿去了,夫人。此刻都在他的房间里。

保　(自衣袋里掏出一份《开心报》)伯爵夫人,您看这一份好不好?
　　霞痕连忙止住他,在自己的衣袋里掏出一份《每日评论》,递给雪兰夫人。

霞　这是今天的。

雪　我愿意极了……我就想要看……对不起。(展阅报纸)

保　(低声向霞痕)妙啊!好极了!继续下去吧!恕贝尔,托克威尔,都妙不可言!……呀!……

霞　(低声)这不是托克威尔的话,乃是我的话。

保　呸!

雪　(读报纸)"洛怀尔病了……"好!给我猜中了!圣赉罗不会失了时机的。(把报纸递还给保罗)谢谢您,我想要知道的都知道了。我不愿意留你们再坐了,人家就给你们指定房间。我们准六点钟吃晚饭,一分钟也不差;公爵夫人很守时刻,您是知道的。她在四点钟喝肉汤,五点钟散步,六点钟吃晚饭。(四点钟响了)呃,四点钟了,她来了。

第六出

出场人:保罗、霞痕、雪兰夫人、赉威尔、公爵夫人、福朗素华。

公爵夫人入,福朗素华随入,替她搬靠背椅子,安置绣彩筐子。
另有一个女仆拿了肉汤来。椅子安置好了之后,公爵夫人坐。

雪　我亲爱的姑母,您容许我给您介绍……

赍　(就坐)等一等……等一等……呃,你给我介绍谁?……(用手
　　眼镜照着)你想给我介绍赖孟,不是吗?……我认识他不止一
　　天了。

保　(偕霞痕上前)不是的,公爵夫人。我们想给您介绍这一位保
　　罗·赖孟夫人,如果您愿意的话。

赍　(用手眼镜窥看霞痕;霞痕施礼)她长得标致……标致得很!
　　连同我那小胥珊与绿西——绿西戴眼镜姑勿论——总共有三
　　个美人在我们家里了……不是我夸口,这也不算多。(喝
　　汤——向霞痕)怎么?您长得这么美,为什么偏嫁了这么一个
　　讨厌的共和党呢?……

保　(惊呼)呀! 公爵夫人! 我哪里是共和党?

赍　至少您从前是的。(喝汤)

保　唉! 是的,人人如此! 我小的时候也不能不如此! 公爵夫人,
　　这是政治上的痘疹子,每人总须经过这一遭。

赍　(笑)哈! 哈! 痘疹子! ……这人滑稽得很。(向霞痕)您呢?
　　您觉得这儿还快乐吗?

霞　(涵养地)天啊,公爵夫人! 我不是这种合礼的快乐的仇
　　人……而且我……

赍　是的;总之,您比之一只雀儿,还有一点儿差别吧? 我看得出
　　来。也罢! 也罢! ……我愿意人们快乐……尤其是你们这样
　　年纪的人。(向女仆)喂,拿开这个。(指那杯子)

雪　(向女仆)姑娘,您领赖孟夫人到她的房间去,好不好? (向霞
　　痕)你们的房子就在那里,在我的房子旁边……

霞　谢谢,夫人。(向保罗)我的亲爱的,您来吧。

雪　不! 您的丈夫,我把他安顿到别处,同一班用功的人在一块

儿。他有我的儿子洛歇伯爵与毕拉克先生作伴,同住在另一所小宅里。这小宅——也许是我们自夸了些——我们把它叫做"貅子之宅"。(向保罗)等一会儿福朗素华领您去,我想您在那边住下,工作更好些。

保　妙极了! 伯爵夫人,谢谢您! (霞痕捻他一捻)嗳唷!

霞　(悄悄地)我的亲爱的,去吧。

保　(低声)至少你该来帮我的忙,打开行李。

霞　怎么?

保　从上面的游廊里走过。

赉　(向雪兰夫人)你以为把他们的身体隔开,可以博得他们的欢心吗?

霞　(低声向保罗)我这人太好了。

雪　怎么? 我这样处置,你们不高兴吗?

霞　我吗? 伯爵夫人,我绝对不会不高兴的。再者,quid deceat, quid non①,您是比谁都明白的。(施礼而退)

雪　(向保罗)她可爱极了!

　　他们出,保罗向右,霞痕向左。

第七出

出场人:雪兰夫人、公爵夫人。

公爵夫人坐在桌子左边,做绣彩的工作。

赉　呀! 她会说拉丁文,好! 好! 她在我们这一群里头,不会丢我们的面子了。

雪　我的姑母,您晓得吗? 洛怀尔病得更厉害了。

赉　他只会害病! 与我有什么关系?

雪　怎么? 姑母! 洛怀尔乃是第二个圣赉罗,他至少占据了十五

---

① 拉丁文,意思是说:有利必有弊。

个位置。这十五个位置里头,有一个是少年学校的校长。做了这校长,什么路都通了。这位置该给了洛歇才好,恰巧今天他回来,国务院的秘书又来吃晚饭,您是知道的。

赉　是的,这秘书乃是一个新派的人物,叫做什么杜洛涅的。

雪　今天晚上我要夺取那位置了。

赉　那么,现在你想把你的儿子做成一个教师吗?

雪　这只当做阶梯而已。姑母,您该懂得!

赉　真的,你把你的儿子教成一个学监了。

雪　我把他教成了一个正经的人,姑母!

赉　唉!是的!索性说了吧!二十八岁的男子,还不曾做过一件坏事?……我可以打赌!不怕羞煞人!

雪　三十岁,他可以进国家学会;三十五岁,他可以进议院。

赉　唉!真的!你同你的丈夫做了的事,又要同你的儿子做吗?

雪　从前我做错了吗?

赉　唉!若论你的丈夫,我倒没有什么好说的:他的心肠很硬,聪明也有限得很……

雪　我的姑母呀!

赉　你让我说下去吧,他是一个糊涂虫,你的丈夫!

雪　公爵夫人!

赉　一个有规模的糊涂虫!你把他推到政界里去,这是自然的。你最拿手的好戏,便是使他做了农业部长与商业部长。这也并不值得吹牛!好,不要说他了;且说洛歇,他该不同了:他很聪明,很有良心——或可以说将来有良心……否则就不是我的外甥了!你不想到这一层吗?

雪　我想到他的事业,姑母!

赉　他的幸福呢?

雪　这个我也想到了。

赉　是的,是的,唉!绿西,是不是?他们常常通信,我是晓得的;

　　妙极了！你看，一个有眼镜而没有胸脯的女子……你想到她，就算想到了洛歇的幸福吗？

雪　公爵夫人，您太厉害了。

赉　一块陨石落到这里来，本该只停留两礼拜，却停留了两年。一个不通的女士却与许多学者通信，还翻译叔本华呢！

雪　她乃是一个很正经、很有学问的人。是一个非常有钱的孤儿，是审计院长的侄女儿，审计院长把她寄托给我的……假使她做了洛歇的妻子，真是一个……

赉　这一块英国冰吗？……唉！……只要他同她接一个吻，怕不把他的鼻子冻裂了！总之，你走错了路了，你晓得吗？先说，毕拉克早已有意于她。是的，那教授！呀！他向我不知调查了多少话了……再者，她也有意于他。

雪　绿西吗？

赉　是的！绿西！哪里会错呢？而且，她是像你们一样的，你们里头，哪一个不爱他爱到发狂？……唉！我也许比你知道多些。不！不！绿西不该配给你的儿子。

雪　是了，该是胥珊，我是晓得您的计划的。

赉　而我也不瞒你！是的，我把胥珊带到这儿来，便为的是想把她嫁给他。我要他做她的保护人兼几分教师的责任，无非想要他娶她。他不能不娶她的，我已经计划好了。

雪　公爵夫人，您的计划是不要我参加的吗？我永远不会赞成的！

赉　为什么呢？这孩子乃是一个……

雪　这孩子，她的来源靠不住，她的品行靠不住，她没有受过教育，而且没有规矩！

赉　（发笑）我在她这样年纪的时候，完全与她一样！

雪　又没有家财，又没有身世。

赉　没有身世？我那可怜的乔治……胥珊这样美，这样好，这样有勇气，你还嫌什么？……总之，她是你的丈夫的表侄女儿啊！

雪　她是一个私生儿!

赉　私生儿! 私生儿又怎么样? 哪一家的孩子不是私生的? 难道
　　是公生的吗? ……不怕笑煞人! 再者,乔治已经承认了。再
　　者,再者,你不肯也是枉然的。假使鬼神作祟……而我也
　　愿意!

雪　公爵夫人,鬼神是作祟的,却不适合您的希望。乃是您走错了
　　路了。

赉　唉! 是的! 你同我说过的。那教授! 那毕拉克! 依你说起
　　来,听他的演讲的人一定是爱他的了?

雪　但是,姑母,胥珊不曾错过一次的演讲,还写笔记,写下来还加
　　以整理呢! 很认真地工作呢! 当他在这里的时候,她没有一
　　分钟离开过他,他的话都给她记熟了。您以为这都为的是科
　　学吗? 不要骗人吧! 她并不是爱科学,却是爱学者,这是很显
　　明的了! 我们只看她与绿西便知道了,她在吃醋呢! 许久以
　　来,她变了风流了,性情也改了! 唱呀,做冷脸呀。她的脸孔
　　时而红,时而白,时而笑,时而哭……

赉　妙呀! 春雨来了,春花开了! 可怜的孩子,她在这儿也讨厌
　　够了!

雪　这儿吗?

赉　不是这儿是哪儿? 你以为人家在这儿很开心吗? 先说我吧,
　　你懂吗? 先说我吧! ……假使我只有十八岁,你以为我肯在
　　这儿伴着你那一班老妇人与老头子吗? 我非跟少年人走了不
　　可! 谁年纪轻,我就爱谁! 谁长得标致,我就爱谁! 谁最能够
　　奉承我,我就爱谁! 我们女人家,只有一件事不讨厌,这便是
　　爱人与被爱于人! 我年纪越老,越觉得世上没有别的幸福。

雪　还有更重大的事呢,公爵夫人。

赉　还有比爱情更重大的事吗? 不要骗人吧! 人们所以做别的事
　　情者,无非是因为此路不通! 老了的人有的是假牙齿,也就有

的是假幸福。世上只有一种真幸福,唯一的幸福就是爱情!是爱情,我说!

雪　您太浪漫了,姑母。

赉　甥妇,这是我的年纪使成的。女人们有两次的浪漫期:十六岁的时候,为自己而浪漫;六十岁的时候,为他人而浪漫。总而言之,你想要绿西嫁你的儿子,我却要胥珊嫁他;你说胥珊爱毕拉克,我却说是绿西。也许我们二人都错了,让洛歇自己判断去吧。

雪　怎么?

赉　是的,我要把一切的境况说给他听。我也等不得许久,一会儿他到家的时候,我马上告诉他。

雪　您想要……

赉　呀!他是胥珊的保护人!该使他晓得才是!(自语)而且我想要激他一激,他这人,非激他不可。

第八出

出场人:雪兰夫人、公爵夫人、绿西。

绿西入。穿着露肩艳服,围着一幅围巾。

绿　夫人,我想是您的儿子回来了。

雪　伯爵回来了!

赉　洛歇回来了!

绿　他的车子到了院子里了。

雪　毕竟他来了!

赉　你怕他不回来吗?

雪　我怕他错过了时候……是的,为的是那一个位置的缘故。

绿　呀!……他曾经写信告诉我,说他今天礼拜四可以到家。

赉　您因为想要早些看见他,便连那教授的演讲也不去听了吗?这倒难得。

绿　哦！我不为的是这个，夫人。

赍　（低声向雪兰夫人）你瞧！……（高声）不是吗？那么怎样？

绿　不……我因为找东西……我……这是别的事情纠缠着我的。

赍　我想：您穿这么漂亮的衣服，不为的是那所谓叔本华吧？

绿　但是，夫人，今天晚上我们不等候什么客吗？

赍　（低声向雪兰夫人）显然说的是毕拉克了。（向绿西）您打扮得漂亮极了。只可惜这一幅讨厌的眼镜子……为什么您戴这种丑东西呢？

绿　否则我就看不见了，夫人。

赍　很有道理！（自语）她倒很讲实用；要是我呢，我最怕这个！……还不要紧，她不像我意料中那么瘦。英国妇人往往有出人意外的好处哩。

雪　呀！您看！我的儿子来了。

第九出

出场人：雪兰夫人、公爵夫人、绿西、洛歇。

洛　妈妈！呀！妈妈！……我看见了您，多么快乐啊！

雪　我亲爱的孩子，我也一样呢。（伸手给他，他吻她的手）

洛　许久不见了！……再来一个吻吧！（又吻她的手）

赍　怪装腔作势的！

雪　（指赍威尔夫人给他看）我的亲爱的，公爵夫人在这里。

洛　公爵夫人！

赍　你该叫我做姑母，还同我接吻。

洛　我亲爱的姑母……（他上前想要吻她的手）

赍　不！……不！……该在脸上，我呢，非在脸上不可。我这样年纪的人，正该利用这种小机会……你看！……你老是像个学监！呃！你已经留起胡子来了。这么一来，你这孩子越发显得乖了。

雪　洛歇,我希望你剃去你的胡子……

洛　是的,母亲,请放心吧……呀! 绿西,日安,绿西! ……

绿　日安,洛歇! (握手)您旅行很好吗?

洛　是的,是一个很有趣的旅行。一个差不多未经发现的地方,您想想看! 真是我写信给您所说的话:这乃是学者、诗人、艺术家的矿山哩。

贲　(坐)还有女人们呢? 你把那边的女人们说给我听。

雪　公爵夫人!

洛　(诧异)什么女人,姑母?

贲　自然是东方的美人啦。似乎……唉! 坏孩子!

洛　姑母,我老实说,时间不够,所以我不曾考察到这一种小节。

贲　(生气)小节!

洛　(陪笑)而且政府差我去,也不为的是这个。

贲　那么,你看见的是什么?

洛　这个您可以在《考古学杂志》上读到。

绿　您叙述的是亚洲西部的殉葬物,是不是,洛歇?

洛　是的。呀! 绿西,那边有的是古墓……

绿　呀! 古墓!

贲　嗳呀! 嗳呀! 这种高调,这种废话,等你们只有两个人的时候再谈吧。你同我说一说,你该是很疲倦了? ……你此刻才从那边回来吗?

洛　呀! 不! 姑母,我昨天晚上已经到了巴黎了。

贲　你看了戏来吗?

洛　不,我只去见了总长。

雪　很好。他同你说了什么话?

绿　我走了。

雪　呀! 绿西,您不必走。

绿　不,我走了合规矩些,等一会儿我再来……一会儿见,洛歇。

洛　（握她的手）一会儿见,绿西。

赍　（自语）若论这两人,我包管他们很平静,再没有人比他们更平静了。

绿西出,洛歇送她到右边门口,雪兰夫人在桌子另一边的一张椅子上坐下。

第十出

出场人:雪兰夫人、公爵夫人、洛歇。

雪　说吧,那总长同你说了什么话?……

赍　呀! 真的! 过了许多时间了,该说入题了……

洛　他问我这一次旅行的结果,要我在最短的期限内做一个报告。等到他把报告呈报之日,他给我一种褒奖。这种褒奖您可以猜得中的,不是吗? (说时,把衣纽间的骑士徽章指给他母亲看)

雪　你做了军官吗? 很好,但我还有更好的。往后呢?

洛　他还吩咐我回来向母亲表示敬意,请您记挂着他,为的是那议案。

雪　如果他记挂着我们,我便记挂着他……你马上就该做你的报告,不要迟误了。

洛　我即刻就着手。

雪　大总统家里你递了名片没有?

洛　今天上午就递过了;还有伯利叶将军与卫尔峰夫人的家里也都递过了。

雪　很好! 要教人家晓得你回来了才是。再者,我要把一张稿子送到报馆里去登一登。说到这里,我要指摘你一下。你从那边寄回来的文章写得还好;只一层,我诧异得很,我发现你倾向到……教我怎么说好? 是了,在文章的格调上说,你倾向到想象一方面。你往往离了本题去描写风景……甚至于夹杂有些诗……（沉痛地责备说）好孩子，你写的是缪塞的诗呢。

赉　是的！是的！缪塞的诗差不多是开心的作品，你应该避免才对啊！

雪　我的亲爱的，公爵夫人说的乃是笑话。但是，我请你到底避免诗歌才好……做文章关于正经的事情的时候，就该正经。

洛　妈妈，我不相信……我们从哪里可以知道一本书不是正经的书呢？

赉　（拿一本书给他看）我的亲爱的，不曾割开的书，乃是正经的书①！

雪　你的姑母说得太过了；但是，你听我说，不可要诗。现在我们要等到六点钟才吃晚饭，你还有一个钟头可以做你的报告。我不留你坐了，工作去吧，去吧！……

赉　等一等！……现在你们的衷情都露泄完了，请你谈一谈我们的事情吧。胥珊呢，怎么样？

洛　呀！可爱的孩子，她哪里去了？

赉　她听比较文学去了，我的亲爱的。

洛　胥珊吗？

赉　是的，她去听毕拉克的演讲。

洛　毕拉克？……谁是毕拉克？……

赉　他是这一个冬季的幸运儿，是一个时髦的学者，是师范学校的道长里头的一个。他会奉迎女人们，女人们也奉迎他，因此他就出风头了。奥哥利王妃给他迷住了；岂但是她，我们一班老妇都是一样的！那王妃想出一个法子来，叫他在她的叙雅厅里每礼拜演讲两次，表面上说是讲文学，而实际上她的目的在乎谈天。你的受护人看见整个的妇女社会都给那年轻的、可爱的、会吹牛的村学究迷住了，她自己也跟着众人一样！

———————————

①　意思是说：人家讨厌正经的书，不肯割开来看。

你看!

雪　用不着说这个,公爵夫人……

赉　对不起,他是她的保护人,他应该晓得一切。

洛　姑母,您这话是什么意思?

赉　我的意思是说:胥珊爱上了那教授了! ……你懂吗?

洛　胥珊! ……不要说了吧! 她只是一个小小的女儿家!

赉　唉! 一个女儿家变成一个妇人,要不到许多时候的。你晓得吗?

洛　胥珊吗?

赉　总之,你的母亲是这样说的。

雪　我说! 我说这个……这位小姐显然在邀一个男人的恩宠。这男人太正经了,是不会娶她的;但是他平日爱在女人身上用功夫,同她玩一玩是有的。我说:在我的家里,这一件事只能达到非礼的地步,还不能到没廉耻的地步哩。

赉　(向洛歇)你听见吗?

洛　但是,妈妈,您这话使我诧异得很! 胥珊吗? 我从前给她穿短衣,爬树。有时候我罚她做功课,有时候她跳到我的膝头上来,叫我做爸爸……不要说了吧! ……这是不可能的……她要变坏,也变不得这样早……

赉　变坏吗? 她晓得恋爱就算变坏了吗? 唉! 你真不愧是你母亲的儿子! 怪不得! 怪不得! ……至于你说还早,我像她的年纪的时候,我早已春情发动了……那时候,我好比一个轻骑兵,蓝色的衣服,银色的帽子,漂亮极了! ……这轻骑兵却像他的腰刀一样笨。但是,到了这年纪! ……一颗新的心,好比一座新的房子,揩墙的人却不是真的住客呢! 总之,似乎毕拉克……呀! 这是似是而非的;但是少女们近了男子,总该当心她们才是。(自语)我自己不相信一个字,但是这个可以激他……(高声)因此,我劝你也不必做报告了,你只照管她,专心照管她，我就疼你了。

第十一出

出场人：雪兰夫人、公爵夫人、洛歇、胥珊。

胥　（蹑蹀地走进来，躲在洛歇背后，两手掩住他的眼睛）咕咕！……

洛　（站起来）呃？

胥　（走到他的面前挺立着）呀！我在这里了。

洛　（诧异）呃！小姐……

胥　不是好人！……自己的女儿也不认得。

洛　胥珊！

赉　他脸红了。

胥　喂！你不同我接吻吗？

雪　嗳呀！胥珊！这是不合规矩的……

胥　同父亲接吻也不合规矩吗？……说得好！

赉　（向洛歇）嗳呀，你就同她接吻吧！……

　　他们接吻。

胥　我欢喜得很！你想想看，我不知道你今天回来！刚才听演讲的时候，圣赉罗夫人才告诉我的，于是，我一声不响……恰巧我坐近门口……我悄悄地溜了出来，跑到了火车站！……

雪　一个人吗？

胥　是的，只我一个人！唉！开心得很！……最奇怪的乃是……你们听我说就知道了……我跑到了卖票处，却没有钱！旁边有一位先生正在买票，他愿意替我买一张。这是一个很有礼貌的少年人，他恰巧是到圣日耳曼来的。还有一位很可敬的老头子，他也愿意替我买票；再来第三个。末了却是车站里的男人们都来……他们都是搭火车到圣日耳曼来的。他们都说："小姐，请您容许我……我非替您买不可……我买，小姐，

我买！……"我结果是挑选了那可敬的老头子,这才合规
矩些。

雪　你接受了吗?

胥　嗳唷！难道叫我不回来不成！

雪　一个不认识的人,你也接受他的吗?

胥　一个可敬的老头子,有什么要紧?……呀！他这人真好,他扶
我上了车室……呀！好极了！他们都好！他们都上了车,都
是很和气的样子！他们掀起了窗镜子,各自找位置给我坐,各
自献殷勤:"这里坐吧,小姐;……不,这么一来,您坐逆
了！……喂！这儿来吧;小姐,这儿没有太阳！……"看他们,
时而扯一扯套袖,时而捋一捋胡子,完全把我当做一个妇人
了……呀！真的！自己一个人出门多么有趣啊！……只有那
可敬的老头子同我说话,说他的田地很大……田地大不大,与
我有什么相干?

雪　这太荒唐了！

胥　呀！不,但是最奇怪的乃是:车子到了的时候,我的钱袋子也
就找着了！原来只落在我的衣袋里！……于是我奉还了那可
敬的老头子的钱,恭恭敬敬地向那些先生们施礼,然后我才溜
走了。呀！他们一个个眼怔怔地望着我……(向洛歇)喂,像
你一样！……你怎么样了?……再吻我一吻吧！……

雪　(向公爵夫人)您看,这种非礼,比别的更厉害了。

胥　这是非礼吗?

雪　一个女儿家单独地在路上走！

胥　绿西不也常常一个人出去吗?

雪　她并不是十八岁。

胥　我晓得！她至少有二十四岁了！

雪　绿西晓得自己检点。

胥　为什么?因为她有一双眼镜吗?

贲　（笑）嗳呀！胥珊！……（自语）这乖孩子，我真爱她！

雪　绿西不曾给人家送到教养院里去过。

胥　唉！这个是没有道理的。我一说您就明白了。当我不耐烦的
　　时候……

雪　说也没有用处，你的保护人是晓得的……

胥　是的，但是他不晓得是什么缘故……您听我说，您就晓得这事
　　情有没有道理了。当我在课堂里十分不耐烦的时候，我想要
　　到花园里去，于是故意使人家赶我出来，您懂吗？……呀！容
　　易极了！……我有一个办法！在大家静默的当中，我忽然嚷
　　道："呀！福禄特尔真是一个天才！"于是那赛拉费恩姑娘即刻
　　向我说道："出去！小姐！"您看，花不了许多时间，却没有不成
　　功的！有一次，天气很好，我从窗玻璃望出去，忽然叫起来：
　　"呀！福禄特尔真是一个天才！"叫了之后，我专候人家赶我。
　　人家一声不响！……我又叫："呀！福禄特尔……"人家还是
　　不响……大家只静默着。我诧异得很，回头一看，则见院长正
　　在那里，她进来的时候我没有听见呢！糟糕！她并不把我赶
　　到花园里去，却把我赶到这儿来！好！也罢！……现在我不
　　是女儿家了，已经是一个妇人了，还用得着教养院吗？……

雪　依你的行为看来，像个妇人吗？圣贲罗夫人怕不担心死了！

胥　唉！演讲差不多已经完了，一会儿她就同别的夫人们与毕拉
　　克先生都来了……呀！今天是他演讲……呀！

贲　（望洛歇）唔！

胥　呀！夫人们都拍掌！我敢向你们担保，人家听他的演讲，没有
　　一次不拍掌的！……再说他的打扮……真像圣克罗德结婚的
　　时候一样……呀！他真是……（吻手指作响）美极了！

贲　（望洛歇）唔！

胥　美极了！……只听夫人们啧啧地叹道："呀！可爱！可爱！"卢
　　登夫人哈哈笑，笑的声音像一只印度猪。我不喜欢这妇人！

赍　（望洛歇）唔！（向胥珊）那么，这就是你听演讲的笔记
　　吗？……

胥　我吗？……呀！我另外还有笔记呢。（向洛歇）你等着瞧吧。

赍　（把胥珊进来时放在桌上的笔记簿子拿起，向洛歇）我们就可
　　以看。（五点钟响了）五点钟了！呀！呀！我的散步！（低声
　　向洛歇）喂，说到毕拉克，你觉得事情有什么两样吗？……

洛　不，我……

赍　你寻思吧！你考查吧！你校勘吧！这是一个重大的问题，值
　　得研究的。

洛　我一点儿不懂。

赍　这是你的责任！

雪　（自语）真是枉费工夫！

赍　（望着洛歇，自语）这可以激他一激。

胥　（注视众人，自语）他们怎么样的？

第十二出

出场人：洛歇、胥珊。

胥　你瞪起眼睛盯住我……因为我是一个人回来的吗？……你生
　　气了吗？

洛　不，胥珊；但是您该懂得……

胥　但是，你叫我做"您"，不是生气是什么？

洛　不，但是到底……

胥　那么，是因为你觉得我现在是一个妇人了？不是吗？……
　　呃？……是的？……那么，说出来吧！说出来吧！……我倒
　　快活得很！

洛　是的，胥珊，您现在是一个妇人了；正因如此，越发应该监
　　督您。

胥　（将身紧凑着他）是的，那么，你责骂我吧，我很愿意给你责骂

洛　（轻轻地把她推开）嗳呀！您坐到那边去吧！

胥　等一等！你叫我做"您"；那么，你希望我也叫你做"您"了？

洛　这样才好<u>些</u>。

胥　呀！这个倒开心得很！……可惜不容易！

洛　还有许多别的礼貌，此后您都应该遵守，人家责备您就在这一
　　点……

胥　是的，是的，我晓得：毕拉克先生往往说我没有规矩。

洛　呀！毕……

胥　但是，你要怎样？……真没有法子……这不是我的过错，你相
　　信我吧，"您"相信我吧……你看，不容易得很！我曾经打定了
　　主意，等你……等"您"回来的时候，要使你……要使"您"……
　　唉！我说不来！算了吧！下次再叫你做"您"吧！是的，我曾
　　经打定了主意，等你回来的时候，要使你看见我像绿西一般结
　　实，要使你知道我用了许多工夫……我用功半年了……忽然
　　间，我听说你回家……呜呼！半年的工夫，没有一点儿效果！

洛　（责备的语气）没有一点儿效果？

胥　是的，你来了，我快活得很！……我如此爱你！如此爱你！爱
　　到了极点了！……

洛　胥珊！胥珊！您说话往往不知道字眼的分量，您该改了这种
　　习惯才好。

胥　怎样？我不知道字眼的分量吗？……我比你还知道呢！……
　　我爱你到了极点，你听见吗？看你那怪样儿，你不爱我
　　吗？……为什么你有这个怪样儿？……你不是爱我胜于爱绿
　　西了？

洛　胥珊！

胥　我晓得！你不是就要同她结婚吗？

洛　胥珊……

胥　人家告诉我了。

洛　不要说吧……不要说吧！……

胥　那么，为什么你写信给她呢？……是的，你写了二十七封信给她！……呀！我已经数过了……二十七封。

洛　信里只说些事情……

胥　今天早上还有一封……都说的是些事情吗？喂，今天早上那一封信里，你写的是什么？

洛　我只说礼拜四可以到家。

胥　说你礼拜四到家？真的？那么，为什么不告诉我？要是你告诉了我，我是迎接你的第一个人了。

洛　我去了之后，不曾写信给您吗？还常常写呢。

胥　唉！常常！……十次！还只写得很少，寥寥的几行，说些无聊的话，活像写给一个婴孩！我不是一个婴孩了；半年以来，我考虑了许久；我学会些事儿了……

洛　什么？……什么事情？（胥珊把头俯靠着他的肩，哭）胥珊，您怎么样了？

胥　（拭泪欲笑）唉！而且我努力工作……很用功；你晓得，我恨的是钢琴……现在我却会弹叔曼的调子了①；你说硬不硬？

洛　唉！……

胥　我给你弹一曲，好不好？

洛　不，迟些吧。

胥　你说的话很对！……而且我有了学问了。

洛　是的，您听毕拉克先生的演讲；那么，是毕拉克先生替代了我了？

胥　是的。呀！他为人很好！呀！他呢，我也爱！

洛　呀！

胥　（连忙地）你同他吃醋吗？

----

① 叔曼是 19 世纪德国的钢琴家。

洛　我吗?……

胥　唉! 说出来吧,我懂得。我自己也就吃醋! ……唉! 但是你,你为什么吃醋呢? 你与别人完全不同……你不是我的父亲吗?

洛　请您容许我说,您的父亲……

胥　你怎么样了? 嗳唷! 你像当年一般地娇我一娇好不好?

洛　像当年一般吗? 不!

胥　怎么不呢? 怎么不呢? ……像当年一般。(上前欲吻)

洛　胥珊! 唉! 不,这个不行了。

胥　为什么?

洛　嗳呀! 去吧! 咕咕咕! (他坐在安乐椅上)

胥　我很喜欢听你的"咕咕咕"!

洛　(又叫咕咕咕)我劝您规矩些吧。

胥　呀! ……今天的规矩已经够了。(笑着搓弄他的头发)

洛　去吧! ……您是一个大的女子了! ……

胥　唉! 假使是绿西呢……

洛　你去吧! 嗳呀!

胥　你叫我做"你"! 该罚! (坐在他的膝上,吻他)

洛　胥珊! 再来一次! ……

胥　是的,再来一次。(又吻他)

洛　(推开她,自己站起来)真难堪!

胥　我逗弄了你了,不是吗? 算了吧! 我去找我的笔记来给你看,我们就会和气起来的……(她到了门口,停了脚步向外望)呀! 夫人们陪着毕拉克先生来了! 怎么? 绿西穿起露肩衣来了吗? 等一等! 我也把我的穿一穿! (跑出)

洛　(独自一人,十分不自在)真难堪! ……

第十三出

出场人:洛歇、公爵夫人。

赉　喂？

洛　喂？

赉　看你是很动心的样儿啊！

洛　唉！……她很有情了……也许太有情了！

赉　我劝你可怜你自己吧……你没有发现什么吗？我呢，我却发现了这个……(在胥珊的笔记簿里抽出一张相片)

洛　这相片是……

赉　是那教授的相片……

洛　在她的日记簿里？

赉　(淡淡地)是的，但是这个……

洛　呀！请您容许我，这个……

妇人们　(在外面)这一次的演讲真可赞美……好极了！

赉　他来了！一件宝贝，伴着他的卫队来了！

第十四出

出场人：洛歇、公爵夫人、毕拉克、阿丽柯夫人、卢登夫人、圣赉罗夫人、雪兰夫人、绿西。

罗　好极了……他的演讲好极了！

毕　圣赉罗夫人，请您宽容我！

卢　真是意想中的人物……你们晓得吗？意想中的人物！

毕　侯爵夫人！……

阿　美啊！……美啊！……美啊！……呀！我爱极了！

毕　嗳呀！阿丽柯夫人！

卢　夫人们，我们说老实话吧：他的演讲危险极了！但是，这不是他习惯上的罪孽吗？

毕　请您不要说吧，卢登夫人。

卢　唉！先说我，我就是很爱您的才能的人，是的，爱到发狂了！非但爱您的才能，而且爱您！……唉！我不瞒人家，我到处说

　　　　这话！很不要脸地说这话……您是我的天神……我像崇拜神
　　　　佛一般地崇拜您！……

阿　你们晓得吗？我的玉牌上还刻有他写的字呢？（说时，指颈上
　　　的玉牌给大家看）这儿不是？

卢　（示其胸）我呢，我有他的一支笔，这儿不是？

赉　（向洛歇）一班老狐狸精！……

卢　（向雪兰夫人）呀！伯爵夫人，您为什么不去听这一次的演
　　　讲呢？

雪　（介绍洛歇）我不去的原因在此！夫人们，这是我的儿子。

妇人们　呀！伯爵！

卢　充军的人回来了！

洛　（施礼）夫人们！

雪　（介绍毕拉克给她的儿子）这一位是毕拉克先生……这一位是
　　　洛歇·雪兰伯爵。

卢　雪兰夫人有事缠住了她，不得不缺课，这个我承认；但是绿西
　　　呢？绿西，您呢？

绿　我在这里有事情。

卢　您不去，他没有他的女诗神了。

毕　（很客气地）呀！侯爵夫人，我可以答复您：您就是另一个女
　　　诗神。

卢　他真是个可人儿！（向绿西）呀！您不晓得您错过了什么机
　　　会了。

绿　唉！我晓得……

阿　不！她不晓得！她错过了一场热烈的情绪的奔流！

卢　她错过言语的美味与思想的妙谛！

毕　在这么一个讲座上，谁敢自夸口才呢？

赉　今天他演讲的是什么？

众人　讲的是爱情！

赉　（向洛歇）自然啦!

阿　他说得像一个大诗人!

卢　像一个大学者! 像一个幻想的心理学家! 像一具古琴,像一
　　张解剖刀! ……这是……呀! 只有一件我不赞成:他说爱情
　　是本能的。

毕　不过,侯爵夫人,我说的是……

卢　唉! 这个! 不行! 不行!

毕　我说的是自然界的爱情。

卢　本能吗? 呸! 夫人们,帮我的忙吧! 绿西,我们该努力自卫!

毕　侯爵夫人,您拉得不巧,密司华特桑恰是主张本能的。

罗　绿西,真的吗?

卢　本能?

阿　爱情中有本能?

卢　这么一来,把灵魂里的鲜花都偷了去。绿西,依您说,爱情却
　　是无所谓好歹的了。

绿　（冷冷地）夫人,这上头说不上好歹,只是人类的生活的状态。

妇人们　（抗议）哦!

赉　（自语）不错,她是主张实用的!

卢　（生气地）喂! 你污蔑了爱情了!

绿　亨忒与达尔文……

卢　不! 不! 不! 肉体的宿命论,我比谁都明白些。我知道我们
　　不能不受物质的制御与压迫,但是至少要给我们的灵魂留一
　　个位置,使我们的纯粹的精神作用不至于无地安身啊!

毕　但是,侯爵夫人……

卢　不要说了! 您这人真不好! 我不愿意打我的天神,打天神是
　　有罪的;但是我不满意您。

赉　（自语）好一个滑稽妇人!

毕　我希望你们读了我的书之后,我们就不会再争了。

卢　什么时候呢？什么时候呢？唉！全世界的人都等这一本书看！但是始终不见出版，连书名也不晓得！

众　书名是什么？至少说个书名！

阿　绿西，您该要求他说出来！

绿　是的！书名是什么？

毕　（半晌，向绿西）书名叫做《毕氏杂掇》。

卢　呀！书名漂亮极了！……但是什么时候呢？

毕　我催着出版，因为我在谋一件差事，有了这一部书，越发显得我有就这一件差事的权利。

雪　您在谋什么差事呢？

阿　他还希望要什么差事吗？

卢　他！他是仙人的义子，还谋差事！

毕　天啊！那可怜的洛怀尔病势很重，您是知道的。我不怕你们见笑，我老实说，我已经接洽了少年学校校长的位置，万一洛怀尔有了不测，那位置就是我的了。

贲　（向雪兰夫人）三个人候补了！

毕　夫人们，万一有了机会，我全仗诸位夫人的大力。

妇人们　放心吧，毕拉克。

毕　（走向公爵夫人）公爵夫人，您呢，我可以希望您帮忙吗？

贲　唉！我吗？在未吃饭以前，千万不要问我；我合着了卢登夫人的话，我是受物质的制御的，先吃了饭再说吧。（钟鸣）喂！第一次钟响了，您只须再等一刻钟。您穿衣去吧，我们在吃饭的时候再谈。

雪　吃饭？杜洛涅先生还没有来呢，公爵夫人。

贲　呀！我不管！等到了正六点钟的时候，他来，也吃，不来，也吃……

雪　不来，也吃？他是一个国务院的秘书呀！

贲　唉！在共和国体之下，管他呢！

胥珊拿着笔记簿子入,走去放在右边的桌子上。

雪　我接他去。(向毕拉克)我亲爱的教授,我叫人家指示您的房间。(按铃,福朗素华入)

毕　用不着,伯爵夫人,我荣幸得很,自己还认得路哩。(低声,向绿西)您收到了我的信吗?

绿　是的,但是……

毕拉克作势叫她住口,鞠躬,从右边出,往内宅去了。

卢　夫人们,我们去吧,去打扮得很好看的,来奉陪天神。

阿　去吧!

雪　绿西,您同我走,好不好?

绿　我愿意极了,夫人。

卢　您是这种的打扮吗? 我的亲爱的,您不怕春寒吗?

绿　呀! 我不冷。

卢　真的,您是所谓青女素娥。至于我呢,我非常地怕这春天的湿气。(与阿丽柯夫人从左方出,向内宅去了)

当是时,绿西正想要随雪兰夫人到园里去,福朗素华止住她。

福　(向绿西)密司,我仍旧找不着您那一张字纸。

胥　(拨开桌上的文件,预备安置那笔记簿子;文件堆里一张玫瑰色的字纸落下来了,她拾起来,自语)一张玫瑰色的字纸。(注视那纸)

绿　呀! 是的,今天早上的一封信。

胥　(连忙把字纸藏在身后,自语)原来是今天早上的一封信!

绿　(一面走,一面说)好! 不必再找了! 找也没有用处。(出,向花园里去,福朗素华随出)

第十五出

出场人:公爵夫人、洛歇、胥珊。

胥　(先目送了绿西,然后注视洛歇,自语)原来是今天早上的一

　　　封信!

赉　怎么? 你也还不曾打扮好吗? 你来这儿干什么的?

　　　胥珊只管呆望洛歇,不答。

洛　(向公爵夫人)呀! 这是她的笔记簿子。请您给我,胥珊。(他
　　　走向胥珊,胥珊把笔记簿子递给他,仍旧呆望着他,不说话)她
　　　怎么了?

赉　我们看一看这笔记!

　　　公爵夫人坐在左边,洛歇走向她。胥珊在右边,近桌,左手拿
　　　着那一张字纸,想要悄悄地展阅,不让人家看见。

洛　(注视胥珊,诧异地自语)奇了!

赉　(拉洛歇近她,说)放近些! 唉! 我的眼睛!……

洛　(把笔记簿子放低些,同时溜眼瞧着胥珊,忽然把公爵夫人的
　　　手臂一拉,低声说道)姑母!

赉　(低声向洛歇)你怎么了?

洛　请您留心看! 不要抬头! 她在念些什么! 一封信! 您看见
　　　吗? 她躲着看的,您看见吗?

赉　是的!

胥　(展开字纸,念)“我礼拜四来。”(诧异地)原来是洛歇的! 他
　　　今天早上给绿西的信! (注视那字纸)但是为什么写的是反笔
　　　字,又不签名呢? (念)“晚上十点钟在花厅里。您务必假说头
　　　痛。”呀!

赉　这是怎么一回事? (叫)胥珊!

胥　(吓得一跳,把拿着信的手藏在背后,转身向公爵夫人)姑母?

赉　你在那儿念什么?

胥　我吗,姑母? 没有念什么……

赉　我似乎觉得……你到这儿来。

胥　(她的身体本靠着桌子,左手藏在背后,她顺势把那信放到桌
　　　上,用些书盖住)哼! 姑母!……(走向公爵夫人)

赉 （自语）呀！奇了！真是令人不解。

胥 （走近公爵夫人身边）姑母，您叫我来做什么？

赉 你去给我拿一件外套来。

胥 （踌躇地）但是……

赉 你不肯吗？

胥 肯的……肯的，姑母。

赉 外套在我的房间里。去吧！（胥珊出，向洛歇）桌子上，快去！

洛 什么？

赉 一封藏起来的信！我已经看见了！

洛 藏起来！……（走近桌子，搜寻）

赉 是的，在那角儿，那黑书的下面！你看不见吗？

洛 不……呃，看见了！……一张玫瑰色的字纸！（拿起那信，一面看，一面送到公爵夫人跟前）唉！

赉 什么？

洛 （念）"我礼拜四来。"原来是毕拉克的！

赉 （抢过那信细看）谁的！……还不曾签名呢！而且这些字……

洛 是反笔字，不错。唉！这位先生倒小心得很！但是礼拜四来的，不是他便是我了！

赉 （念）"晚上十点钟在花厅里。您务必假说头痛。"原来是一个约会！（把信递给他）快！快！快放到原地方去！我听见她来了。

洛 （心乱）是是……（把信放回原处）

赉 此刻你再到这儿来吧。

洛 （心乱）是，是！

赉 快！快！（洛歇在她身边坐下）放镇静些！她来了！……（胥珊入，公爵夫人假意翻阅笔记高声说）呃！很好！好极了！

胥 姑母，您的外套拿来了。

赉 好孩子，谢谢你。（低声向洛歇）你也该说说话呀。

胥珊走到桌边,拿了那信,还在桌子望了一望,转身如前站着。同时,洛歇说话。

洛 (心乱)真的,这上头可以看得出她有……惊人的进步……我惊奇得很……(指胥珊,低声向公爵夫人)姑母!

赉 (低声)是的,她又拿起那信了,我已经看见了。(钟鸣。公爵夫人高声)第二次钟响了! 胥珊,快穿衣去吧,否则你没打扮好我们就开始吃饭了!

胥 (望洛歇,自语)他同绿西有约会! 唉! (她踏在洛歇的脚上,一言不发,仍旧注视着他,在他的手里取过了笔记簿子,扯碎了,怒气冲冲地摔在地上,出)

第十六出

出场人:公爵夫人、洛歇。

洛 (心中害怕,转身向公爵夫人)姑母?

赉 一个约会!

洛 毕拉克约的!

赉 不要说了吧! ……

洛 (倒在椅子上)我周身发抖,活像一个没有手脚的人了!
外面有人声;后方的门开了。

赉 (向外望)杜洛涅来了! 众人也来了! 可以吃饭了! ……喂! 去穿你的衣服去吧! 去了来你就安静了,你看,你的脸色变了……

洛 胥珊! 这是不可能的! (出)

赉 对啊! 这是不可能的……然而到底……

第十七出

出场人:公爵夫人、雪兰夫人、杜洛涅、圣赉罗、圣赉罗夫人、(不久以后)绿西、卢登夫人、阿丽柯夫人、毕拉克(绿西三人围绕着他进来)。

雪　（把杜洛涅介绍给公爵夫人）姑母,这一位是国务院秘书杜洛
　　涅先生。

杜　（施礼）公爵夫人!

赉　我亲爱的杜洛涅先生,不瞒您说,我几乎不等您吃饭了。

杜　公爵夫人,请您原谅我,我的事情多得很,实在忙得不可开交。
　　我请您容许我早些回去,好不好?

赉　先生说哪里话? 我自然愿意的了。

雪　（很为难地）这一位是毕拉克先生!

杜　（看见雪兰夫人把毕拉克介绍给他）先生!
　　毕拉克与他握手,二人谈话。

雪　（回向公爵夫人）姑母,请您宽容他吧。

赉　宽容你那共和党吗? 不要说吧! 他活像一个国王,只给人家
　　二十分钟! 你见过这样的人吗?

雪　至少您还肯要他扶您去吃饭吧?

赉　绝不! 让他扶你吧! 我呢,我要那小赖孟扶我还快活些。

洛　（穿好衣服来了,慌慌张张地向公爵夫人）姑母?

赉　还有什么事情?

洛　唉! 还有一件事! ……刚才我在上面的走廊里听见……!
　　唉! 说来您也不相信!

赉　什么呀?

洛　我没看见一个人,但是我却听得很的确……!
　　赖孟与霞痕悄悄地入。

赉　什么呀? 什么呀?

洛　我说了吧:我听见一阵接吻的声音!

赉　一阵……

洛　唉! 我是听见了的!

赉　是谁呢? ……

雪　（把赖孟介绍给杜洛涅）这一位是阿歇尼县长保罗·赖孟先生。

　　二人施礼。

赖　（介绍霞痕）秘书先生，这一位是保罗·赖孟夫人。

　　胥珊穿着露肩衣入。

卢　（看见胥珊）嗳唷！

毕　呀！我的少年的学生来了。

　　大家诧异，窃窃私语。

洛　（向公爵夫人）姑母，您看，穿露肩衣！真不得了！

赉　我不觉得……（自语）她哭了来的。

福　（入报）公爵夫人，酒席摆好了。

洛　（看见胥珊与毕拉克谈话，走向她）唉！我想晓得！……（把手臂递给她）胥珊！

　　当时毕拉克正在同绿西说话，胥珊挽着他的手臂，望着洛歇作傲态。

毕　（向胥珊）小姐，您这么一来，许多人羡慕我了。

洛　（向自己）唉！太凶了！（把手臂递给绿西）

赉　（自语）这些举动是什么意思呢？（高声）喂！赖孟，放您的手臂来。（赖孟来她身旁）呀！不是我说，好朋友，要做知府先要受苦啊！

保　公爵夫人，这种苦工却是乐事。

赉　吃饭的时候，您坐在我的旁边，我们谈一谈政府的坏处。

保　唉！公爵夫人！我是一个官员，怎好说政府的坏处呢？……唉！不行……但是，我听一听总还可以的。

第二幕

布景 如第一幕。

第一出

出场人: 圣赉罗、毕拉克、杜洛涅、洛歇、赖孟、雪兰夫人、阿丽柯夫人、卢登夫人、公爵夫人、胥珊、绿西、霞痕。

大家排列而坐,在听圣赉罗读完他的《菩萨修行传》。

圣　我们不要误会了! 这些修行传虽则叙述了许多奇异的事迹,恰像我的鼎鼎大名的父亲在1834年所著的书里的话:这都不过是与《邬波尼杀昙》里头所采集的婆罗门的超人观念比较所得的幻象,否则便是在那《吠陀经》的编者韦阿萨的十八罗汉传里比较出来的。

霞　(低声向保罗)你打瞌睡吗?

保　不,不……我像鸭子听雷。

圣　(继续地)这显然是佛教的具体的学说,我打算说到这里为止。

　　一阵声音,——大家站起来。

许多人声　(微弱地)好极了! 好极了……

圣　而现在……

　　大家忽然静默,复坐。

圣　而现在……(咳嗽)

雪　(殷勤地)圣赉罗,您疲倦了吗?

圣　哪里就疲倦了? 伯爵夫人。

阿　是的！您真的疲倦了；休息一下子吧，我们等您。

许多人声　是的！您休息吧！休息休息吧！

卢　子爵，您不能老是飞，须得下地才好。

圣　谢谢，但是……而且，我已经完了！

　　　众人站起来。

许多人声　（在喧哗里）很有趣！只难懂了些！好极了！只太长！

毕　（向妇人们）唯物论者！太唯物了！……

保　（向霞痕）不成器的！

胥　（很高声）毕拉克先生！

毕　小姐！

胥　您到我的身边来吧。

　　　毕拉克走向她。

洛　（低声）姑母！

赉　（亦低声）真的，她好像是故意如此做！

圣　（重回桌前）只再说一句！（大家诧异，复坐，静默，局促）或者，
　　要把我的意思表达得妥当些，可以说是一种愿望。——这一
　　门学问，因为我不会演讲，把它的范围弄窄了，形式弄得不足
　　轻重了……

赉　（自语）好！他倒客气得很！

圣　……然而它的影响之大，我们都可以大略地看见。依我说，这
　　一门学问，在1821年——离现在快满六十年了，有一个开路先
　　锋……我索性说好些，有一个发明者。这发明者是一个天才，
　　我真当不起这光荣，竟是这发明者的儿子……

保　（向霞痕）你看这人，他把死尸拿来卖弄呢！

圣　我敢说，在他所开的路上，我跟着他走，还不算没有发明。在
　　我们之后，还有一个人，他像我们一般地想要在"史芬斯"那里
　　找出永久的真理的几句话，还想在原始的多神教里得到真
　　诠……这就是洛怀尔，他是一个值得注意的学者。我的鼎鼎

大名的父亲去世了,洛怀尔不久也要跟他到坟墓里去……也许他此刻已经去了呢。于是这科学的新园地,我父亲是首先占据的人,现在只剩下我一人独占了。独占了!(望杜洛涅)但愿现在的执政者,国权的承受与施行者,当心一件危险的使命。什么使命呢?也许明天我们就要哭我们的同志,为国家痛惜,而求一个承继的人。但愿当代的名流(说时,注视毕拉克,毕拉克正在同杜洛涅谈话)不管多少人去包围他们,不管人们的要求的理由正大与否,总能够不偏不党地、光明正大地去选择那承继人。选择的标准有三种:第一是年龄,第二是能力,第三是既有的权利。总之,这一种重大的科学乃是我的鼎鼎大名的父亲的成绩,现在只有我能够代表这科学,执政的人如果想要找一个搭配得起我的父亲的人,应该晓得如何选择了。

　　众人皆起。拍掌,大动作起来,厅里有喧嚣之声。仆人们入,各捧着托盘子穿来插去。当时只听得很清楚的

许多声音　(在喧嚣声里)好!好!好极了!

保　这个却容易懂些了,好福气!

雪　这是候补洛怀尔的缺的了。

毕　硕学院的缺,少年学校的缺,一切的缺!

雪　(自语)我早就怀疑到这一层了!

仆　(传报)伯利叶将军到,卫洛先生到。

伯　(吻雪兰夫人的手)伯爵夫人!

雪　呀!参议院议员先生……

卫　(吻雪兰夫人的手)伯爵夫人!

雪　(向卫洛)我亲爱的众议院议员先生,太迟了!您到得太迟了!

伯　(客气地)伯爵夫人,人家到您这叙雅厅来,老是太迟了的!

雪　圣赉罗先生演讲过了,什么都说完了!

伯　(向圣赉罗施礼,说)唉!唉!可惜之至!

卫　(把伯利叶拉到左边)喂!如果众议院通过了那议案,你们反

对吗？

伯　自然啦……至少第一次是反对的！否则要参议院做什么？

卫　呀！公爵夫人！

　　二人上前施礼——保罗·赖孟与霞痕溜出了客厅，到花园里去了。

雪　（向圣赉罗）圣赉罗，真的，您今天比平日更强了！

阿　是的，是的，"比平日更强"，再没有比这个更好的颂词了。

卢　呀！子爵！子爵！您给我们开辟了一个新世界了！您谈到这种信仰，虽则难懂，却是何等可爱啊！呀！您的佛菩萨，我先就心醉了！

绿　（向圣赉罗）请您恕我大胆，我似乎觉得您数那些佛经的时候，有些遗漏的地方。

圣　（动气）小姐，你相信吗？

绿　我不曾听见您叙述《摩阿波罗多》[1]与《罗摩若那》[2]。

圣　小姐，这并不是佛法的书，只是些简单的诗歌，因为时代久了，印度人便奉为神品，这是真的；但是，到底只是简单的诗歌。

绿　但是，哥尔古多的佛会……

圣　（嘲讽地）呀！我这话至少是波罗门教徒的意见！……您却别有见地……

胥　（很高声）毕拉克先生？

毕　小姐！

胥　把您的手臂给我，我想到外面换一换空气。

毕　但是……小姐！……

胥　您不肯吗？

毕　但是，您以为此刻……？

胥　来呀！来呀！（她拉他，——二人同出）

---

① 《摩阿波罗多》(Mahabarata) 是 Vyasa 的颂圣歌。

② 《罗摩若那》(Ramayana) 是 Valmiki 的诗歌。

洛 （向公爵夫人）姑母！——她同他出去了！

贵 好，那么，你跟他们去就是了！等一等，我同你去。这也好，我须要走几步，那"老铜像"用他那婆罗门催我的眠，我不耐烦了。（二人同出）

杜 （向圣贵罗）您真博学，很有新的见解……（低声）我亲爱的子爵，您末了的隐语，我全懂得了；但是，您用不着说啊。我们是您的人，您还不晓得吗？（二人握手）

雪 （向圣贵罗）对不起！（低声向杜洛涅）您不会忘记了我的儿子吧？

杜 伯爵夫人，我答应过的话是不会忘记的，您答应过的话呢？

雪 参议院里您可以得六票，这是说定了的；但是，还有说定了的一件事，乃是他的报告书出版之后……

杜 伯爵夫人，我们是您的人，您还不晓得吗？

保 （悄悄地与霞痕从花园里回来，向霞痕）你听我说，人家已经看见我们了。

霞 树下面太黑了。

保 还不曾吃饭，已经几乎给人家捉住了。两次，太多了！我不想再要了！

霞 唉！你答应过我，说愿意在屋角儿上同我接吻，是呢，不是？

保 （生气）你呢？你愿意做知府太太，是呢，不是？

霞 （也生气）是的，但是我不愿意做寡妇。

　　雪兰夫人走近他们。

保 （低声，向霞痕）伯爵夫人来了！……（高声）真的，霞痕，——您喜欢那《薄伽梵歌》吗？

霞 上帝啊！我的亲爱的，那《薄伽梵歌》……

雪 怎么？夫人，您对于这科学还听得懂多少吗？但是我似乎觉得圣贵罗今天说的特别冗长，特别难懂。

保 （自语）竞争的关系！

霞　但是,到末了倒还容易懂得,伯爵夫人。

雪　呀! 是的,他想要候补,您懂了吗?

霞　再者,迈斯特尔说得好①:"科学把信仰推翻,然而科学的本身
　　就没有信仰吗?"

雪　漂亮极了! ——我该把一个于你们有利的人介绍给你们认识
　　才好:那伯利叶将军,他是参议院议员。

霞　那众议院议员呢,伯爵夫人?

雪　呀! 参议院的权力大些。

霞　但是,也许众议院同政界的关系密切些啊。

雪　真的,我亲爱的赖孟,您真好福气,有了贤内助了……(握霞痕
　　的手)——我也快乐得很。(向霞痕)也罢! 那么,两个都介绍
　　就是了。

保　(随着霞痕,霞痕随着雪兰夫人。低声向妻)天使! 你真是个
　　天使!

霞　(亦低声)我们还到屋角儿上去吗?

保　是的,天使! 但是,等到没有人的时候才行……有了! 等到人
　　家念悲剧的时候最好。

仆　(传报)布恩子爵夫人到。——迈尔希乐·布恩先生到。

布　(雪兰夫人上前迎见的时候,向她)呀! 我的亲爱的,我来得合
　　时候吗?

雪　如果为的是科学,那么太迟了;如果为的是诗歌,那么还太早。
　　我还等候我的诗人呢。

布　哪一个诗人?

雪　一个不曾著名的诗人。

布　年纪很轻吗?

雪　我完全不晓得……但是,我相信他的年纪还轻,这只是他的第

---

① 迈斯特尔(1753—1821)是法国的哲学家。

　　一部著作。是盖亚克把他领来的。您晓得盖亚克吗？他是一
　　个保守党的报馆里的人。他们该是九点钟到的……我不晓得
　　为什么……

布　我为偶然祝福了。然而我这一来，也不为的是学者，也不为的
　　是诗人，我的亲爱的，我只为的是他——毕拉克。您想想看，
　　我不认识他，人家说他很动人。奥哥利王妃爱他爱到发狂了，
　　您是晓得的。他在哪里？呀！指给我看吧，伯爵夫人。

雪　但是，我在找他，而我……（看见毕拉克与胥珊入）在这里了！

布　伴着卫里叶小姐进来的，就是他吗？

雪　（诧异）是的。

布　呀！他长得真好，我的亲爱的，他长得真好！而您却让他同那
　　女儿家出去吗？

雪　（注视胥珊与毕拉克）这事有些蹊跷……

迈　洛歇呢？伯爵夫人，我可以同他握手吗？

雪　此刻我怕不行，他该是正在努力做功夫哩。
　　公爵夫人与洛歇入。

雪　（看见他们，自语）呃！他同公爵夫人进来，到底有什么事情发
　　生呢？

洛　（很伤感地向公爵夫人）喂！姑母，您听见了吗？

赍　是的，但是我没有看见。

洛　这一次我可听清楚了，的确是接一个吻！

赍　吻得还凶呢！唉！这个！这儿有谁可以像这般地接吻的？

洛　谁？谁？

赍　（看见雪兰夫人走近来）你的母亲来了。

雪　怎么，洛歇，你不是工作去吗？

洛　不，妈妈，我……

雪　好，那么，你的古墓的报告呢？

洛　我还有的是时间，我夜里可以做，我……而且，我用不着

忙!……

雪　你不想一想吗? 好孩子,总长在等你呢。

洛　他等我,就让他等吧! (走开)

雪　(吓坏了)公爵夫人,这是什么意思?

赉　你告诉我:今天晚上人家不是要给我们念些什么臭话吗? 大概总该念一本悲剧吧?

雪　是的。

赉　好! 那么,在另一个客厅里念好不好? 你把这一个让给我吧,我有用处,而且越早越好。

雪　为什么呢?

赉　人家念悲剧的时候我才告诉你。

仆　(传报)盖亚克子爵到,米烈先生到。

赉　呃! ……恰好你的诗人来了!

妇人们　(嚷道)诗人? 诗人来了吗? 少年的诗人! 在哪里? 在哪里?

盖　伯爵夫人,我实在对不起得很,我的报纸缠住了我,(低声)我预备您今晚的宴会的报告,(高声)这一位是我的朋友米烈先生,他乃是一位悲剧诗人,等一会儿你们诸位可以赏鉴他的文才。

米　(施礼)伯爵夫人……

赉　(向洛歇)这就是那少年诗人吗? 呃,他倒很新鲜。

阿　(低声向其他的妇人)丑极了!

布　(同样)黑极了!

罗　(同样)是一个秃子!

卢　(同样)有什么文才呢? 太丑了,我的亲爱的!

雪　(向米烈)先生,我与我的宾客们都幸福得很,得蒙先生的宠爱。

卢　(走近来)先生,您的成功的作品,却给我们首先领略! 真是感激不尽!

米　(惭愧)呀! 夫人!

雪　先生,这是您的第一部著作了?

米　哦! 我曾经做过些长诗。

盖　而且得了硕学院的褒奖,伯爵夫人……我们都是受奖人。

霞　(羡慕地向保罗低声)受奖人!……

保　(向霞痕)有什么稀奇?

雪　然而您总还是第一次与戏院接头吧? 总之,年龄是文才的保
　　障,年龄到了成熟的时候,也就是文才成熟的时候。

米　唉! 伯爵夫人,我的剧本已经做好了十五年了!

妇人们　十五年! 这是可能的吗? 唉! 真是!……

盖　这因为米烈是一个有气节的人! 有气节的人是应该提举的,
　　是不是,夫人们?

卢　是的,说得有理,自然啦……悲剧是该鼓吹的,是不是,将军?
　　悲剧……

伯　(正在同卫洛谈话,中止了,答卢登夫人)呃?……呀! 是的,
　　悲剧!《奥拉斯》!《西那》①! 真不可少!……自然啦! 民众
　　不可没有一本悲剧……(向米烈)您可以把题目告诉我吗?

米　《费理伯·奥古斯特》!

伯　很漂亮的题目! 这是军事的题目……这大概是有韵的吧?

米　哦! 将军!……一本悲剧还不是有韵的吗?

伯　大约是分许多幕的了?

米　五幕!

伯　(很高声)哈,哈!……(平和的声气)正好! 正好!

霞　(低声向保罗)五幕! 真好福气! 我们有的是时间,可以……

保　嘘!

————————

① 《奥拉斯》(Horace)与《西那》(Ciuna)是法国大戏剧家哥尔奈的杰作。

卢　这是长时间的大作了!

罗　不知费了多少气力了!

阿　这个非鼓励不可!……

　　大家听见胥珊笑。

雪　胥珊!

赍　(向雪兰夫人)好了!赶快把这诗人与他的乡导都领去了吧!
　　把一切的人都领去!

雪　喂,夫人们,我们到大厅里念诗去吧,(向米烈)先生,您预备好
　　了吗?

米　谨候尊命,伯爵夫人。

保　(低声向霞痕)该让少年人出头才是!

雪　走吧,夫人们!

卢　(止住她)哦!伯爵夫人,在未走之前,请您让我们把我们的一
　　个小小的捣乱的计划实行了再说,(走向毕拉克,作哀求的语
　　气)毕拉克先生?

毕　侯爵夫人!

卢　我们请求您的一个恩惠。

毕　(温雅地)侯爵夫人,你们诸位赏脸,肯请求我事情,这就是给
　　我的恩惠;比你们所请求于我的恩惠大得多了。

众妇人　哦!说得漂亮!

卢　这一本诗剧也许要占了整整的一晚,算是最后的光辉,在这个
　　之前,请您向我们发表些议论。呀!很少也不要紧!天才是
　　不受人家论价的!……但是,只求您一些议论!……您的话
　　便是我们的《圣经》!

胥　是的,哦!毕拉克先生!

阿　做个好心人吧!

布　我们跪下来了!

毕　(表示不肯)哦!夫人们!

卢　绿西,您帮我们的忙吧! 您是他的貌子之神! 您请求他吧!

绿　当然,我也请求。

胥　我呢,我一定要!

众人　(嚷道)哦! 哦!

雪　胥珊!

毕　既然你们用强硬的手段……

卢　呀! 他肯了! 来一张椅子好不好?

　　妇人们大动作,围绕着他。

阿　来一张桌子好不好?

卢　您要不要人家退后些?

雪　夫人们,不要混在一堆吧!

毕　哦! 我请求你们……我没有什么要唤起你们的注意的……

卫　(向伯利叶)呀! 但是,您要当心;这议案乃是民意之所在。

众人　嘘!

毕　我恳求你们……不要这样开场……我没有什么要报告你们
　　的……

卫　好,是的。但是,那些选举人呢? ……

伯　我的乃是一个终身职!

妇人们　嘘! 嘘! 呀! 将军!

毕　也不像上课,也不像演讲,也不像村学究吹牛。夫人们,我请
　　求你们只谈一谈话吧,只问一问我就是了。

卢　(合掌)哦! 毕拉克! 您所著的书里说的是什么呀?

阿　(同样)是的,他的书!

布　(同样)您的书,是的!

胥　(同样)哦! 毕拉克先生!

毕　这是不可抵抗的请求了! 然而你们到底容我抵抗吧! 我这
　　书,将来一切的人们都可以看……现在呢,谁也不能知道
　　一字。

卢　（有意地）甚至于……仅仅一个人也不行吗？

毕　呀！侯爵夫人，昔日方特奈①对古兰芨夫人说过："当心！这里头也许有一种秘密。"

众妇人　呀！可爱！呀！可爱！

布　（低声向卢登夫人）他这人很有聪明。

卢　（亦低声）岂但有聪明而已？

布　（仍低声）有什么？

卢　（仍低声）有翼！等一下您看，他有翼！

毕　夫人们，我一说，你们就会承认我的话是对的：我的书里那些千古的难题，要从其中拿出一两个来研究，可惜这地方不是地方，这时候也不是时候。在这些难题上头，凡是高飞的灵魂——像你们诸位的——神秘的生命之谜与方外之谜所不住地摇撼着的灵魂，都在那里怡然自乐呢！

妇人们　呀！方外之谜！我的亲爱的！方外之谜！

毕　但是，我声明保留了这个之后，其他的都可以听候夫人们的吩咐了。呃，恰巧我有一种思想，这思想时时在我的心里动摇，不曾得个解答，现在我请夫人们许可我用三两句话把这思想表达出来。

众妇人　是的，是的！说呀！

毕　（坐）我说的时候有三个目的：第一，是服从夫人们的命令；（说着，注视卢登夫人）第二，是把一个彷徨无主的女朋友引导回来……

众妇人　（嚷道）这是卢登夫人了。

布　（看见卢登夫人很害羞地低头，向她说）我的亲爱的，是您。

毕　（注视绿西）第三，是无论如何，要与一个很危险的敌人宣战……

———————

①　方特奈（1657—1757）是法国的文学家，哥尔奈的侄儿。

众妇人　（嚷道）这是绿西！绿西！绿西！……

毕　我说的是：爱情的问题！

妇人们　哈！哈！

赍　（自语）他预备变卦了！

胥　（喝彩）好！好！

　　众人轻嚷声。

霞　（向保罗）你看那女子，她倒很有个样子！

毕　爱情的问题！——懦弱乃是一种强力！——灵魂的冲动乃是
　　一种信仰！也许天下的信仰都是假的，只这信仰是真！

众妇人　哈！哈！可爱啊！

卢　（向布恩夫人）他的翼！我的亲爱的……您看！

毕　今天早上，在王妃家里，我给人家引起我谈论德国的文学，说
　　起某种哲学。这哲学把本能当做我们一切的思想与行为的基
　　础与原则。

众妇人　（抗议）哦！哦！

毕　好！于是我擒住这个机会，大胆地声明，说这意见不是我的意
　　见，我誓必用我这骄傲的灵魂的全力去抵抗这一种学
　　说！……

众妇人　好极了！这才对啊！

布　（向卢登夫人，低声）真好看的手！

毕　是的，夫人们，是的！爱情并不是德国那哲学家所说的一样。
　　他说：爱情是纯粹的特征的情绪，爱情是一种骗人的幻象，这
　　幻象的本身炫耀着人们的眼睛，使人们达到它的终点。唉！
　　不，不，一千个不！假说我们有灵魂的话！

众妇人　对啊！对啊！

胥　（喝彩）好！好！

赍　（低声向洛歇）她故意这样做的，毫无疑义！

毕　这种降低心灵的学说，它的本身就很平庸，只是诡辩学者的主

张,我们让它去吧,甚至于不必同他们争;我们只该报之以静默,以不理理之!

众妇人　妙啊!

毕　死罪! 死罪! 美貌对于人们的薄弱的意志,具有绝大的权威,这种权威,现在我也否认了!(四顾)我此刻美人环境,真所谓不识尊严!……

众妇人　哈! 哈!

洛　(向公爵夫人)他用眼睛瞟她了!

赉　是的。

毕　然而,在这"可见之美、必朽之美"之上,另有一种美。这种美呢,时间不能限制它,眼睛不能看见它,只有我们的提净的心灵会去瞻仰它,会用一种非物质的爱情去爱它。夫人们,这种爱情才是爱情之神,才能够使二人的伉俪灵魂高飞起来,远离了尘土,直到理想的蓝色的天涯!

众妇人　(喝彩)好! 好!

赉　(自语,声音颇高)这是混七搭八的话!

毕　(注视她)这种爱情呢,有人嘲笑它,有人否认它,而大部分的人却不认识它;便说我自己吧,这种爱情打击到我的心头的时候,我也还不认识它。然而它到底是存在的! 存在什么地方呢? 在出类拔萃的灵魂里,蒲鲁东这样说过的……

几个人的声音　(抗议)哦! 哦! 蒲鲁东!

卢　哦! 毕拉克!

毕　我用这一个著作家引证,我自己也诧异,谨此向诸位道歉……在出类拔萃的灵魂里,爱情是没有骸骨的。

妇人们　哈! 哈! 微妙极了! 可爱极了!

赉　(发作)唉! 好! 一场呆话,岂有此理!

妇人们　哦! 哦! 公爵夫人!

毕　(向公爵夫人施礼)然而它到底是存在的! 高尚的人的心里常

常感觉着,大诗人的诗里常常吟咏着,而且,在幻梦的天空里,我们可以看见那些不朽的灵魂的真面目,这正是不朽的灵的爱的纯洁的明证。譬如毕阿特丽丝①……洛尔德诺芙②……

赉　洛尔德诺芙! 好先生,她有十二个儿女哩!

众妇人　公爵夫人!

赉　她有十二个孩子! 你还说她是灵的爱!

卢　这些孩子并不是她的;嗳呀,公爵夫人,说话要公平才好!

毕　爱罗绮丝③……

赉　呀! 这个……

毕　还有她们的不同时的姊妹们:爱儿微、爱洛阿! 此外还有许多不著名的呢! 这种神秘而纯洁的爱情的信仰者,真是多极,出人意料之外……我特此向女人们说法!……

妇人们　哈! 哈! 我的亲爱的! 这倒是真话!

毕　是的! 是的! 灵魂有它自己的言语,有它自己的呼吸,有它自己的情欲,有它自己的痛苦,总之,它有它的生命! 灵魂连附于肉体,譬如羽翼连附于鸟类:有灵魂才能够把肉体升上了高峰!

众妇人　哈! 哈! 妙啊! 妙啊!

毕　(站起来)现代的科学界所应该了解的就在乎此……(注视圣赉罗)因为他们的晓得看重物质……我因此要说到……既然刚才我们的可敬的朋友发表了些隐语——这些隐语也许还早了些……他说科学界快要受一种损失,但我希望科学界不这样早就有可痛惜的事情发生……我因此要说到……(此刻圣赉罗正在同杜洛涅说话,毕拉克注视杜洛涅)我呢,我也要向执政者进一个忠告:怀洛尔所教育的一班青年,正该用这种学说教他们,无论如何,继承他的人总该拿这个来做教育的方针。我在此

───────────────
① 毕阿特丽丝是但丁《神曲》里的人物。
② 洛尔德诺芙是毕特拉尔克的诗中的美人。
③ 爱罗绮丝生于 12 世纪,是教士之女,后为修道院长。

　　　谨向我们的伟大的同志道歉:要负这个大责任,只有一种不充分
　　　的优先权还不行,只有年高积学的资格还不行,非得一种不可抵
　　　抗的大力,一种不可磨灭的精神,一种青年的气魄不可!

众人　(喝彩)好! 妙啊! 可爱啊! 动人啊!

　　　众人皆起,窸窣之声大作。妇人们环绕着毕拉克。

赉　(自语)圣赉罗活该!

保　(自语)第二个候补者!

卢　呀! 毕拉克先生!

胥　我的亲爱的教授!

布　真是精神上的庆祝了!

阿　美! 美! 美!

毕　哦! 夫人们,我不过把你们的意见发挥罢了!

卢　呀! 销魂使者! 销魂使者!

毕　喂,侯爵夫人,我们和洽了吧?

卢　谁还敌得过您呢? (介绍布恩夫人)这一位是布恩子爵夫人,
　　　是您刚才弄得销魂的一个,她是您的了!

布　刚才我哭了,先生!

毕　哦! 子爵夫人!

阿　美极了,不是吗?

布　美极了! ……

胥　他热得很! (毕拉克找手帕子)您没有手帕子吗? 呃! (她把
　　　她的手帕子给他)

毕　哦! 小姐!

雪　但是,胥珊,您不想一想?

胥　(见毕拉克欲还她的手帕子)您就留下好了,我去拿水给您喝。

卢　(走上去,直到一张桌子前面,这是刚才圣赉罗演讲时所用的
　　　桌子,上面有一只托盘,盘上有些糖水杯子)对了! 对了! 给
　　　他水喝!

洛 （低声向公爵夫人）姑母,您看!

赉 （亦低声）这一切……这一切……要做一个有罪的人,胆子大
　　得很!

毕 （低声向绿西）您呢? 您服我了吗?

绿 哦! 在我看起来,爱情的概念乃是……不,将来再说吧……

毕 （低声）等一会儿说好不好?

绿 好的……您要不要一杯水? （走上去）

卢 （拿了一杯水下来）不! ……让我来! 我希望我的天神原谅
　　我! ……只一杯清水! 呀! 甘露的秘密已经丧失了!

阿 （拿了一杯水来）毕拉克先生,喝一杯水好不好?

卢 不,不……选了我的吧! ……我的!

阿 不,……我的! 我的! ……

毕 （为难）但是……

绿 （把一杯水递给他）呃!

卢 他一定要绿西的了,我敢断定! ……唉! 我要吃醋了! ……
　　不! 我的! 我的!

胥 （拿了一杯水来,硬要他接受）不,绝不! …… 要我的才
　　行! ……哈! 哈! 第四个贼①! ……

绿 但是,小姐! ……

卢 （自语）这女孩的脸皮真厚……

洛 （指着胥珊,向公爵夫人）姑母!

赉 她怎么样了?

洛 毕拉克到了之后,她才这样了的。
　　后方的门大开,现出大厅,内有灯光。

赉 毕竟好了! （向雪兰夫人）你把你的客引去吧;你该晓得这是
　　时候了!

---

① 意思是说:第四杯水。

雪　夫人们,我们走吧,读我们的悲剧去! 过大厅里读去! 读完之后,我们到花厅里喝茶!

绿、毕、胥　(皆自语)花厅里?

洛　(低声向公爵夫人)您看见胥珊吗? 她听了妈妈的话之后,身子忽然动了一动。

赉　(亦低声)真的! 毕拉克的身子也动了一动。

卢　夫人们,走吧,诗神在招呼我们了!

　　众人开始慢慢地走过后方的大厅。

伯　(向保罗)怎么? 我亲爱的县长,三年! ……

雪　我们走吧,将军!

伯　(正在同保罗谈话)是! 是! 伯爵夫人,悲剧! ……您有道理,该鼓励这个! ……五幕……走吧! ……

霞　(低声向保罗)等一会儿,这是说定了的呀!

保　(亦低声)当然! ……当然! ……这是说定了的!

伯　(复回向保罗)三年的县长,只在一个地方吗? 人家还说现在的政府不是保守党的呢!

保　哦! 很好,参议员先生,很好!

伯　(谦逊地)哦!

杜　(向卢登夫人)事情是这样说定了,侯爵夫人! ……(向阿丽柯夫人)我亲爱的夫人,事情全在鄙人身上!

毕　(向杜洛涅)喂,秘书先生,我有希望吗? ……

杜　(伸手给他)我的亲爱的朋友,这事情不归您还归谁呢? 您该晓得我们是您的人啊。(二人自后方出)

伯　(一面走上去,一面向保罗)我的亲爱的县长,您的县里的民魂是这样的? ……您在那边做了三年的县长,总该知道的!

保　唉! 将军! 县里的民魂……让我告诉您……县里的民魂……县里没有民魂!

　　他们自后方出。——胥珊走过的时候,触着一具不曾盖上的钢琴的键子,铿然作大响。

雪　(向胥珊,严厉地说)唉! 胥珊,真是! ……

胥　什么呀? 表婶!

赉　(把她拉住,正眼望她)你怎么样了?

胥　(赌气地发笑)我吗? ……我寻开心,呃!

赉　你怎么了?

胥　没有什么,姑母,我寻开心,你信我说的吧。

赉　你怎么样了?

胥　(哽咽,气促地)我有的是痛苦! (她进了大厅,猛烈地把门掩上)

赉　(自语)这到底总是爱情的关系,否则我便不知道了……我是知道的!

第二出

出场人:洛歇、公爵夫人、雪兰夫人。

雪　(向公爵夫人)唉,这个! 您看,这是怎么一回事? ……(向洛歇)为什么你不做报告去? 到底是怎么一回事?

洛　母亲,您太有道理了!

雪　胥珊吗? ……

洛　是的,胥珊……与那男的! ……

赉　住口! 你想要说疯话了!

洛　但是……

赉　(向雪兰夫人)让我说了吧! 我们在她的手里得了一封信。

雪　毕拉克的吗?

赉　我一概不晓得! ……

洛　怎样?

赉　这是一封反笔的信,又不曾签字……我一概不晓得! ……

洛　是的,是的……唉! 他哪里肯连累了自己呢? ……但是,您听我告诉您……

赉　（向洛歇）住口！（向雪兰夫人）你听我告诉你："我礼拜四
　　来……"

洛　今天！依理说，不是他就是我！

赉　住口！让我说完："礼拜四，晚上十点钟，在花厅里。"

洛　"您务必假说头痛。"

赉　呀！是的！我忘记了："务必假说头痛。"

雪　这是一个约会了！

赉　显然是的啦！

雪　约她！

赉　这个我一概不晓得。

洛　唉！我毕竟以为……

赉　唉！……你以为！……你以为！……凡是要告发一个女人的罪
　　过……你听清楚！凡是要告发一个女人的罪过，并不是说"以
　　为"就行了的！应该亲眼看见，看了又看……看见了之后，那
　　么……唉，那么……那么，还不算是真的呢！（自语）同少年人说
　　这种话总是好的！

雪　一个约会！我平日说什么来？唉！她真是可以证明她的根
　　源！……在我的家里！……唉！一个风骚的工女！……总之，公爵
　　夫人，您打算怎么办呢？快说呀！我虽则请人家不必等我，先自开
　　始读那剧本，但是我毕竟不能久留在这里的！呃！您听，他们开始
　　了，我听见那诗人的声音了。我请您快说，您打算怎么办呢？

赉　我打算怎么办吗？……我只打算在这儿守着，……十点钟只
　　欠五分了。如果她赴约会的，非在这儿经过不可，于是我就可
　　以看见她。

洛　如果她去呢，姑母？

赉　我的侄孙儿，如果她去吗？好，那么，我也去！我一句话不说，
　　只看他们怎样……等到我看见他们怎样了……于是我……才
　　看怎样办理，还不迟呢。

洛　（坐）也罢！我们就等吧。

雪　唉！你可以不必，我的亲爱的！有我们在这里呢。你有你的
报告，你的古墓，去吧！……（把他推到门口）

洛　母亲，请您容许我！关系在……

雪　（又推他）关系在你的位置……嗳呀！去吧，去吧！

洛　（固执地）请您恕我不遵命之罪，只因……

雪　唉！洛歇……

洛　母亲，我哀求您……再者，今天晚上我再也不能写一行字……我
太……我不晓得……我的心乱极了……我觉得我对于这女子，
我应该做的事情没有做……母亲，您想想看……胥珊！……这
么一来，真丑极了！……我的地位可怕极了！……

赍　嗳呀……你说得太过了！

洛　（跳起来）实际上是如此！

雪　洛歇！你不想一想吗？

洛　我是她的保护人，我对于她的灵魂负责任……请您想一想，我
的责任是卸不了的！这孩子的名誉，也不能不想一想！……
这是神圣的寄托，我有维护的责任……我把她的财产让人家
偷了去，我的罪过还轻些！刚才您同我说起古墓！呃！古墓！
古墓！……关系真在古墓！可恨的古墓！……

雪　（害怕起来）唉！……

赍　（自语）呃！呃！

洛　如果这是真的，如果这贱骨头竟敢不顾自己，不顾她，不顾我
们……那么，我要直走到他的跟前，当众打他的耳光……您听
见吗？……

雪　我的儿！

洛　是的，当众打他！

雪　真是堕落了！……公爵夫人……对不起……

赍　怎么？这么一来，我还更爱她呢……你晓得吗？

雪　洛歇!

洛　不,母亲,不! ……这事情与我有关系的……我要等候……(坐)

雪　好……我也等候。

洛　您吗?

雪　是的,而且我要同她说……

赍　呀! 但是,要当心呀! ……

雪　唉! 您放心,我只说些暗语;但是,如果她坚持要去,就算她承认是知情的了! ……我也等候着。(坐)

赍　不久了! 十点只欠五分了! 如果她要头痛的,不会再迟了。(有人悄悄地开后方的门)嘘!

洛　她来了!

　　门开时,那诗人念诗的声音同时传出来。

那诗人　(在台外)

　　　　我要把这污浊的尘世洗个干净!

　　　　我要报仇,

　　　　它死了,我还要跟定它;

　　　　我不退缩,

　　　　非但在它的坟墓前……

　　霞痕入,门闭,同时诗声亦止。

赍　(自语)这是县长夫人! ……

第三出

出场人:洛歇、公爵夫人、雪兰夫人、霞痕。

霞　(看见他们,停了脚步,着慌)呀! ……

赍　来呀! 来呀! ……喂! 您似乎已经听够了,是不是?

霞　我吗? 不,公爵夫人……但是,因为……

赍　我晓得! 因为您不爱悲剧……

霞　爱的……哦! 爱的。

赉　唉！您也不必自己辩护,还有许多像您一样的呢。(自语)她
　　是怎么样的?(高声)那么,是那剧本太不好了,是不是?

霞　哦！好极了,怎说不好呢?

赉　好,像人家踏着您的脚那么好吗?

霞　不！不！……那上头竟有些……有些……有一句很妙的诗句!

赉　已经有妙句了!

霞　大家喝彩,喝得厉害哩。(自语)怎么办呢?

赉　哈！哈！……这妙句说的是什么呢?

霞　"名声像一个神,这神……"我怕背诵得不好,倒失了原诗的韵
　　味了。

赉　呃！保留着吧,好孩子,保留着吧！您现在妙句也不听,就走
　　了吗?

霞　唉！我在非常可惜呢。(自语)说什么好呢?……(忽生一计)
　　呀！……(高声)我不晓得是旅行辛苦呢……还是天气太热的
　　缘故……我……我觉得不舒服!……

赉　呀！……

霞　是的,我的眼睛……看不清楚东西……我想……我……我有
　　了头痛的病了!……

雪、赉、洛　(都站起来)头痛?

霞　(吓得一跳,自语)他们怎么了?

赉　(静默了半晌之后)是的,这个不足为奇,因为空气坏的缘故。

霞　呀！您也一样吗?

赉　我吗?唉！……我这样的年纪,不会头痛了……呀！您
　　有……好,但是,好孩子,该医一医才好。

霞　是的,我想走走……您恕我的罪吧?

赉　您去就是了!……您去就是了!

霞　(捧着头向外走)唉！痛啊!……(自语)得了!……保罗自然
　　会溜出来的。(从通花园的门出)

第四出

出场人：雪兰夫人、公爵夫人、洛歇。

赉　（向洛歇）哈！哈！你以为？喂！你以为？

洛　呃！姑母，这不过是偶然的事情罢了！

赉　偶然，也许是的；但是，你看，尽可以冤枉了好人，所以千万不可……（后方的门开了，也像前次一样地听见诗声）哈！哈！这一次！

米烈的声音　（门半开时诗声传出来，门掩上的时候，诗声同时亦寂）

　　　　当他们达到百数，

　　　　又当他们达到千数的时候……

赉　这诗人倒有好嗓子！

米　我孤身向前，犯他们的无用之怒，

　　　问他们委靡不振的理由……

　　　绿西入。

雪、洛　这是绿西！

第五出

出场人：洛歇、公爵夫人、雪兰夫人、绿西。

绿西向那通花园的门走去。

赉　怎么？绿西，您走了吗？

绿　（止步）对不起，我没有看见你们。

赉　似乎有一句妙句："名声像一个神！……"

绿　（再走）"这神……"

赉　是的，正是这个了。（十点钟响了，绿西走到了门口）但是，您毕竟还要走吗？

绿　（转身）是的，我要到外面吸一吸空气，我的头痛得很。（出）

三人　（坐）呀！

第六出

出场人:公爵夫人、雪兰夫人、洛歇。

赉　呀! 真是! ……奇怪得很!

雪　这还不过是偶然的事情罢了! ……

赉　又偶然! ……呀! 这一次可不是了! 怎么? 他们都是偶然,
　　只胥珊不是偶然! ……不要说吧! 事情有些蹊跷! ……她不
　　会来了……我敢打赌,她不会来了。(后方的门突然开了,悲
　　剧的声音突然传出,只不很清楚,突然又停止了。胥珊骤入,
　　如欲追赶什么人似的)她来了!

第七出

出场人:公爵夫人、雪兰夫人、洛歇、胥珊。

雪　(站起来)小姐,你离开大厅吗?

胥　(想逃走)是的,表姊!

雪　不要走!

胥　但是,表姊……

雪　不要走……坐下来吧!

　　胥珊倒在风琴前的凳子上,每逢她同谁说话,便转身向谁。

胥　坐下来了!

雪　为什么你离开了大厅? 请你告诉我。

胥　自然是因为那老先生的诗讨厌啦。

洛　真的是这个理由吗?

胥　如果您再要一个理由,我可以说是:因为绿西出来,我也就出来!

雪　小姐,密司华特桑……

胥　唉! 当然! ……密司华特桑完美极了,真是一个想象中的人
　　物,是一只凤凰! ……她什么都可以做……只有我……

洛　只有您,胥珊……

雪　呀! 你让我同她说! 小姐,只有你独自一人在路上跑……

胥　像绿西一般!

雪　你垄断了毕拉克先生,你努力想法子找他说话……

胥　像绿西一般!……她呢? 她不同他说话吗? (转身向洛歇)她不也同这位先生说话吗?

雪　唉! 但是,你却说秘密话! 你是完全懂得我的话的!

胥　唉! 要传达秘密,用不着说话……只写信就够了……(注视洛歇,低声)还写的是反笔字呢!

雪　呃?

洛　(低声向公爵夫人)姑母!

赉　(低声)嘘!

雪　真是!……

胥　真是!……绿西要同谁说话便同谁说话,要出去便出去,要穿什么衣服便穿什么衣服。既然人家这样爱绿西,我也要跟她学样!

雪　小姐,你晓得人家为什么爱她吗? 你看,她虽则是个英国人,虽则行动自由,而她为人很谨慎,很正经,很有学问……

胥　是的,然而我呢? 这些我不都有了吗? 唉! 半年以来,直到今天,直到今天晚上五点钟,我一味用功,与她一样地用功研究学问! 她晓得的,我都晓得了! 什么客观的、主观的,一古脑儿都在我心里! 好! 到而今有何用处? ……人家比从前更爱我些吗? ……人家不是仍旧把我当做一个小女孩看待吗? 还有一切的人们! 是的,一切的人们! ……(睨洛歇)谁会注意到我? 胥珊啊胥珊! 胥珊是上算的吗? 一切的一切,都因为我不是一个英国的老女子……

洛　胥珊!

胥　是的,您替她辩护吧! 唉! 我晓得怎样才博得您的欢心……您欺我不晓得吗? (把公爵夫人的手眼镜抢了过来,搁在鼻上)美学! 叔本华! "自我!""非我!"……汪! ……汪! ……汪! ……

雪　小姐,请你不要这么孩子气,好不好?

胥　（行大礼）谨谢教诲,表婶!

雪　是的,你的孩子气……与你的无意识的言语举动……

胥　既然我是一个小女孩,小女孩的无意识,有什么稀奇呢?（生气）好! 真的,我有的是无意识的言语举动……我故意做的,我还要再做呢!

雪　我包管你再也不得在我家里这样做了。

胥　是的,我同毕拉克先生出去了;是的,我同毕拉克先生说过话了;是的,我同毕拉克先生有秘密的关系!

洛　您竟敢……!

胥　他比您有学问! 他比您好! 我爱他胜于爱您! 是的,我爱他! 不错,我爱他!

雪　我想你不懂什么叫做正经的事情。

胥　懂得! 懂得! 我懂得什么叫正经! 哪里不懂得呢?

雪　那么,你听我说! 你刚才恐吓我,说要做无意识的事情,在未做以前,请你好好地考虑一下! 胡闹呀,说混账话呀,失体统呀,这都不是你这卫里叶小姐所应有的啊!

赉　呀! 当心!

雪　呃! 公爵夫人,至少该使她晓得……

胥　（含泪）唉! 我晓得!

赉　怎么?

胥　（投入她的怀里哭）唉! 姑母! 姑母!

赉　胥珊,嗳呀,我的好孩子! ……（向雪兰夫人）你的意思是要吓煞了这野兔子的! （向胥珊）说吧,你晓得什么? 究竟是什么? （抱她在膝上坐）

胥　（一面哭,一面说）唉! 什么? 我不晓得,但是我晓得总有些什么同我作对的地方……许多就如此了!

赉　是谁告诉你的?……

胥　谁也不曾告诉我……一切的人们也都告诉我! ……人家看见

我都怔怔地瞧我,叽叽喳喳地说我,我一进来,大家即刻住口……人家吻我,叫我做"可怜的孩子"!——你们以为小孩子是没有感觉的吗?……

赉　(替她拭泪)嗳呀,我的乖乖,嗳呀!

胥　而且,在教养院里,我显然看得出我不像别人一般,你们欺我不懂吗?……唉!我懂得!人家老是说起我的父亲……说起我的母亲……既然我没有父母了,为什么还说呢?有一次,我同一个大女孩玩,不晓得我怎样得罪了她……她怒气冲冲……忽然叫我做"不合法的小姐"!她自己不晓得这话是什么意思,我也不晓得!后来我们和解了之后,她承认给我听,说这话是她的母亲说的,她在旁边听见,也就学着说了。……唉!我真命苦!(哽咽)我们也曾在字典里找过……却找不着……找着了也不懂……(发怒)这到底是什么来由?……我为了什么,不能与众人一样?我为了什么,做事都是不对的?这是我的罪过不成?

赉　(吻她)不是的,好孩子……不是的,我的乖乖……

雪　我很抱歉……

胥　好,那么,既然不是我的罪过,为什么人家责备我,责备得这般厉害?我是这家里一切的人们的痰盂!我晓得!我不愿意再住了,我要走了!……这家里没有一个人疼我的!

洛　(心甚不安)胥珊,为什么说出这话来?您说这话真不该!与事实恰恰相反,这家里一切的人们……与我……

胥　(怒气冲冲地站起来)您?

洛　是的,我!我同您赌咒……

胥　您?唉!喂!……不要惹我,您!我恨您,我再也不愿意看见您!决不!……您听见吗?(向那通花园的门走去)

洛　胥珊,胥珊!您到哪里去?

胥　哪里去?我散步去,而且我要到哪里去便到哪里去,您管不着!

洛　为什么此刻去呢? 为什么您出来呢?

胥　为什么吗? (下来,走向他)为什么吗? (眦起眼睛)我有头痛的病!
　　众人皆起,胥珊从那通花园的门出。

第八出

出场人:洛歇、公爵夫人、雪兰夫人。

洛　(心乱)喂,姑母! 现在显明了吧?

赉　(起)越弄越不清楚了!

洛　好! 我去看她!

雪　洛歇,你到哪里去?

洛　哪里去? 我当然依姑母的话做去,看他们怎么样! 我先发个
　　誓,如果事情是真的……如果那男子竟敢……!

雪　如果是真的……我要赶他走!

洛　我呢,如果是真的……我要杀他! (从那通花园的门出)

赉　我呢,如果是真的,我要把他们结婚! ……但只这不是真
　　的……总之,我们等着瞧吧;来吧! (她想要拉雪兰夫人
　　走——大厅里喝彩之声甚烈,有椅子声,谈话声)

雪　(游移)但是……

赉　呃? 什么? 又有一句妙句了! 不,这是一幕的收场! 快! 快!
　　不要等他们出来!

雪　但是,我的宾客呢?

赉　呃! 你的宾客吗? 他们不要你也会睡着了的! 来! 来!
　　她们出。后方的门开了,一对一对的人们隐隐可见。米烈被
　　人们围绕着。

杂声　美极了! 大艺术! 高尚极了!

伯　(大声地打呵欠)妙啊! 还有四幕!
　　保罗悄悄地溜出来,从通花园的门出。

幕闭

第三幕

布景　一间大花厅,有煤气灯照耀着,有水池,有喷泉,又有家具、椅子等。小树丛生,花卉纵横。人们进了里面,很容易躲避。

第一出

出场人:公爵夫人、雪兰夫人。

她们从后方右边入,踌躇不前,先放眼四顾,然后低声谈话。

贲　没有人吧?

雪　没有。

贲　好!（走下来,停步）三个人头痛!

雪　我迫不得已,丢开了那诗人,真是意料不到!……

贲　呀! 好,你的诗人,他念他的诗! 你该晓得,一个诗人只要有诗念就好了!

雪　洛歇的感情的冲动,真把我吓煞! 我从来不曾看见他这样的! ……姑母,您在那儿做什么?

贲　你分明看见我在关那喷泉啦!

雪　为什么?

贲　好孩子,为的是听话清楚些!

雪　他在园子里,我不晓得他在哪儿……谁跟着他,谁监视着他……不知他要弄到什么地步? 呀! 可怜的孩子! ……怎么?公爵夫人,您要把灯熄了吗?

赉　不,我把灯光弄小些。

雪　为什么?

赉　好孩子,为的是看人清楚些!

雪　为的是?……

赉　还不明白吗?……这么一来,人家很难看见我们,而我们却很
　　容易看见人家……三个人头痛!……却同在一个地方,同在
　　一个时候!你看得出一点儿眉目来吗?

雪　我所不懂的乃是:毕拉克先生……

赉　我所不懂的乃是:胥珊……

雪　唉!她……

赉　她?我们等着瞧吧!现在什么都预备好了,他们可以来了。

雪　如果洛歇看见他们在一块儿……他会……

赉　呸!……呸!看了再说!……看了再说!……

雪　但是……

赉　嘘!……你听见吗?

雪　听见的。

赉　(把雪兰夫人推进丛树里,在戏台的第一行)是时候了!……
　　来吧!

雪　怎么?您想偷听吗?

赉　(躲起来)不是吗?我们要听,只好这么办,你懂吗?……呃!
　　在这角儿上,我们恰像两个鬼王。你放心,该出去的时候我们
　　就出去。人家进来了吗?

雪　(躲起来,从树枝间瞭望)进来了。

赉　两人当中是哪一个?……

雪　那女的……

赉　胥珊吗?

雪　是的!(诧异)不是的!

贲　怎么不是？

雪　不！没有露肩衣……这是另一个。

贲　另一个？……谁？

雪　我看不出来。

霞　来呀，保罗！

雪　原来是那县长夫人！

贲　又来！……

第二出

出场人：公爵夫人、雪兰夫人、霞痕、(其后)保罗。

公爵夫人与雪兰夫人躲在戏台的第一行。保罗在霞痕其后，自后方右边入。

霞　你到底把这门怎样弄的？

保　(在后台的右方)小心者，安全之母也！我很小心地把我们弄得安安全全的了！

霞　怎么？

保　是这样的……(开门，门呀然作声)

霞　(害怕)呃？……

保　(入)成绩很好！……

霞　这是什么玩意儿？

保　这个？这是我刚才安置的一个"守门奴"……这是一块小木块儿……放在门闩上。这么一来，假使有人——我不说有人像我们这样为幽会而来的，在这环境里，不该有这样的事情发生；但是，我怕有人讨厌那悲剧，偶然逃到这儿来……便没有危险了！他把门一推，那门呀的一响，我们向别的门口一跑，呃！……妙不妙？我计划得妥当吗？呀！不愧是政治家的手段！……夫人，现在我们逃脱了人家的监视，我把我的官样儿去掉，仍旧做一个私人；把我的忍耐了许久的情绪都发泄出来,允许您向我你你我我地称呼了。

霞　妙啊！你在这儿却是个好人了！

保　我在这儿好,因为我在这儿放心;但是,你该晓得,刚才你来帮我卸行李的时候,在走廊里接吻,我多么不放心啊！

赉　(自语)原来是他们！

保　又像今天晚上,在花园里接吻！……

赉　(自语)又是他们！

保　再不要那么办了！在这家里,这样做,太不谨慎了……唉！好一个人家！我对你说过的话是骗你的吗？唉！想要做一个知府,便不得不到这么一个"呵欠厅"里来受苦！

雪　呃？

赉　(向雪兰夫人)你听！你听！

霞　(叫他来身边坐下)这儿来！……

保　(坐下,又起,不安宁地踱来踱去)好一个人家！主人们,宾客们,一切的人们！那阿丽柯夫人！那诗人！那侯爵夫人！那冰块般的英国女子！那木偶般的洛歇！只有那公爵夫人还随俗些……

赉　(向雪兰夫人)喂！他说到我,却是这样……

保　(确定地)但是,其他的人,呀！

赉　这是说你！

霞　这儿来呀！

保　(坐下,又起,仍旧不安宁地踱来踱去)还有念书！讲文学！谈候补！呀！洛怀尔的缺！你想想看,那洛怀尔是一个老坏蛋,他每天晚上死了,每天早上还魂,再加一个位置！(走回她身边欲坐,再说)还有那圣赉罗！呀！圣赉罗！什么喇嘛！什么佛教的劳什子！

雪　(生气)哦！

赉　(笑)他倒滑稽得很！

保　喂！还有那妇人们的毕拉克，他的"灵的爱"！

霞　（低头）他是一个傻瓜！

保　（坐）你以为他傻吗？……（生气地又站起来）还有那悲
　　剧！……唉！那悲剧！……

霞　保罗，你怎么样了？

保　还有那老费理伯·奥古斯特与他的诗句！谁不曾做过两句妙
　　句呢？……值得拿来念吗？……我也做过些……

霞　你吗？

保　是的，是我！当我做学生没有钱的时候，我还拿去卖钱哩！

霞　卖给一个书局吗？

保　不，卖给一个牙科医生！我这诗名叫《镶牙乐》，一名《镶牙的
　　艺术》——这是一首长歌，一共三百韵……卖三十个法郎……
　　你听我念……

霞　唉！不，岂有此理！

保　（吟诗）

　　　　蓊子，上帝盛怒时，在世界上
　　　　散布了许多痛苦。
　　　　这些痛苦里头有一种
　　　　令人丧失了天下的美味。
　　　　是哪一种痛苦呢？
　　　　盘据在口里的就是！……

霞　嗳呀，保罗！……

保　（又吟）

　　　　呀！拔牙似乎是有趣的事！
　　　　然而太没有见识了！
　　　　只该医治它，
　　　　不该拔去它！
　　　　呀！永远不该拔，

纵使它吊下来也不要拔！

谁料到,有一天,

巧妙的人会把它镶起来！

否则无论上,无论下,都保不住,

笑也不风流,吃也不方便！

赍　(笑)哈！哈！他是一个有趣的人！

霞　真真孩子气！看你在客厅里的样儿,谁会相信你这个？(摹仿他在客厅里的样子)"唉！参议员先生,德谟克拉西的潮流……1815 年的条约……"哈！哈！哈！

保　好,你呢？喂！……同女主人说话,倒是你比我强！

雪　呃？

保　真难得！

霞　但是,亲爱的,我只依照你吩咐我的话做去。

保　(摹仿她的口气)"我只依照你吩咐我的话做去！"——哈,哈！听你这种娇声,想要假装忠厚哩！哈！哈！你把恕贝尔、托克威尔与一些拉丁文,都供给了那伯爵夫人！而且是你杜撰的呢！

雪　怎么？杜撰的！

赍　这么一来,我却同她表同情了！

霞　唉！我的良心并没有什么不安！……你看这妇人,她把我们分开住,一个东,一个西！

雪　(站起来)我要请她出去！

赍　住口！

霞　没良心！……我敢断定她是没良心！……一个妇人当然晓得新婚的夫妇时时刻刻互相有话说的,是不是？

保　(怜爱地)是的。时时刻刻如此。

霞　时时刻刻,真的吗？……时时刻刻如此吗？

保　你有的是好嗓子！刚才我谈 1815 年的条约的时候听见了！

很细,很和,很缭绕……呀! 托克威尔说得好:"嗓子是心的音乐!"

霞　唉! 保罗! ……我不愿意你用正经的事情来开玩笑。

保　唉! 好,我哀求你,让我乐一乐吧! 我在这儿快乐极了! ——上帝啊! 像此刻的快乐,我做不做格嘉山的知府都不要紧了!

霞　先生,我对于这个,永远是不要紧的。这就是我们二人不同之点。

保　我的乖乖! (吻她的手)

雪　(低声向公爵夫人)这是非礼的事情啊……

赉　(亦低声)我呢,我不恨这个!

保　唉! 这一天,我非但不能借账,连旧账也不能清还。现在,我们什么时候才得自由呢? 我的乖乖,你不晓得我爱你到什么程度哩!

霞　哪里话? 我晓得……

保　我的霞痕!

霞　呀! 保罗! 时时刻刻如此,再说呀,时时刻刻如此!

保　(偎傍着她,怜爱地)时时刻刻如此!

雪　(向公爵夫人,低声)公爵夫人!

赉　(亦低声)呀! 他们是结了婚的!

　　门呀然作响,保罗与霞痕站起来,着慌。

保、霞　呃?

霞　有人来了!

保　我们逃吧! 像悲剧里所说的话。

霞　快! 快! ……

保　你瞧,我提防得好不好?

霞　就完了! 真倒霉!

　　二人从后方左边逃出。

雪　(走过左方)好,幸亏人家打断他们的谈话。

赍 （跟她走过左方）我呢，我可惜得很！——是的，没有笑话可听了。

第三出

出场人：雪兰夫人、公爵夫人、毕拉克。

雪兰夫人与公爵夫人躲在戏台第一行左方，毕拉克自后方右边入。

毕 这门响起来了！

雪 （低声向公爵夫人）这是毕拉克！

赍 （亦低声）毕拉克！

毕 这儿很不明亮。

雪 真的吗？……您看，一切都是真的了。

赍 一切！不！现在只算有一半是真的。

雪 另一半也不远了，您放心！

赍 无论如何，这只是宾客的胆子大，自不小心……事情是不可能的。（门呀然作响）她来了！……唉！真是！我的心跳了……在这些事情上头，相信也没有用，总看不透的……你看见她吗？

雪 （窥视）呀！是她！……洛歇侦探着她的，等一会儿也快来了……公爵夫人，我们露面好不好？

赍 不……不……现在我想要看他们究竟怎样，要使我的心里彻底地明白。

雪 （仍窥视）我担心死了……穿的是露肩衣……是了。不是她是谁？……

赍 唉！小坏种！……让我瞧……（从树叶间窥视半晌）呃？

雪 什么？

赍 你瞧。

雪 （窥视）这是绿西！

赉　绿西。

雪　这是什么来由？

赉　呀！我还不晓得，但是我觉得这么一来，已经好多了。

第四出

出场人：雪兰夫人、公爵夫人、毕拉克、绿西、保罗、霞痕。

雪兰夫人与公爵夫人依旧躲在戏台第一行左边，毕拉克与绿西二人在右边摸索，保罗拉着霞痕从后方左边再进来。

霞　（低声）不！不！保罗！不！

保　（亦低声）怎么不呢？……让我瞧一瞧！在这地方，这时候，只有情人的约会，你相信我的话吧……而在这府里！……唉！……太滑稽了！……

霞　当心！

保　嘘！

绿　毕拉克先生，您在这儿吗？

保　这是那英国女子！

毕　是的，小姐。

保　这是那教授……英国女子与一个教授，真是神话！我刚才说什么话来？一个幽会！……呀！我不走了，真是！……

霞　怎么？

保　听见了这个，你还想要走吗？

霞　呀！哪里！

二人在后方左边的丛树里躲着。

绿　您在这一边吗？

毕　在这里！……我请您恕罪……这花厅平常是亮的……我不晓得什么缘故，今天晚上……（走向她）

雪　（低声向公爵夫人）绿西！……但是，那么，胥珊呢？……我弄不清楚了！

赉　（亦低声）等一等，我以为等一会儿我们就可以明白的。

绿　毕拉克先生，这种约会是什么意思？ 您今天早上的信又是什么意思？……为什么写信给我？

毕　亲爱的密司绿西，我为的是要同您谈话。我们离开了众人，单独地交换意见，这还是第一次吗？

保　（失笑，低声向霞痕）唉！……交换意见！……我不晓得这叫做交换意见……

毕　我在这里老是给她们围绕着，有什么别的法子同您单独地谈话呢？

绿　"有什么别的法子！"只消把我的手一拉，同我出了客厅就行了。我并不是一个法国的闺阁小姐。

毕　但是，您在法国。

绿　无论在法国，在什么地方，我要做什么便做什么；我用不着秘密，更用不着装神做鬼的。您写反笔字……您不签名……连那玫瑰色的信纸也不是您的……唉！您真不愧是一个法国人！……

保　（低声向霞痕）坏蛋！

毕　小姐，您真是科学界的谨严的藐子，是美极了的波廉妮！ 是冷而傲的丕叶里德①……请坐吧！

绿　不坐！ 不坐！……您看，一切您的提防都失败了……我把那信失去了。

赉　（声颇高）我明白了！……

　　绿西吓得一跳。

毕　什么？

绿　您没有听见吗？

毕　没有！……呀！ 您失去了！……

_____

① 波廉妮与丕叶里德皆藐子（Muse）之别名，藐子是个诗神。

绿　拾得这信的人,会作什么感想呢?

赉　(低声向雪兰夫人)现在你明白了吗?

绿　当然,这信没有信封……因此也就没有姓名地址……

毕　而且没有我的笔迹……也没有我的签名……您看,我办得多
　　么好?亲爱的密司绿西,总之,我认为做得很妥当,请您原谅
　　您的教授,原谅您的朋友吧……请坐……

绿　不坐!请您告诉我,看您这样大的秘密,有什么大不了的事
　　情?说完之后,我们回去。

毕　等一等!……为什么您今天不来听我的演讲呢?

绿　恰恰因为我用我的时间去找寻那信了!您有什么话要向我
　　说的?

毕　您真的不耐烦,就要离开我?(把一札字纸递给她,是用玫瑰
　　色的彩条缚着的)呃!

绿　这是些初校的印件。

毕　(感动)就是我的书。

绿　(亦感动)您的书?……呀!毕拉克!

毕　在一切的人们未看以前,我愿意给您一个人先认识这书!

绿　(感动地握他的手)呀!我的亲爱的,我的亲爱的!

保　(失笑)哦!这种恋爱的赠品!呸!……

　　毕拉克吓得一跳,向左边一望。

绿　您怎么了?

毕　不,没有怎么……我以为……在这书里,我把我的思想都放进
　　去了,我包管您同我表同情……除非有一点……唉!这一点!

绿　哪一点?

毕　(多情地)您是不是不相信灵的爱的?

绿　我吗?唉!我绝对不相信!

毕　(殷勤地)好!……我们呢,到底……?

绿　(简单地)我们只是友谊的关系。

毕　（温雅地）对不起！这超过了友谊,而且比爱情更进一步了！

绿　那么,超过了友谊,当然不是友谊,比爱情更进一步当然也不是爱情。现在我谢谢您的书,千谢万谢;但是,我们回去,好不好？（欲出）

毕　（仍拉住她）等一等！

绿　不！不！我们回去吧！

保　（向霞痕）鱼儿不上钩了。

毕　（拉住她）请您等一等！只说两句话！……两句！开我的心窍,或者开您的心窍……这问题是值得讨论的。嗳呀！绿西！……

绿　（着恼,走过右方）嗳呀！毕拉克！我的朋友,您看,您的灵的爱！……在哲学上是讲得通的,其实却站不住！

毕　请您容许我说:这种爱情乃是一种友谊……

绿　是友谊便不是爱情了！

毕　这是一种二重的概念。

绿　是二重便不是一种了！

毕　但是,这是混合的！（坐）

绿　是混合的便没有特质了！……我再说远些……（坐）

保　（向霞痕）鱼儿上钩了！

绿　我否认爱情与友谊可以混合。爱情是有个性做基础的,友谊只是意气相投的形式。换言之,只是一种由自我变到非我的事实。我绝对地否认,唉！绝对否认！

赉　（低声向雪兰夫人）我听人家谈爱情也不算少了,却不曾听见这样的话……

毕　嗳呀,绿西！……

绿　嗳呀,毕拉克！是呢不是？爱情的要素……

毕　喂,绿西,我举一个例子。假定有两个人——两个抽象——两个本质——一个任何的男子——一个任何的女子,两人相爱,

　　　却只是通常的爱,生理上的爱……您懂得我的话吗?

绿　完全懂得!

毕　我假定这两人在这种情况之下,两人单独在一块儿,会发生什么结果?

赉　(向雪兰夫人)我在怀疑哩,你呢?

毕　结果免不了……——您好好地听我说——结果免不了发生这么一个现象……

霞　(向保罗)呀! 有趣得很! ……

保　呃! 夫人?

毕　这两个人同时……——切实些说,首先该是二人中的一个——那男子……

保　(向霞痕)这是阳的本质了!

毕　那男子挨近他以为他爱的那女子的身旁……(挨近她)

绿　(略退后)但是……

毕　(轻轻地拉住她)不,不! ……您瞧! 于是他们二人你望我,我望你;二人的呼吸混合了,头发也混合了……

绿　但是,毕拉克先生……

毕　于是……于是! ……在他们的自我里……纯然在他们的自我的本身里,发生了一种无意识的动作的不中止的现象。在这时候,这意识有了一种进步,一种缓慢而不可避免的发展,于是把他们二人弄到一种意料中的、不可免的结局。这上头,意志失了效用,聪明失了效用,灵魂也失了效用。

绿　请您容许我说! ……这一种发展……

毕　等一等! 等一等! ……现在假定有另一对的爱人,是心理上的爱,不是生理上的爱,——两个例外……您仍旧懂得我的话吗?

绿　懂的。

毕　他们也一样,身傍身地坐着,互相挨近。(说着,又挨近她)

绿　（又避开他）但是,这也没有什么不同呀!

毕　（仍拉住她）等一等! 这里头有一个小小的分别,让我表现给
　　您看。他们也一样地可以你望我,我望你;也可以混合他们的
　　头发……

绿　但是结果怎么样? （站起来）

毕　（使她再坐）只一层……只一层! ……他们所望的不是他们的
　　美貌,却是他们的灵魂了;他们所听的不是他们的声音,却是
　　他们的心弦了。这一种发展与那一种发展虽则同类,却很有
　　分别。但是,他们也一样地达到一个暧昧而动摇的地点,到了
　　这地点,大家不知所以然。这是一种欲望上的美妙的麻醉,似
　　乎是人类的幸福的最高点,同时也就是个终点。他们这二人
　　呢,不在地上醒悟转来,却在天上醒悟转来。因为他们的爱情
　　把他们从庸俗之爱的乌云里提拔出来,送到最高的理想的纯
　　洁的以太里去了。

　　静默。

保　（向霞痕）他会同她接吻的! ……

毕　绿西! 亲爱的绿西,您了解我的话吗? 唉! 告诉我,说您已经
　　了解了吧!

绿　（心乱）但是! ……我似乎觉得这两个概念……

保　唉! 还讲概念! 他们真滑稽!

绿　（仍心乱）这两个概念……却是同一的!

保　唉! 同一的!

毕　（情绪冲动）同一的! ……唉! 绿西,您太冷酷了! ……同一
　　的! 但是请您想一想:这上头,一切都是主观的啊!

保　主观的! ……我非同他捣一个乱不可了!

毕　（非常动情）主观的! 绿西! 您好好地了解我吧!

绿　（十分感动）但是,毕拉克……主观的! ……

霞　（向保罗）他不会同她接吻了!

保　那么,让我同你接吻吧!

霞　(挣扎)保罗! 保罗!
　　接吻作声。

毕、绿　(站起来,着慌)呃?

贲　(诧异,也起来)好! 怎么? 他们竟接吻了吗?

绿　有人! 有人在这里!

毕　来吧! 来吧! 拉住我的手!

绿　人家偷听了我们的话了! 唉! 毕拉克,我早就叫您不要多说话呀!

毕　来呀!

绿　可恨! 我招了是非了。(从后方左边出)

毕　(跟她走)让我来补救,亲爱的密司,让我来补救! ……

第五出

出场人:公爵夫人、雪兰夫人、霞痕、保罗。

公爵夫人与雪兰夫人仍旧藏躲着,保罗与霞痕从躲藏处笑着走出来。

保　呀! 灵的爱! 哈! 哈! 哈!

贲　(自语)这是赖孟!

霞　还有"自我"呀,"发展"呀,"终点"呀! 哈! 哈! 哈!

贲　(轮等她从躲藏处出来,自语)呀! 你们这两个小鬼头! ……等我一等! (走向他们)

保　呃? 好一个达尔杜夫①,他的主张是两面的,而且有制动机的。(摹仿毕拉克)亲爱的密司,爱情的概念是二重的。

霞　(摹仿绿西)但是,爱情的要素……

保　嗳呀,绿西!

霞　嗳呀,毕拉克!

保　但是,这是一种小小的分别。让我表现给您看!

────────────

① 达尔杜夫是莫里哀戏剧中的人物。

霞　那么,这却是同一的……

保　同一的! 唉,太冷酷了……请您想一想:这上头,一切都是主观的啊!

霞　哦! 毕拉克! 主观的!

公爵夫人同自己的手接吻作声。

保、霞　(站起来,着慌)呃?

霞　有人!

保　给人家捉住了!

霞　给人家偷听了去了!

保　(拉她)来呀! 来呀!

霞　(一面走一面说)呀! 保罗,也许起初也是这样的……

保　我要补救,亲爱的天使,我要补救! ……(二人自左边出)

第六出

出场人:公爵夫人、雪兰夫人。

赟　(笑)哈! 哈! 哈! 下流种子! ……他们很有情趣……却还值得人家教训教训……哈! 哈! ……现在……我可以笑了……哈! 哈! 你看,绿西……你那娼妇,干的好事! 起初我同你说的时候……好,此刻你明白了吗? 胥珊……这约会……这一封信……你明白了吗?

雪　是的,这原来是毕拉克给绿西的信,给胥珊拾着了的!

赟　而且她把这信当做洛歇给绿西的信,所以她才吃醋,才那么生气哩!

雪　吃醋吗? 公爵夫人,您的意思是说她爱我的儿子吗?

赟　唉! 你还想要他娶那一个吗? ……刚才那些"发展、元素"一种的话,你没听见吗?

雪　那一个吗? ……不,当然不要她了……但是,姑母,我永远不要胥珊!

赟　不幸我们还不到那地步……在事情未终结以前,你先回去照

　　管你那悲剧与那候补洛怀尔的事情吧。去吧！……我呢，我
　　担任捉住洛歇，使他把腰刀仍旧插进鞘里。——好的事情结
　　果也好……唔唏！不要紧，我的心安定得多了！震了半天的雷
　　只下这么一点儿雨……现在完了！完了！完了！我们走吧！

　　　　她们走向左边的门，欲出。右边的呀然作响。

二人　（止步）呃！

赍　　还有！——唉！真是！……你这花厅却是费嘉洛的栗树下①！
　　　呀！好，好看极了！

雪　　但是，还有谁来呢？

赍　　谁？（心生一计）呀！（把雪兰夫人推向左边，说）你先回客厅
　　　吧，等一会儿我告诉你。

雪　　但是……

赍　　（又推她）你总不能丢开你的宾客们一辈子吧？……

雪　　（放眼欲望）这倒是真的，但是，谁来呢？……

赍　　（又推她）我反正告诉你就是了。快去，趁人家不进来的时候
　　　先走……否则你就不能……

雪　　对的；而且，等一会儿我们还到这里来喝茶呢。

赍　　喝茶！对了！——去，去；快，快！

　　　　雪兰夫人自左边出。

第七出

出场人：公爵夫人、（其后）胥珊、（再后）洛歇。

赍　　还有谁呢？不是洛歇来侦探胥珊，便是胥珊来侦探洛歇了。
　　　（向右边望）是的，是的，正是他。——这是我们的巴尔托
　　　罗②……（向左边望）现在，我那吃醋女儿也来了，她以为洛歇

---

① 用波马歇剧本里的故事。
② 巴尔托罗（Bratholo）也是波马歇剧本里的人物，是一个很善疑善妒的保护人，所以拿
　　他来比洛歇。

同绿西在一块儿,她要来看一看是怎样的经过。对了!第三个头痛,我的账算清了!……呀!如果命运之神不把这个弄得一个结果,那就不算巧了!……(悄悄地把煤气灯的灯光放微小些)让我帮一帮他们的忙。

胥 (藏躲地走进来)我分明晓得他故意在花厅外兜一个圈子,结果还是进来的。我妨碍他的好事了。

洛 (亦藏躲地走进来)她故意在花厅外兜一个圈子,此刻却进来了。——我看见她进来了。好!我毕竟可以晓得如何处置了。

赍 他们在捉迷藏呢。

胥 (侧耳静听)他那英国女子似乎是迟到吧?

洛 (亦侧耳静听)唉!真是!毕拉克还不来?……

赍 他们会老是这样呆等的……除非是我来混他们一混。(作呼唤声)喂!……

洛 她叫他了!……唉!假使我的胆子大,我就替代了他,既然他不在这儿,还有什么不行的?要看他们到底怎样,这乃是一个法子。

赍 (自语)对呀!……就这么办吧!……(又作呼唤声)喂!

洛 真是!随它去吧!……既然他不来,我总可以探一探她的口气……(作呼唤声)喂!

赍 呃!

胥 (自语)他把我当做绿西……唉!我很想晓得他要同她说什么话。

洛 (半低声)是您吗?

胥 (半低声)是的!……(自语,作决断貌)我也管不了许多!

洛 (自语)她把我当做毕拉克哩。

赍 呀!好……此刻可好了!——做去吧,孩子们,做去吧!……(躲到后方左边丛树里去了)

洛　您收到了我的信没有？

胥　（生气，当面骂他，却只当做自语，洛歇看不见她，也听不见她
　　的话）是的，我收到你的信了！……是的，我收到了！你猜不
　　中这信竟落在我的手里！（悄悄地向他）自然啦！否则我怎么
　　晓得赴您的约会呢？

洛　（自语）"您的约会！"……好！这一次可明白了！……唉！贱
　　骨头！……我们等着瞧吧！（向她）我生怕您不来呢……我的
　　亲爱的。

胥　（自语）"我的亲爱的！"……唉！（向他）刚才您不是看见我从
　　客厅里出来吗？……我的亲爱的。

洛　（自语）他们至少是很熟的了！……还有什么好说？……我非
　　晓得不可……（向她）为什么您离开我这么远呢？（走向她）

胥　（自语）他要看见我比绿西矮些了。（坐下）呃！这么一来……

洛　您不愿意我坐近您吗？

胥　我愿意极了。

洛　（一面走近她，一面自语）唉！她愿意极了！……我最觉得奇
　　怪的，乃是她把我当做毕拉克；我毕竟没有他的声音，也没
　　有……唉！随它去吧，不要失了机会。（坐近她，却把背朝着
　　她，向她说）您这人真好，肯来！……我的亲爱的，那么，您有
　　几分爱我了。

胥　（也是把背朝着他）当然啦，我的亲爱的。

洛　（站起来，自语）她爱他！……唉！贱骨头！

胥　（自语）他怎么样的？

洛　（复回坐近她）好！那么，让我像从前的几次一般地偎傍着您
　　吧。（摸她的手）

胥　（生气，自语）他摸她的手了！

洛　（生气，自语）她居然让他摸她的手……太令人难堪了！

胥　（同样）唉！

洛　（向她）您发抖吗？……

胥　不……您才发抖呢……

洛　不，不，是您！大约是……（自语）让我试试看……管它呢！……（向她）大约是你害怕，是不是？

胥　（生气，站起来，自语）叫起"你"来了！……

洛　（作了一个长呼吸，自语）他们只到这地方罢了！

　　胥珊复回，作毅然决定状，复坐近他，一言不发。

洛　（心惊，自语）怎么？……更进一层吗？……那么，还有什么好说！……（向她）呀！你不怕吗？

胥　怕？……怕同你在一块儿吗？……

洛　（自语）同你在一块儿！……那贱骨头，不晓得他把她迷惑到什么程度了！唉！我可以晓得的！我要晓得！……我一定要晓得……我应该晓得……我对于她的灵魂负责任……（决定后，向她）好，那么……既然如此，你看，如果你不怕，为什么你逃走呢？（拉她近他）

胥　（发怒）哦！

洛　（恍然大悟）拾着了！

胥　是的……是的……拾着了什么约会，什么头痛……一切的一切，我都知道了！……我想要看你们怎样，所以到这里来……而您却把我当做绿西……

洛　我吗？

胥　（开始流泪）是的，你，是的。你！……你把我当做她，所以你同她说你爱她！……还不是吗？还不是吗？……既然如此，为什么你告诉我说你不爱她呢？……是的，刚才你同我说过的……你说你不要同她结婚……为什么你要说这话呢？你真不应该说！你要娶她就娶她，与我有什么相干？只不该那么说！你欺骗我了……你撒谎了！这是不对的！既然你爱她，你就不应该……你就应该……！（投入他的怀里）唉！不要娶她!……不要娶她!……不要娶她!……

洛　胥珊!……哦,我亲爱的胥珊!我真快乐极了!……

胥　呃?

洛　那么,那一封信,是你拾着的,不是你的了?

胥　我的吗?

洛　好! 也不是我的……我同你赌咒!

胥　但是……

洛　既然我赌咒,你就可以相信了! 这是绿西的! 是毕拉克
　　的! ……是别人的! ……与我们有什么相干? 呀! 此刻我明
　　白了……起初你以为……对了,对了……我起初也以为……
　　我明白了! ……唉! 亲爱的孩子……我的亲爱的胥珊! ……
　　你几乎把我吓煞! ……天啊! 你几乎把我吓煞!

胥　你怕什么?

洛　怕什么? 唉! 真的! ……真没理由! ……不,不,不要追究了
　　吧……这太值得诅咒了! ……对不起……你听见吗? ……我
　　特此向你道歉……

胥　那么,你是不同她结婚的了?

洛　我不是同你说过了吗? ……

胥　唉! 我一点儿不懂……我只求你说一句你不娶她,我就相信
　　你了……

洛　当然啦! ……当然啦! ……你多么孩子气! ……嗳呀,不要
　　哭……快揩干你的眼泪,好孩子,亲爱的胥珊。我们不生气
　　了……不要再哭了!

胥　(走到中央)我忍不住啊!

洛　为什么?

胥　洛歇,我有的只是你……我不愿意你丢了我。

洛　丢了你吗?

胥　(仍哭)我吃醋了,你是晓得的……你竟不了解我……不,

不……唉！今天晚上我看得很清楚：当我奉承毕拉克，想要气你的时候，你正眼也不瞧我一瞧！毕拉克与你没有关系的。

洛　他！刚才我打算杀他呢！……

胥　杀他！……(上前拥抱)呀！你这人真好！……那么，起初你以为？……

洛　为什么你不扭转身来呢？(搂她的腰)

胥　(发怒)哦！

洛　为什么你保护着你的脸呢？……(俯向她的脸)

胥　(顿足)哦！太凶了！

洛　是的！太凶了！

胥　请你看清楚吧！我是胥珊！不是绿西！你听见吗？

洛　我呢，我是洛歇，不是毕拉克！你听见吗？

胥　毕拉克？

洛　唉！贱骨头！那么，这是真的了？……唉！胥珊！胥珊！……你真坏极了！……弄得我好苦！……好！他就要来的，我要等候他！

胥　怎么？谁？

洛　依你的话，你不知道我已经看见那一封信了吗？

胥　那一封信！……你的信，是我看过了的！

洛　我的信吗？毕拉克的信！

胥　毕拉克的吗？……你的！……

洛　我的？

胥　你的！……写给绿西的！……

洛　写给绿西的吗？……给你的！给你的！给你的！……

胥　给绿西的！……给绿西的！……给绿西的！……她失去了。

洛　(惊)失去了！

胥　呃！当她问仆人的时候，我恰在旁边！你不要告诉人家……是我拾着了！……

洛　住口……我们不必再说这个了……这个完了……大家忘记
了,算是不曾有那么一回事!……我们一切重新开始,我与你
一般地重新开始……日安,胥珊,日安,我爱……我许久不见
你了……这儿来吧……来我的身边……像刚才一样吧。(坐,
又使她坐,甚相近)

胥　呀!洛歇,此刻你真好!同我说这许多好话!……那么,你爱
我胜于爱她吗? 真的吗?

洛　(越说越兴奋)爱你吗? 爱你不是我的责任吗? ……不是亲戚
的责任,保护人的责任吗? ……不是忠厚的人的责任吗? 爱
你! 你看,当我看见了那一封信之后……我不晓得心里怎样
难过……呀! 因此我才知道我于你有了了不得的感情……
唉,是的,好孩子,亲爱的纯洁的孩子,我爱你,我自己料不到
我这样爱你,我想要使你知道……(很多情地)你不是知道的
吗? ……你感觉不到我爱你吗,我的亲爱的小胥珊?

胥　(有几分诧异)是的……洛歇……

洛　你眼怔怔地望着我……你有几分诧异吗? ……我不能使你相
信吗? ……我太不习惯表现爱情了,太不会疼人家了……这
种事情,我实在不晓得说……人心的教育全是母亲的关系,你
是认识我的母亲的……她把我教育成为一个用功者、一个博
学者。我的生命给科学充满了……我的生活里,有了你我才
有了休息,有了微笑,有了青春……你说你有的只是我! 我
呢,我所爱过的只有你,而我自己却不觉得! ……昔日你对于
我,像现在一些孩子们对于你:他们不晓得于你有什么影响,
你自己也怀疑,然而实际上乃是如此的;因为他们自身的有力
的表情的缘故,因为他们的神趣所迷惑的缘故,因为他们的弱
点所诱导的缘故,无形中使我们学会了爱情。因为人们对于
其所保护的人,无形中表示服从,表示捐舍。我是你的教员,
同时也是你的学生。我把思想灌输给你的时候,同时是你把

爱情灌输给我的时候。……我教你读书……你教我恋爱。我的不识不知的一颗心，因为你的玫瑰色的小手指的缘故，因为你的黄金色的童发的缘故，竟了解了什么叫做"心中的接吻"……你很小的时候就进了我的心里，渐渐地长大，现在给你占据了我的心的全部了。全部了！你听见吗？（静默）喂！你放心了吧？

胥　（感动，站起来，低声）我们走吧！

洛　（诧异）为什么？哪里去？

胥　（很发抖）别处去……

洛　为什么呢？

胥　（发抖）黑暗得很！

洛　但是，刚才不也是黑暗吗？……

胥　唉！刚才我没有看见黑暗。

洛　不！不要走！……不要走！……什么地方能够比这里好呢？我还有许多话……心里充满了……我不晓得为什么我说这话……真的……说了才好！……唉！胥珊……再坐一坐吧，我的亲爱的胥珊……（拉住她）

胥　（欲挣脱）不……不……请您放手吧……

洛　（诧异）"您?"……你又叫我做"您"了吗？……

胥　（发抖更甚）我……我请您放手吧！……

洛　刚才呢……

胥　是的，此刻却不能了……

洛　为什么？

胥　我不晓得……我

洛　嗳呀！……又来！……又哭了……我使你伤心了吗？

胥　不是的……唉！……不是的……

洛　那么……我无意中欺侮了你了……我已经……

胥　不是的……不是的……我不晓得……我不懂……我是……我

们走吧,请您放我走吧……

洛　胥珊……我也不懂……我猜不着……

第八出

出场人:洛歇、胥珊、公爵夫人(露面)。

赉　你们晓得是什么缘故吗? 这是你们互相看不清楚的缘故。
(把煤气灯的制机一扭,全台光明)好了!

洛　姑母!……

赉　呀! 我的亲爱的孩子们,你们真使我快乐得不得了!……喂,
你快同你的妻子接吻吧!

洛　(先吃惊)我的妻子……胥珊吗? (望望他的姑母,又望望胥珊
忽然叫起来)呀! 真的……我爱她!……

赉　(大悦)好啊……有一个明白的了……(向胥珊)喂!……
你呢?

胥　(低头)呀! 姑母!……

赉　你似乎也早已明白了……女人们的眼光总敏锐些……是不
是? 煤气灯的发明真不小……一切都好了,不是吗? ……只
有你母亲一方面……

洛　怎么?

赉　呀! 不是我说! 这事儿倒很吃力! ……她来了! ……听悲剧
的人们全体都来了! ……你一声不响……让我做去……我担
任一切! ……呃! 他们在那里怎么了?

第九出

出场人:洛歇、胥珊、公爵夫人、雪兰夫人、米烈、伯利叶将军、
毕拉克、绿西、卢登夫人、阿丽柯夫人、保罗、霞痕。

雪兰夫人喜悦地先入。其后,众人从各门渐渐地进来。米烈
被众妇人环绕着。

雪　姑母,有一个要紧的消息!

赉　什么消息?

雪　洛怀尔死了!

赉　不要撒谎!……

雪　这是晚报上载的,您瞧!(把一张报纸递给她)

赉　好家伙!……(接过报纸,看)

阿　(向那诗人)妙极了!美极了。

卢　上好的作品!高尚得很!

伯　真值得注意!里头有一句妙句!

米　哦!将军!

伯　真的!……真的!……很妙的诗句!荣……您怎么说
　　的?……荣……"荣誉此刻像一个连祭台也没有了的天神。"
　　这是一句很妙的诗句!

保　(向霞痕)只长了些!

毕　(拿着一张报纸,向绿西)他是六点钟死的。

圣　(拿着一张报纸,向他的妻子)是的!六点钟——呀!杜洛涅
　　先生允许过我了。

毕　(向绿西)杜洛涅正式地答应过我的……

雪　(向公爵夫人)杜洛涅是我们的人!

赉　真的!你们的杜洛涅哪里去了?

圣　人家刚才送了一个电报给他。

雪　报消息的电报……对了……但是为什么?……(看见杜洛涅
　　进来)呀!他毕竟来了!……

众人　是他来了!哈!哈!

　　杜洛涅走下来,大家围着他。

雪　我的亲爱的国务院秘书!

圣　我的亲爱的杜洛涅!

雪　喂!那电报是怎么样的?

毕　关于洛怀尔的事情不是吗?

杜　(为难)是的,关于洛怀尔的。

毕　好,那电报说的是什么?

赉　(注视杜洛涅)妙啊! 我晓得! 说的是他没有死! ……

雪、毕、圣　(各以报纸示人)但是报纸上的消息呢?

赉　这是他们弄错了的!

众人　呸!

赉　只弄错了一次! (向杜洛涅)不是吗?

杜　(慎言地)真的,他没有死!

圣　(倒在椅子上)又来!

赉　我敢打赌,人家还要多给他一个头衔呢!

杜　是的,勋级会的会长。

圣　(顿足)老是这样的!

杜　(以电报示人)明天要在《政府公报》上发表的……你们
　　瞧! ……(伤心地向圣赉罗)我很替你……

赉　(注视杜洛涅自语)他来的时候早已晓得了;他倒厉害得很。
　　(高声)我呢,我也有一个要紧的消息报告。

众人　哦! (大家转身向公爵夫人)

赉　我甚至于有两个消息哩。

绿　怎么?

卢　怎样的两个消息,公爵夫人?

毕　什么消息?

赉　第一个消息是:密司绿西·华特桑与毕拉克先生订婚。

众人　同毕拉克吗? 怎么?

毕　公爵夫人!

赉　唉! ……非补救不可!

毕　补……呀! 我幸福极了! 呀! 绿西!

绿　(诧异)对不起,夫人……

赉　（低声）呀！非补救不可,好孩子!

绿　（亦低声）这里头不能有什么补救;没有失误便用不着补救,夫
人您说错了。

毕　怎么样?

绿　我的情绪与我的意志相合了。（伸手给毕拉克接吻）

毕　呀！绿西!

赉　妙啊! ……这算一个消息了!

卢　唉! 绿西! 世界上的妇人,只有您是幸福的。

赉　还有第二个消息!

卢　又是订婚吗?

赉　是的,又来一个!

卢　唉! 这竟是婚姻的圣诞了!

赉　订婚人乃是我的内侄儿洛歇·雪兰……

雪　公爵夫人!

赉　与一位我最心爱的女子……

雪　姑母!

赉　而且是我的唯一的承继遗产的人! ……

雪　您的……

赉　她非但承受我的产业,而且承受我的名义,这乃是我的义女胥
珊·卫里叶小姐。

胥　（上前拥抱她）呀! 我的妈妈!

雪　但是,公爵夫人!

赉　请你去找一个更有钱的、更好的人家的女儿给我瞧!

雪　我不说这个。但是 …… 到底 ……（向洛歇）洛歇,你考虑
看……

洛　我爱她,妈妈! ……

赉　（放眼四顾）两个消息完了! 剩下的乃是……（向保罗）喂! 请
您走近些来……您呢,您想要如何补救?

保　（窘迫）呀！公爵夫人,刚才是您吗?

霞　（羞惭）呀！夫人,刚才您听见了吗?

赉　是的,孩子们,是的,我已经听见了。

保　哦!

赉　但是,您不曾说许多我的坏话,我倒原谅您。您放心,您的知府是有的!

保　呀！公爵夫人!（吻她的手）

霞　呀！夫人……圣爱佛尔曼说得好:……感恩者……

保　（向霞痕）哦! 此刻却用不着了! ……

　　　　　　　　　　　　　十九年三月七日译完

所谓英语

[法]贝尔纳　著

剧中人物

男

虞仁——翻译员,简称虞

何克山——比蒂之父,简称何

余良·西干特尔,简称余

检察员,简称检

旅馆伙计,简称伙

一个警察

女

比蒂,简称比

女掌柜,简称女

布　景

巴黎的一间旅馆的通过室里——右边,戏台的第一行,有一门。后方的门口直通大门,中间是一道走廊,左右各有出口。戏台的第一行左边,有一门;第二行有一张柜台,台旁有一个架子,架上挂着许多房间的钥匙。墙上参差地贴有彩色的铁道图,还有火车轮船时刻表。戏台第一行右边有一张桌子,桌子上有几份报纸,一些书,与一副电话机。

作者简介与本剧略评

贝尔纳(Tristan Bernara)1866 年生于伯桑宋(Besancon),是现代法国很有名的戏剧家。他的戏剧往往是独幕的滑稽剧,他的滑稽是有实际的根据的,并不凭空杜撰,是以心理的分析见长,并不是随意找几句笑话来博观众的欢笑。他的戏剧是讽刺的作品,却不讽刺社会上的某种习惯,也不讽刺政治上的某种主义,只从些不很重大的事情上着笔。在他写实一点看来,很像倍克(Becque)的戏剧,却没有倍克那种粗的气息。

他所著的戏剧是:《镀镍的脚》(Les pieds nicheles, 1895);《自由的累》(Le Fardeau de la liberte, 1897);《白吃》(Frauches lipp'ers,1898);《村镇的唯一贼党》(Le Seul Bandit du Village, 1898);《真的勇气》(Le Vrai Courage, 1899);《所谓英语》(l'Anglais tel Qu,on le parle, 1899);《马第欧事传》(l'Affaire Mathieu, 1901);《泰斯》(Daisy, 1902);《俘虏》(Le Captif, 1904);《哥多玛先生》(Mosieur Codomat,1907);《面生的跳舞家》(Le Danseur inconnue, 1910);《苛求的画家》(Le Peintre Exigeant, 1910);《小咖啡店》(Le petit cafe,1912)等。

《所谓英语》于 1899 年 2 月 28 日第一次在巴黎戏院开演。后于 1907 年 1 月 1 日在法兰西戏院开演。至今年(1930)还演了一二次。

中国人如果采用这本戏剧,应该略为修改,便是把英国人不懂法国话的地方改为不懂中国话。至于英国人所说的英语仍旧不改。好在这上头的英语大部分都是很浅的,我想凡是稍为学过些英语的人都可以懂得,这本戏剧非但讥诮法国人不懂英语,同时也讥诮英国人的法语不合文法,譬如比蒂的法语真像上海所谓洋泾浜,她把 c'est facile de Se souveuir 误作 c'est facile se Souveuir;vous dites 误作 vous disez;me marier avec vous 误作 me marier contre vous;vous ne voulez pasm, associer 误作 vous voulez pas me associer;votre bec dans l'eau 误作 votre bec dans de l'eau;vous serez oblig'e deme quitter 误作 vous serez oblig'e me quitter;je m'embete 误作 je me ewbete;ceur qui savent 误作 ceux qui sait;je pense que c'etait 误作 je pense c'etait;je vais m'en aller 误作 je vais me en aller。可惜我不便照抄在我的译本里,所以顺便在这里述及。中国人采演的时候,也该把英国人的蓝青官话形容一下子,才合著者的原意。

译者
十九年五月十二日

第一出

出场人:余良、比蒂、旅馆伙计、女掌柜。

余　(向旅馆伙计)我们想要两个房间。

伙　好,我告诉夫人知道。

余　这里附近有没有邮政局?

伙　玛玑琏就有一个。先生您要差人送什么去吗?

余　(像对自己说一般)我要打一个电报到伦敦……不,我欢喜自己去。

　　伙计出。

比　My dear; I should like a room exposed to the sun.(亲爱的,我喜欢一间向太阳的房间。)

余　Yes, my dear.(是的,亲爱的。)

比　I am very tired, my clothes are dirty.(我疲倦得很。我的衣服都弄脏了。)

余　请您习惯了法国话吧,好教人家不太注意我们。

比　(用法语)Oh! Je sais si pas bien parler fran, cais.(唉……我很不会说法国话①。)

余　哪里,您会说得很。

女　先生想要……?

余　(向女掌柜)两个房间,要相隔不远的。

女　我们有的是第十一号与第十二号,在二层楼。

余　就是第十一号和第十二号吧。

比　太近了。

余　(低声)您别说话!

女　先生您把名字写下来好不好?

_____

① 这是不通的法语,本来该说:je ne sais pas bien parler fran, cais。

余　写吧:费理伯先生与费理伯夫人。

女　请等一等。我叫人家收拾房间。

比　(白余良)唉! 费理伯先生! 唉! 费理伯夫人!

余　呃,是的,我不能把我们的真名字给她啊,假使我说余良·西干特尔与比蒂·何克山小姐,那还得了! 您说您的父亲认识这旅馆,他会追来的。

比　他会追来?

余　是的,他会追来……to run after us。

比　这是一件可恨的事情。您在家里提起这旅馆不止一两次了,他的记性很好。他该记得哥伦纳旅馆这个名字了。这名字很容易记……再者,我还要告诉您一件可怕的事情:刚才我似乎看见我的父亲。我远远地瞧见他那帽子①。

余　巴黎灰色的帽子多着呢。

比　爸爸的帽子我是认得的。

余　这所谓血脉的感通……您说的是傻话。

比　(多情地)My dear.

余　别说 my dear,该叫我 petit ch'eri(小乖乖)。

比　(学语)petit cli'ere……唉! 我希望不久就与您结婚才好。我们干得不好,两人如此的走出来。

余　不得不如此的。只有这个法子可以使他赞成。

比　但是假使您的老板愿意请您……怎么说? ……to take as partner 在法文里怎么说的?

余　Associer(入股)。

比　As-so-cier……是的,假使您的老板请您入股,我的父亲就会赞成我同您结婚。

余　我晓得,但是我的老板老是推延,他说:三个月后我们再看吧。

---

① 原文故意写些不通的法语,语繁不便解释。

您的父亲也一味推延,要等我做了股东再说,唉! 早该用大手
段了。

比　您本该……同您的老板脱离,说:"您不肯让我入股……我就
走! ……"就行了。

余　是的,然而我是没有地盘的人。假使他一口应承,让我同他脱
离,岂不令我嘴在水里①?

比　嘴在水里! 唉! 为什么嘴在水里? ……(笑)唉! 费理伯
先生!

余　再者,我本该为银行里的事情到法国来的,需要三千法郎的费
用。这么一来,拐带的用度还可以在行里开销哩!

比　是的,然而因此您就不得不离开我,去做您的事情去了。

余　有时候我要到外面跑一趟,但是并不很久。况且我们不时离
开一会儿更妙;假使我们时时刻刻在一块儿,结果要讨厌起来
的。离开几分钟,再合起来,不是更好吗?

比　唉! 我呢,我同您在一块儿,不会讨厌的。

余　好,那么,只当我没有说什么:我也不讨厌。您晓得么? 我常
常怕您讨厌起来,既然您不讨厌,我也就不讨厌了……我要离
开您半个钟头……我到邮政局去打电报给我的老板,再到九
四路去拜访一个主顾。

比　您让我自己在这里吗? 假使我要问些什么呢?

余　您的法国话说得很好啊。

　　女掌柜入。

比　我只能同那些懂英语的人们说法国话,因为我晓得如果我一
时说不出来,他们会用英语提醒我。至于那些法国人呢,我一
时想不起字句的时候,就说不来了。

余　总之,(向女掌柜)这里可有一个翻译员?

---

① 法国俗语,意思是说无路可走。

女　当然啦,先生,这里常有的是翻译员。一会儿他就来的,你们可以用他。——房间已经收拾好了。

余　(向比蒂)我把您先送到房里,然后我去打电报。(他们从左方出)

第二出

出场人：女掌柜、旅馆伙计、(其后)虞仁。

女　真的,查理,那翻译员还没有来,这是什么缘故?

伙　斯包克先生吗? 您不记得他今天不来吗? 今天他的妹妹离婚,他全家在奈依的饭店里吃饭。但是斯包克先生已经派了一个替人,他刚才来了,此刻正在通过室里。

女　请他来吧。(伙计走到走廊的尽头,向右方招手。虞仁慢慢地走进来,施礼)您是来替代斯包克先生的吗? (虞仁点头)薪水您是知道的,六个法郎一天,这是上等的价钱,因为老板绝对的要一个称职的翻译员。您没有别的事情做,只在这儿等候些外国人就是了。您懂吗?

　　虞仁鞠躬。女掌柜由左边出去一会子。

虞　(四顾之后,向伙计)有许多外国人到这里来吗?

伙　不多也不少,这要看时令,英国人倒常常有几个来。

虞　(担心)呀……这几天还有许多来吗?

伙　这几天来的并不很多。

虞　(满意)呀……您想今天有没有来呢?

伙　那我不能告诉您。我把帽子给您戴了起来再说。(他拿了一顶鸟打帽来,帽子的边上有 interpreter 字样)

　　伙计出。

虞　(用法文的拼音法念那字)in-ter-pre-terr-...(他把帽子戴起)行了! 我希望英国人不来才好! 我不懂一句英国话,而且德国话、意大利话、西班牙话……一切这些土话我都不懂! 然而做翻译员的人到底用得着这些话啊,所以我踌躇了许久,才肯做这一天的替人。但是还有什么说的? 我家没有矿山! 我看见什么就得抓住什么啊! 只一层,我希望没有英国人来;来呢,我们的谈话就索然无味了。

女　(入)喂! 有一件颇为重要的事情,我忘了问您。往往有些翻译员会咕噜许多国的话,而法国话还不大懂,您懂得法国话吗?

虞　懂得之至!

女　因为刚才您不曾同我说话,我怕您不很懂得我们的话。

虞　请您放心。我的法国话漂亮得很。

女　而且这几天我们这里没有许多外国人来。(铃响)呃! 有电话。(她走到右方的桌子前,接电话,静默了一会儿)是伦敦来的电话。(当时虞仁倚在柜台边不动。女掌柜回到柜台)喂! 伦敦方面有电话来! 说的是英语。请您去接吧!

虞　(慢慢地走向电话机,拿起电筒)呵啰? ……(向台下,垂头丧气地说)不好了! 是英国人! (静默了一会儿,向台下)我一点儿也不懂,不懂。(向电筒)Yes! Yes! (静默了一会儿,向台下作懊恼状。又垂头丧气地向电筒)Yes! Yes!

女　(从她的柜台发问)他们说什么?

虞　他们说什么吗? 是些没有什么关系的事情。

女　他们老远地从伦敦打电话来,总不至于没有什么话说的吧!

虞　(向电筒)Yes! Yes! (向女掌柜,很为难地说)这是些英国人……这是些英国人,他们要预定些房间。我答应他们说:Yes! Yes!

女　但是,您应该补问他们几句的。他们要多少房间呢?

虞　(确信地)四个。

女　什么时候要?

虞　下礼拜二。

女　要第几层楼呢?

虞　第一层楼。

女　请您告诉他们，说此刻我们只有两个房间在第一层楼，还有一间却须要等到本月十五才可以空出来。但是我们可以在第二层楼给他们两间很美丽的房间。

虞　要我同他们说这个吗？

女　自然啦……快些吧……（他在踌躇）您等什么？

虞　（向台下）管它呢！（一面怔怔地望着女掌柜，一面含含胡胡地向电筒说）Lavatory, Manchester, Chapeau, Littlelich, Regent street,（静默一会子。向台下）呃！完了！难道他们想我能让他们这样骂我一个钟头吗？

女　这该是些阔气的人。从伦敦打电话来，似乎是要每三分钟十个法郎。

虞　每三分钟十个法郎，每一点钟该是多少？

女　（思索）两百个法郎。（出）

虞　原来刚才我挨骂值得两百法郎一点钟……我生平给人家骂得不少了，却从来不曾达到过这个价值……懂得各国的话毕竟真有好处！您看，英语的需要从此可以见得，不必再找什么论据了。我可惜法国人——尤其是翻译员们——不都在这儿，否则我要奉劝他们学外国话！我们的父母，与其使我们坐破了学校的凳子去学那死文字——拉丁文，倒不如……我不说我，因为我从来没有学过拉丁文……唉！我希望可以勉强对付过去才好！

他时倚着柜台眼看着左方。何克山自后方的右边入，把旅行的大衣与提包放在右方桌子的左边椅子上。他走近虞仁。虞仁背朝着他，没有看见他。

第三出

出场人：虞仁、何克山、女掌柜。

何　Is it here Hotel de Cologne?（这里是哥兰纳旅馆吗?）

虞　（回头）Yes! Yes!

　　他把帽子戴反了,不让那英国人看见 interpreter 字样。

何　Very well. I want to ask the landlady if she has not received a young gentleman and a lady.（很好。我要问旅馆老板,问她是否招待了一位年轻的先生与一位女人在这里。）

虞　Yes! Yes!（他退到戏台第一行左边的门口,溜出）

何　（回台前）What is the matter with him?（他是怎么样的?）I shall speak to the interpreter... where is he?...（让我同翻译员说去吧……他在哪里呢?）（走到后方）Interpreter! Interpreter!（翻译员! 翻译员!）

女　（从左方来）有什么事情? 这是什么意思?

何　Oh! Good morning madam, can you tell me if master Cicandel is here?（呀! 早安,夫人! 西干特尔先生在不在这里,您可以告诉我吗?）

女　Cicandel?

何　Cicandel!

女　他说的是一个旅馆的名字了……我们这里没有西干特尔。（摇头）不! 不!

何　Now look here! Have you received this morning a young gentleman and a young lady?（你听我说! 你招待了一位年轻的先生与一位年轻的女人在这里吗?）

女　（陪着笑,有几分忙乱）呀! 我不懂! ……翻译员! 翻译员! 他在哪里? 他干什么的?（伙计来,向伙计）你曾看见那翻译员吗?

伙　刚才他还在这里。

何　（查一本小字典）警察……局员……here……（他作手势表示他说的 here 是"这里"的意思）

女　我想他是要一个警察局员（向那英国人,指着后方,大声说）离这儿很近!

何　(作手势表示他要人家引警察来)警察局员……here……

伙　他说什么?

女　我想他是要人家叫警察来。

何　(给那伙计一块洋钱)警察……局员……come here.

伙　他给我十法郎。

女　他所给您的,值得十二法郎五十生丁哩……喂,您听我说! 您跑到警察局去给他叫一个检察员来,他要说什么让他同他说去。

伙　他不懂法国话。

女　我们有的是翻译员。

何　Now I want a room!(现在我要一个房间!)

女　这是说要房间了! 好,我就给你一间 room。(向伙计)您去的时候,顺便把他领到十七号去吧。(给他钥匙)

何　(正要向戏台第一行右边的门出去的时候)Take my luggage.(拿我的行李。)

伙　(其实不懂)是的,先生。

何　Take my luggage.

伙　当然啦!

何　(动气)Take my luggage.(指提包。伙计很生气地拿了)What is the matter with this fellow. I don't like repeating twice…(这人是怎么样的? 我不高兴说重复的话……)Now then follow me.(现在你随我来吧。)

他们从右方出。

女　那翻译员哪里去了?

她从后方右边出。比蒂与余良从后方左边入。

第四出

出场人:比蒂、余良。

比　那么,您走吧!您不久就回来吗?

余　我只到邮政局。

比　我怕得很!刚才您听见人家喧嚷吗?我想这是我父亲的声音。

余　哪里!哪里!这是您的疑心生暗鬼!今天早上您瞧见了他的灰色的帽子,现在您又以为听见他的声音。好!再见。

比　再见,my dear。

余　该说法语:petit cheri。

比　petit cheri.

她从左边进内。他从右边出外。

第五出

出场人:虞仁、女掌柜、(其后)何克山、(其后)检察员。

虞　(不久就溜了出来,走到戏台第一行左边。还是反戴着帽子)一个影儿也不见了⋯⋯现在只十点钟。要到夜里十二点钟才完呢!(走到后方,看那彩色的火车时刻表)在七点钟以前,伦敦方面没有火车来。在这时间内,大约我可以放心了。

女　(从戏台第二行右方入)翻译员!刚才您在哪里?

虞　刚才吗?

女　是的,我吩咐过您,叫您不要离开这里。

虞　我是匆忙地走开了的⋯⋯我听见一个人用西班牙语喊道:"救命⋯⋯"我走出去看,原来不是这里的人,我弄错了。

女　因为您是匆忙地走开了的,所以帽子也戴反了。

虞　(摸一摸他的帽子)是!是!

女　您还等什么,不把帽子戴正?⋯⋯戴正了您的帽子⋯⋯现在再不可走开了。(他坐在柜台前,女掌柜也回原位)一会儿就有一个英国人来,他不懂一句法国话⋯⋯他刚才要一个警察局的检察员⋯⋯我不懂得他是什么意思⋯⋯

虞 （自语）我也不懂得，也许我一辈子也不会懂得他是什么意思呢。

何 （在后台）Look here, waiter!... waiter! Give us a good polish on patent leat her boots and bring us a bottle of soda water! （喂，伙计！……伙计！……请你把我的黑漆皮靴子擦得光光的，还给我拿一瓶苏打水来！）

虞 唉！这是哪里来的野话？真是胡说！什么时候是全世界懂得法文的时候呢？似乎有一个什么会是宣传法文的呀！他们做什么的？

何 （从戏台第一行右方入，同时检察员从后方入）Well, what about that inspector? （好，且看这检察员如何？）

检 唉！有什么事？是这位先生要我来吗？喂！您的胆子真够大的。您劳驾一下子，到警察局去跑一趟也不可以吗？

何 Yes.

检 没有什么 yes，这乃是通例。

何 Yes!

检 我看您是一个上流的人。下次您该学会了地方的规矩才好。

何 Yes!

检 好！他真容易说话！

女 他不懂一句法国话。

检 我呢，我不懂一句英国话……人生于世，本该互相懂得意思的啊。

女 （看见虞仁渐渐地溜到后方，叫道）翻译员！

虞 （惊得一跳）来了！……

检 请您使他叙述他的事件吧。

　　虞仁走近何克山。

何 （注视虞仁的帽子。很欢喜地说）Oh! Interpreter! （呀！翻译员！）

虞　Yes！Yes！

何　Tell him I am James Hogson from Newcastle on Tyne…Tell him！I have five daughters. My second daughter，Betty，ran away from home in company with a young gentleman，master Cicandel … Tell him.（请您告诉他，说我是詹姆士·何克山，从牛加斯来……告诉他！……我有五个女儿。我的第二个女儿比蒂从家里逃了出来，伴着她走的乃是一个少年人——西干特尔先生……请您告诉他。）（虞仁只管怔怔地望着他不动）Tell him…（告诉他！……）（生气）Tell him，I say！（告诉他，我说！）

检　他说什么？

虞　您瞧……这话复杂得很……真是一段历史……这位先生他是英国人……

检　我晓得。

虞　我也晓得。他像别的英国人一般地来游览巴黎……

检　因此他就要找警察吗？

虞　不……等一等……等一等……让我从容地翻译啊……

何　Oh！Tell him also this young man is a French man and a clerk in a banking house of Saint-james street.（唉！请您再告诉他，说这少年是一个法国人，在圣詹姆士路的一间银行里当职员。）

虞　对啊！……（向检察员）为什么一个英国人刚到巴黎就须要找警察呢？（为难）因为他的珠宝……他的钞票夹子给人家偷了……（忽生一计）原来这位先生从特别快车下来……

何　Tell him that the young gentleman…（请你告诉他，说这位少年人……）

虞　（向何克山，作掩他的嘴的样子）住口！（向检察员）这位先生他在北火车站下了快车的时候，一个男子突然扑到他的身边，把钞票夹子抢去了。（检察员走到一边，做他的笔记）

何　（认可虞仁的叙述）Yes! …Very well…Yes!…

虞　（诧异）Yes? ……好,先生,你还不算厉害……

　　　他走向后方,何克山走近翻译员,掏出钞票夹子。

检　（诧异）原来您有两个钞票夹子? （向虞仁）这样看来,他本来
　　有两个钞票夹子了!

虞　当然! ……当然! ……英国人还没有两个钞票夹子吗?

何　（把夹子递给检察员）That is the likeness, the…young man's…
　　photo…photograph! （这是一张肖像,是……那少年的……
　　照……照片!）

检　（诧异）那贼子的照片吗?

何　Yes!

检　英国人真有惊人的手段! ……一个陌生的人在马路上撞了
　　他,偷了他的东西,他即刻有了那人的照片! ……（思忖）他怎
　　么弄得来的?

虞　我不同您说过吗? 撞他的人乃是与他很相熟的一个男子啊。

检　不,您没有说起! 那人叫什么名字,您问他看。

虞　我还要问他吗? 他已经告诉我了……他名叫……John……
　　John……（像母鸡唤雏的声音）Lroukx。

检　这字怎样写的?

虞　怎样写的吗?…W…K…M…X…

检　见鬼! 您怎么好拼音的?

虞　（又像母鸡唤雏的声音）Crouie!

检　也罢! 我调查所得的不少了。我就开始去严紧地侦探吧。

虞　对啊! 对啊! 去吧。（指英国人）他疲倦得很,我想他就要去
　　睡觉了。

检　我去了。（向英国人）我就开始严紧地侦探去。（出）

第六出

出场人: 同上人物（只少了检察员）。

何　（向虞仁）What did he say to me？（他刚才同我说的是什么?）

　　虞仁点头不答。

何　What did he say to me?

　　虞仁点头。

何　What did he say to me?

虞　Yes！Yes！

何　（发怒）What？Yes！Yes！Damn it all？（怎么老是 yes！yes！该死!）

女　他说什么？

虞　没有什么。

女　看他像是很生气的样子！……请您问他怎么样的。

虞　不！不！应该让他安静。他叫我们不要搅扰他。他说：如果我们同他说话,那真倒霉,他即刻要离开这旅馆。

女　这是一个疯子！

虞　（自语）或是一个倒霉的人！……不！……我才是倒霉呢！

何　（吃力地向女掌柜）Bad，bad interpreter！（不好！不好的翻译员。）

女　他说什么？

何　（更吃力地向女掌柜,用法语）maovais！maovais interpreter！（不好！不好的翻译员①!）

女　呀！他说的是"不好的翻译员"！

虞　（耸肩）哈！……哈！……movey！movey！我先问您懂不懂英文里什么叫做 movey？

何　（发怒,向女掌柜）Look here madam... I never saw such a damned hotel in my blooming life。（夫人,您听我说……我一辈子也不曾看见过这样的一间该死的旅馆。）（走向虞仁）

_____

①　何克山的法语不好,所以把 mauvais 念作 maovais。

Never…and such a cursed fool of you interpreter。（我也不曾看见过这样的一个可恶的愚蠢翻译员。）Do you think I have come all the way from London to be laughedat? It is the last time. （您以为我老远地从伦敦来给你们取笑的吗？这是最后一次了……）（一面走，一面说）I have a room in your damned hotel……（我在你们这该死的旅馆里住一个房间！）

他从戏台第一行左方出。

女　他发怒了！

虞　哪里？他才喜欢呢！……（仿效何克山发怒走路的样子）这乃是英国人的派头。

女　我出去一会儿就来。您该停留在这里，不要动。（出）

虞　（拭额，垂头丧气地在柜台边坐下）啊！我愿意要杜兰纳的一所乡村的房子，去法国的中心！这里，我们被外国人侵进来了！……我怕没有安静的生活？……乡下人怕不同我说土话？我并不一定要答复他们。我不是土话的翻译员啊。

第七出

出场人：虞仁、比蒂。

比　Interpreter！（翻译员！）

虞　好！好！（指着自己的喉咙给比蒂看，表示他有喉病）喉咙……有病……声音哑了……（自语）她不懂，该说英语她才懂啊。

比　（用法语）你不能说话吗？

虞　（热狂地，用平常的声音）您会说法国话！为什么不早说呢？

比　您此刻又能说话了。

虞　（又假装哑音）还不十分行！但是已经好些了。（作平常的声音）好了，复原了！不必再提了。

比　Do you know the post office is far from here？（你晓得邮政局离

这儿远不远?)

虞　唉! 您既然懂得说几句法国话,为什么还拿英语来开玩笑呢?
　　这不是学法国话的法子啊。

比　我懂得很少。

虞　才因为这个哩! 再者,我想教您学惯了法国话。我打定了主
　　意,如果您同我说英语,我就不答复您。

比　(作恳求的样子)Oh! I speak French with such a difficulty.(唉!
　　我说法国话这样吃力!)

虞　(用力地摇头)我不能懂! 我不要懂!

比　(用法语)好,那么,我告诉您⋯⋯(看见桌子上有何克山的灰
　　色帽子)呀!

虞　什么事?

比　这帽子是怎么来的?

虞　是刚才一个英国人留下来的。

比　(走近桌子)啊! (注视那帽子的里面)My father's hat ! (我
　　的父亲的帽子!)(向虞仁,很急促地说)Oh! my friend is out,
　　my friend left me alone, he is not returned yet! I am going in my
　　room! (唉! 我的朋友出去了,他让我一个人在家。他还没有
　　回来! 我要回我的房间去了!)

虞　是的! 是的! 话是这样说了!

比　(用法语)我要回我的房间去了。

虞　是的⋯⋯是的⋯⋯对了⋯⋯去吧! 去吧! (她去了)同她至少
　　还有法子谈话,不像那老头子。他们学一学我们的国语还不
　　错啊! 真是英国人的傲气!

第八出

出场人:虞仁、余良。

余　(自左方来)Interpreter! (翻译员!)

虞　不！不！到了极点了！完了！我再也不夸口了！英国人太多，太多英国人！（向余良）猪猡！快闭了你的狗嘴！你真可恶①！

余　你更可恶呢！算你有 Culot②！我要在你的猴子跟前告你③，把你赶出去，看你还有你的 blair 吗④？

虞　（握他的手）呀！您会说法国话！谢谢！谢谢！教我听见了国语，真是喜欢之至！请您再说：我有 Culot！我有 Culot！我的 blair！呀！既然我终于找着了一个同国的人，我就要请他帮忙，帮一个大大的忙。您想想看，我懂的英语很少很少。我只会说西班牙话、意大利话、土耳其话、俄国话、爪哇话。

余　您懂西班牙话吗？……Que hora son⑤？

虞　我们说话不要离题才好！刚才我说……

余　我已经给了您一个问题：Que hora son？请您答复了我的问题再说。

虞　您要即刻答复的吗？我要求您许我考虑一下子。

余　您要考虑一下子才晓得此刻是几点钟吗？

虞　（放心了）此刻是十一点半钟了……您听我说……我要请您帮一个忙，这就是请您同这里的一个英国人说话，他的英语我不懂，我完全不晓得他要什么。

余　这英国人在哪里？

虞　我们就找他去……唉！您这人真好，肯帮我的忙。将来我有机会一定报答你。

余　好！那么我们去吧。

---

①　虞仁以为余良不懂法语，所以用法国的粗鄙的话骂他。
②　这是法国的俗话，意思是说：算你有胆量。
③　亦俗话，意思是说：在你的老板跟前告你。
④　意思是说：看你还有你的脸孔吗？这些都是最粗鄙的俗话。
⑤　西班牙语，意思是说：此刻是几点钟了？

虞　他该是在那小办事室里。喂！这里是我的帽子！（把帽子戴在余良头上）好！您现在是翻译员了。（走近左边的门）先生！先生！

余　你该叫他：Sir!

虞　Sir! Sir!（回向余良）我想要说这里有一个好的翻译员。

余　Good interpreter.

虞　好！好！Good interpreter!（高兴）我想，我们可以参加一场很漂亮的谈话，这两个都是 gentlemannes①（走向门口）Sir! Sir! Good interpreter!

何克山入。余良瞥见他，连忙扭转身子。

第九出

出场人：同上人物、何克山、（其后）检察员、比蒂、女掌柜、旅馆伙计、一个警察。

何　（在外面）Allo! A good interpreter? ...All right!（呃？一个好的翻译员吗？……好极了!)）（入）

何　（向余良）Oh! Is this the new man? Very well. I want to get my breakfast served in the dining room, but on a separate table.（喂！你就是新来的人吗？很好，我要在饭厅里用早餐，但是我要自己一桌。）

余良先轻轻地走，忽变为快跑，斜穿过戏台，从后方右边出。

虞　（诧异）哈！哈！给英国人吓得跑的并不只是我一个啊！

何　（向虞仁）What is the matter with him?（他是怎么样的?）

虞　不！先生，不是我了，是他……（用客气的声音）再会，先生！再会，先生！

何　（发怒）What do you mean, you rascal, stupid, scoundrel, you

---

①　虞仁不会拼英文音，所以把 gentleman 念作 gentlemannes。

brute, damned frog-eating beggar！（你想要怎么样？流氓！蠢才！畜生！可恶的吃田鸡的叫化子①！）（从左方出）

虞　（独自一人）不行！我同这老家伙永远是合不来的。我只好忍气吞声。（左方有喧闹声）又来！外面嚷什么？呃！行凶了！打起来了！他们却是说法国话的人！好极了！这可不关我的事。

检　（入，一个警察随入，警察捉住余良的臂膊，检察员向虞仁）我捉到贼子了！我捉到他了！恰在我经过门口的当儿，我看见他匆匆忙忙地跑了出来，我认得他与那照片一样。哈！哈！您给我把那英国人找来吧。我们要给他晓得法国警察的手段。即刻认得人，即刻捉了来！（向翻译员）您去给我把那英国人找来吧。还请您同他来，因为我们需要您帮忙。

虞　您同我这样说，好极了！……（自语）我不晓得旅馆的屋顶是怎样的。让我去看一看。（他自后方左边出）

余　究竟这是什么意思！你们捉我！你们捉我！捉人是这样捉的吗？我要使你们晓得我厉害！

检　哈！哈！不要叽哩咕噜了！你的名字是……（取出笔记簿，勉强念那名字）W... K... M... X...？唉！不要做出惊奇的样儿……你们到局里辩去吧。（向伙计）烦您给我把今天早上那英国人叫来，那高长大汉，戴灰色帽子的。

余　（勉力要逃脱警察之手）戴灰色帽子的！

检　哈！哈！哈！说着了你的道儿了！（向警察）紧紧地捉住他！

比　（自右方的门入）Oh! Petit cheri! Petit cheri!（唉！小乖乖！小乖乖！——这是法语）

检　捉住这女人，我们捉两个！
　　警察捉住比蒂的臂膊。

---

① 英国人轻视法国人，就骂他们是吃田鸡的民族。

比　Oh! My dear! 这是什么意思?

余　今天早上您说的不错,那灰色帽子来了……

　　比蒂吓得一跳。

检　住口! 不要打暗号! 这灰色帽子的历史我不会忘记了的。
　　(向警察)在我们说起灰色帽子的当儿,您看见了他们着急的
　　样子吗? 这乃是最危险的一个贼党。

伙　(与何克山入,在第一行左方)这位先生来了!

何　(看见比蒂低首匿面,用教训的语气同她说)Oh! Betty! Are
　　you still my daughter? Is that you? Have you thought of your poor
　　mother's anxiety et despair! (唉! 比蒂! 你还是我的女儿吗?
　　这是你吗? 你没有想到你那可怜的母亲提心吊胆而且悲愁绝
　　望吗?)(检察员想要打断他的话头,他向他说)Leave me alone.
　　(你别管!)(向比蒂)Have you thought of abominable exemple of
　　immorality for your dear sisters! Have you thought…(你没有想
　　到你那亲爱的姊妹们会学你这不道德的可鄙的榜样吗? 你没
　　有想到……)(向检察员)Leave me alone, all right. (你别管!
　　好。)(向比蒂)Have you thought of tremendous scandal…(你没
　　有顾虑到社会上的可怕的笑骂吗? ……)

检　你该晓得! 不要枉费工夫! 许久以来,我已经不肯再劝作恶
　　的人行善了。

何　(向检察员,用尽情吐露的语气)My friend, I have five daughters,
　　my second daughter, Betty, ran away from…(朋友,我有五个女
　　儿。第二女儿比蒂从家里逃……)

检　(指余良)好了! 好了! 这的确是偷了您的钞票夹子的人吗?

何　(用力地)Yes!

余　怎么? 现在他告起我偷东西来了? You told this man I robbed
　　your pocket book? (你告诉过他说我偷了你的钞票夹子吗?)

何　My pocket book! …but I never said such a thing! (钞票夹子

吗!……我并没有说过这话啊!)

余　您瞧! 他说他并没有说过这话哩!

检　您晓得我不懂英语。您可以高兴叫他说什么就是什么……走吧! 男的,女的,都到局里去。

余　(向何克山) Do you know he will send your daughter to prison? (他要把您的女儿送到监牢里去了,您晓得不晓得!)

何　My daughter? My daughter into prison? (我的女儿吗? 我的女儿坐监牢吗?)(捉住他的女儿的臂膊)

女　(到来)这是什么意思?

检　唉! 到头来,你们都惹我生气。让我把他们都捉起来,你们到局里辩去。

比　(用法语)我是他的女儿呵!

检　这一切是什么来由?

　　电话的铃响,声甚长。

女　(接电话)电话是伦敦来的,叫余良·西干特尔先生。

余　就是我!

女　你名叫费理伯。

余　我又叫做西干特尔。

检　又叫做 Wkmx! 唉! 这真可疑! 越说越可疑!

余　让我去答话吧。(他走向电话机,那警察仍旧捉着他)啊啰! 啊啰! 这乃是伦敦我的老板……Yes! Yes! 似乎刚才他已经打过一次电话,而人家却把电话接到一个疯子的家里去了! All right! Oh! Thank you! Thank you! (离了电筒)这乃是我的老板,他说他愿意与我合股了。

比　(欢喜得跳起来)Oh! Papa! Papa! He will interest Julian in the bank! (呀! 爸爸! 爸爸! 他要余良参加银行的股份了!)

何　He will, he really…? (他要……? 真的?)

比　Yes! Oh! I am happy! I am happy! (是的! 呀! 我快活了!

我快活了!)

余　让您的父亲自己听去吧!（向何克山）Listen yourself!（您自己去听吧!）

何　（走近电话,向检察员）Oh! it is a good thing（呀! 这是一件好事。）（坐下）Allo! Allo! Speak louder I can't hear you…（啊啰! 啊啰! 请您说高声些; 我听不见……）Allo! Allo! All right! …If you interest Julian, I have nothing more to say…（啊啰! 啊啰! 好! …… 如果您肯与他合股! 我再也没有什么好说了……）That's good…thank you…good bye.（这很好……谢谢您……再会。）（站起来, 向余良）My friend, I give you my daughter.（我的亲爱的, 我把我的女儿给您了。）

比蒂与父亲接吻, 回就余良的臂膀里。

虞　（从戏台第一行左边来）有什么事情发生了?

检　有的是很不平常的事情发生。您记得吗? 刚才的英国人, 他说被人偷了东西, 向我们诉苦。我好容易替他把贼子捉了来, 他却把女儿嫁给了贼子! 从今以后, 您看, 凡是说到英国人的事情, 我可没有耳朵听了。（出）

虞　（注视少年伴侣）你们很快乐吗?

余　是的! 是的!

虞　然而, 有我才有这事情啊。

余　怎么样的?

虞　这不是一言可以说尽的, 但是如果您是一个知趣的人, 您尽可以给我在伦敦找一个位置。

余　翻译员的位置吗?

虞　（憎恶地）不! 我再也不做这翻译的勾当了。我要开始学外国话。

余　好, 我的岳父可以给您在伦敦找到一个位置的。

何　（握虞仁的手）My fellow, since you are his friend, you are my

friend.（朋友，既然您是他的朋友，也就是我的朋友了。）

虞　（向何克山）也许很好。（向余良）我想要同他说两句很客气、
　　很好听的话……说：他的话我一句也不懂。

余　I cannot understand!

虞　（握何克山的手）Canote endoustan.

剧终

十九年五月十一日译完

　　[附记]这是十八年前的旧稿。被商务印书馆认为不合用，保
存至今。

三十七年双十节
了一记

人类的呼声

（独幕剧）

[法]哥克多　著

剧中人物

唯一的演员乃是一个女子。初演者乃是媲尔德·波微姑娘（Melle Berthe Bovy）

作者简介与本剧略评

哥克多(Jean Coctean),生于 1892 年。他的著作有:《校场》(Paradel,1917);《屋顶之牛》(Le Bouf sur le Toit,1920);《巴黎铁塔的新郎与新娘》(Lee Meriés de la Tour Eiffel,1921);《安第干》(Antigone,1922,本于苏富克尔);《罗米俄与虞利冶德》(Roméo et Juliette,1924,本于莎士比亚);《奥尔费》(Orphée,1926)等。

哥克多今年才 38 岁,已经很有名望。他的剧本先后在夏特烈、霜邪利邪、阿特利耶诸戏院开演。今年(1930)他又著一本独幕剧《人类的呼声》(La Voix Humaine),于 2 月 17 日第一次开演于法兰西戏院,大受观众的欢迎。演员波微女士亦甚能称职。其后差不多每周开演一两次。《人类的呼声》里只用一个演员打电话,剧情简单极了。妙处在他描写妇人的缠绵,却不是死也不肯放手的爱情,只想说得凄凉动人,使她的情郎回心转意,纵使抛弃了她呢,也给他留下一个很好的回忆。这算是最时髦的绝交!

这是独幕剧,布景很简单,只用一个演员,最合中国人采用。现在把著者自序中所说许多使他决定写这一幕短剧的动机译述如下:

(一)神秘的动机推动诗人,使他做诗,而甚深的懒意却反对他下笔。同时却来了一种回忆,忆及偶然听见电话里的一场谈话,话里有严重而奇异的声调,有无始无终的沉寂。

(二)人们责备他用机械,说他把他的戏剧都机械化了,说他太靠布景出色了。那么,最要紧的乃是把布景变到最简单:独幕,一个卧室,一个伶人,爱情,以及现代戏剧中的平庸的附属品——电话。

(三)写实派的戏剧对于生活,恰像美术馆的国画对于自然界。所以应该画一个坐着的妇人——不是指定某妇人,不说定她是聪明或痴愚,只是一个无名的妇人。又应该避免戏剧惯用的热烈奋激的表现。不作针锋相对的会话,不作像小孩子的话一般地令人难堪的爱情话。总之,凡是用毒手段、用诡计、用含糊的会话去代替了真的戏剧,为戏剧而作的戏剧——苏富克尔、兰辛、莫利耶的戏剧——都是著者所不取的。

著者自知工作不容易,所以他依照嚣俄的话,把悲剧、悲喜剧、喜剧融为一炉,借着复杂的剧情,用最不适宜于表达爱情的一具机械做他的工具。

(四)既然人们非难他,说他要伶人们绝对地服从他,不容他们的天才发展,说他老是要求第一个位置,这一次呢,他希望写一本读不明白的戏剧,使女伶有任意表情的口实(像他的《罗迈俄》使人们有任意布景的口实)。剧本的一半不见了,给女伶以一身兼两职的机会:说的时候是一职,听的时候又是一职,因为听的时候,对方那看不见的、在沉寂中表达情意的人的性情态度都由她传达出来了。

译者

布景　戏台的范围缩小,表现一个妇人的卧室的一个不相等的隅角,四面尽是绒织的、绣花的、红色的挂屏。房里黯淡微蓝,左边有一张床,床上被褥零乱;左边有一扇半开的门,门外是白色的浴室,室中很亮。卧室的中间,板壁上,有某画家的杰作,用照相法放大,俯挂着;或以家属肖像代之。一言以蔽之,这卧室的外观,大有鬼影憧憧的景象。

在监戏洞的前面,一张低的椅子,一张小桌子,桌上有电话、书籍、电灯。灯光惨淡。

幕启,呈露一间充满自杀气象的卧室。床前一个妇人穿着长的内衣躺在地上,活像被人暗杀了似的。万籁俱寂。那妇人挺了挺身,另换一个躺的样子,又依旧不动。末了,她打定了主意,站起来,从床上取了一件外衣,走向门口,却中途对着电话机呆立了一会子。等到她摸着门,打算开门出去的时候,电话铃响了。她撂下了外衣,连忙跑去接话。那外衣在地上阻她的去路,她一脚踢开。把电筒取下来。

从此刻起,她站着说,坐着说,向外说,向里说,斜向着说,在椅子的背后跪着说,垂着头说,倚着椅背说,拉着电线在室中踱着说,直到末了,仰倒在床上。于是她的头倒吊下来,撒手把电筒一放,像石子般堕地。每一个姿态,适用于自语或对话的每一个段落(谈犬的段落——说谎的段落——误与另一个打电话的妇人说话的段落等)。那妇人的神经兴奋,不在乎用着急的表情,而在乎姿态的变更的次序。每一个姿态该表现她不舒服到了极点。

浴衣,天花板,门,靠背椅子,器具的外套,白色的灯罩。

在监戏洞放出一道灯光,使坐下的那妇人的后面有一个很高的影子,又从灯罩下的灯光底下透过。

这一场戏剧,对于一切类似装腔作势、有声有色的、热烈的表情,都不采纳。著者叮嘱演这一本戏剧的女演员(不经著者本人的监督),切勿努力装个心醉的妇人,切勿做出辛酸的情态。书中的主人是一个平庸的牺牲者,她的恋爱是走马灯的恋爱;她只想用一条诡计——做一个圈套使那男子承认他说谎,使他将来有一个不寻常的回忆。著者想要女演员给人家的印象乃是流血,乃是像一个跛了的牛或狗,一面走,一面流它的血,直到末了,一室充满了血为止。

书中有的是不合文法的法语,有累赘语,有诌文的地方,有平坦的地方,结果恰能使分量适当。所以著者请观众尊重这些缺点。

啊啰,啊啰,啊啰……不对的,夫人①,我们许多人在一条线上,请您挂起您的电筒吧……啊啰……您在同一个定户说话……唉!……啊啰!呀,夫人,请您自己挂起来吧……啊啰,姑娘②,啊啰……不是的!我不是歇密特医生……零八,不是零七……啊啰!……真可笑……人家叫我,我不晓得。(她把电筒挂起,手仍按着电筒。铃响)……啊啰!……呀,夫人,您要我怎么样?……您太令人讨厌了……怎么?是我的错处吗?……决不……决不……啊啰!……啊啰,姑娘……人家打电话给我,而我不能接话。这一条线上有人。请您叫那妇人走开吧。(她把电筒挂起。铃又响)啊啰!是你吗?……是你吗?……是的……我听得很不清楚……你在很远,很远……啊啰!……可恨!……许多人同一条线……你再叫吧。啊啰!你——再——叫——吧……我说:你再叫我吧……呀,夫人,您走开吧。我再说我不是歇密特医生……啊啰!……(她把电筒挂起,铃又响)

呀!毕竟是你了……是的……很好……啊啰!……是的……

---

① 这夫人乃是那妇人所不认识的,只因偶然打电话在同一条路线上相逢,所以那妇人叫她挂起电筒,好教她自己与那打电话给她的人谈话。

② 凡书中称姑娘的地方都是叫电话局里的接线女子。

你的话要经过全世界才到我的耳朵里,真是活受罪……是的……是的……不……这真凑巧……我回来才十分钟……刚才你没有叫过吧?……呀!……不,不……我在外面吃晚饭来的……在玛尔德家里……现在该是十一点一刻了……你是在你家里吗?……那么,你看一看那电气挂钟……我恰是这样想呢……是的,是的,爱!……昨天晚上吗?昨天晚上我即刻睡觉,却睡不着,所以我吃了一粒药丸……不……只一粒……九点钟……我起初头有几分昏,只因我动得太厉害了。玛尔德来过了,她同我吃晚饭。我出去买了些东西。我回到家里来,把所有的书信都放进了黄袋子里,我……什么?……很厉害……你信我的话吧……我有许多、许多勇气……后来吗?后来我穿好了衣服,玛尔德来叫我走,于是就走了……我从她家回来……她为人好到了十分……好极了,好极了,她真好……看她那么样,其实不然。你说的不错,素来是如此的……是我那淡红色的长袍,加上那狐裘……是那黑帽子……是的,我的帽子还在头上呢……不,不,我不吸烟。我只吸了三支香烟……哪里不是呢?这是真话……哪里不是呢?……你这人真好……你停留在家里……什么官司?……呃,是的……不要太辛苦了……啊啰!啊啰!请您不要截断了①。啊啰!……啊啰!爱!……啊啰!……如果人家截断了,你即刻再叫我……当然啦……啊啰!不!……我在这里……那口袋吗?……你的书信与我的书信。你可以差人来拿去,如果你要的话……有几分难堪……我懂得……唉!爱!不必请我原谅。这是很自然的,只我自己太呆了……你这人真好……你真好……我也不然,我料不到我这般硬撑……你不必赞赏我。我像行尸走肉般地动了一下子。我穿衣,我出门,我很机械地回家。明天呢,也许我比不上此刻有勇气了……你吗?……哪里话?……呀,爱!我没有一句话可以

---

① 叫那接线女子不要截断了电话。

责备你的……我……我……你让……怎么？……很自然的……恰
恰相反……这……这是我们早已约定了的，我们应该坦白。假使
你等到最后一分钟才告诉我，我才觉得你有罪过呢。平地一声雷，
好不残酷！而今不然，我有时间养成了习惯，有时间了解……什么
把戏？……啊啰！……谁？……我吗？我在你跟前耍把戏
吗？……你是晓得我的，我不能遏止我的情绪啊……决不……我
很镇静……你会听得出来的……我说：你会听得出来的。我的声
音并不像隐藏什么事情的人的声音……不，我决定要有勇气，我不
会没有的……请你容许我……这却不同……也许吧，但是我们怀
疑尽管怀疑，尽管料到有祸事，而祸事临头的时候，终于不免吃
惊……不要说得太过了……我总算有了养成习惯的时间。你曾经
很费心地娇养过我，疼过我……当日我们的恋爱的进行，与许多事
物相对抗。那时节，我们不得不抵抗，除非不要五年的幸福，否则
便该冒险。我从来不曾想到我们的生活会有办法的。我用很高的
代价收买一种无价的快乐……无价的，而我也就……也就……也
就一点儿不后悔……你……你弄错了。我有……啊啰！……我有
活该受苦的地方。我曾经希望疯狂，要享狂人的幸福……
爱！……你听我说……啊啰！……爱！……你让……啊啰！……
你让我说。你不必请罪。一切都是我的罪过。哪里不是呢？……
你记得在凡尔赛那一个礼拜天吗？又记得那一封快信吗？……
呀！……啊啰！……是"我"要来的，是"我"使你闭口的，是"我"
说一切与我不相干……不……不……不……这一点你却说得
对……我……是我先打电话……不，那一个礼拜二……有一个礼
拜二……我敢断定。礼拜二，二十七。你的电报是礼拜一晚上到
的，二十六。你看，这些日子我都背诵得出来……你的母亲吗？为
什么……这真可以不必……我还不晓得……是的……也许吧
呀，不，决不马上就干，你呢？……明天吗？……我不晓得是这么
快的……啊啰，等一等……这简单得很……那口袋子明天早上就

在门房里。只叫左赛夫过来拿去就是了……唉！我吗？你听我说，我也许不走，也许到乡下玛尔德家里住几天……它在这里，活像一个伤心人[1]。昨天它只在通过室与卧室中间守着。它眼怔怔地望着我。它把耳朵翘起来静听。它处处找你。看它的神情，似乎怪我坐着，不同它一块儿找去……我觉得顶好是你把它带走……如果它该是不幸的……唉！我吗？……这不是女人的狗。我不会照料它。我不能带它出门。还是留它在你身边好些……它不久就会忘记了我的……我们将来看吧……我们将来看吧……这并不是什么九弯十八曲的。你只说这是一个朋友的狗就是了。它很爱左赛夫。叫左赛夫来带了它去吧……我给它戴一条红色的项圈。它没有名牌……我们将来看吧……是的……是的……是的，爱！……话是这样说了……当然，爱！……什么手套？……你那一双皮的手套吗？你用来开汽车的那一双手套吗？……我不晓得。我没有看见。也许吧。让我看一看……你等我呀。不要让人截断了。

她在桌上，灯后，拾起一双皮手套，很多情地吻了几吻。把手套偎着面颊说话。

啊啰……啊啰……不……柜子里找过了，椅子上，外厅里，什么地方都找过了，看不见你的手套。……你听我说，等一会儿我再找找看，但是我相信……万一明天早上找着了呢，我叫人家拿到楼下同口袋子在一起……爱?!……那些书信……是的……你烧了才好……我想要求你一件很可笑的事……不是的，我只想同你说，如果你烧了呢，烧剩了的灰，我希望你放进我从前赠给你的那一个玳瑁制的香烟盒子里，我又希望你……啊啰！……不……我呆得很……你原谅我吧，刚才我太兴奋了。（哭）……呃，完了，我揩眼泪了。总之，如果我得到那灰，我就快活了……你这人真好！……呀！"至于你的妹妹的文件，我都放进灶里烧了。起初我还想要打

---

[1] 说的是一只狗。

开拿出你所谈起过的那一幅图画,后来我想既然你说过要都烧了的,于是我就都烧了……呀! 好的……好的……是的……"①(用法语)真的,你此刻穿的是寝衣……你睡觉吗? ……你不要工作这样晚;如果你明天早上要早起的,你就该睡了。啊啰! ……啊啰! ……这样吗? ……到底我还算说得高声的啊……现在,你听见我的话了吗? ……我说:现在,你听见我的话了吗? ……说也奇怪,我呢,我听得很清楚,像是你在我房里似的……啊啰! ……啊啰! ……呃! 好啦! 此刻却是我听不清楚了啦……还可以,只太远了,太远了……所谓每人一次……不,不要挂起了电筒……啊啰! ……我在说话,姑娘,我在说话! ……呀! 我听见了。听得很清楚了。是的,刚才真讨厌。像是死了似的。听见了呢,对方却听不见……不,很,很好。说也奇怪,人家让我们谈这许久。平常的时候,要每三分钟截断一次,再给一个错误的号码……还好,还好……我比刚才还听得清楚些呢,但是你的电话机响了。活像不是你的电话机似的……我看得见你,你晓得吗? (他使她猜)……什么绸衣吗? ……是那红色的绸衣……呃! ……你的身斜靠在左边……你的袖子是撩起的……你的左手吗? 拿电筒。右手吗? 你的自来水笔。你在吸墨纸板上画些人影,画些人心,画些星子。你笑了! 我的耳朵里有眼睛呢……(机械地掩面)唉! 不行,爱! 千万不要怔怔地望我……怕吗? ……不,我不会怕的……这更不好哩……总之,我独自一人是睡不惯了的……是的……是的……是的……是的,是的……我允许你了……我,我……我允许你了……我允许你了……你这人真好……我不晓得。我避免看见我自己。我不敢开梳妆室的电灯了。昨天,我恰巧同一个老妇人打对面……不,不! 一个很瘦的老妇人,头发白了,额上许多皱纹……你真好心! 但是,爱,一副好脸孔比什么都比不上,这只有女伶们

————————————

① 加引号的这一段话,须用外国语(非法语),以女演员最懂得的为妙。

用得着……那时节我宁愿你说:你瞧,这一副歪嘴脸!……是的,
亲爱的先生!……我说的是笑话……你真呆……"幸亏"你很笨,
而你爱我。假使你不爱我,假使你不笨,那么这电话就变了可怕的
兵器了。这兵器杀了人还没有痕迹,也没有声音哩……我吗? 我
放赖吗?……啊啰!……啊啰! 啊啰!……啊啰,爱!……你在
哪里?……啊啰,啊啰,啊啰,姑娘。(按铃)啊啰,姑娘,人家截断
了。(把电筒挂起。静默。又把电筒取下来)啊啰!(按铃)啊啰!
啊啰!(又按铃)啊啰! 姑娘。(她按铃。又有人按铃)啊啰! 是你
吗?……不是的,姑娘。我这里给人家截断了……我不晓得……
乃是……真的……等一等……奥德依零四,逗点,七。啊啰!……
不空闲吗? 啊啰,姑娘,他再叫我……好的。(挂起电筒。铃响)啊
啰! 啊啰! 零四,逗点,七,是不是? 不,不是六,是七。唉!(按
铃)啊啰!……啊啰,姑娘。人家弄错了,把逗点六给我,而我要的
是逗点七。零四,逗点,七,奥德依。(她等候)啊啰! 奥德依零四,
逗点,七,是这里吗? 呀! 是的。您是左赛夫吗?……我是夫
人……我同先生打电话,给人家截断了……不在家?……是
的……是的……他今晚不回来……真的,我真糊涂! 刚才先生在
一间饭店里打电话给我,后来给人家截断了,现在我再叫他的号
码……对不起,左赛夫……谢谢……多谢……晚安,左赛夫……
(她挂起电筒,觉得很难过。铃响)

　　啊啰! 呀! 爱! 是你吗?……刚才给人家截断了……不是
的,不是的。刚才我等候你。人家按铃,我把电筒取下来,却没有
人答话……大约是吧。……当然啦……你眼困了吗?……你真
好,肯打电话来。……你真好。(哭。……静默)……不,我在这
里……什么?……你原谅我吧……这真没有道理……没有什么,
没有什么……我没有什么……我同你赌咒,我没有什么……这是
一样的……并没有什么。你误会了。……和刚才一样……只一
层,你要晓得,说尽管说,尽管说,还不想到将来不能不住口,不能

不挂起电筒,倒跌在虚空里,在黑暗里!……那么……(哭)……你听我说,爱神! 我从来不向你说谎……是的,我晓得,我晓得,我相信你,我十分相信你……不,我说的不是这个……只是为我刚才说谎了……即刻……呃……在一刻钟前,在电话里,我说谎了。我分明晓得我没有任何的机会好等,但是说谎并不可以得到机会,而我也不喜欢向你说谎,我不能,也不愿意向你说谎,哪怕说谎有益于你,我也不肯……唉! 一点儿也不要紧,爱! 不要怕! ……刚才我说的谎乃是说我的衣服与说我在玛尔德家里吃晚饭……其实我没有吃晚饭,也没有穿那淡红色的长袍。我只有一件外衣盖在我的汗衫上。你晓得是什么缘故吗? 刚才我等你的电话,眼怔怔地望着电话机,时而坐,时而站起来,时而踱来踱去,我变了疯妇了! 疯了! 于是我披上了外衣,正要出去叫一辆汽车,坐到你家的窗子前面等候……等什么吗? 呃,我等,我不晓得是等什么……你说得不错……哪里不呢? ……是的,我听你的话……我再也不闹乱子了……我听你的话……我要一切实行,你相信我吧……这里我什么也没有吃过……因为我不能吃……刚才我的身子很难过……昨天晚上,我想吃一粒药丸,好教我睡得着;我自思假使我越多吃一定越容易睡得着,假使我都吃了呢,我一定可以睡着了,也不做梦,也不会醒来,从此就死了。(哭)……于是我吞了十二粒……用热水送下……像一块死肉。于是我做了一个梦,梦见真的事情。我突然跳醒,心里欢喜,以为只是一个梦。后来我晓得这是真的,晓得我是孤单,晓得我的头不在你的颈上、肩上,我的腿不在你的腿丫里,于是我知道我不能——不能活了……我很轻,很冷,觉得心头不再跳了,死神要许久才来,而我心惊得很,一个钟头之后,我打电话给玛尔德。孤零零地死去,我没有这勇气……爱! ……爱! ……是早上四点钟。她同一个医生来,这医生是租她的房子住的。我超过了四十度。似乎服毒是很难的事情,关于服毒的分量,往往会弄错了的。那医生开了一张药单,玛尔德陪伴着我一直到今天晚上。我请求她回去了,因为你说过要同我打最后一次电话,我怕有人在这里耽误我说话……很好了,很好了……没有的事……真的,不骗你……只有几分发烧……三十八度零三……这是神经兴奋……你不必担心……我真不高明!我自己赌过咒,不要使你担心,让你安静地启程,好好地说个再会,像是隔一天就可以再相见似的……真呆……真的,真的,呆极了!……最惨的乃是挂起电筒,孤灯只影的……(哭)……啊啰!……我以为人家已经截断了……你真好心,爱!……我的可怜的心肝,我害你伤心了……是的,说呀,说呀,说什么都好……我在地上打滚太辛苦了,只要你说话,我就觉得舒服了许多,我就闭了眼睛了。你晓得吗?有时候我们在睡着,我的头枕在你的胸上,你一说话,我就听得很清楚,和此刻在电筒里一般无二……没有志气吗?……我才没有志气呢……我……我自己赌过咒……哪里话!你……你你从来不曾害过我,只给了我幸福……呃,爱!这话不对。因为我早已晓得,我早已晓得——我早已等候这事儿临头。不像别的妇人,她们天天梦想在她们所爱的男子身边过生活,突然听得绝交的消息,才后悔不早作打算——我呢,我早已晓得了……甚至于,我从来不肯告诉你,喂,你晓得吗?我在帽工家里,在一部杂志上,我早已看见过她的照片……在桌子上,堂皇地展开陈列着……这是人类的天性,或说是妇人的特性还切合些……因为只剩有这几个礼拜,我不愿意糟蹋了我们的最后的幸福……不,这是很自然的……我没有这样好,不要给我戴高帽子……啊啰!我听见音乐……我说,我听见音乐……呃,那么,你应该弹一弹墙壁,叫你的邻居不要在这时间还开留声机。你从来不在你的家里住过,所以他们养成了坏习惯了。……这用不着。再者,玛尔德的医生明天会来的……不,爱!这是一个好医生。我没有什么理由得罪他,另请一个……你不要担心吧……当然……当然……她会报告你些消息……我懂得……我懂得……再者,这一次我很硬撑了,很硬撑了……什么？……唉！真的,好了一千倍了。假使你不叫我,我早已死了……不是的……等一等……等一等……我们想一个法子吧……(她踱来踱去。她的痛苦引出她的怨声)……你原谅我吧。我晓得这场惨剧是很难堪的,算你有耐心,但是请你了解我吧,我痛苦了,我痛苦了。这一条线乃是联络我们的最后的东西……前天晚上吗？我睡了一觉。我是伴着电话睡的……不是的,不是的,乃是在我的床上……是的。我晓得。我真可笑得很,但是,我想无论如何,电话总是联合我们的东西,所以我把它放在床上。它到你家里去。再者,你又说过要打一次电话来。呃,你看,于是我就做了许多小小的梦。从你打电话变成了你打我。我在梦中跳起,时而我看见一个人的颈给人家扼住了,时而我落在海底,这海底却像奥德依的屋子一般。海面有一张船,船上一具缒海桔槔,你在船上用那桔槔的一根绳子系着我,放我到海底,我哀求你不要割断那绳子。——总之,这是些糊里糊涂的梦,值不得告诉人家的;只一层,我一打瞌睡,这些梦也就来了,可怕得很……因为你同我说话的缘故。唉！五年以来,我为你而生活,我所能够呼吸的空气只是你一人,我的时间专用来等候你,你迟到呢,我生怕你是死了,想到你死呢,我也就死了,结果是你来了,我也就复活,想到你要走呢,我又怕得要死。现在我呼吸得来,乃是因为你同我说话的缘故。我的梦并不是没道理。如果你截断这电话呢,就是割断了缒海的绳子……好,我一定这么办,我的爱神！我也经睡了一觉。因为这是第一次,所以我睡了一觉。医生说:这是毒气来侵。第一夜呢,是睡得着的。再者,痛苦还可以分心,还很新,所以还受得住。受不住的乃是昨天第二夜,今天第三夜,几分钟后。还有明天的下午,还有后天又后天,上帝啊,叫我如何是好？……我身上并不发烧,一点儿也不发烧;我看得很准……因为这是没法解决的事情,我本该鼓起勇气,对你撒几个谎还好些……而且……而且就算我能够睡,做梦,醒来,吃饭,起床,洗脸,出门,但是,到哪里去呢？……但

是,我的亲爱的,除了同你聚会之外,我从来没有别的事情做
啊!……对不起,你说错了!我终日没有工夫,是的,不错,但是我
没有工夫只为的是你,是你累得我没有工夫啊……玛尔德的生活
是上了轨道的生活……这好像你问一尾鱼,问它如果没有水,打算
怎样生活?……我再说,我不需要任何人……消愁吗?我承认一
件事给你听,这事不很有诗意,却是真的事情。自从那一个礼拜天
的好日子之后,我只有过一次消愁,乃是在牙科医生家里,他撬我
的牙筋,痛得我没有愁了!……我独自一人……我独自一人……
两天了,它只守着外厅不走……我想叫它,抚慰它。它不许人家摸
它。差一点儿它就咬伤了我……呃,呃,咬我!它把两唇翻起,汪
汪地叫起来。你听我说,这竟是另一个狗了。它把我吓煞……在
玛尔德家里吗?你还没有听见我说它不许人近她吗?玛尔德要出
去,比升天还难。它不让她开门……这才算谨慎哩。你听我说:我
实在怕它。它不吃了,不动了。当它眼怔怔地望我的时候,我的毛
管都耸起来……我怎么晓得呢?也许它以为是我害了你……可怜
的畜生!……我没有恨它的道理。我极懂得它的意思。它爱你。
它再也不看见你来了,以为是我的罪过……你叫左赛夫来试一
试……我想它会跟左赛夫去的……唉!我吗?……一时好,一时
歹……它并不爱我。你看这就是个证据!……也许看它似乎爱
我,其实我以为我再也不能摸它一摸了……如果你不愿意要它,我
就把它交给人家看管。犯不着叫它病了,变凶恶了……它到了你
家呢,谁也不咬。你所爱的人就是它所爱的人……我的意思是说:
你所同居的人们就是它所爱的人们了……是的,爱!是的,不错;
但是这是一只狗。它虽则有聪明,怎么猜得着呢?……那时候,我
不顾忌它,它什么都看见了,天啊!……我的意思是说也许它认不
得我,也许我吓坏它了……将来的事谁晓得?……恰恰相反……
你看霞痕姑母,那一天晚上我报告她说她的儿子被杀了。她这人
脸很黄,身材很小——好,忽然间她的脸变红了,身材变得像个开

路神……一个红脸的开路神;她的头顶着天花板,周身是手,她的
影子充满了卧房,吓煞人……吓煞人! ……我请你恕罪。恰是她的
母狗。那狗,它在横柜底下躲着,不住地乱叫,像是追赶一只兽类
似的……唉! 我不晓得,爱! 我怎么晓得呢? 我已经不是我了。
我该是已经做了些可怕的事情了。你看,我把一包我的照片都扯
碎了,纵使是一个男子,也要在气很盛的时候就可以办得到……是
那些办执照用的相片……什么? ……不,我再也用不着任何的执
照了……这不算是一种损失。我那时候太丑了……决不! 从前我
旅行,机会很好,遇着了你。现在呢,假使我旅行,遇着了你,要算
是机会很不好了! ……不要争执了……不要说了……啊啰! 啊
啰! 夫人,您走开吧。您在同些定户说话。啊啰! 不是的,夫
人……唉,夫人,我们两人毫无关系的。您只不滞留在同一的路线
上就完了……如果您觉得我们可笑,为什么您枉费光阴,不把电筒
挂起呢? ……唉! ……爱! 爱! 不要生气……毕竟! ……不,不,
这一次是我了。刚才我摸着电筒。她已经挂起了。她说了这句粗
鄙的话之后即刻挂起了电筒……啊啰! ……你似乎受了刺激……
哪里不是呢? 你因为刚才听了那话受了刺激了,我听你的声气,听
得出来的……你受了刺激了! ……我……但是爱! 这妇人一定是
很坏的,她不认得你。她以为你像别的男子一般……当然不是啦!
爱! 不同得很……怎么良心不安? ……啊啰! ……不要说吧,不
要说吧。不要再想这件糊涂事。这已经完了……你实在太天真烂
漫了! ……谁吗? 不管是谁。前天我遇着了那人,她的名是 S 字
起头的……S 字,又 B 字。——是的,亨利·马尔登……她问我是
否知道你有一个兄弟,人家宣告结婚的是不是你的兄弟……这与
我有什么相干呢? ……实际上乃是……装做慰问不幸的样子……
我老实对你说,我并不算是滞留太久。我向人们说过了,说我家有
客来……你不要在十四点钟的时候寻找午时,这事简单得很。人
们恨人家丢了他们,但是我也渐渐丢了众人了……我不肯失了我

们的一分钟……我一切不管。他们说,由他们说去……说话要得当才好。我们的地位,在人们看来,是解释不得的……在人们看来……在人们看来,人生不是爱就是恨,绝交是绝交,一切都完了。他们的眼光小得很。你永远不会令他们了解的……你……你永远不能使他们懂得某种事情……最好是像我一般做去,不管他人笑骂……完全不管。(她喊了一声,表示有隐痛)哦!……没有什么。我说话,我在说话;我以为我们像平常一般地谈话,忽然间我想起了真情了……(流泪)……何苦还做好梦呢?……是的……是的……不行!从前呢,我们互相见面。脑筋昏乱了可以,失信可以,冒险也可以。一接吻,一揽腰,可以说服了爱人。只眼睛一瞟,可以变更一切。但是,现在只对着电话机,完了的是完了的了……放心吧。自杀不会有两次的……也许因为要睡得着……我不会晓得买一支手枪。你没看见我买一支手枪!……我可怜的爱人,你看我哪里还有编谎的力量呢?……没有了!……我本来该有力量的。在有些情况之下,说谎是有益的。你呢,假使你说谎,好教我们分别减了几分痛苦……我不说你说谎。我说:假使你说谎而给我知道了。譬如:假使你不在家而你同我说……不是的,不是的。爱!你听我说……我相信你……我并没有意思说我不相信你……你为什么生气呢?……怎么不是?你的声气变凶恶了。刚才我只说:假使你怀着慈悲的心肠,向我说谎而给我发觉了,我只有增加对你的爱情……啊啰!啊啰!……啊啰!……(挂起电筒,低声急促地说)上帝啊,使他再叫吧。上帝啊,使他再叫吧。上帝啊,使他再叫吧。上帝啊,使他再叫吧。上帝啊,使他……(铃响。她急忙把电筒取下来)刚才人家截断了。我正在说假使你怀着慈悲的心肠,向我说谎而给我发觉了,我只有增加对你的爱情……当然啦……你不疯?……我的爱神……我的亲爱的爱神……(她把电线围绕她的颈)……我分明晓得不得不如此,但是这太残酷了……我永远不会有这勇气……是的。我们幻想到彼此偎倚着,忽然人家把全城的地窖子与污水沟隔在我们的中间……你记得伊峨痕的话吗？她自问：为什么把电线拗曲了,声音还透得过？现在我把电线围绕在我的颈上了。你的声音围绕着我的颈了……该要电话局偶然把电话截断了……唉！爱！为什么你会猜我设想到那么坏的地步呢!？我分明晓得这一次的举动在你的方面更觉得残酷不堪,岂但是我一方面？……不是的……不,不是的……马赛吗？……你听我说,爱！既然后天晚上你到马赛,我想要你……总之,我希望你……我希望你不住我们常住的那一间旅馆……因为我所不设想的事乃是不存在的事,或者,事虽存在,却在很渺茫的地方,令人减少痛苦……你懂吗？……谢谢……谢谢。你真好心。我爱你。(她站起来,拿着电筒走向床上)喂,是了……是了……我几乎很机械地说"一会儿再谈"呢!……我很不敢断定……将来的事谁晓得？……唉！……好些了。好多了……(她躺在床上,拥抱着电筒)我爱!……我的美的爱神！……我有勇气了。赶快吧。去吧。截断了吧!赶快截断了吧!截断了吧!我爱你,我爱你,我爱你,我爱你,我爱你……(电筒坠地)

幕闭

十九年五月十九日译完

婚礼进行曲

[法]巴达一　著

剧中人物

  男

  洛歇·夏特利耶——胥珊之夫,简称夏

  克罗德·莫礼乐——格兰思之夫,简称克

  虞仁——旅馆仆人,简称虞

  路易·苏西——子爵,简称苏

  克洛西耶,简称洛

  赖图将军,简称赖

  左赛夫——老仆,简称左

  安特利——安特利小姐之兄,简称利

  音乐队长,简称音

  福朗素华——仆人,简称福

  两个挑夫——送钢琴的人

  女

  格兰思·伯烈桑——克罗德之妻,简称格

  胥珊·夏特利耶——洛歇之妻,格兰思女友,简称胥

  伯烈桑夫人——格兰思之母,简称伯

  克洛西耶夫人——克洛西耶之妻,简称耶

  安特利小姐——安特利之妹,简称安

  玛崖——维尔奈夫人之女,简称玛

  爱美姑娘——旅馆租客,格兰思之邻居,简称爱

  奥妲斯·伯烈桑——格兰思之妹,简称奥

  维尔奈夫人——玛崖和余丽燕之母,简称维

  克礼雅夫人——旅馆女主人,简称雅

  玛丽·伯烈桑——格兰思之妹,简称玛

  余丽燕——维尔奈夫人之女,简称余

  娜丽·夏特利耶——洛歇和胥珊之女,简称娜

  欧奢尼——玛崖和余丽燕之女仆

  米冶德——跳舞者,简称米

  华拉男爵夫人

  小玛玳琏

著者小传与本剧略评

巴达一(Henry Bataille),1872 年生于宁姆(Nimes),于 1922 年逝世。其生平杰作有:《睡林之美女》(La Belle au Beis Dormant, 1894);《癫病的女人》(La Lépreuse, 1896);《你的血》(Ton Sang, 1896);《大快乐》(l' Enchantement, 1900);《假面具》(Le Masque, 1902);《复活》(Résurrection, 1902);《戈利伯里妈妈》(Maman Colibri, 1904);《婚礼进行曲》(La Marche Nuptiale, 1905);《波里虚》(Poliche, 1906);《裸体的女人》(La Femme Nue, 1908);《坏名誉》(le Scandale, 1909);《疯狂的处女》(La Vierge Folle, 1910)。

巴达一与易卜生、梅特林克同是戏剧界的潜意识派,然而他的戏剧非但与梅特林克不同,即与易卜生亦大有区别。他的戏剧向明显方面发展。他的剧中人往往有明确的生活,他们不求成为象征的人物。凡他所取的资料,都是法国的风俗习惯:一个人恋爱,失恋,奋斗,失败;一个女子生而多情,一年一年的老去,最后有了罪恶的遭遇。他的戏剧的结构,大半是古人的笔法。先是徐徐引入,其次渐渐明显,其次急转直下,最后乃是一个大结局。他虽则有古人的笔法,却承受了现实主义的戏剧的家法。现实主义的人们轻视社会里精神上的信条,与中流社会的循规蹈矩。人家批评他的《戈利伯里妈妈》说:"三十年来,巴达一的戏剧被认为不道德的戏剧。"他在一切他的戏剧中,对于赤心热情的人们都表同情——或明白地说出,或隐而不言。然而他这种表同情,并不是浪漫主义。巴达一知道一个赤心热情的人不会享受幸福,结果只能坠落灾难之渊。他把这些人都投进了灾难之渊,也不说这是社会之过。但是,凡不曾因想要避免坠落深渊而努力爬上山峰的人们,他都放弃了不提。现实主义要很忠实地描写确切的生活,这一点,巴达一是采用了的。但他自己说他轻视蛮性的现实主义,说他们只晓得廉价地把生活的幻象售给民众。他关于戏剧的见解,在他的自序有详细的说明,兹不赘及。

他的戏剧在法兰西戏院里最常演者为《婚礼进行曲》,其次为《戈利伯里妈妈》。《婚礼进行曲》于 1905 年 10 月 27 日第一次在和特威尔戏院开演,其后每年常在法兰西戏院开演,最近的几次是:1930 年 5 月 20、22 两日,27、29 两日,7 月 2 日。

《婚礼进行曲》描写人类的心灵的震撼。剧中人物格兰思是两个人:一个是浪漫的人物,认爱情为一种慈悲、一种牺牲,所以她鄙弃安适的生活,只爱上了一个有良心然而很平凡的音乐家;一个是爱娱乐的人物,醉心于奢华雅丽的生活与细腻的爱情。她自杀,因为她觉得她过浪漫的生活上了大当,又不甘心对娱乐的生活让步。在我所译过的戏剧中,我最爱这一本。

译者
十九年七月九日

第一幕

布景 一个小女孩独自在客厅里。客厅的电灯开了一半,预备接待宾客。从开着的几个门口看进去,有一个饭厅,很亮。仆人们来来往往,预备酒席,高声说话。

幕启,室内有人呼唤"娜丽"。

第一出

出场人: 娜丽(独自一人)、(其后)胥珊·夏特利耶。

娜 (嚷道)妈妈,我在这里……

　　胥珊·夏特利耶匆匆地入。她穿衣还没有穿好。裙子系上了,珍珠项链挂上了,但是,肩上只披着一件轻纱的便衣。

胥 娜丽!……喂,快!……饭桌上的名牌……你做,好不好?

娜 好的,妈妈。

胥 名单在这里。你不要弄错了;这一切都在我的右边,这一切都在我的左边,要顺着次序……你把名牌写好了之后,你自己去排列去……

娜 好的,妈妈。

胥 你不要弄错了。我并不照常地把乌都恩夫人排在奥特威尔身边。乌都恩夫人打了一个电报给我,说昨天晚上她与他已经不和了。我把他们排得相离很远。

娜 为的是使他们不能在桌子下用脚互相踢起来吗?

胥　我很希望我的宾客们没有这么坏的习惯。

娜　但是那小玛玳琏每次在这里吃晚饭的时候,她踢我踢得不少啊。

胥　这不是一样的。乌都恩夫人与奥特威尔先生是很高尚的人,决不会像那小玛玳琏一样的。你们吃饭的时候,应该乖乖的,孩子们……

娜　妈妈,如果今天晚上,那小玛玳琏再踢我,我该不该还踢她呢?

胥　决不。等一会儿你好好地把脚放在椅子下面;你该记得你是主人,你是接待宾客的,应该忍受宾客所给予的种种的不便,永远不可抵抗……因此你就可以学会处世……写吧。

　　那女孩在一张揭开的写字台前坐下。恰在她的母亲走的时候,一个仆人入,后面跟着一个买花小厮。

仆　夫人,这是饭桌上的花篮。

胥　(注视花篮)是的,行了……

仆　还有些紫丁香,预备客厅用的;但是,花匠叮嘱放进冰室里五分钟,所以没有拿来。

胥　好的。

　　仆人们出。

娜　(写字)妈妈,小心冻坏了身子。你没有穿衣服呢。

胥　我做完了……唉! 这颈圈真讨厌! ……我非叫人弄好不可。维儿还在接口上塞上了些我的颈后的碎发。这女人真不细心! ……你帮我一帮,好不好? (娜丽蹑足攀那颈圈。胥珊把身挫低)当心,你把我弄痛了。

娜　这因为我不够高……

胥　现在放手吧……行了……

　　一个仆人从正门入,手托着一个托盘。

胥　(看见那托盘)什么……不,不,我谁也不见;在这时候我是决不见人的。

仆　夫人,外面的人再三要求我至少把这名片交给夫人……她说
　　只希望见夫人一面,即刻就走的。

胥　(接过那名片)格兰思·伯烈桑! ……格兰思! ……唉! 不得
　　了! 是的是的,请她进这里来……告诉她说我穿衣服去……
　　两分钟就完了的……此刻是什么时候了?

仆　七点钟了,夫人。

胥　是的,我有的是时间。晚饭是正八点半,不是吗? ……请进来
　　吧。来,娜丽,你把名牌拿到爸爸的办事室写去,或者在你的
　　房间里也行。

娜　(把那些纸片带走)妈妈,我希望我们的桌上不摆香槟酒……
　　(出去的时候,在她母亲的裙后)因为那小玛玳琏很爱喝香槟
　　酒……不摆酒呢,她就没的喝了……再者,妈妈……(声音渐
　　远,听不见了。仆人把与饭堂相通的门关上了,燃着挂灯,出。
　　不久又入,领着二人)

仆　烦你们两位进来坐一坐。夫人就来的。(又出)

第二出

出场人:格兰思·伯烈桑、克罗德·莫礼乐。

二人直立一会子,难为情。其一为一少妇,看来有二十七岁的
光景,头发是少女的装束,身上穿的是截衣,戴的是袞帽子,打
扮得很简单。其一为一男子,看来年纪差不多,温和胆小的样
子,他的礼服很不合身,一顶不合时的高帽子,他很笨地拿在
手里。他们不坐。

克　(低声)你看,我们搅扰他们了。他们有宴会。我们走,好不
　　好? ……

格　你的胆子真小! 这个有什么要紧呢?

克　(摇头)这个……这个……我说这个,为的是你……

格　唉! 如果只为的是我,你不要怕。总之,最坏不过的结果也不

是很可怕的事情。再者,你听我说,我很了解她,她的心地很好。一会儿你就晓得了……你一看见她就会意气相投的……除非她已经变得很厉害了。

克　我不怀疑这个。只一层,她看见我也许并不觉得意气相投,这就可虑了……那么,当场丢脸……

格　我的可怜的克罗德!这样看来,你是没有什么勇气的了?

克　唉!有的,放心吧。格兰思,只为的是你……

格　再者,不是这样怎么行呢?……这是不得不做的……如果这里不成功,明天我们看威若尔夫人去。

克　任凭你的主意!你是晓得的,我闭着眼睛跟着你。他们住的是很好的地方……那么,他们是很,很有钱的人了,吖?

格　我不晓得。自从她结婚之后,我没有再看见她……玛利姐姐①写信到爱克斯,说她结了一桩很好的婚姻……现在的时代,葡萄糖的生意是很赚钱的。

克　(摇头)当然比音乐更赚钱啦!(静默)真呆,我的心头跳得很:你完全没有这意思!……

格　你的脸色全变了……把你的裤脚放下来吧。

克　(连忙地)唉!真的,我忘记了……请你宽恕我……我本该在未上楼之先,找一个刷鞋匠把我的裤子刷一刷……

格　唉!刷鞋匠!在巴黎!……

克　我本来又应该穿那方格子的裤子……那个新些。但是我料不到这里的灯光亮得这么厉害。(他自己审视,难为情。既而把他的眼睛举起向她,强笑)我不太脏了吧?……我不太丢你的脸吧,喂?

格　(作责备的样子)唉!……等一等,你的领结……你非但不丢我的脸,我要为你而骄傲,为我的克罗德而骄傲呢!你为什么

――――――――――――

① 这不是她的亲姐姐,只是教养院中的保姆。

这样想，吓？（她很快地一手把他的领结弄好，又把他的头发压平些。蹙眉。一弹指）

克　呀！她来了……

二人突然分离，直立如木偶。

格　不是的……这大约还是一个仆人……

半晌。他们又坐。不说话，只等候，侧耳静听屋内的声音。在长时间的沉寂里，忽然间，他们的眼光相遇，他向她微笑，像是借此给自己一些勇气似的，又怅然太息。

克　小乖乖，呀……

格　（远远地、机械般地，回他一涡微笑，而她的眼睛却向别处望，耳亦听别处，心另有所属）没有什么，没有什么……

他们仍旧站着不动，很耐心地不言不笑，只眉梢有点儿颦蹙。门启，砰然有声。

第三出

出场人：格兰思、克罗德、胥珊。

胥　（飞跑进来，在门口就叫道）呃，日安……我的小格兰思！……怎么！你到巴黎来？……让我来吻你！

格　（简单地）日安，胥珊……

胥珊一眼看见了伴着格兰思来的一个男子，一时不知如何是好，她刚才吐露的热情完全停止了。她施礼，诧异。

胥　先生……（向格兰思）我请你恕罪，也许我不知道情形……我们十年不见面，五六年不通信了！……其间尽可以有许多幸福的事情发生，而你没有告诉我……（想到这里，她放心了。于是感叹地说道）格兰思，你没有变样子，你晓得吗？……我呢？……

格　你也没有变。你更美了……更……令人胆怯了……你的眼睛依然如旧。（连忙地）我要向你说明……我竟不敢单身来看你……我情愿很坦白地对你……我这一来,为的是要求你帮一个忙……从前在教养院的时候,我认识你,知道你总是心很好的很聪明的人……我自己说道:我们用不着走弯路儿了……

胥　(更冷淡)你坐吧……先生,请坐。

克　(本匿在格兰思背后,把帽子的边缘打旋转,听见胥珊叫请坐,强作笑容地说道)但是夫人也许没有工夫听我们说话了。

格　(坐)你今天晚上请客吗? 我只停留一会儿……我谢谢你肯接待我……

胥　(作有涵养的语气)唉! 我有的是时间……我们当年的交情,乃是少女间的最深最好的友谊……一则因为生活,二则因为相隔,所以没法子见面了……我往往觉得可惜。你看,我这样不晓得你的生活,所以我以为你还在爱克斯! ……玛利姐姐还与我通信,她写信给我,还说你在爱克斯呢……

格　是的,一礼拜前我还在那边……

胥　呀! 原来如此! (溜眼望了克罗德一眼)总之,亲爱的,如果你愿意向我说明……

格　唉! 这是最简单不过的……先生与我,我们相爱……在爱克斯。我的父母不愿意听见我们说起婚姻……克罗德·莫礼乐先生……(她把他介绍)

克　(站起来,施礼)夫人……

格　克罗德·莫礼乐先生原是我的钢琴教员……我们玩了许久音乐……你看,这是很平常的……先生在朗西国立音乐院里考第一名。

克　(辩解)唉! ……这是没有什么价值的……

格　你认识我的父亲吗? 你记得他吗? ……

胥　总还记得……

格　妈妈呢! ……当我声明说我择定了我的男人,决定听从我的良心嫁他的时候,真是一场惨剧。你想想看! 我们的根源,我们的贵族的旧家声……

胥　我想你们的远祖是卢西阳,真是大名鼎鼎的贵族。

格　难道我不晓得不成? ……人家趁这机会,把我的老祖宗一个一个地都请了来! ……我想他们在九泉之下都睡得不安了……

胥　照我的意思,这乃是可尊重的意见啊。

格　胥珊,我说话不带一点儿恨意,也并不愤激……今天我还是当年你在教养院里所认识的那一个格兰思……很会反省,很安本分,你记得吗? 功课好,分数也多。我把我的主意早已报告了爸爸与妈妈了。爸爸是首任主席,你知道吗?

胥　当年我晓得他在政府里做官,但是我不晓得究竟是什么官……

格　是的,在法庭里。他的官职,与我们的家声,真是两口大钟! ……全家怕不都给我污辱了……全省也要给我污辱了,因为我们的亲戚布满了全省……爸爸的身份也要给我污辱了……所以,你该懂得! 我们闹得很凶! ……我的母亲也许不很执拗。她是南方人,口里尽管吵,心里却没有定见的……至于爸爸呢,他属于冷的南方,冰冻的南方;再没有比他厉害的了。人家把先生赶了出来。

克　(把头摆动,表示她的叙述有理)一点儿不错,一点儿不错。

格　他曾经做过中学教员……

克　也许夫人厌听我们一切的历史。

格　说得有理……归根说一句,我们的境地变成不能忍受的了。我的选择已经决定了……我的父亲在家庭会议里,当着两个妹妹,把我咒骂了一场……我去找着了莫礼乐先生,于是我们就到巴黎来了……我们住巴黎已经一个礼拜了。

胥　(站起来)唉,这真无意识! ……无意识! ……这是一时忍不住气的胡闹,结果是很可怕的……我的小格兰思!

格　什么结果我们都料到了……这并不是胡闹……唉! 我并不浪漫……也不狂妄……我们已经深深地觉得我们终身相爱,我与莫……你容许我在你跟前叫他做克罗德吗? 这么一来,简单些,而且不那么笨。

胥　唉! 你胡闹到什么地步了! ……我自问是不是在做梦……你是格兰思·伯烈桑,你放弃了上流社会的地位……放弃了灿烂的前途……把你的生活减到零度! ……先生,对不起,我在您跟前说这话;但是既然我的女朋友觉得领您来这里好,那么,我心里想什么,就该给您听见……

克　不要拘礼,不要拘礼,夫人;这乃是很自然的……请您相信我的话吧,我对伯烈桑小姐说了不止一次,说我不陪她来还好些……我是知道规矩的。

胥　先生,这并不关系到规矩。假使我只讲规矩,我甚至于不接见您,而我早已想法子对付这一次的会见了,您相信我的话吧;这事情的关系在一个女朋友,她与我并不是寻常的友谊,我对于她的事情特别关心。所以我觉得把我的意见尽量发表,乃是我的义务……她这少年的脑筋,受了什么刺激,以致她这样胡闹,都用不着我批评……但是她因此创造了可痛哭的境遇,假使我仅仅有及时阻止的机会,我总应该提醒她……我不相信她这情形乃是……

克　唉! 夫人,您尽管怎样再说,也不过像我曾经说过的一套话罢了……不舒服,甚至于穷困不堪……一切的一切,我都排列在她的眼前了。

格　(连忙站起来)胥珊,莫礼乐先生是不受责备的。这一次的逃走,完全不关他的事……恰是我迫他动身的。他为我设想,还不肯决定呢……一切的责任,都归属于我……

胥　但是你们将来到底怎样生活呢? 你们有点儿钱吗?

格　我有少女时代的一点儿积蓄,先生有他做温习教师时代的积
　　蓄,乃是在中学校教特别课所得的利益。最近他又在教区里
　　组织一个宗教音乐会,赚了两个钱……唉! 总计起来,还不算
　　什么数目! ……他预备教钢琴的课;他是很懂乐理的……但
　　是此刻他情愿只教些学生……

胥　教每一点钟五法郎的功课,要在巴黎生活,很难,很难……呃,
　　是的,我说得太惨了……何苦打破你们的好梦?

格　(胆怯地)恰因这个缘故,我想你的交游很广,也许你能够给他
　　在白天里找一种别的工作……他在五点钟至八点钟的时候才
　　教钢琴的课……其余的时间,他可以工作的……我想你的丈
　　夫有的是许多大工厂,不是吗? ……也许一个空缺还可以找
　　得到……

克　(辩明)唉! 身份很低也不要紧……很小的位置我也可以
　　接受。

格　他很聪明……他不久就很内行了的。请你原谅我,我第一个
　　念头,第一个回忆,就是想起你……至于我呢,将来我也工
　　作……我非但不怕,而且以为乐事……有一位威若尔夫人,她
　　是微特婀克的好朋友,我不知道你认识不认识她? ……

胥　呀! 是的,是那西莎林,背后有辫子的。

格　人家往往把些蝗虫或蝉挂在她的辫子上,你记得吗? ……好,
　　她的一个好朋友名叫威若尔夫人的,允许我把我介绍到李灭
　　尔商店里去。

胥　(讪笑地)一个上流社会的少女,在商店里陪笑地问人家:“夫
　　人还要别的什么东西?”我想你是甘心过这生涯的。

格　唉! 不是这个……我一去乃是做文字上的工作……只一层,
　　我的美梦,我的理想……(微笑)你看,我用起大字眼来了……
　　我的理想乃是能够指挥一间茶店。干净些,爽快些。我情愿
　　做这个……但我分明晓得这不过只是一个理想……也许到底

不能实现的？

胥　（滚眼望她）天！听见说这类的话，好不令人生气！格兰思，不是我说，你真没有意识！……

格　（把视线移过去，很和婉地）有的，小珊，有的……

胥珊·夏特利耶动气了，向格兰思作种种不忍耐的姿势，表示她要毫不顾忌地说话。末了，她果然忍不住了。

胥　我须要同我的女朋友说一句私话。先生，请您容许我。

克　（殷勤地）我告退了，夫人。（连忙站起欲出）

胥　这可以不必……只一句话……喂，如果您愿意的话，您看一看桌子上的照片册子，您恰可以找着格兰思十六岁的照片。（在室之后方，她把桌子上摆着的小册子递给他，递得很快，像交给一个下人或一个没有关系的人。又把格兰思拉到一边说话）好，亲爱的，向我说了吧，说这是一场没有结果的胡闹，说你在这几天内乖乖地回爱克斯去，把你的古怪的意见取消了吧。你看……

格　哪里！我决不向你说这话的。这不是真话。

胥　你的父母会宽恕你的。

格　他们不愿意我们堂皇地结婚，情愿丢脸子……要我回爱克斯，除非与我所要做丈夫的人一块儿回去……然而这是不可能的！……你相信我吧，我在父亲跟前，什么法子都用尽了……他们说他们的女儿已经死了。我说一句，他们驳一句。你不要以为外省人的思想有那么开通！

胥　我很晓得在旧贵族的环境里，很有高视阔步的毛病……但是有一点你也应该承认：哪怕怎样谦卑的人，太不相当的婚姻，也未免太难堪了……

格　我不怀疑这个……

胥　只一层，事情到了这地步，终有一天你的父母会听天由命的……

格　我只计算现在,将来他们高兴怎样就怎样……

胥　但是我想他们不会让你在这里受灾难吧! 无论如何,他们总会接济你多少钱的……

格　这个已经不成为问题了……我甚至于不晓得他们是否打算把我抛在经济困难、生活艰苦的境地,好教我抛弃了我的克罗德……再者,我们入了衰败的贵族的队里了。爸爸的产业已经抵押给人家……他告状,告到穷了……人家打算把三个女儿嫁出去,好教家运中兴……尤其是还有一个主要的理由,胥珊,这理由乃是我决不肯受他们一点儿什么。我太骄傲了! 你不了解我! ……我除了我自己所有的之外,决不肯受人家的什么。我先此告诉你,免致你将来想要直接地救济我……你听我说,如果不是这个缘故,我也不会跑到这里来了。

胥　格兰思,格兰思! 你把我吓煞! ……你究竟是不是当年我所认识的那小女子,包着黑色的包头带,有的是颇为浪漫的姓名……伯烈桑小姐! ……

格　(微笑)对了! "小圣母!"……

胥　真的!"小圣母!"人家这样称呼你! ……那时节,你的眼睛已经有几分奇怪,你的神气那么有涵养,那么温和……

格　(眉飞色舞地)这因为我的相貌与会食堂里挂着的巴烈颠圣母像一样……

胥　真的! ……这是多么久远的事了! ……天啊! 我们都改变了! 我呢,很幸福,我有一个好丈夫,两个孩子……

格　你真算会走路……

胥　我的意思不是要这样说的;不过我是在火炉旁边生长的罢了……至于你呢,从前你差不多是一个偏于灵的方面的……你几乎变了尼姑了,不是吗?

格　是的,这是一时的意见……那时节,我想不到爱情……我不相信有爱情……人家甚至于把我的头发剪去了……道姐们有一间尼姑庵在布诺斯,我几乎动身到那边去了……

胥　这是可能的吗?……现在呢,你却在这里!……一切都变了!……像一个学生逃学……给人家在头上打了一下之后……

格　(激烈地)唉!不,不……你不晓得!……

胥　跟着你的钢琴教员!为了这一个男人,竟迫得你把稍有价值的生活的前途都放弃了!(她把眼角瞟了莫礼乐一眼,莫礼乐努力想要人家不注意他,所以他装做聚精会神地看那照片册子)这男人,不要说别的,说美也不美……

格　(面上起了一道小红晕,但是仍旧和婉地微笑,低了头,难为情地说)胥珊,你伤了我了!……你该想一想,我觉得他纵使不美也是可爱……这人,我为了他,抛弃了一切,要同他相守一辈子……

胥　(故意作残酷的样子)恰因这个,我才害怕呢。

格　(蹙额)我倒不然!各人有各人的乐园,你有什么好说的!我也不求你了解……我们这么合得来……尤其是我们的意气相投,嗜好一致……唉!我是不怕穷苦的!我本来就厌恶社会。在爱克斯的时候,人家把我叫做灰色小姐,因为我老是穿灰色的衣服……凡是看不见的东西我都爱……在一种严重的、黯淡的生活里,实心实意地爱我所喜欢的男人,我用不着许多勇气已经受得住了!……自从我们到巴黎,已经一礼拜了,我们住在沙马利天①旁边的一间很便宜的旅馆里,而我欢天喜地的,你真猜不到!……恰恰相反,我变了一个有用的人,两人一齐工作,这乃是一种新生活,使我的心神为之一振!我的梦想乃是在生活里正经地做个人……把我寄托到理想之国……我实行了一种非常的举动,起初为的是自私……后来为的是

_____

① 沙马利天是一间百货公司。

爱情。

胥　一种非常的举动！呀！我的好孩子！

格　胥珊，我劝你不要再用你这鄙视的自高的态度对待我；我有二十七岁了……你不晓得我痛恨那些假的、荒唐的心思！从前我与那小维希尼合不来，就因为她太爱宣露她的热情，所谓新奇的思想；又因为她穿的是异教的衣服，戴的是蓝色小方帽。你记得吗？

胥　（诧异）一切在教养院里的回忆都如此的逼真！……

格　不错！……只有教养院与克罗德……似乎其他的都不算数……例如几次的跳舞会，几次的黯淡的夜宴……

胥　教养院！……我们关于生活的谈话！……

格　你变成了一个巴黎人了。

胥　那教堂！……我那写字桌，我在桌上挑起过一条草花蛇。还有那院子……

格　院子里的大枫树……夏天睡觉钟响的时候，一群麻雀在啁啾地叫……

胥　说也奇怪！……（默然沉思一会子）真的，那时候你已经很会奏钢琴……（克罗德悄悄地站起来，拿起帽子，打算向门口走去。胥珊瞥见他）不，先生，您不要走……唉！唉！可怜的，你们快要变成怎么样了？……你们住在哪里？……

格　我们住在一间很小很小的旅馆，在沙马利天的附近……

克　在靠着李和利路的一条小街道。

胥　（叫他们在火橱旁再坐）总之，如果你们真的决定如此生活下去，决不再求伯烈桑家，那么，你们明人不做暗事，该把事情弄个仪式才好……一则免致坏了名声……二则免致人家打你们的主意。

格　我们正是这个意见。

克　唉！当然，夫人，我们心里恰有这个主张……我们不是硬颈的人!

格　但是在这事以前,我们在巴黎所交游的几个人不会厌恶我们这不规则的境地! 等到我们稍为有个地方安顿的时候,我们再结婚不迟。

胥　我当然努力替先生介绍几点钟的功课……

格　尤其是你有机会的时候,替他找一个办事处的位置,让他在五点钟以后有时间……我分明晓得这是很难的事情。

胥　哪里! 我一时想不起,似乎是没有位置。你让我再思索多少时候……可惜你恰在我有宴会的时候来见我。

格　真的;我请你恕罪……我们搅扰你了。克罗德,我们告退吧,时间不早了。

胥　没有的事。我已经穿好衣服……我说有宴会,不过希望你们原谅我不能立刻答复你们。

格　我是七点钟来的,我以为这时候你一定在家。谁知恰恰遇着你有宴会,我看……

胥　唉! 这是熟客的宴会……你们并不搅扰我……巴黎吃晚饭很迟的……请你们等一等……(按铃)

第四出

出场人:胥珊、格兰思、克罗德、福朗素华、(其后)娜丽。

胥　(向进来的福朗素华)福朗素华,老爷在穿衣吗?

福　是的,夫人;老爷回来半个钟头了。

胥　如果他穿好了衣服,你同他说我请他下楼来一下子,好不好?

福　好的,夫人。(出)

格　唉! 我请求你,不要为了我们便烦动你的丈夫……

克　我惭愧得很……夫人……你的好处……

胥　这是很自然的。

娜丽从饭厅的门入。

娜　（把名牌交给她的母亲）妈妈,呃。

胥　好的,爱!

娜　你看,写得好吗?

格　这是你的女儿吗? 唉! 她这么大了,又这么美! ……你容许我吻她吗? 小姐,您愿意要我吻您吗? ……她叫什么名字?

娜　娜丽,夫人。

克　小姐真可爱……

格　我想不到你有一个这么大的女儿。

胥　她不久要举行第一次领圣体了。呃,是的,我从阿三湘教养院出来之后就结婚,至今十二年了……这已经很久远了。

克　（和颜悦色地）夫人,少年的时候,一个月像一年般长……

胥　刚才我叫她写宾客的名牌……给我看,写得好不好? ……

格　（当胥珊察视名牌的时候,低声向克罗德）你的领结向左边斜了……把它弄正吧。

克　呀! 谢谢你。

胥　（低声向娜丽）你拿去放在桌子上……在未开饭以前,我请你不再踏进这屋子里。

娜　是的,妈妈。（她走过饭厅去了。一个仆人拿着花,入）

胥　紫丁香放在白瓶子里……玫瑰放在火橱上的塑像旁边。（仆人做完了之后）请你把天花板的灯放亮了吧。（仆人把灯放亮。胥珊放出女主妇的身份。放眼察视室内一周）

格　（在这时候低声向克罗德）行了……行了……

克　你以为吗?

格　她觉得你很出色。

胥　（高声）这里不太冷吗?

格　非但不冷,而且很好,很温和。

克　（放胆说）这冬天,我们真冷得很苦。今天下雨不曾停止过。

　　洛歇·夏特利耶穿好衣服,入。

第五出

出场人:胥珊、格兰思、克罗德、洛歇·夏特利耶。

胥　亲爱的,我给你介绍格兰思·伯烈桑小姐。我常常向你提起
　　的,你记得吗? ……

夏　至少是模糊地记得的……这是从前与你通信的一位女朋友,
　　不是吗? ……小姐……(马马虎虎地施礼)还有这位先生……
　　她的哥哥吗? ……

胥　(很快地)不是的。我要很简单地向你说出真情。这是一场胡
　　闹,却是我们所管不着的……小姐与先生相爱了……伯烈桑
　　家不愿意听说结婚……格兰思已经是成年的人,于是他们到
　　巴黎来了,却没有财源……将来我再向你解说。

夏　(不关心地,很快地)哈! 哈! ……亲爱的,这是您的事儿。我
　　不见得有能力……在这种情形之下……

胥　(固请地)格兰思已经想过,也想得有理,她想看我们当年的友
　　谊上头,我们可以把平常的成见消除……

夏　(冰冷地)这个自然……但是我再说一次……

格　先生,我的朋友胥珊很仁爱地解释了一番,却解释不很完全。
　　我们并不是来求救济的;我们的财源,小虽小,我想还勉强过
　　得去……至少,靠着几种工作是可以度日的。

胥　先生教钢琴的功课……除了教课之外,他希望在白天找到一
　　种工作。(示意叫莫礼乐说话)不是吗,先生?

克　正是,夫人,正是……请您相信我的话;我自知这一来十分唐
　　突……我同伯烈桑小姐说过我怎样地怕这种拜访……您肯接
　　见我们已经是万幸了。我懂得你们是不能……

格　(连忙打断他的话头)先生,刚才不是如此说的……请您原谅
　　他,他的胆子很小……但是他很能干,甚至于他不曾习惯的工
　　作,他不久就很内行的……是不是,克罗德? ……嗳呀,说呀。

克 唉！很快！当然很快！……

夏 天啊，先生，让我看，让我想一想……但是您须知商场里与官场里是一样的，要腾出一个位置来，很难很难……

克 当然……我是很晓得的！……

夏 （不听他的话，却继续地说）有的是轮流的职务。我不能主张您就下等的职务，而且薪水……少得可笑……

格 先生，职务没有什么下等不下等的；我们决不争这傲气，不肯接受薪水少的职务……只要不污辱人格就好……生活是生活……是不是，克罗德？哪怕先生给你很小很小的职务，你也该感激的……谁晓得没有前程呢？……

克 （几乎要哭的样子，否定地说）唉！便是没有前程也好！

众人皆笑。

格 先生，您瞧……我替他说客气话，谁知他自己更客气呢！

夏 （好情好意地）真的，小姐，我觉得他并不存奢望！……也许事情容易找些……话虽如此说，我到底不能在我的葡萄糖制造厂里给您做绑糖的职务，是不是？

格 （坚决地）这当然是不行的。

胥 （眙起眼睛向她丈夫）但是，亲爱的，也许有一天你能……

夏 天！也许……在会计部里……一百……一百五十法郎一个月……时期还很远……您写得一笔好字吗？

格 （立刻回答）很美，很清楚。

夏 要一笔生意字……您的本行是钢琴家，不是吗？账目与音乐是不能发生关系的……

格 （又立刻回答）不是的，先生，做一个乐谱家，至少要有一部分抽象的工夫，差不多是数学的……他算账算得很快……

克 我虽则不是伊诺第①，我以为其实……

---

① 伊诺第大约是一个乐谱家。未详。

夏　好，那么，先生，几天后烦您到我的办事处走一趟好不好？……我们再商量这个……

克　无论什么时候都可以吗？

夏　不，不。我接见的时间是礼拜二与礼拜五，两点至四点，在圣拉赛尔路……您可以同那出来见您的伙计说，说我与您订了约会……此刻我的能力如此而已。

克　我不晓得说我们感激您到了什么地步了……

格　您对于莫礼乐先生将有很大的恩德；我晓得您肯收留我们，都是胥珊的功劳。我早就料到她有这样好心……克罗德，我们起来吧。在这时候来搅扰你们，我特此向你们请罪。

夏　真的，我们等候宾客，您看。

胥　（向格兰思）你把你的地址留下给我好不好？我写信给你。

格　（很快地用铅笔写在一张纸片上）是这样的：沙马利天旅馆，老牛路七号。（与胥珊握手）你须知我满心感激你。

胥　没有什么，没有什么……

夏　（向格兰思）再会，小姐……

克　先生……

夏　（冷冷地）先生……

格　（叫克罗德在她前面走）过去吧……（二人出）

第六出

出场人：洛歇、胥珊。

夏　（大笑）咈！……这是怎么一回事？……好，你所交游的人物真漂亮！我恭贺你！

胥　你不要提起吧。我还在诧异呢……我比你更着惊……这小格兰思，当年我认识她的时候，是多么规矩，多么平正！……你须知他们是很好的人家……唉！你想想看，世界上竟有些狂人！……

夏　唉！钢琴的教员……唉！看他拿帽子的姿势！……这差不多
　　是一位波华丽小姐①……

胥　这上头大约还有别的缘故……我不懂……我的脑筋昏乱了，
　　我承认……

夏　这是一个伤风败俗的女人。

胥　我想不是的……在我看来，这女孩子不是弯弯曲曲的人。

夏　人家才说不良的风俗是没有什么弯曲的哩……恰恰相反，败
　　坏的风俗，倒是变简单了的爱情。

胥　这须要用解释才行。你还说得不明白。

夏　将来再解释吧，现在且不谈。这好比代数学一般，看来很繁
　　杂，然而一变简单就行了……再者，你的女朋友，她的眼睛周
　　围是青色的，人家一看，决不会猜错……

胥　这也许是太伤感了的缘故。

夏　或者是克尔蒙特②的琴谱的缘故……我是看得出这种人的。
　　我有一个小表妹恰是这样，见人一味献殷勤，与她一般无二。

胥　这是好处啊！

夏　唉！谁没有殷勤的表妹？……喂，在阿三湘教养院里，她们都
　　是这样的吗？

胥　这要看在哪一班……我仔细想一想，玛利姐姐所有的女学生
　　们都走错了路。但是这一个却几乎出了家。

夏　幸亏上帝不曾要她！

胥　你听我说，这上头有几分神秘……

夏　是的，有音乐替她们撮合！……无穷的幻影，悲壮的琴曲，叔
　　鹏的梵尔斯③……一切的一切，都是钢琴之过……好一个小说
　　的题目："琴之罪！"

────────

①　波华丽小姐未详，或系用佛罗贝尔《波华丽夫人传》里的故事。
②　克尔蒙特是意大利的著名乐谱家。
③　叔鹏是法国 19 世纪的钢琴家，"梵尔斯"即 valses。

胥　你不要说笑话。其实我觉得可怜……她不久就要吃苦了。

夏　他呢,他吃钢琴。

胥　真的,我们应该替他找些工作,不是吗,洛歇?

夏　这种人,你打算要我保荐给我们的朋友吗?……譬如他要引坏了那小华兰玛,你肯不肯……不要给他引坏了吧!……

胥　(思忖)你注意到吗? 她像一个母亲,担心他的事情,常常把眼睛顾着他,尽量地保护他,看她很简单的,纯任自然,很少造作的样子。

夏　还有就是你你我我地称呼,是不是? ……在我们跟前,一点儿不顾忌……

胥　你想想看,她这种细心,一切为的是这么一个男子! ……洛歇,当我低声与娜丽说话的时候,我听见了两句很令人感动的话。

夏　吖? ……什么话?

胥　她想不到我会听见的……她很低声地同他说:"你的领结斜了,把它弄正吧。"这没有什么了不起,然而你不觉得还可爱吗?

夏　(笑)呀! 不,岂有此理! 在这上头,我不会感动的……你不要倚靠我,我还有许多更重要的事情好做呢……张三先生说得好:慈悲心保留着给我们自己用,不晓得我们将来结果如何呢。

胥　洛歇,洛歇,你不要笑,我叫你不要笑。在这女人的心里还有别的心情……在她的大眼睛里表现她的牺牲的精神,在庄严中有愉乐之意……这很奇怪,洛歇,你再想想……他们处在什么地位? 将来变成怎样? 然而他们没有悲愁的样子。她本有可以希望很幸福的,而她一切都放弃了。你仔细看她:昨日她还可以救济别人,今天她却为着她的男人——比她老了许多的男人——向别人乞怜,丝毫没有羞耻。看她乞怜得那么不费力，活像她一辈子只过这生涯似的！当她说话的时候，我看着我的奢华的陈设，美丽的鲜花，不知不觉地难为情起来。其实我不应该难为情，这一切的东西她都没有看见呢！……她这一来，为的是替他求工作……像一只谦卑的狗，热心地静候着一片面包，面包得到了就走……你没有注意到吗？当她看见事情行了的时候，她的一双眼睛闪闪地发光，表示她的幸福。呀！何等英雄，洛歇，何等奇异的英雄，哪怕是怎样小，总算是英雄了，当她这英雄气概透过我们这客厅，射进我们这家具，配着我们的灯光的时候，我觉得我们多么俗不可耐！等一等……我发抖了……

夏 （不复笑）是的……他们还算不是把爱情当做儿戏的人……（他们在火橱旁，不动。他站着，以背向火取暖，心神不注；她坐着，玩弄她的戒指，渐渐想入非非）

胥 此刻他们在哪里？在这大巴黎里，这两个可怜虫，要变成怎么样了？……大约此刻他们臂夹臂地一同撑着一把雨伞……她也许很幸福地、很耐烦地在等候七十二辆公共汽车了。现在她还有少女时代的衣服，样子很好；但是你试想想，等到她的什物用坏了之后，衣服擦破了之后，她的真相露出来之后……岂不是可怕的事情！……

夏 好！这么一来，爱河里添了一个怨鬼，人类的幸福要增加些。

胥 谁能知道呢！总之，这与我们不同！……我越想越感动……这小格兰思！（突然）喂，其实你不爱我！

夏 （笑起来）呀！好的！……意料不到的结论！……喂，同我接吻，庆祝你的妙论。（吻她）

胥 （离开他）洛歇，纵使我寿得一百岁，我决不会忘记了今天这一幕剧：他们这两个可怜虫向生活之路走去，向穷苦的生活之路走去，承受一切……你看，在这半开的门口里，我永远看见他们的影子从……

当是时,她所指的门开了,一妇人盛装入,气概俨然。乃是克洛西耶夫人。

第七出

出场人:洛歇、胥珊、克洛西耶夫人、(其后)克洛西耶、华拉男
爵夫人、小玛玳琏。

耶　日安,亲爱的……我是最先到的一个……我不太早了吧? 好
　　坏的天气! 狗也不能放到屋子外面去。快给我暖一暖我的脚
　　尖儿……冷死人! 这冬天的生活变了一种刑罚了! ……日
　　安,追脂粉先生!

夏　追脂粉先生?

耶　是的,是的,还说哩! ……昨天我看见您在骑士路上追随着一
　　个妇人……总之,我替您守秘密就是了……

夏　我看见……(克洛西耶先生入,他上前与他道好)喂,亲爱的,
　　您好吗?

洛　是的,像一个兴高采烈的人……我是从王子园来的……马尔
　　希约的飞行机真可赞美! ……这飞机落地很有个步数! ……
　　还有那人真了不起! ……单说材木一项,他已经花了五百个
　　路易。这类法国人,真替我们争面子! 我们大家给他在俱乐
　　部里摆一场酒席吧! ……

耶　(向胥珊)亲爱的,您看,我丈夫为着我的纪念日,给我买了一
　　串项珠,今天晚上,我第一次用它。

胥　漂亮极了。

耶　我情愿马上把价钱告诉您,告诉了您,我就快活了。四千法
　　郎,在古龙公司买的……您听我说,我贡献您一个意见好不
　　好? ……您应该把您的项珠上的小金条除掉,把珍珠排成两
　　行;像这么大小的珍珠,您再买五六颗……

胥　(看见一个妇人领着女儿入,起身迎接)呀! 男爵夫人来了!

洛　（向男爵夫人）刚才在楼梯上，我们先后地走！

胥　（呼唤）娜丽，娜丽！快来看你的小女友。

　　客厅里热闹起来。

耶　（走近洛歇·夏特利耶）亲爱的，我贡献给您的妻子一个好意
　　见……叫她把她的珍珠排成斜十字形……她要排成两行尽可
　　以的，再者……您听得明白吗？

夏　很明白。

耶　好，那么，只消再加上四五颗像这颗一般大小的珍珠，您看，而
　　且……

　　继续谈话。

第二幕

布景　一间寒素的旅馆里的一个房间。这房间与后方另一个房间相通。后方的当做卧室;这一间却没有床,改做梳洗室兼餐室等。室中虽则清洁,但是种种的家具都表示不整齐的样子:嵌镜的高柜上堆着好些纸匣子,墙边一个数层的架子,架子上摆着什物。墙上挂着衣帽等。右边的窗子下瞰老牛路,左边的门向着楼的平台。另一个房间的门,此刻在开着。有些浅色的布帛小幅,东一件西一件散放着,显出主人努力点缀。桌上一只镀金的什物匣。四月的太阳把一些光线射进窗子里。

第一出

出场人:克罗德、格兰思。

格　酒精灯哪里去了?

克　(只穿着衬衫与背心)在这儿。

格　请你给我一枝火柴……谢谢……(她把些整个的鸡蛋放进滚水锅里,同时,克罗德穿好了衣服)你要不要熟的?

克　半生半熟。

格　那么,我放进冷水里……等到水一开,我即刻拿起来。这是维希尼的做法。

克　好一个维希尼! 呀! 此刻的她,大约正在咒骂我了! 从前每逢礼拜四,她在你的父母家里很小心地给我预备些鸡鸭卷子,此后她一定后悔了! ……

格 我出去买了些火腿与五肉糕来给你,你觉得行了吧?

克 呃,我相信你! ……

格 你看一看门口,人家把牛乳送来没有。

　　克罗德开门。

克 来了。还有一个小包裹。

格 我晓得,这是意外的事……

克 (打开纸包)是一个鲜糕! 乖乖!

格 你不要谢我,这乃是下面面包店老板的赠品;我不肯要,他偏要送来。

克 这给你吃好了。

格 我不喜欢糖制的东西,你是知道的……

克 我希望你不要自己吃苦,吘? ……因为我们有的是办法……甚至于好处出乎意料之外……我算过账了。东家加了薪,除了二十法郎的钢琴与公司的货品之外,每月还可以剩下三十来个法郎在荷包里……这写意得很。……你笑什么?

格 可怜的乖乖,我笑你担心。为什么你老是提心吊胆的? 纵使我们每月只有十个法郎买几块鲜糕与一瓶铃兰,我还不当一回事! 我的心花开了……眉飞色舞了……这样就够了,先生。你看我这 5 月 1 日的铃兰①,你还不曾与我论及呢!

克 (向桌子上那一小瓶的铃兰嗅了嗅)好极了!

格 喂,请你把一个羹匙递给我……就在那摆钟的旁边……

克 呀! 你看! 真的,我们这两个小房间给你都改变了……成了月殿天宫! 一切的愁闷到此都消除了,上帝晓得! 我呢,我不觉得难堪……我生平住惯了走江湖的旅馆。但是你呢,你从

---

① 法国风俗,5 月 1 日的铃兰可以招致幸福。

爱克斯一间蓝色的小卧房移到这里来……

格　这里格外有生气……

克　可惜天花板下面还不免有一道旧的黑痕。

格　真的。我要把它粉刷过才行。

克　还好……在这卧房里……

格　(矫正他)你想要说在我们的客厅里,是不是?……

克　是的,在我们这客厅里……我们的生活还可以过得去。但是那边……(指另一个房间)朝着天井,天井里一棵树,几张旧椅子,还有许多破碎的瓶子!(胆怯地)你以为我们每月多得十个法郎不能再找好些的地方吗?

格　为什么呢? 五十法郎,蜡烛另算,我觉得已经够贵了……再者,现在我已经住惯了……一则在巴黎的中心,二则近河边。

克　这与圣拉赛尔路相隔很远……有时候要到洛华鲁花工厂去,也很远……

格　还说! 你有电车……你听,今天早上斯哥曼①快活得很……(她指墙上挂着的鸟笼,笼中有一只黄雀)

克　他认得你! 他这么远地听见你来,他就唱起来了,这畜生。

格　你说得太过了。

克　我觉得这是很自然的。(走向鸟笼,把食料放在笼眼里)日安,斯哥曼!

格　你的鸡蛋好了。

克　你真的不愿意与我吃一次中饭吗?……你陪我吃,我多么快活啊!

格　不……你走了之后,我吃得舒服些。再者,我老是怕你迟到。那夏特利耶先生的脾气不歹吧?

克　我很少看见他。(一阵嘹亮的笛声透过天花板)怎么! ……这

---

①　斯哥曼,黄雀名。

么快!

格　十一点半钟了!这是不可能的!他提早了。

克　决不!我听人家说过了。这是一个商店里的老伙计。十一点
　　一刻,他回家。正十一点半,他吹笛子,直吹到十二点前一刻,
　　然后吃中饭去……全旅馆的人都以他的笛子为标准。

格　这比之校正时钟还方便些。

克　你分明晓得旅馆的时钟永远是不走的。

格　你做什么?

克　我毕竟还用它校合时间。它本来指着六点钟,我把它改为永
　　远是十一点半,好教我们看见了,心里受用些。六点钟呢,不
　　是太早便是太晚……(他把时针拨正,退后瞻仰那时钟,微笑)
　　保罗与维希尼塑成铜像①……

格　手拉手……

克　这是女主人的细心。

格　你的饭预备好了。

　　克罗德走去洗手。

克　等一等……我就来……你在哪里买来这肥皂?(洗手)

格　在卢佛公司……共一盒子……家庭肥皂……每盒一法郎
　　二十。

克　这肥皂很香。我要利用它,把我的套袖洗一洗。我的套袖未
　　免脏了。

格　(在桌子旁)我给你打破鸡蛋。

克　谢谢你,乖乖……这上胶的套袖到底还方便得很!

格　牛奶呢,还是啤酒呢?

克　啤酒。(在桌子前坐下,开始吃东西)呀!当我们爬上夏特利
　　耶家的楼梯的时候,心里突突地跳,谁敢说两天以后,我就在

―――――――――――

①　保罗与维希尼是毕纳单(1737—1814)的写景小品里的人物。

　　会计处得了工作,办事室里的工作,有报酬的工作……反艺术
　　的工作!……

格　谁又料得到一个月以后……我算过了,恰恰一个月……谁料
　　一个月以后你又无缘无故地得到了这二百法郎的赠金,这与
　　什么都不发生关系! ……这些人们真可怪! ……我们毕竟有
　　几分难为情……因为这一件意外的事,实在没有一点儿正当
　　的理由。

克　是的……喂,如果你看见夏特利耶夫人,不要同她说起,还是
　　谨慎些好……

格　但是你分明晓得我是没看见她的。我总共只去拜访过她三
　　次;以我现在的身份,我生怕她难为情,又怕遇着人! ……昔
　　日许多共同的回忆,而今也许她不高兴想起了。

克　是的,一点儿不错……她给我们帮了忙,没有一点儿得色,如
　　果你说穿了,倒会得罪她,总之,还是不说的好。

格　真算帮了忙,总之事情不算坏了……还只欠钢琴的功课! ……
　　然而威若尔夫人到底答应过我,说可以替你找学生……
　　克罗德像饿虎般地大吃有声,刀叉擎得高高的。同时,格兰思
　　坐在克罗德的身旁,手拿着一枝铅笔,浏览一本小簿子。

克　(犹豫地)还有那纸店老板的女儿,为着保养身子的缘故,也许
　　要跑到南方去,我没有同你说过吗? ……唉! 说不定! ……
　　但是,你晓得吗? 我的朋友洛奈答应过我,说要把我介绍与哥
　　罗纳认识①,至迟在礼拜天……哈! 哈! ……将来我们看一
　　看! 依此刻说起来,亲爱的,我们实在穷苦……但是等一
　　等……等一等……半年之后,我誓必要在爱拉尔厅奏乐……
　　半年之后,我就很有名,而且……

格　(算数,低声)十与二,是十二,进一。

————————————

① 哥罗纳大约是个音乐大家。

克　不是我夸口！……李士烈、狄耶米,将来都不及我①!（用刀屡击桌,作大响)

格　四加五,九。

克　那就很公道了！……人们将来看我这莫礼乐!……（他大笑,声很清,在椅子上模仿骑士的姿势,像赛马夺得了锦标似的)

格　（仍算数)是的……是的……二十八……三十二……

克　（停止)你在那里做什么?

格　我算账……你不必关心……继续下去吧……

克　不,我完了!（他不复快活……叹气。忽然有忧虑之容。长时间的静默……只听见他吃东西)它②今天上午还不能到来的。

格　似乎是不能到来的。

　　静默。

克　正午了。不,它是不会来的了……用不着把乐谱拿出来。

格　呃! 你一说我又想起纪念箱里还有一部分的乐谱呢。（站起来)

克　呀! 纪念箱! 我从来不敢向箱里望一眼,因为怕对你不起……

格　（把那箱子安排好)唉! 你不要客气……我少年时代的东西,我就只能带这么一些来了……我死也不肯放弃了这些古玩。我还没有把它们摆出来,因为没有地方可放……终有一天我把它们安放好的……如果你喜欢的话,今晚你回家来的时候,我就可以给你看……这里头有些很笨的东西,例如哥迭阳跳舞纪念品之类,此外有的是我的祈祷经,所有一切我的女友领圣体的图像,等等。还有些东西,你是混在里头的……

克　真的吗?

---

①　作者把克罗德的言语举动描写得很平凡,甚至于鄙俗,这是此书的着眼点。
②　指钢琴而言,观下文自明。

格　（把些东西给他看）喂！……这一个信封……你记得吗？

克　乖乖！……

格　这里是一本插图的圣经，当我年纪小的时候，把插图加上了彩色……脸孔加玫瑰色，衣服加蓝色或红色。这里是我最爱的一页，我常常呆看着它……这是天堂！……那亘古老人垂着一把胡须，很安静的……亚当与夏娃……人间的乐园，克罗德！男人与女人……树，青草，狗，和平之神！……当我决定跟着我的克罗德动身的那一天晚上，我还把它呆看了一回。我要把一切都给你看……这是我的家庭照片册子，我在客厅的桌子上偷了来。将来我回想不可再得的过去，我是多么爱翻看这册子啊！……（把册子展开一页）这是七岁的我。

克　给我看？……那时候你已经很美了！……

格　我的妹妹玛丽，在妈妈的膝头上……妈妈，二十岁……爸爸，穿的是首任主席的衣冠……我呢，穿的是领圣体的衣服……你看……

克　是的。这一个男的呢？

格　我不晓得……大约是一个舅父。

克　这一个女的呢？

格　是马第尔德舅母，穿的是宽阔的短裙……这是约翰马山……唉！这是爱梵林姑母，一家人只有她走了斜路……她像我一般地跟着一个男子逃走了……人们从来不提起她……我不晓得她变成怎样了……而且她比别人都好看。

克　当然啦！……她有几分像你！

格　（闭了册子）你吃完了再说吧……今天晚上，我们在火炉边细看。

克　那么，可怜的乖乖，你收拾，整天只是收拾……你不出去，日子这么长，什么别的事情都不做吗？……

格　我等候你……我倚着窗子……我想入非非……你晓得吗？天

下雨的时候,瓦涧里的雨声滴沥,我侧耳静听……你从前教过我,而且给我解释过那叔鹏的曲子,我听见了雨声,便想起那曲子来了……

克　呀!是的……那是雨淋铃曲。

格　是的,人家说有一天他在等候乔奇桑①,天下雨,他模仿着下雨的声音写成这曲子……唏,唏,唏……

克　……比磨尔②。(有人敲门)请进!

格　呃!真的!我忘记了……是时候了!

第二出

出场人:格兰思、克罗德、虞仁。

虞　(入,掌托着一个盘子,盘上冒气)日安,莫礼乐先生。

格　下面的饭店里有一盘菜是你爱吃的……我请虞仁给你送一份上来。

虞　是红豆子!

克　我肚子饱了;但是,为了红豆子,我可以破例。

虞　这豆子蛮香的,楼梯也染了香气。老板娘在柜面看见了,只管嗅鼻子……等一下我包她叫我去再买一盘子来……您的夫人不同您一块儿吃吗?……

格　我的肚子不饿。

虞　在巴黎应该勉强吃些才好!但是您现在比您来的时候的面色好多了!可见你们的生活很舒服……请您容许我说这个,莫礼乐先生!……当你们来的时候,我自己说道:"你看,这女人是在她的故乡里工作太辛苦了的……"现在呢,你们休息了……

格　(微笑地)对了,虞仁,我的面色很好。

---

① 乔奇桑(1804—1876),是法国的女文学家。

② 比磨尔大约也是一个音乐家。

虞　而且,说哩! 巴黎的生活就只有这个! ……一个人在巴黎过惯了舒服的生活,换一个地方就过不惯了。两年前我到南方嘉纳去一趟……嗳呀呀! 真是吃黄连! ……我不明白竟有人到那边去享福! ……我再住下去,怕不闷死了! ……后来我回到了巴黎,立刻再得享这小小的舒服的生活……恢复了原来的我! 真的,我又呼吸起来了。何况你们在旅馆里有两个相通的房间,马路的景致与天井的景致都给你们占尽了! ……还可以看见车马往来……喂,您看二十七号房间那商店伙计郎特林先生……呃,礼拜天,你们注意到他做什么吗? 哈! 哈! ……他并不到布兰若或文先恩树林里散步去,枉费了时间……他只坐在楼梯的阶级上,看人们上楼下楼。他说他觉得与其坐着电车顶层去闹得头昏脑胀的,倒不如这么做还有趣些……

克　(一面吃,一面说)我似乎觉得这并没有什么兴趣……老是那几个房客。

虞　(用说心腹话的语调)这因为您白天不在家……您晓得吗? 在我们二人之间不妨说……那三十三号房间……所谓恋爱的房间……老板娘把它出租,房租以每小时计算……于是……有时候可以看见些阔人……

克　虞仁,嗳呀……谢谢您吧……

虞　呀! 真的,这里真不至于无聊……呃,我只管谈话,其实我不免到三十三号去一趟;这房间恰恰有了人……晚安,莫礼乐先生……先生与夫人不需要什么了? ……

克　(冷冷地)不要什么了,谢谢……

第三出

出场人:克罗德、格兰思。

克　这仆人真可恨! ……我为你设想,这个混浊的地方,实在令我难受……

格　为什么？虞仁是一个可爱的少年……我敢如此说法。喂，我想起一件事来了……我们初来的时候，人家不是把那三十三号房间给我们住吗？……

克　唉！真的，不错……

格　怪不得第二天人家就把我们迫着搬间，说房间是给一个全权公使预定下来了！……

克　（一面吃，一面说）多么污秽的旅馆！等到我们能够换地方的时候……

　　门外有喧嚣声。

格　什么事？

　　克罗德站起来，上前开门。

克　（变色）格兰思……它！……是它来了！……

格　真的吗？……呀！天啊！我的心跳起来了！……

　　二人呆立，口不能喻。克罗德手抚着开了的门。

门外一个人的声音　莫礼乐先生是这里吗？

克　（和颜悦色地）请进！请进呀！正是这里！

第四出

出场人：克罗德、格兰思、两个挑夫（推着一具钢琴入）。

挑　（后退）摆在哪里？

克　这里，靠着墙壁……位置是预备好了的……（低声向格兰思）毕竟到手了！（挑夫们已经把钢琴推到那位置，正在垫好那琴，克罗德向他们说）你们有发货单吗？

挑　是的，先生。

克　（向格兰思）呃！你以为这一笔赠金是不是从天上掉下来的？……假使没有这一笔款子，也许再过几个月我们还租不起这钢琴呢……

格　我只欠这一件东西,只欠这一件!……

挑　(呈上发货单)呃!

克　朋友们,你们口渴吗?……格兰思,把我的麦酒斟给他们喝。

挑　唉! 先生,请不要客气……

克　要的,要的……我一定要给你们。(低声向格兰思)而且这么
　　一来,我们可以少赏他们几个钱了。

　　格兰思斟酒给他们喝。

挑　二十法郎一个月,这是租给艺术家的价钱……您晓得吗? 这
　　种钢琴,假使租给阔绰的人家,要算三十来个法郎呢!

克　(算数)十……十五,二十……这几个钱是给你们两位的……

挑　多谢……晚安,你们两位……

　　挑夫们出后,克罗德狂喜地捉住格兰思的臂,咿唔地唱歌曲。

克　唱"修女,您在这冷石之下休息! ……"(他唱毕,拥抱着她,作
　　狂舞)

格　(挣脱)真是小孩子! 嗳呀,克罗德,你真傻!

　　克罗德中止。格兰思欲走向钢琴,他阻止她。他与她向后方
　　走成一条线,指着钢琴,在右边。

克　一齐来。(发口号)一……二……三……

　　他们奔赴钢琴,展开,站着依次按了七个键子。

格　这钢琴很好。

克　对啊! ……是伯来叶唛的! (找可以坐的东西)快! 椅子来!
　　乐谱来!

格　你没有时间,你该走了……

克　不要紧! 四五分钟……

　　他们把些乐谱积叠在麦秆椅子上。

格　你够高吗?

克　快,快……弹什么?

格　随你的便……

克　孟特尔孙的《婚礼进行曲》①?

格　赞成!……

二人四手,奏《婚礼进行曲》。

克　(一面弹,一面算数)一,二,三,一,二,三……(奏曲)你的手还不算十分上锈……

格　起先我以为我弹不来……

克　注意……一,二,三,一,二,三。(一面弹,一面欢呼)呀! 妙啊! 妙啊! 妙啊!

格　我早就想要这东西,像肚子饿似的!

克　唉! 真令人心神畅快!

格　但愿人家不因听见琴声而把我们赶出去才好! ……世上有些傻子,听见琴声会讨厌起来……

克　《婚礼进行曲》,格兰思! 把我的旧愁都勾起来了! 假使我们能够结婚,岂不该在爱克斯请圣约翰牧师给我们奏《婚礼进行曲》! ……一,二,一,二……你试设想……我们走进了教堂……我们上前……向祭台走去……人家要说那红色的毯子把我们送得很远,很远,直上天空……你看见我们吗? ……

格　我呢,我还看见我们在黄色的客厅里实习……

克　是的,因为你的母亲之故,琴声是不能停止的……一,二……一,二……格兰思,你记得吗? 有一天,正在弹琴的时候,你第一次把头偎在我的肩上……你的头发掠着我的脸很痒……我不敢动……你仍旧弹琴……不用看乐谱……

格　而且你轻轻地、纯洁地按摩着我的膝头……

克　(把自己的头偎着格兰思的肩,同时用左手弹琴)那时节,你的头恰是这般地偎着我的肩……爱! 那时我们没有一个字提及恋爱……但是,到了第二天,你记得我敢做什么事吗? ……

————————————

① 孟特尔孙(1809—1847),是德国的乐谱家。

格　（手势改慢）什么？已经……

克　突然间……你奏一出断续曲……我吻你的手,你的手……你的手在钢琴上跑……我的嘴唇也跟着你的手跑,喂,就是这样的……（他学着昔日的样子）于是你的手像小鸟般飞跑……叫我捉拿不住。（他不弹琴了,用嘴唇追随着格兰思的手,连吻）

格　那时候你阻碍我弹琴,像现在一样……你的嘴压在我的手上……

　　这一次,他们完全停止了,但是还并肩坐在琴前。

克　那时候我对于你的手是多么有情!呀!当我觉得你的手不推开我的时候,我的心动了,突突地跳起来!……格兰思,有时候我以为我在做梦……这在我看来,太好了!我当不起这幸福,我想这幸福会逃走了的,非逃走不可!而且我还不懂为什么我有这幸福!……呀!我的小圣母,我的小圣母,为什么你爱上了我?……

格　（凝睇他）因为你这人心地很好,我的克罗德,因为你很朴实,很细心……因为我看见了你的灵魂,而我再不想要别的了。良心乃是美的极点。

克　（低声）格兰思!格兰思!我对于你,永远愿做一只狗……我要使你幸福;将来你看,我总有法子……但愿你不痛苦就好,天啊!……我不敢整天地如此想……你竟自愿意跟着我这穷人走了。你是小姐,有的是温柔的、鲜艳的、细腻的肌肤……当初我做梦想到的时候还发抖,我只希望得到你的一段香气或一块手帕,已经是太幸福了!……而今你归属于我……在我的卧房里!……我好比一个贼子,在一个人家里偷了些东西出来,不晓得是什么,当然是很宝贵的,然而他不敢张开眼睛看,恐怕太美了,闪坏了眼睛……或者偷的是一个空箱子,也说不定……

格　我的克罗德!……你的好眼睛!……你的诚恳的声音!……

克　（紧搂着她）你这高贵的身份,是不该受苦的……

格　不,永远不会受苦的。

克　再者,你务必爱我,永远地,永远地……

格　永远地爱你,克罗德……

克　现在,我们在那边的幸福已经得不到了!……再者,你也应该散散心……我预备在我的朋友洛奈那边讨取几张票子,本礼拜天的晚上我们到逸趣歌剧院去,我先允许你……

格　好的,好的……你真可笑!此刻你错过了时刻了。等一会儿你要给人家责骂了……淘气的大孩子!去,快,快,快,出门!……你的帽子。（她给他帽子、手杖、外套）

克　（穿外套）你得到了这钢琴,很欢喜不,吓?

格　我的心花开了!

克　幸运儿,你可以弹琴了!

格　五点钟的时候,我们两人都可以弹……去吧,先生……你的手杖。

克　再会,乖乖,天使,青天,心肝……喂,我喜欢了,精神焕发了!……唉!生命是美的!我要一面吹口哨,一面飞跑到圣拉赛尔路去……吻吻?……

格　你坐地道车,妥当些。

克　你说得对……一会儿见……吻吻?……

格　一会儿见,克罗德。

克罗德正想出去,格兰思突然把他的臂拉住,定睛地、静默地凝视良久。于是她在克罗德的额上轻轻地吻了一吻,神气庄严,差不多是宗教式。克罗德出,她送至门口。只听见克罗德一面下楼,一面与人说话。

克　爱美姑娘,您出去吗?好天气,好路程……

声音渐远。

格　（向平台,与人说话,背向戏台下）那么,这是走第二遭的时间了？……祝您好机会，又不很辛苦。

一人的声音　唉！照常！

格　喂，爱美姑娘，请您进来一会儿，我赠给您一朵铃兰……今天
　　是 5 月 1 日。这一朵花等于幸福的祝词了……

第五出

出场人:格兰思、爱美姑娘。

爱　您真好意……您的家里陈设得很好。

格　(把一朵铃兰插在她的上衣)好，邻居……我祝您幸福……您
　　是当得起的……您这面貌实在很动人……我觉得与您有几分
　　友谊……您容许我吗？

爱　我谢谢您，夫人，而且我感激我这平台，它把您这么一个邻居
　　贡献给我……

格　您做这生意，照常每天要上多少层楼？……

爱　大约六十多层……穷人是住近青天的。当然，上楼有时候是
　　苦事……但是我并不叫苦。

格　好奇怪的工作！……去救济那些给孩子喂乳的穷妇人……她
　　们给钱的时候，不会骗您吧？……

爱　没有的事……习惯了的！……再者，对于穷人效劳，乃是一桩
　　乐事……往往有些妇人很刚强，很可怜……您不晓得！……

格　真是奇事一宗！……您有这样的美貌，这样的风情，这样好的
　　姓氏——因为您说过您的父亲败了家，败得很光荣——您情
　　愿过这寂寞的生涯，而不……(住口)

爱　而不做错了事吗？……不，我不愿意……人家甚至于要求与
　　我结婚……是一个社会党的国会议员，他在我的母家的营业
　　上稍为帮忙，为人很好……他对于社会主义，对于生活，对于
　　穷人，都与我一样的意见……好，每一个月他都向我提出一个
　　问题:"您愿不愿?"我回说:"不愿。"我以为这是真心的话……

　　　您有什么法子？我情愿做一个纯洁的老处女……

格　为什么？……您这誓愿是什么理由？……

爱　我不晓得……

格　总得说一说呀……

爱　我同您赌咒，我不晓得。

格　这就奇了……您所保守的秘密的理由，连您自己也不能下一
　　个定义。

爱　是的……把自己赠给一个人……乃是很严重……很严重的事
　　情！……我情愿永远做个贞女……这是一种意见……您有什
　　么法子？……这是一种偏好……我想我到死的时候也不会打
　　定主意的……我永远继续地每天上六十多层楼……在中流社
　　会的人家里吃饭……

格　（沉思）一切的一切，都为的是不愿做错了事！……

爱　（微笑）您说着了……好，再会，莫礼乐夫人……我不要错过了
　　时间才好……今天我到克里让古那边去……

格　祝您生意好！……

爱　我也谢谢您的铃兰。香得很……

　　　格兰思凝视她下楼。

第六出

出场人：格兰思、旅馆伙计。

格　（独自一人，沉思一会子，机械地自抚其唇）把自己赠给一个
　　人……（又沉思一会子，突然变为刚强地）好吧！……把这里
　　收拾收拾……

　　　她一面把桌子收拾一下，一面吃着一块新月面包。她原先倒
　　　了一碗咖啡，于是她把面包不时浸在咖啡里，随浸随吃。只听
　　　见旁边的房间里，旅馆伙计入，探头进来。

伙　夫人，我可以收拾房间吗？

格 是的,收拾吧。

　　旅馆伙计把门关上。格兰思再吃面包。人家在外面敲门。

格 请进……

第七出

出场人:格兰思、洛歇。

夏 对不起,小姐………莫礼乐出去了吗?

格 (看见了夏特利耶,不知如何是好)是的,先生,他恰恰出去了,这是平常的习惯。您应该能够遇着他……这时候他总是到办公处去的……莫不是有什么重大的事情……需要您亲身到这里来?

夏 绝对没有的事……我从李和利路经过……我有一封信,要送给某信托公司……我想起莫礼乐住在这里……于是我在下面柜口问一问。人家把你们的房间号数告诉我……小姐,我搅扰了您,请您恕罪……

格 唉!搅扰是没有的事……只一层,我们的房间偶然如此布置,零乱不堪,不足以接见先生,我惭愧得很……(她羞耻地把露开的上衣纽好)

夏 我是懂得世情的! ……您不要担心……而且像您这么一个女人,是用不着点缀的……

格 先生……

夏 (把门关上,进房里来)真的,真的……您的确很可爱,为什么您从来不去看望我的妻子呢? ……她很关心于您……

格 对不住,您说错了。我去过一次……

夏 呀!人家没有告诉我。

格 其余的时候,我怕弄到她心里不受用。

夏 您在七点钟前后来吧,七点钟我在家。我很喜欢看见您。(他微笑地注视她,双睛灼灼。她低头)您不晓得,我很满意莫礼乐……是一个好少年，很勤快……只一层，他不十分守时刻……

格　呀！我呢，恰恰相反，我以为他不会错过一分钟……他从这儿出去，是很有常规的……

夏　真的吗？这是可能的。也许是我误会了……您不晓得，我很抱歉，不能给他一个高些的位置。这种入息太少了，不够维持你们这小家庭。

格　但是我觉得已经很够了，请您相信我的话吧。

夏　说哩！巴黎的生活，您不晓得！……初学做工的少年人，他们的地位是没有一定的……而且没有法子增加他的入息……请您不要希望有前程……呃，呃，不要希望有前程……倒是女人好些，智巧的女人，有时候很有希望。巴黎的生活是这样的……重女轻男，乃是巴黎的生活！它供给妇人们智巧的手段……巴黎的一切都是为妇人而设的，一切都是她们的前程的阶梯……尤其是论到您这一类的妇人，我的亲爱的孩子——您容许我如此称呼您吗？——您具备了种种高尚的条件，而为宿命所困，忍受这生活不舒服的苦……这种生活实在配不起您……（他注视那卧房）

格　先生，我只在有些情形之下才感受痛苦。譬如此刻的情形，就是其中之一种了。假使我不念您是克罗德的监督——他所谓东家，——那么，我就请您施恩，赏还我的清幽了……

夏　（直率地）没有的事，好孩子……您对于我不必客气……我甚至于不看见您的房子……我不放眼瞧一瞧……我所以奉劝您者，因为我关心于您，您相信我的话吧……胥珊曾经把您的历史告诉我，很不平凡。

格　我也这么想！

夏　（笑嘻嘻地，眼盯着她）在经过李和利路的时候，我本想叫唤莫礼乐，但是，说也奇怪，我忽然这样想："呃，我去看一看我的妻

子的女友不好吗?"那时候我很有……我怎样说好?……我很
有情感上的求知心……您懂吗?……您不怪我吗?……

格　为什么怪您……天!……

夏　(拍她的手)这才好啊!像您这样的人,不该感受衰败。(说到
这里,看见格兰思耸肩,急改口)……物质上的衰败,我的意思
是要这样说的……您不误会我的话的意义吧?……于是,您
这种衰败,有药可医,并不费事,只需要一种光明而多情的友
谊的帮助就够了……

格　一个保护人的友谊吗?

夏　(大着胆)正是……

格　例如您?……

夏　是的,这是一个例。

格　一个保护人,他供给我的缺乏,而我与莫礼乐先生的关系并不
改变?……您想说的是这个吗?我没有误会吗?……

夏　(看见格兰思说得如此明了,倒觉得难为情)我很想要多方面
地同您说明我的用意,(微笑)但是您的话已经根本相同了。
我说了这种话,您不觉得我得罪了您吧?

格　我一点儿不觉得……

夏　这才好啊!……否则我是很抱歉的……

格　(微笑)不会的……我只觉得心里不很舒服……

夏　不舒服?……

格　是的……不舒服……我承认……当初我以为我的美善的行
为,十分正直,不容人家疑问了……我以为人家一看见我的脸
孔就晓得了!……您的话一来,使我忽然伤心……而且您并
不找话开端,一起首便坦白地说了出来!……可见得这种误
会乃是很自然的了!……唉!唉!先生,毕竟您也有多少错
处!……您怎么会正经地猜想,以为像我这种社会里的女子,
离开了家庭,放弃了财产,不顾一切的前程,换取生活上的辛

酸滋味,她的目的乃在乎到巴黎来卖身,从甲方面放弃了的金钱,要在乙方面取偿……这是何等呆笨的计划!……您这样聪明的人,会推想到这一层,真是没道理,真是小孩子气,因为这上头当然没有一点儿可怀疑的地方,您应该懂得……

夏　我开始相信我是不聪明的了……

格　不是的,不是的……只一层,您的心分散在您的生意上头了……这是很自然的……一个上流社会的男子!……但是,我也是一个上流社会的女子啊!……请您记起,先生……非但是上流社会,而且是上流中的上流哩!我们二人之间不妨……

夏　小姐,您取笑我了……您的话有千层道理。但是,您有什么法子?一个人有了只顾自己的习惯,就会有得罪人家的手段,结果弄到很笨的行为。我这一来,真像一个呆子……我求您恕罪。

格　您没有什么可以请罪的,亲爱的先生;您只误会了而已。您刚才不是对格兰思·伯烈桑说话,我不至于如何发怒。您没有了解我。呃,我相信现在您说过了那话之后,已经不敢再用那种字眼了。(夏特利耶低头)所以,您分明晓得我并没有什么可以怪您的……不,我只记得一件事,我记得此刻在我跟前的乃是我所爱的人的恩主,是我最亲爱的女友的丈夫……现在我招待您,这里是我的客厅,我的屋子……(戏作谦恭状)请坐,亲爱的先生……请您相信我的话,我没有一杯清茶奉献,抱歉得很。

夏　(坐)好!……我岂不做了傻子!……您看所谓商界中人!……太容易成功了,习惯成自然,也就不怕天不怕地……呀!我的伙计们的妻子也就很有罪过……最可痛惜的乃是您会把我当做一个不懂事的人,其实我恰是一个很细心的少年,您不晓得!……很细心,您相信我吧……还有许多可爱的美德……

格　（微笑）我哪里怀疑您不细心呢！……

夏　真的，您怀疑……而您怀疑得有理！……

格　先生，我再申说一次，您的误会是情有可原的……您当初以为一个女子跟着她的钢琴教员走了……当然是一个很简单的女子，没有什么动人的好处……是的，先生，没有动人的好处……如果有一个很可爱、更能动人的男子，与她同种类的男子，肯献身于她，她巴不得就答应……

夏　嗳呀！

格　这是您说的。

夏　呃！以话还话！……活该！……

格　好，老实说，先生，不行，我是很光明的……我所爱的男人，表面上看来，也许是很平凡，但是刚才您已经得了一个例子，有时候专看表面是会弄错了的……一个人的动人之处，不但有表面的，还有里面的……我爱他，我跟随他，为的是很深奥的理由，只我自己可以过问……一个平凡的人往往有些地方很高尚，很出色。唉！假使我所附属的人们容许我称心遂意地嫁了他，此刻我该是像一个外省妇人，在洛拉杜克山上过生活，无忧无虑地、不识不知地过日子了……然而我的命运却要我变成一个刚强明智的人！不到一两天，事情已经如此！……在二十岁的时候，我想做尼姑；将来我却是一个妇人……唉！您是巴黎人，我生怕我这种论调使您觉得奇怪！

夏　我到外省去过不止一次了，难道我还不知道外省人是骄傲的吗？

格　（昂然地）而且有时候还比人家高尚哩，先生……

夏　我也常常这样说，并不是取笑的话。

格　您须知在外省有时候有些人的灵魂只接受一个人的爱。她们很谨慎地选择一个男子，选中了之后，便委身于他……一经选定，至死不变……什么都不能摇动……困难呀，穷苦呀，羞耻呀,都不放在心上……所以,先生,您看我这里杯盘零乱,靴鞋纵横,还有许多打开的纸匣子,而我招待您,并不脸红,就是这个缘故……(她说这话的时候,作种种的姿势,现出很高雅的风度)

夏　有了贞洁的姿态,周围的不洁的事物都消灭了……

格　像我这样受了宗教上的教育,恰可以使我对于生命的丑的方面早已看惯了,我想各人有各人的理想上的苦恼……各人有各人的生活样法!……

夏　是的,您说得这样漂亮,表示您的天真烂漫,我很感动……但是,前程呢!……您没有想到吗?……

格　呀!先生,前程,如果我们瞧它的时候,我们的眼睛发花,那么,我们只须把它当做太阳一般地对待就是了……我们只须张开手掌……造成一个小阴影……不很大,却尽可以在其间生活了。先生,承认吧……承认我有道理吧……

夏　当然!……这一切都是很可赞美的……但是很不像巴黎气!您生于这时代,这种东西在市场上的价值已经降得很低了……刚才我很呆地向您表示我的经验,我这老经验与您的理论很有些抵触的地方……我所接见的少女,或听见说起的少女,她们与她们的神父打牌。所以,不是吗?……您与她们相隔不知多少远!……总之,从您的态度上可以看得出一种不可否认的事实:您实在比平常的人高出一筹……再者,您是一个外省的女子,竟向我这巴黎人施一种教训,俨然自尊地教我做人的道理……这算是当头的棒喝了……

夏特利耶站起来。

格　请走吧,先生,不要再找话说了……请您放心,我决不把刚才您那种奇怪的行为报告您的妻子……您这一次的拜访,永远只有我们二人知道……我决不失信……

夏　(模糊地作态)唉!您晓得……

格　是的,那可怜的胥珊,您大约是常常使她伤心的了!……

夏　(思忖良久)她也是一个很高尚、很好心的妇人,我想她只把她的好心向我表示,而不肯把痛苦给我看见。

格　亲爱的先生,只这一次她不会受这种痛苦。您宽恕我吗?……

夏　小姐,千征百战的勇将也有好几次失败的……每逢失败的时候,应该很刚强地忍耐着……这是一种练习得来的事情。我记得我很小的时候,情窦初开,我已经试向退尔利花园里的女子的塑像调戏,养成被拒绝的习惯。某一种年龄另有某一种娱乐哩。

格　(把他放在桌子上的帽子拿起来递给他)好,那么,此刻您就到退尔利花园去散步一回吧……这恰是您的路线。

夏　好的,我就走……小姐,我走的时候,有一个很奇异的然而很好的印象。刚才我在您跟前失礼,您尽可以把我驱逐出门,我也是罪有应得。然而您没有做。

格　(连忙地)因为我首先想起我们受您的恩,先生……这最后的赠金,也是您的一种恩惠。

夏　什么赠金?

格　还不是昨天交给克罗德那二百法郎吗?

夏　您弄错了。

格　是您的管账人送来的。

夏　呀!……我交来的?……这是可能的……然而我不知道,您看……请您不要向我道谢,这是一种不确实的功劳,请您不必说起……(变语调)呃!但是,我这一来,虽则做得很笨,却因此得了某种乐趣。也许趁此机会,我可以认识一个超卓的灵魂,假使不是如此,我永远梦想不到……您刚才接见我,像接见一个皇后。您无意中露出一种风情雅趣,很高超,很尊严,使我认识了我的罪过的大小。这是很可爱的举动……我进来的时候,怀着一肚子的不信任心,许多糊涂话要冲口而出;现

　　在我出去的时候,肚子里有了是尊重您的高尚的人格的心理……我求您此后永远地相信这一层吧。

格　（简单地）我谢谢您,先生。

夏　我还敢请您加恩,让我吻您的手,表示我对您应尽的敬礼。

格　我非常乐意,先生,手在这里。

夏　（庄严地、尊重地吻格兰思伸过来的手）谢谢……（到门口,一面施礼,一面说）我重新向您道歉,小姐。（他开门,出。大约他在出去的时候冲撞着一个人,因为格兰思在房内即刻示意请那人进来）

第八出

出场人:格兰思、克礼雅夫人。

格　（怒气冲冲地）我不愿意这样……克礼雅夫人……我不愿意这样:您在门外私听人家说话。

雅　唉！莫礼乐夫人,说话可以如此说的吗?

格　现在至少请您把门关上,好教人家听不见您的辩驳。

雅　（关门）假使您有房客,请您为他们效劳！让我来跟您学样！

格　我要人家尊重我,您听见吗? 我有受人尊重的权利……否则我要离开您这里……请您打听打听,凡是可疑的人,可以令人非难的人,我一概不接见。

雅　唉！莫礼乐夫人,您这意思是哪里来的? ……一个人是可以这样任意诽谤的吗? 我私听你们说话,真的不错,然而这是为您设想,我怀的是好意。下面有几个人来求见您……因为她们是女的,所以我不知道是否应该搅扰您……呀！怎样? 请您设身处地吧！

格　无论什么时候,您尽可以到这里来,您不妨任意敲门,决不会搅扰我。

雅　您有什么法子? 做我这种生涯的人,哪里晓得人家是怎样的！

刚才我做的事于您很有好处。那先生刚才没有走……而楼下那些妇人又说急于要见。老实说,我自己原没有这样大胆;只因她们再三请求我上楼……甚至于赏给我五个法郎,您看,好了吧,您懂了吧?……

格　这些妇人真好胆量!……她们说出姓名吗?一共多少人?

雅　三个人。呃,那老的把她的姓名写在一片纸上。

格　(念毕)呀!好的!……她们在哪里?

雅　我想她们还在我的办事室里……否则就是在楼下。

格　(走到门口)等一等。

雅　(指楼梯)呃,她们上来了。大约她们已经看见那先生下去了……您瞧,她们一定要上来。呀!好,怎样办呢?您这里七零八乱的。您看,莫礼乐夫人,我预先通知您没有道理吗?要不要阻止她们上楼?

格　现在让她们来吧……让我们自己在这里吧……谢谢您。

　　克礼雅夫人闪开,让路。

雅　没有什么!但是,从此之后,我晓得不该说的话不可冒险乱说了!(在门外)夫人们,这就是三十七号。

　　一个年纪颇老的妇人,容貌庄重,气喘喘地进来。左右是她的两个女儿:大的约在十八至二十岁之间,现出不懂世情的样子;小的有一头黄发,结成辫子,垂在背后。那妇人在门阈上止步,二女跟着止步。静默了半晌,大家相视不言。格兰思站在室内呆着不动,现出不如意的样子。不久之后,那妇人摇头,举臂向天;同时,那大的女儿小心地把门关上。

第九出

出场人:格兰思、伯烈桑夫人、奥妲斯、玛丽。

伯　贱骨头!贱骨头!……孩子们,你们看她,这所谓你们的姐姐!……唉!你希望与你的家庭断绝关系……不行,多蒙你

　　做的好事,我不久要进坟墓里去,在未去以前,我要到这里来,
　　把母亲骂女儿的话,向你骂一番……我来……(她住口,注视
　　格兰思的卧室。她的眼睛循环地瞟着那桌上的什物,墙上悬
　　挂着的衣服,零乱的纸匣。从她的胸中发出一阵呻吟之声)
　　呀! 天主! 您在无穷的九霄上鉴临着我,我这做母亲的如此
　　痛苦,是可能的吗? 呀! 上帝啊! 上帝啊! ……水来,一杯
　　水……我气塞了……给我空气……(她在桌前的一张椅上倒下)

格　(走近她的母亲)喂,奥姐斯,把那玻璃瓶子拿来。(她斟水在
　　杯子里)

伯　(呻吟)我在这里死了! ……玛丽……那迷利斯水在不在提
　　包里?

玛　在这里。(她打开旅行提包,抽出一瓶迷利斯)

伯　放一块白糖……你们扇我。(向格兰思)坏孩子,我死乃是你
　　害死的!

格　嗳呀! 嗳呀! 妈妈……您不要这样,这是没有意义的……你
　　们为什么离开了爱克斯? 怎样到了巴黎来的? (低声向奥姐
　　斯,生气地)唉! 奥姐斯,你是大的女儿,你应该反对此一次无
　　意义的旅行……你倒肯陪她到来,可见你是个蠢才……

奥　你以为妈妈是容易说话的吗? ……

伯　(向玛丽,当时玛丽在用日本扇扇她)你把我的上衣解开吧! ……
　　大家把她的上衣解开,以湿帕子印她的太阳穴。

格　(轻拍她的手心,好情好意地)为什么您把她们领到这里来
　　呢? ……这不是她们的地方……天! 多么无意义!

奥　(低声向格兰思)她没有征求爸爸的同意,此刻爸爸一定很生
　　气了……昨天她把我们像拖包裹一般地搬到火车站。我想她
　　以为你看见了我们之后会更感动些。

格　天! 我真不喜欢这把戏! ……你看,玛丽的身体这样不禁风
　　雨,教她跑这么远,好一个抚养女儿的方法!

伯 呀！天上的裁判，天上的裁判！终有一天裁判你！（向玛丽）
揉我的手……扇我……用力地扇我！……

格 （向奥妲斯）她常常有这急症吗？

奥 （低声，努嘴）你不要着慌……她的身体很好，医生说她的血气
很旺呢。

格 （仍低声向奥妲斯）你们怎样把我的住址弄了去？既然没有一
个人知道，而我又没有写信给你们。

奥 今天早上，我们一到，马上去见威若尔夫人；她不等到我们再
三恳求，已经肯告诉我们了……

玛 呃……亲爱的妈妈……好些了。

伯烈桑夫人突然哽咽起来。

奥 她哭了，没事了……这一次可用不着热的内衣了……

大家恭敬地静候她哭了一会子。

伯 （流泪，打噎，呻吟地说）格兰思……我的可怜的女儿，你听我
说……你听我说，我的心中，感动已经缓和了我的凶气了……
我这一来，本为的是咒骂你……我要说的话都早已预备好了，
后来……到了门口……看见我的女儿这般模样……在这可怜
的房间里……陈设这样简陋……洛克兰姑娘给你做的衣服，
你都挂在墙上……（泣更甚）你的什物匣放在这又旧又脏的桌
子上……（重新哽咽）呀！上帝啊！我的心怕不碎了！你有什
么说的？这算人家把我的女儿偷去了……是的……给一个浪
子偷去了！……

格 （耸肩）妈妈……妈妈……嗳呀！……

伯 你听我说，我要把一切的真情都告诉了你……为什么我
来……你的父亲是商量不来的，是的，不错，然而我敢相信，如
果你回去跪在他的跟前，他会宽恕了的。家庭中仍旧有你的
一席位置……将来大家都忘记了一切……对于过去的事情，
决不会有指桑骂槐的话……你看，我这话是再好没有的

了！……最伤心的回忆——最大的失败——一切的一切都可以在母亲的心里抹杀了的……嘉伯利克主教一定赦你的罪，我敢相信……至于名誉一层，什么都还保得住……我们曾经对人家说你是到卢尔德去的，说你有宗教的根性，毅然地要到修行的地方去。这是宗教上的诳语……只有那母蝗虫赖巴都德夫人，她也许知道了几分真相……这不要紧，我们可以把一班长舌妇人的口都封闭了……你的可怜的父亲说过，家庭的一分子有了过失，并不损及全家的名誉；在爱克斯的马路上，我们还可以昂着头走路哩。只有耶稣新教的人会说我们的坏话，我们不必管他们，随他们说去！因为他们这种人已经有了习惯了！……好！今天晚上你同我们一块儿走……我领你回去。

格　请您相信我的话……您要我回去，我巴不得就跟您走，只要莫礼乐先生一块儿走，只要你们把他当做我的未婚夫招待，赞成我们在爱克斯结婚。

伯　不行！不行！……

格　那么，您晓得再三要求也是枉然的，妈妈……

伯　不行！……你的父亲决不能让步的！他决不肯。他是一个硬颈的人，可怕得很……你就是他的小影……女儿总是受父亲的遗传的！……要他把这浪子收留在家，当做他的儿子……呀！好的！……

格　那么，您来这里做什么？您怎么会猜想我经过了启程以前的一场大闹还肯把我打定了的主意取消呢？……这真枉费心机！……我到底还没有疯了！……我离开了爱克斯，已经于您们很有好处，您与爸爸可以免了贵贱联婚的羞耻，因为你们似乎觉得贵贱联婚就像要了你们的命似的……再者，如果你们不赞成，我们怎么能够在那边生活呢？怎么能够找到工作呢？……

伯　（举臂向天）工作！

格　在爱克斯工作,东家该是从前与我们同等级的人,而且在许多
　　亲友之间,怎么办得到呢? ……我被驱逐,走出来了……我们
　　应该顺着事情的形势,从前什么都说尽了,此后我们不该再翻
　　旧案了,天! ……

伯　你分明晓得,要我挽回你的父亲,这是做不到的。将来他顶多
　　只能做到把你的罪减轻,把必需的经费寄给他的女儿,免致她
　　与那穷汉子一块儿饿死……

格　(傲然)够了……关于这问题,不必再提半个字。我现在很骄
　　傲地、很幸福地专候我的行为的结果。决不,您听见吗? 妈
　　妈,我决不肯受你们一个铜子。您谨记我的话。我情愿饿死。
　　我心目中的幸福,已经给我得到了。做母亲的往往胆子大得
　　新奇,您把这两个孩子领来,希图打动我的心,真是大胆胡为!
　　然而你们跋涉长途,弄不得什么结果……我们在这里止步吧。
　　我们各自保存过去的回忆,您还要怎样? ……话是这么说了,
　　我的可怜的妈妈! ……

伯　贼子,他把我的女儿迷惑了,贼子!

格　(不耐烦地)放端重些,妈妈……

伯　(悲)唉! 真的,我不晓得我说什么! ……我不晓得我在什么
　　地方……

格　(怅然)哪里话,妈妈? 您实在痛苦,我是觉得的……世上有些
　　人不晓得怎样表现他们的痛苦,您就是其中的一个……做父
　　母的都逃不出这种情形……他们因为不能了解我们做子女
　　的,所以才痛苦……这是真情,然而他们却不晓得说这个……
　　此时,室中忽有一人哽咽起来。这是那小玛丽,她独在一隅,
　　伴着钢琴,感受孤单之苦,所以哽咽起来。

格　(跑向玛丽)玛丽,小玛丽! ……这里来……来,我同你说耳朵
　　话。(她把她拉到一边)

伯　你的小玛丽,从前你是多么爱她啊!

格 我永远是爱她的！……我的最亲爱的女孩,你这样小的年纪,
人家把这么大的情感给你看见,也就够你受苦了……你不要
怕,这没有什么……

玛 (一面流泪,一面向她姐姐耳边吞吞吐吐地说)我再也看不见
你了,格兰思!……我再也看不见你了!

格 哪里话,我的爱神!我的心中有你的大大的位置,你不晓得!
我在爱克斯抛开你的时候,我是多么难过……好吧,好吧,这
没有什么……

玛 (仍旧哽咽,哀求)你不要走……不要丢下我自己一人……我
再也看不见你了!……

格 你不要说这个,不要说这些事情,我的爱!……唉!是的,终
有一天我们可以再会……不过那时节,你的年纪更大些
了……你将来胜过我,你可以变成一个高长美丽的少女,幸福
也受得,穷苦也受得,那时节,你愿意再找着我……那时的我
是怎样的呢,小玛丽?……呀!小玛丽,他们把你这一块娇嫩
的肉体送到我这里来,他们早已有用意了!……(忽然发怒,
离开玛丽)可恨!……可恨!你们使这孩子有一种不合理的
伤感……我不愿意你们如此。

奥 (原先受了母命,悄悄地倚窗不语。突然嚷道)妈妈!……莫
礼乐先生回到对面的走道上了!

伯 呀!天主!……

格 (跑到窗前)克罗德吗?这是不可能的!……还不是吗?……
正是他……有什么事情发生了,弄到他此刻跑回来?……也
许他晓得你们在这里!……

伯 我们的车帘是放下来的……他出去的时候,是看不见我们的。

格 (害怕)看上天的情面,你们快走吧!……最要紧的乃是不让
他看见你们在这里!……等一会儿如何是好?……您看,您
自己弄到了什么地步,妈妈!……这是有意寻事的!……他

应该是知道你们在这里……

玛丽连忙把什物摆入提包里。

伯　玛丽,赶快……否则我们要在楼梯上与他打照面了!……

格　不……喂……你们走过那一个卧房里去。房里有一个门,直通平台。进去吧……等到你们听见这儿有一种新的声音的时候,你们即刻悄悄地跑出去……你们住在哪一间旅馆?

伯　圣洛虚旅馆,查各伯路。

格　我在半点钟后再去看你们……完成我们这一场谈话。但是你们不可在这里再逗留一分钟……

伯　我觉得你不会来的了……我永远失了你了!

格　哪里!……我把帽子一戴,外套一披……我就来了……你们听懂了吗?……那门……当你们听见有人说话的时候……

（她把她们一推一挽地推进了后方的卧房。奥妲斯在最后。她临进去的时候,在门口递给格兰思一些东西）

奥　拿去。

格　这是什么?

奥　这是妈妈叫我交给你的。

格　一个钞票夹子!……里面有的是钱!……你!……你还不赶快收起来……小呆子!

奥　唉!你不晓得,我是不在乎的!我同妈妈说过:这么一来,只教我给他捉住了,没有什么益处。

格　快走……我听见上楼了……（未关门之前,她改变主意低声呼唤）玛丽……让我再给你些东西……

玛　什么?

格　（退至屋角,向她伸臂）一个吻……

玛丽连忙跑近。她们很悲惨地、很笨地、很快地接吻。格兰思赶快把门再关上。

第十出

出场人:格兰思、克罗德(从右方入)。

格　你!……这么快!……你没有到你的办公处……为什么你又
　　回来?……有什么事情发生了?你的脸色全变了……你不病
　　了吧?你的脸色多么颓唐!你没有到你的办公处吗?

克　去过的,我恰恰从那边来。

格　唉,你怎么样了?天!——你不曾看见了、遇见了什么人吗?

克　没有……为什么?

格　没有什么……你也许看见了夏特利耶先生了?

克　(不好气地)东家吗?为什么?……不……为什么要说东
　　家?——关系还在别的事情!……格兰思!格兰思!……你
　　预备一切吧!……嘘!……

格　你的话是什么意思?

克　你听我说:……(他住口,侧耳静听)你没有听见吗?……旁边
　　的门有一阵声音……嘘!……不要让人家听见……

格　也许是旅馆伙计收拾完了房间……等一等。(她走向卧房门
　　口,先是很小心地把门半开,然后完全地大开。卧房已空)你
　　瞧……一个影儿也没有……只是一阵声响……

克　格兰思,把你的手给我……

格　有什么事情?

克　我犯了一种不良的行为……为你之故,格兰思,这是为你之
　　故!……我料不到这是如此重大的……

格　唉!到底你愿意不愿意说明?……你把我吓得周身发冷
　　了!……

克　这为的是那钢琴,格兰思……你早就梦想要一具钢琴,给我猜
　　中了!我不愿意你因得不到手而愁闷,我因为太爱你了,所以
　　越想越烦恼……我的朋友洛奈答应过我,说下月可以借给我

一百法郎……我等不得这么久……我真呆……我想如果能够
供给你这很小很小的娱乐,我也就欢天喜地了……再者,我不
敢同你说那纸店老板的女儿早已到南方去了,我们又缺少了
六十法郎的收入……于是我就创出那二百法郎的赠金……

格　(害怕)克罗德!

克　我没有做贼,你不要以为我是偷来的!我拿……我在我的银
库里暂时挪借……这当然要还的,我预备洛奈借钱给我的时
候我就筹还……他该在本月 15 日给我的钱。我以为并没有
什么危险……料不到那银库主任不曾等到 15 日就要我交账。

格　(怕得叫起来)你吗?……你做了这事!

克　我不晓得那银库主任有了怀疑呢,还是为了什么……刚才他
问我要账簿……我还能够把收支的数目弄得适合,料不到他
又检查库里的现金……于是他很冷酷地望了我许久,说:"好
的,我们要报告去。"我像疯子般跑了出来……一口气飞跑到
家……格兰思,这事怎样得了?

格　(悲)你做了这事吗,克罗德?……

克　(以手掩面)呀!这为的是你……格兰思,请你恕我的罪……
那钢琴!我觉得你的指头发痒,非弹琴不可……只求你不愁
闷,要我做什么不可以呢!——人家纵使偷东西,也只为一个
妇人而偷!……我不曾有过情妇!……唉!我是一个可怜的
人!……人家要把我驱逐……没脸孔见人……也许如此而
已……他们不至于追究我赔偿……但是我们的生活从此就糟
了……

格　你以为夏特利耶先生会不会即刻知道?

克　这时候大约他已经知道了……

格　那么,这真的不可挽回了……钱的问题,假使我把脸皮放厚
些,我可以问一个女人要!这女人,她刚才恰恰要贡献给我些
钱,救济我……

克　谁？

格　你不要管是谁……我所担心者不在乎钱财，而在乎行为。如果夏特利耶先生知道了，他哪里要你还钱！……这乃是道德的破产！……

克　我怎么会做了这没见识的事呢？……我伤了你的体面了……伤了你的朋友们的体面了！是你把我位置在这里的……呀！你永远不会宽恕我的罪了……不要这样怔怔地望着我……眼睛盯着我……你把我吓煞……

格　(把他当做一件东西注视)没有的事，可怜的克罗德！……我只考虑罢了……我平日如何地信仰你，如何地对人家说你的人品好！

克　唉！不要再压我吧！……你不晓得！……我呢，不算什么；但是你呢！……我起初不以为做坏了事……真呆！真呆！唉！只要稍有风吹草动，我就自杀，不愿看到将来！……

格　克罗德，放安静些吧！(慢慢地寻思，但是她的声音变新了，哑了)我不怪你……我分明知道你为的是你的小圣母……你有什么法子？……这是一场祸事，一场意外……你的孩子般的灵魂把生活当做儿戏了……世上的人，并不是个个都懂得责任心的……

克　格兰思！这事怎么得了？你在你的女友跟前，怎么能够忍受这种羞耻？……而且假使他想要报复……假使人家捉拿我？……

格　(把唇放在他的发上，表面是安静，却令人见而害怕)没有的事，孩子……不要自己吓自己……我可以处置妥当的……这只是一场小祸事……我因骄傲冒犯了神明……这只是一种惩戒而已！……我们只安心等候，你不要怕……决不会有什么事发生，因为我虽则几经磨炼，其实似乎天罚太宽，上帝把我看得太小，值不得高尚的痛苦……你暂时放安静吧，你在椅子

　　　上坐下……你的大衣呢？你怎样弄丢了？……

克　（模糊地、颓唐地）我丢在那边，办公室里……因为我走得太急
　　　了……

格　小心着了凉……你把我这围巾搭在你的肩上……初春的天气
　　　是冷的……

克　（捏拳击额）呀！倒运又倒运！失时又失时！……我怎么会做
　　　了这事？……你听我说……（站起来）你听不见吗？有人上楼
　　　了……人家差人来找我了。

格　没有的事。你真是孩子气……

克　你没有听见什么吗？

格　没有……我只听见路的尽头的一具大风琴……你等一等……

克　（吓得一跳）你做什么？

格　没有什么。我只吩咐一件事。（按铃，走向桌前，沉思良久，作
　　　恐怖状，同时作不知如何是好的样子。后来又作毅然决定状，
　　　拿了一张纸，写道）"别矣，妈妈，永不相见……我不回去……"
　　　（旅馆伙计入。格兰思示意叫他不可惊动那椅子上垂头丧气
　　　的克罗德。她低声向伙计）喂，你即刻坐一辆车，把这个依地
　　　址送去……去吧……
　　　伙计出。她悄悄地、自然地走近克罗德。他哭。

克　格兰思，一切我们的幸福都破坏了！呀！我们的小卧房……5
　　　月1日的铃兰……黄雀……一切的一切！

格　你尽管伤心吧……这才有益。（她站在他背后，抚她的额。他
　　　眼睛盯着地，不时说些断断续续的话。在静寂里）

克　我的可怜的母亲，在那边……阿尔萨斯那边……假使她知道
　　　了这个……叫我做儿子的如何是好！……那村妇，我还记得
　　　她的话："去吧……你不会成功的……我的孩子，音乐
　　　吗？……你终有一天回到村里来……这里你总还有的吃
　　　……"我们应该承认她的话说得对……"母亲，您的话有

理……"

格　哭吧,我的孩子……哭你自己吧……好,好!

克　呀! 当年在那边……在维洛尔森林里,我还很小很小,跑来跑去,谁料到有今日的事? ……圣诞节的前一日,吃小饼干……我的母亲此刻在哪里? ……在火炉边……两手伸着……

格　哭你自己吧,我的克罗德……哭吧……

　　路角的琴声粗俗,自远而近。一线日光坠在铃兰上。那黄雀在笼里光着头开始唱歌,声比琴声更响亮。

幕闭

第三幕

布景　冈比恩的附近。一座18世纪的府第的大客厅,在戏台的后方右边,屋顶作圆形,门窗口皆很阔,当中有许多玫瑰色的铜柱,对面是一座很大的台子,高高地临着冈比恩的小峰与森林中的小路。——后方原是府第的回廊,而今因主人有盛会,把它改建为戏台,把幕染成与屋子一色。还有许多花草,乃是从暖室里匆忙地搬来的。左边的进口正对各客厅,诸玻璃门皆洞开。——幕启时,约为晚上九点钟。大家在预备明天的盛会。水晶灯已经燃着。外面台子上有些盆栽的橙树,还有些花灯的彩结随风飘荡。

第一出

出场人：安特利小姐、格兰思、克洛西耶夫人、胥珊、赖图将军、路易·苏西、娜丽。

胥　（向安特利小姐、格兰思、克洛西耶夫人；当时她们都在一架很大的两面梯上）喂,安特利小姐,再把这一把国旗挂在门上,好不好? ……

安　是的,夫人……但是结果要把这地方弄成一座凯旋门了。

胥　我承认您这话……只一层,自从冈比恩被归入避暑胜地之后,霞痕·达克①的旧城已经变了五方杂处的地方。我们应该像

① 霞痕·达克是法国15世纪尽忠报国的英雄,被英人擒于冈比恩。

在圣莫利兹做节似的,不可得罪了任何一国……我们的宾客的国家,无论哪一国的国旗都该挂起……

赖　说得妙……但是如果您把这些小旗都串在绳子上,便恰像铁甲舰上的军事庆祝会,您的夜会……

胥　好,将军,那么,军人们认为这是我对于他们的细心体贴了……冈比恩不是法兰西的第一屯兵的地方吗?

赖　天啊,真的!……我虽则退休了,我觉得我还不能在别处生活……军队,高等社会,大打猎,我们在这里是在我们的家……

胥　你们甚至于应该把我们当做僭越的人,因为我们来租借你们的地方,你们的树林……

赖　唉!您只有夏天在这里……(连忙改口)对不起,我的意思不是要这样说的……我只想要说明,除了夏天承您招待,受这短期间的幸福之外,我……

胥　(笑)不要吞吞吐吐了……我已经拿着您的真意了。

赖　(向苏西子爵,时苏西正拿着一面国旗)是不是,苏西?

苏　什么,将军?

赖　(向胥珊)他整天地缠着女人们说话!

胥　他这样的年纪,怪不得他。

赖　呸!我这年纪不也一样吗?他垄断了……

苏　(走近来)我垄断了什么?

赖　垄断了漂亮的女人们,亲爱的……您教我坐冷凳子。

胥　(向娜丽)娜丽,好孩子,是睡觉的时候了……十点钟了……如果你要参加明天的盛会……你不该连熬两夜……好,去吧……

娜　是的,妈妈。

胥　免了你向众人道晚安吧。你只合拢来施一个礼就是了。

众妇人　(从梯上向娜丽)晚安,小爱神……

大家给她送远吻。

赖　三个美人,多么美啊! 亲爱的,您给我瞧那梯子上……风雅不
　　风雅? ……那小安特利小姐真所谓秀色可餐。

苏　这是一个赶时髦的女子……但是这秀色是不容易给你做
　　餐的。

赖　(向胥珊)还有吃饭时在我旁边的那一位女的,她真有个派头!
　　(指格兰思)再者,她似乎很聪明……吃饭的时候,她同我谈了
　　些很有理的、很精细的话,谈的是正经的事情……她只是您的
　　暂时的宾客吗?

胥　可惜得很,夏兰德烈夫人想在这几天内就走了……她在这里
　　只住了短短的三个礼拜,但是我希望能够劝她把行期展缓些。

赖　在她未走之前,我很希望她肯让我照一个相。

胥　这是再容易没有的了……(呼唤)夏兰德烈夫人?

格　(上前)有话请说。

胥　赖图将军请求您的恩惠,在这几天内让他拍一个您的小照。

格　我非常愿意……

苏　现在您专喜欢照相了吗?

赖　呃! 是的……一个人退休的时候,总想尽量地消遣这清闲的
　　光阴……大约喜欢的是不很剧烈的运动……我呢,现在我利
　　用慢性的运动……再者,照相自有照相的乐趣……已经不算
　　坏了……拿破仑在圣爱莲的时候,想要这种娱乐还得不到呢。

安　(与其他的妇人把戏台边的旗杆上悬着的节目单安排好)现在
　　你们把它升起来吧。

赖　这节目单很有美国气。还有主人翁呢?

耶　他引我的丈夫看他的产业。我的丈夫刚才搭了九点钟的火车
　　来的。

赖　呀! 他们来了。

第二出

出场人:同上人物、洛歇、克洛西耶。

胥　克洛西耶先生……为什么您穿起常礼服来? 您应该只照您原来的衣服就好了……

夏　我要劝止他……他不肯……似乎不是为的我们,只为的是他的妻子……(向克洛西耶)我给你介绍,好不好? ……这一位是我的朋友克洛西耶……这一位是安特利小姐,这一位是夏兰德烈夫人。

格　(施礼)先生。

夏　这一位是赖图将军……(他把众人一一介绍毕)

赖　(低声向苏西)这夏兰德烈夫人究竟是怎样的人? 您常常亲近她……您告诉我一个大概好不好?

苏　这是夏特利耶的一个同事的妻子……我想她的丈夫大约是做糖的生意的。

赖　但愿他永远做糖的生意去好了!

洛　(向胥珊)我的心花开了,您晓得吗?

胥　是不是?

洛　妙极了。

赖　先生,似乎您没有来过。

洛　是的! ……去年这时候,我的妻子是来过的……夏特利耶夫人一定要款留她三五个礼拜……但是我呢,我没有找着一分钟的闲工夫。这里太近巴黎了……火车太多了……今天我不知道怎么样的,竟能跳上了火车室里。

夏　这里是客厅,您看……那边是戏台。

胥　我们向夏兰桑公爵租了来,于今三年了……但是我想想等到洛歇多积了几个钱之后,怎见得我们不会买断了呢? ……不是吗? 洛歇?

洛　（向洛歇）妙啊！……这恰是您所应有的……离巴黎只两点
　　钟……

夏　而且离冈比恩车站只有四基罗米突。

洛　那森林上的日本月亮①，还有那……（他退后，撞入妇人的队里）

安　（向克洛西耶）对不起……否则我们把您连同这节目单都升起
　　来……

苏　（向赖图将军）那丈夫很有意气相投的样子。

赖　是的，一个戴绿帽子的好汉……（向胥珊）喂……你们的节目
　　单上，究竟有的是什么？

胥　（指着空中彩绢环绕的节目单子）请您念下去吧！安特利小
　　姐——就是跟前这一位——她奏竖琴。

安　唉！我只是二等角色……我奏竖琴，好比我打哥尔夫球！或
　　打波罗球，很坏很坏，因为我是得了成绩最坏的奖品的。

胥　（继续地）其次是一本哑剧，著者失名，演员是夏兰德烈夫人。
　　苏西先生与我的丈夫自己……其次是夏兰德烈夫人所奏的叔
　　鹏的曲子……还有种种娱乐……其中一种，等一会儿我们就
　　要试演的：这就是苏格兰的新式跳舞，跳舞者乃是那米冶德与
　　维尔奈夫人的两位女公子，穿的是伊格兰的服装。

洛　是地道的伊格兰的服装吗？……短短的裙，光溜溜的膝头吗？

胥　正是。

赖　了不得！

胥　是的，了不得……也不管她们已经有十六岁了。我要求她们
　　今天晚上来，穿上了服装试先演一遍，看她们是否不至于太失
　　体统或太靠不住……她们的母亲该在今天晚上给我们把她们
　　领来的。

安　她们甚至于应该已经来了。我的哥哥说过：在九点钟前后，他

---

① 未详。

到她们家里,把她们用车子送来。

赖　往后便是大轴子了,不用说了……

胥　大轴子是希腊巴黎的剧本,共只一幕,就此收场。我们决定等到演这一幕剧的时候,叫少女们都出去①。

赖　可怜的女孩子们!

仆　(入)夫人,音乐队长有一句话要同夫人说。

胥　我就来……或者,您请他进来更好些。

夏　你们看,我的妻子在巴黎叫了整队的音乐队来,因为冈比恩的音乐队是要不得的。他们是搭四点钟的火车来的。

音　(入)夫人,我来请示跳舞的节目……

胥　你们大家都安顿好了吗?

音　好极了,夫人。

胥　好,那么,关于节目一层,要看这两位……安特利小姐与您……克洛西耶夫人,请你们两位到客厅里去指示一个地点给先生安排音乐队,再者,请你们随意编定跳舞的节目……当然不要古风舞……

耶　这里来,先生。

赖　我呢?……我呢?……我跟少年人去。

夏　对了……去吧,亲爱的。您可以代替保姆。

格　(走近胥珊)喂。我能帮你的忙吗?我给你们斟酒好不好?……

胥　不,不,爱!你伴着她们去吧……今天晚上你的气色很好……

格　这是天气热的缘故……

夏　(从地上把一个上衣的纽子拾起)您丢了这个,夫人。

格　谢谢,先生。(她随那些女人进客厅)

---

① 大约剧中有淫邪的情节,所以不许少女们看见。

第三出

出场人:胥珊、洛歇、克洛西耶。

洛　奇了,这人,她的眼神活像那美丽的费兰尼冶①,而她走路的步伐活像在很滑的地板上走似的。

夏　亲爱的,假使您不多嘴,我可以把一件事情露泄给您听,给您开开心。

洛　我决不会多嘴的。

夏　甚至于在您的妻子跟前也不多嘴吗? ……而且,总之……现在您的妻子也可以晓得了。她来这里半个月了,她也像别人一般,毫不猜疑什么……明天的盛会过了之后,事情泄漏不泄漏,我们再也不管了……我曾经对您说过,有一位外省的女子,跟着她的钢琴教员逃了出来。那教员后来在我手下做了一件很重要的罪案,您记得吗?

洛　是的,我记得很清楚。

夏　好……就是她……

洛　呀! ……夏兰……我记不得叫做什么了……

夏　没有的事……夏兰德烈乃是我们给她的假名,预备在这里住的时候用的……她的真名在《姓氏编》里太显明了……再者,这么一来,不会在我们平日的亲友队里留下一个痕迹。

洛　但是为什么她会到了这里来呢? ……我不懂……当您知道了她的丈夫偷钱之后,你怎样办?

夏　我把他叫到我的办公室里来……板起面孔责骂他一顿……又加了他的薪水,妙啊!

洛　为什么妙? ……这并不是不得不如此办的啊……

夏　我的意思是说……可怜的人们! ……人生于世,有势不可使

---

① 费兰尼冶是 16 世纪的美人,为法王福朗索华第一所宠爱。

尽，我假使不这样办，未免过意不去！应该做些好事才好……

洛　您说了这一番，我还是不很懂这女人有什么神通，会跑到这里来，在你们的客厅里，用一个假名……

胥　唉！这个简单得很……那可怜的孩子，在 5 月的时候，她病了……是一场寒热症……其实是因为生活完全变了，失了平日的需要的缘故……我派我的医生去看她，医生努力劝我不要让她在那旅馆的卧房里过暑，因为那房间太寒碜了，没有空气，弄得她的脸色惨白，奶子压下来……巴黎的穷苦的区域，到了夏天，实在无聊得可怜。于是我们有意请她隐藏了真姓名，到这里来住小小的一个月……我们恳求了她很久之后，她因为希望养病，也就愿意来了……伯烈桑小姐——这是她的姓——她与我是老朋友、好朋友……我看见她表面上再能稍为回复到她的等级，我很欢喜……虽则是暂时的，到底还好些……我们几乎因此大家不好意思，因为她很强硬地拒绝，不肯来……您明白了吧？

夏　是的，这是胥珊的仁爱的心肠。

胥　先是你的意思，亲爱的。

夏　我们同时有这意思的。

洛　还有那钢琴教员呢？

胥　说哩！……我们没有法子请他。

洛　怎么没有法子？……放他在音乐队里就是了。

夏　（笑）呃，这倒是个主意……而且这少年，他并没有什么趣味……总之，自从我加了他的薪水之后，至少要他做工才是……现在他有许多事干了。

洛　她在哪里钓得了这一件玫瑰色的长袍呢？

胥　可怜的孩子！这是我的一件旧衣，叫我的女仆给她修改好的。她靠着少女时代的首饰过生活，实在可怜。无论什么东西，我们要她领受，先要当心，不可说错了话！……要她领受一件旧衣服,比之要她领受金钱还容易些……我还给她当年的繁华的境地,使她娱乐;恢复了她的身份,却不令她自己觉得,于是我的心才安些……这几天虚幻似的假期,使她重新与她的同阶级的人们聚会,倒是一件好事。

洛　世事真是可笑……看她这样的一个妇人,谁会说她隐藏着这许多神秘呢!……

夏　呀!亲爱的……人人有这神秘!……您不晓得!……在外省的人家的客厅里,往往有些女子,看她们遇事并不关心,很有涵养的样子,没有什么令人注意的地方,这种人您遇见过吗?……人家有心无意地问她们一句:"您呢,小姐?"她们一定很自然地答复你,例如这一类的话:"我吗,先生,下礼拜我进西昂或嘉尔美利德的修道院。"她们的心非常地坚决,而看她们却像毫不在乎的样子……谁能够把她们弄到这地步呢?我们不晓得……这可谓冷的热情、静的狂气……看她们的眼睛像很和平的人,看不出她们有一定不易的成见……

胥　世上有些妇人,把 5 月的头等香味都保存在头等裁缝所做的衣服的折痕里,她们就是这一类……①

夏　对了,真的……格兰思·伯烈桑小姐乃是基督教徒。

洛　呀!莫叫我笑穿了肚皮!老实说……假使像她跟着一个美少年逃走的妇人可以认为一个基督教徒……那么,当年国家与宗教分离的决议乃是多此一举了!……

夏　您要怎样想就怎样想,但她是一个走错了路的奇人;再者,她虽则做了那一件事,其实她还算是禅心没有动过……我敢担保……正因我像您这样笑过来,所以我议论得切当些,现在我当她在这里避暑的三个礼拜内我把她拉近来了,唉,很远很远地拉近来,您相信我的话吧……"一个基督教徒",我坚持这个

①　意思是说信教的人同时趋向繁华。

名字……也许她不很信仰了,总之我不晓得。(越说越有兴致)但是您看一看,考虑考虑;这乃是些老教理:克己节欲呀,牺牲呀,自尊呀,自苦呀,谦恭的热诚呀,只加上了近代的人情,虽则一样庄严,却利用古人的道德做今人的道德的基础……这些道德,归根说起来乃是一样的意思,却因时代不同而起了变化了。

洛　而且一代不如一代了……

夏　您这样说也可以……只一层,其元素还是可以找见的……假使这妇人生在古代,她可以拿贵族的身份点缀纯洁的教理,于是过去的贵族可以受她的光荣……说不定现在她已经是一个修道院女院长或一位县长的贤良妻子……昔日谨守闭关主义的社会里出产的名花,给今日的烦恼之风吹斜了,于是朴实的敬天的幻梦不能满足这些名花的需要了。它们还像当年一样口渴,但是解渴的方法却不同了。我们不能不相信外省的思想有了变更,因为,您看,昔日所谓罪恶,所谓贵贱不相当,而今她却甘心认为一种美德了。

洛　您推想得很有理,因为您是锻炼过的人,亲爱的夏特利耶……又因为您也是现代的出产物,您兼有了各种阶级与各种意志的特长。只一层我们该晓得:你们这么一来,是不是给她一个不良的结果?她随着她的钢琴教员逃走,只当是出家修行,或升了天堂,现在你们突然地把她所已经放弃了的繁华重新给她,更加上了百倍的奢侈,使她在金迷纸醉的空气里生活……我觉得你们教她玩这玩意儿,危险得很!……

胥　真的,我也想到了这一层……是不是,洛歇?苏西在她跟前献殷勤,我不很放心……

夏　(连忙地)哪里!……哪里!……他不晓得他说什么,这汉子!……您设想得多么糊涂!一切的一切都很顺利……很顺利……

第四出

出场人：胥珊、洛歇、克洛西耶、安特利小姐。

安　（引那音乐队长自客厅入）夫人？……既然维尔奈家的小姐就要来的，那么，我们有十个人了……这先生可以利用他的乐师们给我们奏一曲波斯东……您不怪我多事吧？

胥　岂敢……先生，请您教乐师们预备吧。

仆　（从台子上来）人家就要在假山上放灯彩了；老爷与夫人要去看吗？

胥珊、洛歇、克洛西耶皆起，走向假山，假山上的盆里的橙树上已有灯彩。

洛　这些锦葵色的小灯球，是您从哪里弄来的？我在什么地方都没有看见过。

胥　这只是灯笼的骨架子，我的女仆用彩绸糊起来。

他们走到假山上去了。

第五出

出场人：安特利小姐、格兰思、苏西（从客厅再出来）、左赛夫、两个仆人（甲、乙）、（其后）洛歇。

安　唔咻！……真是令人自以为身在马达加斯噶了……

苏　喂，我们有的喝了……（克洛西耶夫人与赖图将军走过，到假山上去了）一小杯的橙汁，您喝了之后，精神会振作起来的……

格　我宁愿喝一杯清水，如果有的话。

苏　没有清水，有什么法子呢！……劝您将就些吧。

后方一个老仆人叫另一个仆人到他跟前，低声吩咐了几句。

苏　（向格兰思）您喝水的时候，就头向后仰，像一个鸟儿饮水似的……滑稽得很。

格　（向安特利小姐）小姐，请您把扇子借给我用一会儿，好不好？
　　我的丢在回廊里，忘记带来。

安　请拿去吧。

左　（又低声呼唤在台子上往来的一个仆人）查理，快去回廊里拿
　　夏兰德烈夫人的白扇子来……快！快！……

苏　（向格兰思）您在这里住得满意吗？各地方您都参观过了没
　　有？……

格　大约都参观过了。

苏　老磨坊您看见过了没有？

格　没有，将来我一定懊悔……我本来很想去看……人家说这是
　　很有趣的地方……可惜我动身的期限太近了。

安　夏兰德烈先生尽可以耐心再等一等吧？

格　（看见一个仆人捧着托盘）这是什么？

甲仆　夫人想要喝一杯清水吗？

格　（诧异）呃？……谢谢……

乙仆　（拿找来的扇子奉上）夫人的扇子，丢在回廊里没有拿来。

格　好的……
　　当格兰思与安特利小姐换扇的时候，洛歇从台子上来。

左　（瞥见他）老爷……（他与洛歇作耳语）

夏　老磨坊吗？……您没有听错吗？……

左　是的，老爷。

夏　（走近诸人）你们在这儿做什么？

安　您好！……我们休息……我们累得很……自从吃了晚饭之
　　后，忙到此刻……您不休息的吗？……

夏　是的……所以我睡得很迟，是不是？好，明天九点钟，我们又
　　坐汽车游览去……我与我的妻子，克洛西耶先生与他的妻子，
　　还有夏兰德烈夫人，我们一块儿到老磨坊吃中饭去。

安　（天真地）奇了，巧得很！

夏　为什么？

苏　刚才我们恰恰谈起老磨坊。

夏　真的吗？

赖　（在台子上拼命地喊）你们来呀……你们来呀！灯笼着了火，
　　快救火……踏在上面。

苏　一场失火！好！"虎，虎……虎，虎……"（他飞跑出来，学着水
　　龙的声音。台子上的灯笼都着了火，大家用脚踏熄。安特利
　　小姐与格兰思也去。）

第六出

出场人：洛歇、格兰思、（其后）克洛西耶、苏西、赖图将军、安特
　　　利小姐、克洛西耶夫人、安特利、玛崖、余丽燕、米
　　　冶德。

夏　（赶快在椅子上拿了一件晚用外套）请您把这外套披上吧……
　　小心冻坏了身子……今天晚上虽则很热，却是湿气很重。

格　（几乎忍不住气）呀！

夏　什么？

格　（披上了外套）没有什么……（作寻物状）我在花室里摘了一束
　　茶花插在这上面……大约是在路上丢了。

夏　（指外套上用别针扣着的一束花）花在这里扣着的不是吗？

格　（机械地注视那一束花）这当中有一朵花不是我摘的。

夏　丢了它吧……不好看……

格　也是一个意思……（静默）请您听我说……这玩意儿要玩到什
　　么时候为止？这并不是一间屋子，乃是月殿天宫。没有一次
　　我的希望不能实现的……我不能口渴，也不能觉得热……我
　　甚至于不敢在自己心里起一个念头，生怕有鬼神躲在身边，即
　　刻猜着了……这真令人难堪。

夏　（佯为诧异状）我不懂您的话是什么意思……什么？……

格　是的,好一副假面具!……我所希望的一切的乐趣都实现了,
　　我的双脚下垫着棉花……非但是您,连您的仆人们也都监视
　　我、侦探我了……

夏　您说什么?……这真是意料不到。您大约是弄错了……

格　真的,连您那忠心的老仆左赛夫也是一样……他是您童年时
　　代所用的仆人,我晓得……您秘密地把我交托给他,吩咐他先
　　事承意……我活像一个旅行的国王……或像一个大总统。

夏　说良心话,您所说的话我半个字也不懂。

格　每天晚上,我临睡的时候,一定看见桌子上另换了一朵新的红
　　玫瑰,活像有神仙送来似的。

夏　仆人们这样的不守规矩……

格　总而言之,一切皆然……我觉得您时刻在我跟前,用慈母调护
　　儿女的态度来包围我,压迫我,缠绕我……这乃是卑鄙的行
　　为。当我允许您的邀请的时候,我以为我可以不必顾虑什么。
　　我很平安地来了,当初您瞒着众人,到我的旅馆去做了一次奇
　　怪的访问,后来您自己说悔过的话,我就一辈子相信您……再
　　者,您晓得我这一来并非情愿,只因我结果找不到话来拒绝
　　您,又怕伤了胥珊的感情,然后勉强来走一遭……再者……再
　　者,您分明晓得您宽恕了克罗德的罪过之后,显得您的慷慨宽
　　宏,我们一辈子感激不尽……

夏　(打断她的话头)不要说了吧……再说下去,您就想要说我的
　　坏话,甚至于辱骂我,而我是不该受这罪名的……真的吗?我
　　有什么可以给您责备的吗?我说了半个字,或有了丝毫举动
　　得罪了您吗?

格　正因为您如此才算厉害哩!……是的,我找不出一点儿不合
　　礼貌的地方来责备您,您的品行没有丝毫亏损……您是一个
　　"完人"……但是,您听我说,这才是最难堪的!我们一块儿过
　　了三个礼拜的生活,您不曾有过一样错处,然而您的静默更令

人千倍难堪。您悄悄地给人家的好处,您低着眉,闭着眼,只用轻描淡写。当您走开的时候,总是走得凑巧⋯⋯又总是留下了痕迹的⋯⋯唉!假使我早就猜到您一天一天地下罗网,时时刻刻不放松,那么,无论如何,我是不会来的;纵使胥珊知道了我拒绝的理由,我也不管⋯⋯我请您停止了吧,停止了吧⋯⋯如果您不想要我明天就走的话⋯⋯为了胥珊,我忍气吞声;但是,您听我说,这太难堪了⋯⋯好!⋯⋯现在您分明晓得您的机谋都逃不出我的眼里,我请您知足了吧⋯⋯我劝您为您这令人讨厌的美德向我道歉吧。

夏　您说的话太凶了!您分明晓得我没有机谋,而您偏说我有!⋯⋯然而您到底不能禁止我静默地爱您、恭敬地爱您啊!⋯⋯我犯了什么不是了?⋯⋯我这寂寥的乐趣有您所意想不到的妙处,请您不必干涉了吧⋯⋯呀!喂,我的心里有这一种静睡着的芳香,为什么您偏要来扰我的好梦?⋯⋯您本该一句话不说,不要责备我才是⋯⋯

格　真的⋯⋯我本该一声不响地走了就完了⋯⋯

夏　走吗?

格　是的⋯⋯

　　静默。

夏　呀!(又静默)呃⋯⋯请您去假山上帮一帮她们的忙吧⋯⋯

格　(难为情,伸手)我们到底不该记恨,不是吗?

夏　记恨吗?唉!没有的事⋯⋯我听了您这一番话之后,我有几分伤心罢了⋯⋯有几分伤心⋯⋯请您宽恕了吧。

　　外面有欢呼之声。

众人的声音　呀!她们来了⋯⋯她们来了!

赖　好啊!

胥　(在台子上低头下望)跳舞,请你们一面跳舞,一面走到台子上来。

一阵瓷螺之声,很清越。

洛　谁引导她们?

苏　安特利小姐的哥哥。

夏　好啊……安特利,从前我不知道您有这种天才。

赖　吹瓷螺的是他吗?……妙,妙……

苏　没有音乐队的时候,这可以替代风笛……

安　唉! 余丽燕的腿! ……

　　台子上来了三个少女,都是约摸十五岁,穿的是伊格兰的服装。她们一面作支格舞,一面走上去。安特利先生吹着瓷螺,伴着她们上台。

夏　(向赖图将军)妙啊! ……

赖　苏格兰万岁,亲爱的!

苏　还有未去壳的豌豆,将军①。

　　少女们跳舞入,众人随入。

第七出

出场人:同上人物、维尔奈夫人。

安特利先生站在一张椅子上吹瓷螺。

耶　(看见洛歇独自一人,特走近他轻轻地谈话;同时,玛崖、余丽燕在后方右边实习她们的跳舞,宾客们环绕着)亲爱的,您要不要我的意见?

夏　请您说了我再看。

耶　这一次您真的着了迷了。

夏　迷什么? 给那英国女子迷住了吗? 我太老了,或年纪太小了,够不上资格。

耶　不是的,乃是那夏兰德烈夫人……真所谓入肉三分。

---

① 法文里:苏格兰念作 Ecosse,"去壳"念作 Ecosser,所以苏西如此说,乃是谐音的笑话。

夏　我的好朋友,您在做梦。

耶　我从来不在白日里做过梦。说良心话,我没有看见过您这样……也许您一生只这一次,活像一个着了迷的中学生。

夏　您从哪里看出来的?

耶　处处都看得出来……我回忆当年,您如何瞒得过我!

夏　但是刚才您说我一生只这一次着了迷……可见您的回忆是不能拿来比较的……

耶　负心!……冷酷!

夏　亲爱的,您唤起了什么回忆?为什么您忽然回想当年?……那三五天的事情,把我们的交情改变了另一个样子,谁也没有知道;非但别人,我的妻子也莫名其妙……为什么您要说隐语呢?……我们自己也早已忘记了……今天晚上,您忽然提起,是什么缘故?

耶　因为别的情感虽则在我们心上死去了,我至少还保存着对于您的伟大的旧友谊……洛歇,我觉得您走上了不好的道路了……我预料有危险,所以特此报告您。

夏　谢谢您这慈母之心。

耶　尽管您怎样说,我总可以估量我的回忆,照我的回忆比较起来,我敢断定您就要犯一切的坏行为……一切的。

夏　见鬼!……您这一说,我也就不放心。

耶　当心……我直接地调查了夏兰德烈的行为了。

夏　唉!妙!越说越有趣了。

耶　是的,她背着丈夫同别人捣鬼……非常地放肆。

夏　可怜的夏兰德烈先生!……您是向谁调查来的?

耶　向一个普通的女友……这是些快要破产的人们,而这妇人是很危险的。

夏　见鬼!……见鬼!……纸牌全变了……谢谢您报告我……我要考虑考虑……总之,如果您能够的话,请您努力给我调查夏兰德烈家的事情。您不知道,我非常地关心这个呢。

耶　是的,我可以给您调查……洛歇,假使我没有友谊驱使我,我断不肯说这话的。

夏　对啊!……(以指指口)您给我守秘密,吓?

耶　当然,我是您的女朋友。

少女们跳舞已毕,众人喝彩。妇人们与她们接吻。只听得"妙啊,有趣啊……"的呼声。

胥　然而这是很合规矩的。

安　(向玛崖)让我来吻你。你真漂亮,爱!……给我看一看你的裙子……

赖图将军与苏西摸玛崖的膝。

维　(兴奋地)现在,孩子们,你们记得你们答应过我的话吗?快去换衣服去……我是不许你们穿着舞装在客厅里停留一秒钟的。

苏　您觉得有什么不好呢,夫人?

维　是的,是的……这上头有个分别……好,孩子们,听我的吩咐吧……夏特利耶把你们送上楼去。

玛　我们就去……那么,请您吩咐欧奢尼,把车子上的衣服送上楼来吧。

安　喂,用不着上楼……可以在戏院的后台……已经布置好,预备明天用的了……

胥　在未换衣以前,我们先回客厅里去,是不是,先生们?……在客厅里,我们利用着音乐队,请这些小姐们给我们演一小时的跳舞。

余　好运气!……那么,赶快吧……人家已经去叫欧奢尼了吗?

安　是的。

余　明天,你们整天的把我们赶出客厅外吗?

玛　说到这里,我记起一件事来了:夏特利耶先生,您应该给我们一种游戏,作为补偿,不是吗?

夏　呃,是的!……这像问安一般容易。明天,我们把你们关在饭厅里……你们在里头预备好你们的游戏,等到台上闭幕之后,我马上就来开门。如果我猜不着,我就买些小玩物赠给你们。呀!你们会笑我不大方哩!

玛　那么,是什么游戏?

米冶德、苏西等在台上右边大踏步;同时,左边近客厅的地方,胥珊、维尔奈夫人等另为一群,与音乐队长讨论。

夏　呃,你们照你们的人数预备几张纸……你们轮流地把手平放在纸上,把五个手指的周围画下来……让我猜哪一张纸上画的是哪一个人的手。

玛　这不算聪明。

夏　不聪明?……谁有铅笔?

苏　我有活动铅笔。

夏　喂,玛崖……把您的爪拿来。(他从桌子取了一张纸片)等一下您看,画下来黑线,一点儿不像您的手。

玛崖把手平放在纸上。夏特利耶描画。

余　呀!呼!……这事儿真讨厌……音乐队长在哪里?我要同他说一句很有情理的话……(她的脚跟作回旋)

玛　您的铅笔画得我发痒了……嗳唷!……可恨……痒得很……

夏　您不正经。

玛　(笑)您不要弄到我抽筋起来!

安特利小姐、格兰思、克洛西耶夫人在旁观看。

夏　您弄得我画的都走样了。

耶　(故意拿着格兰思的手)喂,夏特利耶……这一只手比较的正经……

夏　(神色不变)好的……嗳呀……我活像一个修手匠……我们坐得不好,我的手有点儿颤动……

耶　这是看得出来的……

夏　(向格兰思)喂,请您把手好好地放在桌子上……这儿……(他专心描画,不看格兰思。忽然间,客厅里传出凯克舞的曲子,众人皆回头向客厅。奔赴)

苏　这是余丽燕在跳凯克舞。这女孩真令人开怀……

耶　(故意把安特利小姐迅速地拉向客厅的门,那时客厅里众人麇集)我们去看……让他们在这里耍风情……

安　唉!您以为……

耶　我并不以为,我相信……

夏　(见格兰思欲起,拉住她的手,仍旧描画)不要动……让我……让我看您的手……这是第一次,我能够仔细看您的手……您的手这样平放着,真是非凡……好比有些宗教上的图画,表面很正经,毕竟有些邪气……我描画的时候,觉得您的手的暖气直冲到我的脸孔上来……我趁势轻轻地摸一摸,我的心怕不碎了……不要动……美极,妙极……让我仔细看您这一双美手,手腕很像男孩子的,手皮像丝制的纸一般光润,唉,我爱您这一双手,我要同它们说话……

格　(面色大变)请您不要再说吧。

夏　(继续地描画,并不抬头)呀! 也罢! ……是的,我乱说一场,但是我自己也不能奈何我。我同您的手说话,好像我做生意的时候与中人们谈判一般……您不晓得,我在勉强支持,否则我的头早已压在您的手上了……

格　您不疯了? ……(她站起来,走路不稳)

安　(与克洛西耶夫人回头)您怎么样了? ……夏兰德烈夫人觉得身子不好吗? (她们走近来)

格　一阵头昏……不要惊动众人。我常常如此的……等一会儿就好了……

安　您要不要我的还魂砂?

格　谢谢,要的。

耶　(向洛歇)这可怜的妇人……她的身子不大好。

夏　对了。

　　一个女仆从台子上来,手里拿着一个包裹,走过他们的跟前,直向安特利先生说话。那时安特利先生正站在客厅门口,与男人们同看凯克舞。

利　(向客厅里呼唤)玛崖!余丽燕!……你们的女佣人来了。

余　(在喝彩声中走出了客厅,玛崖与米冶德跟着出来)好的……你们男的不要进来!……玛崖,来!……人家要关门了,先生们!……(示意洛歇走过去,她把客厅的门关上)

夏　(与安特利出)我们不奉陪你们了。

余　(中途拦住了安特利小姐与格兰思)说的不是你们……你们帮助我们……可以快些……

余　我们在幕后换衣服。呼!跳过去,欧奢尼。(她将身一纵,上了戏台的右方,把幕开了一半,入后面去了。玛崖与米冶德也学着她一样做,三人由女仆相助,在幕后换衣)

第八出

出场人:格兰思、安特利小姐、少女们(在幕后)。

安　(向格兰思)夫人,您好些了吧?

格　这不算什么,谢谢您……我有时候受不住夏天的热气……再者,今年的春天我病过来。

玛　(在幕后)喂……我因此想起游泳的功课来了……我似乎在冷水池边脱衣裳。

余　(在幕后)我因此又想起了笛纳尔①……这里活像浴场的更衣室……洗澡的男子要捻我的蓝白色的紧身衣了。

---

① 笛纳尔,是法国著名的海滨。

安　（呼唤）玛崖?

玛　（在幕后）什么?

安　我忘了问你的未婚夫的消息。

玛　谢谢你……我想他近来很好。

安　你的婚期依旧决定在8月里吗?

玛　不,展期了……杰克近来买了一辆八十匹马力的汽车……可怜的孩子,他非试开这车子不可……他要到奥维若比赛去……于是把我的婚期展缓了……这是很自然的。

安　呃,妙啊!

玛　先试汽车,后试妻子,才是正理。

安　当然啦。你赞成他展期吗?

玛　为什么不呢? 我这样爱他。

安　自从订婚之后,你们常常相见吗?

玛　还说呢!……一个月之内,只四五次。

格　（低声,向安特利小姐）这女子说的是反话吗?

安　我想不是吧? 您从前与夏兰德烈先生相见的次数多了许多吗?

格　是的,多了许多。

安　那么,您可以自夸有福分了。我们的结婚,差不多都是这种情形。我此刻同您说话,我自己因为要找这一类的好婚姻,没有一个跳舞场,没有一个网球会我不曾到过……有两三家,在我看来是很有成功的机会的,而我的父母却不赞成……现在我耐心地等候着,一面依照我们上流社会的少女的身份学习规矩,等将来有一个光荣的骑士选中了我做他的千里马,于是我梦想的金字招牌实现了:"结婚! 结婚!"我的叔父余勒常常说这并不是婚姻,乃是一种贩马的生意。只一层,您该晓得我的叔父是一个无政府党……

格　我不认识您的叔父余勒,但是我很佩服他……真的不错,我已相信了许久,以为教堂里祭台前的盟约,乃是妇女们一生最重要的关头。

安　叔父余勒又说:国家至少应该设立一个婚姻检验局,好教劣货骗不了人。

玛　(从幕后伸出一只腿来)好,我是不怕检验的……喂,你们看一看我的腿……卖得出去呢,卖不出去?

安　玛崖!玛崖!……你们该想一想,米冶德比你们的年纪轻呢。

玛　(走下来,一件晚衣只穿上了一半,唱着:"快活呀,快活呀!……我们结婚呀!"向安特利小姐与格兰思)喂,请你们给我系扣子,同时欧奢尼给她们系她们的……(嚷道)喂,那边的人,赶快!

余与米　(在幕后)就好了……就好了……

玛　(当安特利小姐替她在后面系扣子的时候)我趁着这时候给你们唱一首歌,这歌是明天他们不许我们听,要赶我们出去的——你们要不要听我唱?……

余与米　(把幕完全开了。女仆替她们装扮已毕)唉!是的……呃。这个有趣得很。

玛　等一下你们看,这歌并不很坏……似乎表演的动作更妙,一切的妙处都放在动作上头;可惜这一层人家没有告诉我。

余　你毕竟唱下去吧,其余的不必管。

玛　(唱)

"爱神是一个小男子,
　粉红色的身子,
　没有什么伟大……
　　唉!料不到,这不算一回事。
　他做东……他做西……
　　他眨眼挤眉……他装腔作势……
　如此这般……这般如此……

　　唉！哪怕他作态多端，

　　　料不到，这不算一回事！"……

你们看，真的，这不算一回事！……

格　真的，不错。

玛　（向安特利小姐，此时她已替她系好了扣子）谢谢，您这人好到
　　了极点，现在呢。可以开门让那些虎狼进来了！（她把客厅的
　　门开了，人家已在跳舞。余丽燕与米冶德打扮亦毕）

第九出

出场人：格兰思、安特利小姐、少女们、苏西、（其后）洛歇。

先入者为苏西。音乐的声音传出来。

格　呃？这是摩斯高斯基的《曼声华尔斯》。

安　妙，妙。

余　（把桌子上刚才洛歇所描画的格兰思的手拾起来）呃？
　　喂！……苏西……我敢打赌，您猜不中这是谁的手……

苏　如果我猜中了，我要请她容许我吻她的手。

余　如果是我的呢，我甚至于容许您向爸爸要求我的手①。

苏　然而这没有什么可疑的，这决不是您的手……这手乃是屋子
　　里最美丽的妇人的手……就是这一只……（他拿着格兰思的
　　手，如饥似渴地放在他的嘴上紧凑着）

格　（挣扎）先生！……嗳呀，先生……您做什么？

夏　（自客厅瞥见，入，见他们的动作未完）什么事？苏西，我似乎
　　觉得您超过了一些分寸了。

苏　您刚才提议的宴会游戏，我们照样做去，消遣消遣……

夏　（冷冷地）亲爱的，这不算一种理由，您不能因此就对于我家的
　　一个女宾失了敬礼。

---

① 法文成语：要求某女子的手，即要求与她结婚。

苏　您何苦生气,夏特利耶?……我老实对您说,我不把这玩笑的事儿当真。

格　(连忙地)不错,苏西先生刚才只是开玩笑……这事于他只算小孩般的胡闹,没有什么要紧……您误会了……

苏　(挖苦地)您听见了吗?……亲爱的,请您允许我同这些女公子们跳一个华尔斯舞,散散我的惊怪的心;这么一来,该是正经的了。来吧,玛崖?

玛　乐意得很。(苏西抱着她跳舞。玛崖扯一扯余丽燕,低声说)吵起嘴来了。

余　对啊!……人家犯了他的地盘了……苏西,您太没有本领了……活该!谁叫您不喜欢女公子们,偏喜欢那泼妇!这一次可受了教训了!

格　(正色地向洛歇,低声)您不疯了?……您的脑筋为什么这样糊涂?……您一味的给我招是非!……

夏　真的……不错……我不晓得为什么一时这样做了……大约我也昏乱了……

玛　(唱而出)

　　　　"爱神是一个小男子,
　　　　　　粉红色的身子……"

她们带笑出去了。

第十出

出场人:格兰思、洛歇、(其后)胥珊。

格　(伤感之至,不能再忍)所以您没有看见您做了什么事!……

夏　对不起……我请您宽恕我!……我以为这男子竟敢令您脸色大变……险些儿我要打他两巴掌!……再者,刚才我忍耐了许久不敢做的举动,他竟敢做了……我觉得这比什么都要紧……而且我看见他吻您的掌心……

格　您莫怪我说,我想您是神经错乱的了!

夏　也许吧……我已经不认识我自己了。

格　您试想一想:他们可以造谣,直送到您的妻子的耳朵里……您
　　瞧,刚才人家故意关我们二人在这里。

夏　好,我们二人在一起,这不算第一次吧? 人家只看做旧戏新演
　　罢了……您听我说……

格　(打断他的话头)不……这一遭该是您听我说。我只说两个
　　字,却是很鲜明的两个字:"够了!"也许您诱惑我个人的手段
　　是出于无心,然而表面上却免不了许多痕迹。

夏　我向您发誓,我并没有诱惑您。

格　好的。那么,我晓得我该怎样办了。您顺着了男子的本能,想
　　要把您渐渐地勉强纳进我的心里……您没有想到这一次您犯
　　了可恼的行为……

夏　唉!

格　(忽然声色俱厉)但是,不幸的,您不懂得:假使您所希望的事
　　情实现了,假使有一天您终于成功,使我爱上了您,那么,我会
　　成为一个完了的妇人,您不懂得! ……

夏　"完了的妇人",您这一句话是怎么讲的? ……

格　就是完了,规规矩矩地完了! ……您不懂得,假使有一天,克
　　罗德不是我所有的一切,他在我的脑海里消灭了的时候,我的
　　生命也就突然地完全地等于零了! ……纵使我是一个更鄙俗
　　的妇人,请您想一想,还有别的路走吗? 怎样呢? ……回到母
　　家去吗? 这是什么生活! 自暴自弃,如此而已! ……变成一
　　个献身或卖身的妇人,不是情妇就是卖笑的生涯! ……这种
　　打算,乃是我替她们鄙俗的人,以此自满自足者说话……但
　　是,我呢! ……呀! 还有别的啊! 像我这样一个人,心灵上满
　　是伤痕,您怎样处置呢? ……我的心上的伤痕,为的是一日里
　　做错了事,便一辈子以生活为孤注! ……为的是自以为英雄,

自以为美丽；为的是起了万丈光华的幻像——有几分像美后的花冠，——像慈母护儿般地把一个残废的人，叫化子所不肯要的残废的人，紧抱在怀里，而今醒来了，只有抱恨终身了！……

夏　您不要找些字眼来激动您自己……真理是很简单的，您不要推波助澜吧……

格　真理！我不是见了真理吗？……这里不是？……我的手摸着它了！……至于您想要我找寻的真理，那是多么令人作呕！假使我这样的一个人也还受得住，那么，是何等可鄙的生活啊！……

夏　为什么可鄙呢？

格　为什么？……还有另一个，那一个可怜的男的，您又怎样处置呢？……那可怜的男的去了！……那人，他原是我的心腹，我的爱人——您听见我的话的音浪吗？——时时刻刻钟爱的人，变成了一个路人……有几分惹人生气，如果用冷眼观察，他就变为昔日那不相识的男人……很笨，很可笑，短处多到数不清！……唉！用了慈母的心怀，费了周身的精力，去爱一个人，却看见他落在别人的眼里，您听见吗，说来真可怕，落在别人的眼里……您的双眼，胥珊的双眼！……从此以后，我所不曾发现的，都渐渐地露出真面目：肮脏的套袖，他的嘴唇的皱痕，没有光彩的眼睛，还有他的鸡肠蚊子肚，很小很小的事情他都要过问，人家看不见的一个小窟窿，他偏看得见，惹厌不惹厌！……哪怕你把手掩着眼睛，回想当年，将身倒在床上，脸孔贴着褥子，哭了又哭，一夜又一夜，还是没有用处！……如果这叫做爱情，那么爱情不是好东西了……我起初很想感觉到爱情，于是天天处处寻找；到头来只有这一种否定，只有这灵魂上的污点……呀！早知加鞭赶不上路程，何苦打伤了马匹！

夏　您的话令我伤心……我不愿意觉得您在这情况之下！

格　是的,但是遇着这事情的乃是我,乃是格兰思·伯烈桑,唉,当初我是怎样想的?是怎样说我自己的?忽然间,第一次转身,倾向于第一个来者,这未免滑稽了,您不能不承认吧!……再者,晓得其中的道理,倒是一种乐趣!喂,您打我的主意,算是做得好……因为如果我只是自欺者,只是自大的外省人,遇见了第一个男子,听见了第一句恭维语,便为情颠倒,那么,这种女子的灾祸不算什么重要;您说得有理!……"将来只把账目算清就是了,我的小女孩!……"

夏　是的,很小……小极了……我听您说,觉得您的内心动摇,可怕得很……当年您的孩子气竟到了这地步?——您又是一个自负的女孩,您自己扰乱自己,您发现一切的爱情上头有的是一个摇篮,同时有一具棺材……然而您所叙述的历史,岂但是您个人的?不是我们一切的人们所共有的吗?……您看,这屋子里有一个妇人,我爱过她,她当年也以为深深地爱过我……除了我们之外,没有一个人知道。还有!……您看,今天晚上她在这屋子里……我觉得她只像一只灯蛾,从窗子里飞进来,在灯下扑来扑去,如此而已。当年我们的内心多么震撼,而今我们却安静了,漠不关心了……然而也许她也曾把我当做您对我说过的那一种乐园……她也几乎成了我的乐园……现在呢,我们差不多全忘记了……这很可怕,同时也很可喜。过去的行为,千万不可回顾。呀!有一天,您同我说过:那少女的《圣经》,里头的插画……人间的乐园,男人与女人——据您说,——屋子筑成,千古不坏……永远是一个人的影子支配着我们的全生命……呀!将来您看,一个人永远是诧异的。当年您诧异的时候,说:"这一次是这样的。"到后来又诧异起来,因为您的乐园变了,您转身又说:"什么!原来只如此而已!"您这可怜的小女孩,您听我说,自从有世界以来,始终不外如此。人们天天只哭他们的失去的乐园。

格　男子们听天由命，也就罢了……但是女人们呢?……看您说
　　得这般轻描淡写，除非是您不知道什么是自负的能力，我们唯
　　一的能力，乃是自负……让我找一个字眼……委身……婚姻
　　上的委身……是了……当年我孤零零地被关在教养院里，幻
　　想怎样处置我的生活，直至于愿把生命献给上帝，总之，我找
　　了许久我的人生观之后，有一天忽然懂得:妇人们的"最纯洁
　　的现在"，"自然"容许她们占有的唯一的"现在"，便只是她自
　　己……呀! 您想想看，一个人在二十岁的时候，懂了这个道
　　理，内心震撼起来，便不能用以前的眼光看自己了……那时
　　节，我对于自己，有贞洁的自负……所以我竭尽了我的心力，
　　去找寻一个男子，好把我这宝贵的身委托给他。如果依您所
　　说，我何苦在教养院的黑影之下等候那美丽的曙光照着我跑
　　到新的世界里去? ……再者，那时节我又快乐，又自负，以为
　　我挑中了爱人，要伴着他走向理想的宫殿，走向生活的路上，
　　美妙与丑恶，皆所不计! 这是不可以言语形容的。其妙处正
　　像一首没有字句的歌……立定了主意，全力奔赴，已经摸着了
　　山峰的时候，忽然发觉这种委身的价值等于零……唯一的能
　　力等于零……觉得我只是天地间最平凡的玩物……呀! 这种
　　痛苦，怕不透了骨髓! ……受了这场灾难之后，伤痕未复，我
　　重新起来……没有别的路走，只好垂头丧气地转身走向修道
　　院，走向上帝，——如果他能听见我们的话——请他给我另一
　　种爱情，但愿这爱情没有这般丑恶，而爱神之翼也张开
　　些! ……

夏　自负的女子! 她还是一个基督教徒，真的，这起波澜的贞
　　操! ……然而假定有一半妇人实际上是一失足成千古恨的，
　　未尝不可补救。您当年虽走错了路，而今及早回头，走向命中
　　注定的男子，也不算迟! ……

格　先生,我这一流的妇人只归属于一个男子……这是她们对于
　　自己的唯一的刑罚。

夏　不要说吧!您以为假使我们不是有缘分的,事情会有这样的
　　经过吗?您听我说,那一天,我糊里糊涂地跑到您家,走进了
　　您那灰色的小卧房里,假使没有一种超越我们的力量在那里
　　震撼我们的心弦,那么,您尽可以一言不发,直截了当地把我
　　推出门外了!……所以我说:我们二人当中,曾经有过朦胧的
　　风情的共鸣……

格　这决不是真的!……

夏　真的!千真万真!您自己也很觉得……我们初见面的时候,
　　已经有些不可抵抗的力量在推挽我们相接近……譬如这一
　　次,您以为您这一来为的是尽您的责任,其实为的是您与我意
　　气相投,您自己莫名其妙……真的,真的,我所知道的如此,而
　　且我像一个野人,像一个小孩一般地爱您……我为您害了相
　　思病,甚至于夜里,竟使我张开这一张嘴向空中吸取您的鲜艳
　　的身体的浓香……

格　我多么痛苦,天啊,我多么痛苦!……我重新有一种感觉,很
　　甜密,同时很悲愁,唉!您做得太不好了,太不好了!……

夏　(俯身向她,低声)我想要爱您……

格　(闭目,眼睑里露出白色的、固定的眼光)我想要死……
　　胥珊开了客厅的门。

胥　洛歇,请你吩咐人家把冰冻的香槟酒送上楼来,好不好?

夏　好的,好的。(出)

第十一出

出场人:格兰思、胥珊。

胥　亲爱的,我并不是因为看见你独自伴着我的丈夫我才要说这
　　话……当然,你要独自伴着他,随你的便!……但是,刚才我

听见一个我所不爱的妇人的口里说你有好些小地方对不住我，令我很不高兴……上帝晓得，我是不把她的话认真的，但是，有了这种话发生，已经够令人难堪了……再者，我们不能否认，在这屋子的空气里，未免有些不自然的现象……再说一句：我有时候坦白过分了些，只因我喜欢态度鲜明……你只消用一句话安慰我就够了……我说话不拐弯，很坦白地说了出来，我以为我做得对，是不是？因为我平日说话都是很明白的……

格　你做得对，胥珊……假使你有一两分怀疑……哪怕你没有分毫的证据……

胥　我并不怀疑……真的，假使我胡乱猜想，实在太坏了，太不近情理了。在你一方面，无论怎样小的一种负心的行为，决不是你所肯做的！……要风情，还够不上……数月以来，我承你推心置腹，把你的思想告诉我，我还不了解你吗？……你为人很直道，有几分怪脾气，却诚恳到了极点。我即刻说了这么两句话："这妇人，我永远没有什么怀疑她的。我可以把她做我的朋友。"自此以后，我对待你，可谓再好没有的了……在别人会把你当做一个败坏风俗的或降了阶级的人看待，而我却不然；我把你看做绝对的与我同等，而且看做知己的女友。凡是别人可以误会你的地方，我努力把它看做高尚的行为……总说一句，你太值得我信仰了，我太有信仰你的必要了，所以绝对不能怀疑你……

　　静默一会子。

格　说完了吧？

胥　是的。

格　（微笑）我的亲爱的胥珊，我以为你用不着唤醒我的感恩之心，因为我的心它自己已经晓得天天唤醒自己了。至于你的隐语，意思是说我有负心的可能，我不晓得你是什么来由……你不发狂了,我的小胥珊?

胥　(怅然)不是的,只是别人不好………你看,我口里不说,心里
实在为着洛歇而痛苦,不知你是否看得出来。他很容易兴奋
起来……妇人们都相信他。他是个忠实的人……洛歇是人家
所谓任情的人……他起初老是只想消遣消遣,后来自己上自
己的当,像一个大孩子! ……开场的时候只是一种儿戏,收场
的时候却成为热烈的感情,加上许多大字眼! 我把眼睛闭
了……我有的是很厉害的痛苦,人家没有看见……我甚至于
忍受近在眼前的负心的行为,譬如今天晚上有一个妇人在这
里,她哪里料到我所知道的一切! ……但是,忽然间,我听那
妇人向我耳边说了几句,我以为你也是一流人……呀! 不行!
岂有此理! ……我承认,这几天以来,我已经模糊地猜疑,也
记不清楚为的是什么……但是这一次,真的,我的心头火起
了……我的微弱的心起了怒气,是我从来所未有的……唉!
不行! 一切的女人都可以,只你不可以! ……呀! 你是不可
以的! ……你笑吗?

格　笑痛了肚子,我承认……

胥　然而到底……格兰思……假使我的丈夫爱你……真的爱
你……这是一种假定……请你答复我……你将如何处置呢?

格　(沉思之后,简单地)我要设法解脱,胥珊。完了吧?

胥　不。(静默半晌。聚精会神地凝视着她,用难为情的声调)还
有,假使你……你爱他,格兰思……请你答复我。

格　假使我爱他吗?

胥　是的。

格　你的眼睛看着我。(她走近胥珊,眼睛盯着她,踮着脚跟,朗然
说道)假使我爱他,我就自己惩戒。

　　又静默一会子。

胥　好的……此刻我们的行为未免是一场惨剧……但是我觉得我

们二人中间用这种举动还好些……此后我睡觉也睡得安稳些了。（一个仆人自台子上来，捧着一只托盘。胥珊变语调）你不要喝酒吗，爱？

格　要的……给我一点儿香槟。

胥珊把托盘移近，斟酒。

胥　（仍旧严紧地察看她，侦探她的口气）那么，没有什么理由可以使你不再在这里逗留几天，不是吗？

格　（用最自然的神色）当然啦，我可以再逗留……随你的便……

胥　（把客厅的门大开）孩子们，这里有东西喝……有的只是香槟与冰冻的咖啡……你们分配去吧……（她入客厅）

第十二出

出场人：格兰思、玛崖、余丽燕、安特利先生、（其后）洛歇。

玛　（停止了波斯东舞，入）对了，一杯酒，我的亲爱的安特利先生……请您给我斟一杯……我热得快要熔化了。

余　休息一分钟，小饮。

利　（斟酒）您，余丽燕……

玛　嗳呀，快些……我就要走的。今天晚上我想要出汗，出汗，出汗……我为热气而醉了。8月的夜里真是美妙……流动的天星……令人感触，满心发痒……是不是，夏兰德烈夫人？好吧，不要冷坏了……这一次，您暖一暖吧！……

格　是的，您有道理。喂，小玛崖，请您给我一杯酒吧……我很想像你们一般地玩赏8月的夜景……天气多么好！……（她闭目而饮）

玛与余　（笑）这才对啊！

格　是的，再来一杯。

客厅里奏华尔斯的舞曲。

玛　（揽着安特利的臂）喂！走！安特利！……我们再去……喂，

夫人,请您替我保存我这一扎花……累赘得很……

玛崖把她的上衣的白色花束向格兰思当面抛去,花坠地分散。夏特利耶从台子上远远地窥探着,看见格兰思独自一人,连忙走近她。她掉过身来。二人相视不言,良久。他们在绿色的花丛之间,客厅的灯光照不着。他们二人互相凝视,不知是何用意,只见夏特利耶忽然两手揽住格兰思,嘴寻她的嘴。

夏 格兰思!格兰思!(他绝对地要紧抱她,她的头向后仰,色变如死人,不抗)唉!我们再也忍不住了……等一会儿,在花园里……喷水池边……我的爱!我的爱!……

格 是的……是的……等一会儿,在花园里,喷水池边,是的……但是,您去吧,现在,您去吧,我哀求您!……

夏 还有您的嘴。(他再搂她,她顺了他)

格 是的……我就来……我就来……我来了……

夏特利耶手插着衣袋,伴作无事般地溜进客厅去了。

第十三出

出场人:格兰思(独自一人)、(其后)福朗素华、另一个仆人。

格 (奔赴台子的一门)福朗素华,老爷每逢礼拜天所搭的夜车,是几点钟经过冈比恩?

福 十二点三十五分。

格 好的。(看见另一个仆人从客厅里来,手捧着一只托盘)呀!是您,喂,请您给我在通过室里把我的外套与我的手提包拿来好不好?……

仆 好的,夫人。(仆人出。客厅里传来音乐之声,杂着人声喧哗)

众人的声音 华盛顿波斯特[1]!……去吧,在屋子里!……

格 (看见福朗素华未走开,问他)从这里到冈比恩的车站,大约有

---

[1] 大约是一种无线电话。

多少路?

福　仅仅有四个基罗米突。

格　从大路走吗?

福　从大路走最近。

众人的声音　你们找着了吗? ……在台子上……在回廊里拐弯! ……

音乐队奏嘉洛舞曲。客厅里椅子移动冲撞有声。

格　(向那把她的外套与提包拿来的仆人)谢谢,完了……我用不着您了。(她把他们遣退。二仆出。格兰思把外套披在肩上,匆忙地用一块长巾围着头)现在! ……(她从台子上奔出;同时客厅里奏法郎多尔舞曲,声甚激急,众人欢呼喧笑)

幕闭

第四幕

布景 旅馆里的房间,如第二幕。格兰思神色沮丧,坐于火橱边的一张靠背椅上。她穿的仍是第三幕里所见的那一件长袍,加上了外套,遮掩不住那一双玫瑰色的舞鞋。幕启时,时钟报上午十一点。

第一出

出场人:格兰思、(其后)爱美姑娘。

格 (如梦中惊醒,注视时钟)奇了,这钟走了!……十一点…… (她站起来,机械地)好吧,脏丫头!(她颤巍巍地慢步走进了旁边的卧房,让房门开着)

爱 (从平台的门探头进来)有人吗?

格 (自后方的房里问)什么事?

爱 呀!是您吗,莫礼乐夫人?……您回来了吗?……我走过的时候,看见房门半开,我晓得这不是莫礼乐先生回来的时间,所以我不放心……

格 (仍在内室)日安,好朋友。您近来好吗?

爱 不坏……老是那个样儿,谢谢您。

格 等一等……我穿一件衣服……

爱 先穿好您的衣服吧……而且,我要走了……

格 不,等一等,我要同您握手。

爱　您是什么时候回来的？……

格　我只回来了一个钟头……您看，我突然搭了冈比恩的夜车，穿的是露肩的长袍，花缎的鞋子，用外套罩着；我在早上三点钟到了巴黎。在这非常的时间，我不愿意回家惊醒我的丈夫，怕他有千种的猜疑……而且恰好我要在天亮的时候，坐马车在巴黎买一样要紧的东西……于是我在北火车站租了一间旅馆的房间……我直等到十点钟才回到老牛路来。等一下克罗德从他的办公处回来，看见我正在预备他的中饭，他一定觉得奇怪……

爱　天啊！为什么半夜里赶火车呢？

格　唉！说来话长哩！……这没有什么要紧……我今早在旅馆里竟不在床上睡觉，只在一张靠背椅上挨到天亮，您看！（入）日安……（与她握手）

爱　不错，我觉得您的眼睛有几分疲倦，然而您在这假期内总算是脸色光彩多了……没有什么新闻吗？……

格　没有……有的，有的……地球上有了一件大事。亲爱的邻居……只有您值得我报告。

爱　快说呀。

格　这新闻是最近我才知道的，我没有告诉一个人，譬如我的知己的女友，我总算是在她家生活了，然而我却没有告诉她……我静默地把这秘密保留给我自己……我甚至于不肯告诉森林中的一棵树。（缓声说）将来有一天，有一天，我要做母亲了。

爱　（兴奋地）唉！爱！让我来吻您……您容许我吗？我听了您的报告，是何等快活，何等感动……这是您的莫大的幸福！所爱的男人的孩子，这该是多么甜蜜啊！

格　所爱的男人的孩子！

爱　我守着女贞，所抱憾的只这一件事……将来您看，您的生活将变了样式的！

格　也许吧。

爱　这是达到了的目的。

格　是的……这是个总结。

爱　您不晓得这有什么好处！我每天看见不少的可怜的妇人，假使她们没有孩子，还肯甘心忍受她们的生活吗？……我把门一开……日光里一颗雪白的奶子……在最不堪的顶楼上，两张嘴还笑得合不拢来哩。

格　您走过一间又一间的屋子破屋子，在这许多妇人里头，没有一个不愿做母亲，而诅咒她的爱情的结晶品的吗？

爱　如果她们爱过来，没有什么诅咒的……然而到底有几个哭的……这却因为她们有了不好的回忆，所以迁怒于孩儿……有些妇人，她们睁起一双凶恶的眼睛望着你……这种妇人大约都是些未嫁的母亲……然而她们的孩儿天天张着小手臂向她们，渐渐地发生爱情，终于得了安慰。

格　（以手支颐）没有一个，没有一个拒绝，不愿再做一次自然界的奴隶，不愿永远守着这糊里糊涂的生活的吗？……然而到底有些妇人觉得儿女乃是大不幸的终结……这是不可洗濯的生活……怎样办呢？……将来是什么结局呢？

爱　这种不幸的妇女，当然是有的；但是我不认识她们……我去的时候，人家已经产生了儿女了！

格　这只因您不曾看见罢了，这些女子，她们的爱情已经破产，要她们永远保存着爱情的结晶品乃是不可能的……不行，不行，您只像一个小天使，轻手轻脚地走过去，不知道这种大不幸的环境当中有这爱情上的大神秘……真的，您看不见她们的内心的深处，您听不见夜里的咒诅……

爱　也许是的……但是当我把门一开的时候，往往听见晚祷……这是很好听的……

格　晚祷！……您信教吗？

爱　不信。您不满意我吗?

格　假使是当年,我一定很不满意您……今日呢,我对于一切的事
　　物的见解都混乱了……我甚至于不再晓得是否有将来的生
　　命……总之,我再也不信有地狱了……一切都在那里! ……
　　这么一来,太呆了,太可憎了……我看见上帝像一道很大的光
　　芒……那广袤的、寂寥的、令人安慰的乐国里,才有人了解我
　　们……呀! 生命不是好东西!

爱　您似乎太颓唐了! ……恰恰相反,您应该很快乐才是! ……

格　喂,亲爱的,您常常在各团体里往来,有一个问题是你们天天
　　想到的,我来问您:生活、社会、人类的天性,三样之中,哪一样
　　最不良?

爱　(先笑,后变为庄严,以指指天,正色地说)是第二样……

格　是的,也许吧……社会阻止少女们依着她们的心愿去嫁人,阻
　　止她们自己去找幸福……可怜的少女们,人家还以为她们幸
　　福呢! ……我恰在冈比恩看见了几个少女,她们的社会比我
　　的社会自由些……她们都受了压抑,受了束缚,她们为忍受烦
　　恼而生,或为大胆胡闹而生,大胆胡闹之后,生命也就完
　　了……是的,现代这种无所依归的风俗,不能容许她们自由处
　　置,小心地选择她们的生活。话虽如此说,您呢,您却有这选
　　择的能力,而您偏不高兴选择……请您解释这个吧! ……说
　　到这里,我又想到您那社会党的议员来了,那贝利耶先生,现
　　在怎么样了? ……

爱　怎么,您没有看见吗? ……内阁里快要更动了,我在一种晚报
　　上面看见,说是他相信内阁里有他的份子。

格　好,那么,为您设想,是再好没有的了。

爱　不行……您看,半个月以前,我还对他说:“老实说,不行……
　　我们还是做好朋友吧,我不相信我爱您爱到了某种程度。”似
　　乎他因此伤了心……于是他对我说他要同他所认识的另一个

女子结婚……于是我们在马路上分手……您相信不相信？
（笑）我本可以做个部长夫人！……但是您有什么法子？……
我的命中注定是以工女终身的。唉！幸福真可羡慕！……也
许到底是我做了呆子了……您以为怎么样？

格　　呀！爱美，小爱美！……真英雄乃是您！……我们这种人，只
算半英雄，只算败军之将！……我记得从前我问您为什么不
委身于人，您答复了我一句绝妙的话……您回答我说："我不
晓得。"……我不晓得！这就是一句妙极了的话了！……这就
是最美善的行为的秘诀，这就是一切乐园的钥匙！……等到
晓得为什么之后，那就完了！……您现在是独身，对于您所决
定了的主意并不后悔……没有一点儿后悔，不是吗？……

爱　　（笑）不瞒您说，我并不后悔，算了吧！……一个人应该欢欢喜
喜地听天由命……得过且过，今天不管明天的事，并不觉得怎
样讨厌……您看，天气很好……今天我要步行到蒙麦特
去……一路上，河岸，花儿，鸟儿，都可以看到……（格兰思走
近窗前，将窗大开。日光照着屋顶，诸教堂里钟鸣，商人的喧
哗声自马路传上楼来）

格　　唉！巴黎！……我在外省常常梦想着的巴黎！……在你的马
路上，许多屋子互相排挤得很痛苦，屋子里的没有声名的英
雄，不知被你埋没了多少！……广大的巴黎！唯有这城里的
人们死去像是理应死去。在你这里死了只像归家，没有人知
道死人的名字！巴黎！比森林还深密些！……

爱　　（看见她忍泪）您看，您有的是痛苦啊！……

格　　这没有什么……我不愿意人家照顾我……您快跑出去做您的
事情去吧……您不要误了时间，也不必再想起您的女朋
友……喂，请您再与我接吻一次，快走吧……

爱　　那么，晚上见！……七点钟的时候，我再经过这里，您容许我
开门吗？

格　开门……对了……七点钟的时候我在这里。

爱　您有这好消息,应该很快乐才是! 再会……

格　(怔怔地望着她出去)告别了,小鸟! ……

第二出

出场人:格兰思(独自一人)。

格　(先沉思一会儿,后走向一个横柜)先把这个放在披肩里……
　　(她把一只黑匣子滚在披肩里)再把这个……唉! 要他照常地
　　看见中饭预备好了才好。(她安排桌子,又把些纸包的绳子解
　　开)火腿……面包……现在再摆盘子。(她连忙收拾,同时听
　　见一阵声音)他来了! ……

　　门猛然开了。洛歇·夏特利耶气喘喘地入。

第三出

出场人:格兰思、洛歇。

格　您! 您!

夏　(气塞,止步,在门阈上)是的,是我 …… 到底! …… 谢上
　　帝! ……

格　您有什么权利到这里来? ……什么权利? ……

夏　您走了之后,我没有生命了……昨天晚上我的心焦得很……
　　我怕起来,是的,我承认……我看见您如此发狂,叫我怎能不
　　提心吊胆! ……自从半夜,人家发觉您离了府第之后,我的妻
　　子与我不曾说了一句话……我等候早上的第一班车……我向
　　车站里的职员们调查……唉! 这些时间! ……我好容易挨过
　　了这几个钟头! ……

格　(怕极了,用发怒的声调)还有胥珊呢,胥珊呢? 不幸的! ……
　　我匆匆地走了,乃是实行了昨夜我与她的谈话……现在一切
　　都给您破坏了! ……您要替您那可怜的妻子招祸,我做好事,

您却接着我的脚跟去破坏……真是命中注定,我的好计划老是给您破坏了的……胥珊!……

夏　呀!管它呢!她将来会了解的!……您不要把您的责任说得太重了。当然,她爱您,然而她最爱您的一点,乃是您曾经尽量地把您的恋爱的观念灌输给她!……而且,我呢,我忍不住了,我怕得太厉害了……我生怕不得再见您。我自己也不晓得!……

格　往后呢?还有什么说的?……我的生命只与我有关系……请您走吧……快离开这里!……

夏　现在您的生命与我也有关系了。

格　不……我要怎样处置我的生命都随我的便……您只是一个罪人。

夏　是的,不错,一个罪人……现在我还不知道不成!……但是这罪人搭救您……您所尝试的一件事,太没道理,我们这个时代还不能实现这种事情。谁曾看见两层相反的阶级的人相结合呢?……乌托邦!……迟早您与这男子之间总会发生了裂痕……阶级的斗争是不可免的……一切您的过去,一切您的知识感觉,都是注定给与您同阶级的一个人……自然的真宰要重新摆布您。好,既然我是撞在您的路上的一个人,这不会是徒然的……我要搭救您,先此与您约定。您的生活虽则弄坏了,并不是医不好的……格兰思,我要用我一切的爱力来救您……将来您看!……

格　不……您没有这能力……您让我的命运完成了吧……从此之后,您是除外的了……走吧!……不要再累什么人痛苦了。告别了!……

夏　一千个不,我不走。

格　我要您走。您听我说,无论到了什么地步,我禁止您在克罗德跟前露出一些风声……

夏　但是……

　　门开,这一次却是悄悄地开了的;克罗德臂夹着一个皮夹子,
　　撞进来。

第四出

出场人:格兰思、洛歇、克罗德。

格　(走向他)日安,亲爱的……我在冈比恩,身子很不好过。所以
　　我想匆匆地离开那边……我病得如此厉害,所以夏特利耶先
　　生愿意送我回家,因为夏特利耶夫人不能离开冈比恩……你
　　看,先生真好意,肯等候你回来……

夏　是的,您的妻子昨天不很舒服……所以我送她回来……

克　谢谢您,夏特利耶……您这人真好……

夏　然而她的脸色到底光彩得很,是不是? 我们觉得她变好了
　　许多。

格　你看,亲爱的……真的。你觉得我怎样?

克　很好……你的脸色好极了……因为那边空气好,所以你的身
　　体强健起来。

格　我的行李还在车站里,我先回来几个钟头。现在夏特利耶先
　　生已经把我交还你的手里,他要回去办他的事去了……我们
　　不要留他坐得太久才是。

夏　但是我没有这样忙……是的! ……我很喜欢与莫礼乐先生谈
　　话……唐丕耶的事情,您已经赶办好了吗?

克　是的,先生……我的皮夹子里恰有他的细账……您要看
　　吗? ……我预备今天晚上就把它封好寄去。(克罗德把皮夹
　　子放在桌上,寻找那账目)

夏　(低声向格兰思)这真可恶! ……我不能如此就离开您!

格　嘘! 不要作声! ……(定睛望着他)高些,洛歇……您的视线
　　放高些。

克　（走近来）账目在这里。

夏　（糊里糊涂地审查）是的……好的……今天晚上五点钟,您到
　　我的办公室里来。我的种种的事情对您说……晚上我要差人
　　来打听您的妻子的消息……（连忙地）喂,请您在上面写了地
　　址……我在路上可以把信投邮局。（克罗德走开,到桌子前写
　　字。洛歇向格兰思）呀!我不晓得怎么办才好……我的心碎
　　了……如此就离开您,我是多么不放心啊!

格　不得不如此。

夏　至少请您发个誓:从此刻到明天,您还是一般地安静。明天十
　　一点钟我再来……

格　（离开他,走近克罗德写字的桌子）夏特利耶先生与他的夫人
　　对我都很好……他们太关心我的健康,这是他们错了……我
　　同先生说过,我要振作精神。我一定实行我的话……我再也
　　不忧愁,也不懦弱。我从来没有此刻这般有勇气。（注视夏特
　　利耶）我祷祝天下的人都像我一般有勇气,去抵抗我们的可怜
　　的肉体的弱点!……喂,先生,在未离开我们以前,烦您把这
　　一件首饰拿回去交给您的夫人好不好?……这原是她的东
　　西,我忘记了还她。（低声）注意看我用什么包裹这一件首饰。
　　（她走到火橱前,把第二幕里所见的那一本《圣经》拿下来。这
　　《圣经》是她刚才从提包里取出的。她从中抽出了一页）这是
　　乐园的一页!（高声）这是很宝贵的一件小东西……（把那东
　　西包裹好后,交给洛歇,离克罗德颇远。她又低声说）您把这
　　更宝贵的纪念品带去吧。这就是整个的我!……现在我相信
　　我是爱您的了。

　　格兰思的眼光里露出强烈而可怕的光芒,令人一见即知她把
　　一切都给了洛歇。

夏　格兰思!……

　　后来格兰思的眼光突然黯淡了:眼睑下垂,依然是平日那种不

可侵犯的教士的态度。

格　（微笑）克罗德,向夏特利耶先生道个再会吧。

夏　（吞吞吐吐地）您听我说……我尽可以再坐五分钟……

克　（上前,在洛歇的面前挺立,声音变粗）再会,东家……信写好
　　了……

夏　但是……

克　（粗蛮地）这一次乃是我的妻子请您走……她需要休息,难道
　　您看不出来吗? ……（他开了门,挺立等候他走）

夏　（沮丧,游移;现出有不可告人的苦痛的样子）这是应该的……
　　对了……不得不然……一会儿见,莫礼乐……我再来打听您
　　的妻子的消息……再会吧……（当他跨过门阈的时候,格兰思
　　再定睛望他一次）

格　告别了,先生……

　　莫礼乐把门关上。静默一会子。

第五出

出场人: 格兰思、克罗德。

克　（走近格兰思,看见她的脸孔很可怕）你痛苦吗?

格　有几分。

克　我也痛苦。

格　为什么? ……你怎么样了?

克　唉! 除非我的眼睛瞎了……你的伤感的样子……他的伤感的
　　样子,……一切的一切……

格　克罗德,你误会了……我向你发誓……这是没有道理的……
　　为什么?

克　（摇头）哪里! 哪里! 我不会误会的……妙啊……这本来应该
　　到这地步! ……（他发抖,走近她）唉! 格兰思,天啊……千万
　　不可丢了我……我的小圣母,我的小圣母!

格　你不要胡思乱想,弄得你没来由受痛苦!……夏特利耶先生也许很文明地向我追求过……但是这都是些不关轻重的举动,从来不曾超越过平常的规矩……我甚至于用不着拒绝他。

克　(泪流满面)呀! 你放心,我并不埋怨你!……无论到了什么地步,我决不会埋怨你的……这是很自然的……你很有道理……当年的梦也太美妙了……我并不大方……我并不长得好看……我犯了一种不合情理的举动,纵使与你同阶级的人也不至于如此……

格　可怜的孩子! 你的天真的声音刺痛我的心了。

克　我每天早上都自己说:"上帝啊,请您不要唤醒我的好梦吧……上帝啊,我希望永远感谢您的赠与!"当然,这事情要继续下去是不可能的。

格　(用疲倦不耐的声气)你不要说了吧……你不晓得你的猜想错误到了什么地步……将来夏特利耶会自己对你解释的。

克　唉! 为什么?……我绝对不向他这人提起什么! 我的一切都是他的所赐……现在你还要我同他说什么呢?……再者,什么? 总之,他曾经很好心地对待我……一切的人们都对待我很好。我还有什么好埋怨的?……纵使你抛弃了我,我还只能感谢你曾经给我的光荣……而且分受了我的生活——肮脏的、平凡的、呆笨的生活!……但是为什么当年你以为你能够……我早就对你说过的!……

格　(失意地)唉! 有这么胡思乱想的,倒不如坐在桌子前面吃你的中饭去!……你看,我照常地预备好了……你看……你的火腿……你的五肉糕……好,刚才我想给你一个意外的欢喜……现在成功了……

　　他凭她做去。走到桌前坐下。

克　谢谢……谢谢……这是真的话……

格　好,笑一笑吧……

克　（和婉地注视她，怀着满腔的爱情，强作微笑）心肝！……心肝！……（后来变为哽咽）千万不可丢了我……决不……你懂吗？

格　又来！……你要我说到什么时候为止？

克　（和婉地打断她的话头）不……你让我说……你不要开口……我要你晓得……我从前是一个可怜的男子……我原打算终身过那平凡的生活……你却给我开辟了一个新天堂……这种美丽的天堂乃是我从来不敢希望的……当年你不应该给我这种好处……而今我认识了这大幸福之后，叫我以为怎么办呢？……为什么你要了我？……因为你要了我……因为是你先有这主意的……我呢，我天天对你说过，说你将来会有厌倦的一天……呀！我并不是幻想：假使当年你的父母允许我们结婚，情形便不同了，我们此刻该是在爱克斯过外省人的生活，有两个钱……常常有些亲友来往……那么，你就住得惯了，你就永远不会知道你是不幸的人了……但是当你一时气愤不过，要实行私奔的时候，当时我就预先觉得这是你的力量所办不来的事，心肝。再者，巴黎，巴黎的情形又不同了……我们本来不该……这种穷困的境况，在巴黎的空气又两样了……嘘！嘘！你不要开口……让我同你说……千万不要……千万不要丢了我……你想一想，你的克罗德没有你，叫他怎样生活下去！……唉！为什么当年我也相信你的话？……我本该自己逃走了才是……请你记起你所说的一切的话吧。你说："你有我所需要的高尚的美质，你有良心的光辉……你的良心能够望人，像忠心的狗的眼睛望着它的主妇。"你看，我都还记得……至于你所不说的一切，我知道吗!？……那时节，你很欢喜，你要抵抗将来一切的困难。后来——你记得吗？——后来你喃喃地念着一句嘉达兰人的俗话："母亲，请你给我的幸福，把我抛在波浪里！"

格　（目极天涯的样子）母亲，母亲，请你给我幸福！……

克　好,人家把幸福给了你,你说你已经带了幸福走……我们抱着幸福跳进海里去,于是我们都淹死了,如此而已……那可怜的克罗德沉在海底,我的小圣母……幸福是不浮起水面的。

格　你放心,不要怕! 你信任我发过的誓言吧,克罗德。(慢慢地,沉重地)我对你决不负心,直到最后的一个呼吸。

克　(心里松快了,叹了一口气)谢谢……你的心真好……当然,这不快乐……这种的房间……这种的生活……但是,这会变好些的,将来你看……我终有成功的一天。再者,无论如何,我们总算有些快乐的时候……火炉的一角……并肩地吃饭……拥抱……

格　(学着他说)并肩地吃饭……

克　礼拜天的散步……读乐谱……

格　是的,礼拜天的散步……永远是这样的。

克　还有雀儿……书籍……

格　雀儿……书籍……永远是这样的……

克　谁晓得! 将来有一天,格兰思……将来有一天,说不定有一个孩子……

格　(猛然一跳)一个孩子……呀! 上帝啊! ……

克　谁晓得! 这种大希望还不是已经放弃了的……当然,这么一来,更麻烦了……但是你想一想:一个玫瑰色的婴孩在我们二人中间,向你伸手……向你叫:"妈妈……"呀! 那么,我们的生活岂不是变了新景象了!

格　(用简短而冷淡的声调)这乃是一场梦想,克罗德……命运之神不愿这事情实现。

克　总之,我们希望,我们不妨仍旧希望……将来你看,灰色的天空也会有太阳光哩。

格　(吻他的额)可怜的孩子! 你不能晓得我如何的祷祝,尽我的心力祷祝你将来很幸福,我希望将来你的生活小虽小,然而

很甜蜜……我的可怜的！……（静默一会子，克罗德还有一
阵呜咽）好，现在你安心吃饭吧，我要回到卧房里休息一分
钟……

克　是的，心肝……（胆怯地，把盘子推开）我的肚子不饿……我的
心还痛呢……如果你容许我，等一会儿我再吃吧。

格　好，那么，当我进了卧房里的时候，你给我弹一弹钢琴好不好？
你弹一弹琴我就快乐了。

克　（快活地站起来）唉！我的爱！我很相信能够使你快乐。我把
巴克的弥撒曲①研究得很到家，我记得很熟……你要不要我弹
这个？……

格　不……不……凡是令人想到将来的生活，令人想到现状之外
的曲子都不要弹……只要世界上的好东西……你懂得莫斯高
斯基的《爱情的华尔斯》吗？……我昨天晚上在冈比恩听见人
家弹过……妙得很。

克　（到钢琴前坐下）这个吗？……

格　呀！……是的……是的不错……弹吧！……这个很妙。（她
再走近，吻他。后来她走到横柜前，悄悄地从抽屉里取出那披
肩里包着的一件东西）不要停止……再弹吧……这个再好没
有了。（她的面色因绝望而兴奋焕发。她的眼光飘摇不定，还
低唱着那令人快乐的曲子，手脚随着拍子）这很好，像太阳，像
勇气，像爱情……很伟大……有翅膀……

　　当她走过卧房的时候，口里仍旧唱着；但是很沮丧，两眼瞪然，
如瞑眩状。入门后，小心地用钥匙把门关上。克罗德仍旧弹
琴，很专心，很快活，微笑，过了许多时间。只听得一阵声音爆
发。克罗德诧异，站起来。走向窗前望了一望，然后走向房门。

克　格兰思！（他胆怯地开门，有几分恐怖，说）格兰思，你没有听

---

① 巴克（1685—1750）是德国的大音乐家。

见吗?(后来他把门完全开了。只见格兰思躺在地上,头顶着床脚,身后有一张推翻了的椅子。克罗德奔赴,抚尸号啕)

幕闭

十九年七月七日译完